– महाभारत गौरवगाथा : खण्ड एक –

युद्ध की संस्तुति

उपन्यास

अरविन्द कुमार श्रीवास्तव

REDGRAB books
redgrabbooks.com

रेडग्रैब बुक्स प्राइवेट लिमिटेड
942, मुट्ठीगंज, प्रयागराज-3 उत्तर प्रदेश, भारत
वेबसाइट - www.redgrabbooks.com
मेल - contact@redgrabbooks.com

प्रथम संस्करण रेडग्रैब बुक्स प्राइवेट लिमिटेड द्वारा 2021 में प्रकाशित

कवर व टाइप सेटिंग : रेडग्रैब बुक्स आर्ट्स

ISBN : 978-93-90944-07-1

समर्पण

संघर्ष के सभी सहचर और पत्नी उमा श्रीवास्तव को सादर!

आभार

उन सभी को जिन्होने संघर्ष में अकेला नहीं रहने दिया और उन्हें भी जिन्होंने गहन दृष्टि रखी किन्तु न एक क़दम आगे बढ़ने की कभी आवश्यकता समझी और न ही पीछे हटने की, उन शक्तियों को जिनकी प्रेरणा से यह कृति संभव हो सकी है। प्रभु शिव को जिनकी कृपा और आर्शीवाद सदैव प्रतिपल साथ रहा तथा निराशा के हर क्षण को आशा की नयी किरण और दिशा प्रदान की।

डॉ. कमल नारायण मल्होत्रा, विनय श्रीवास्तव, और मंगल गुप्ता को जिन्होंने इसे सबसे पहले पढ़कर अपनी प्रतिक्रिया दी और आवश्यक सुधार करने का मार्ग दिखाया। राजन, डॉ. विजय, राजेश, संजय महेंद्र, राम सेवक गुप्ता, उदयन, कोमल, अंशुमान, अनुप्रिया, कोपल, उत्कर्ष, और शाश्वत को इस पुस्तक को सबसे पहले पढ़ने का अवसर मिला और मुझे प्रकाशित करने का संबल।

पौत्री राजकुमारी पृषा एवं मिशिका को जिसके जन्म ने मुझे अपनी पहचान और दृष्टि बनाने, रखने तथा सहेजने की शक्ति और प्रेरणा दी।

और अंत में आप अर्थात पाठकों को जिनके बिना ये सारे प्रयास व्यर्थ ही माने जाते। आशा करता हूँ इस पुस्तक के साथ व्यतीत होने वाले आप के सभी पल सार्थक और रोमांच से पूर्ण होंगे। आपकी उचित प्रतिक्रियाओं की भी अपेक्षा करता हूँ।

\- अरविन्द कुमार श्रीवास्तव

भूमिका

पुत्र का अर्थ है- अभिव्यक्ति। अभिव्यक्ति, अर्थात स्वयं को प्रस्तुत करना, स्थापित करना या स्थित करना, नये प्रतीक और उपमान बनाना तथा उनकी व्याख्याओं को पुन: परिभाषित करना, वर्तमान सन्दर्भों में समझ सकने योग्य बनाना। यह एक उत्तरदायित्व है कि हम अपने अतीत के मानकों, अभिलेखों और कहानियों के मूल में बिना किसी बिखराव या परिवर्तन के पुन: अपने युग के साथ नवीन आविष्कारों, सूचनाओं के अनुसार पूर्व को समझ सकने योग्य बनायें किन्तु यह हमें कुछ भी स्वीकार कर लेने या स्थापित कर देने की स्वतंत्रता नहीं देती।

मानवता, मानवीय भावनाएँ, मानवीय विचार और मानवीय कर्मों के मूल्य सदा शाश्वत रहें हैं और रहेंगे भी। मानवीय संबंधों में प्रेम और संघर्ष भी सदा ही रहे हैं और रहेंगे। मनुष्यों द्वारा निर्मित संपत्तियों और प्रकृति प्रदत्त संपत्तियों पर स्वयं का अधिकार प्राप्त कर लेने, केवल स्वयं का अधिकार रखने और फिर उसे अपने पुत्रों को उसी प्रकार स्थानांतरित कर देने का भाव तथा विचार भी सदा रहा है और संभवत: रहेगा भी। मानवीय सभ्यताओं का इतिहास मनुष्यों द्वारा अपने वर्चस्व को स्थापित करने और फिर उसे बनाये रखने के लिए हुए संघर्षों का इतिहास है।

सभ्यता के विकास की कहानी या अवधारणा वास्तव में केवल अस्त्रों-शस्त्रों के विकास की कहानी या अवधारणा है। शाश्वत जीवन के संघर्षों को छोड़कर विकास की सभी कहानियाँ अस्त्रों के प्रयोग की हैं, यहाँ तक कि शांति के लिए अपनाये गये धर्मों की स्थापना भी बिना युद्ध के संभव नहीं हो सकी है। मानवता के बिखरे हुए तारों को एक सूत्र में बाँधने या पिरोने का दम भरने वाले धर्मों की स्थापना के मूल में भी संघर्ष ही रहा है और यही कारण है कि मूल धर्म की स्थापना के बाद भी बड़े भयानक और तीव्र संघर्ष देखने को मिले हैं। यहाँ तक कि मूल धर्म दो या दो से भी अधिक भागों में विभक्त हो गया तदुपरांत भी अभी और संघर्ष गतिमान है।

ऐसे ही संघर्षों की एक कथा पिछले पाँच हज़ार या और अधिक वर्षों से भारत में भी प्रचलित है, जिसमें एक पूरी तरह विकसित सभ्यता और संस्कृति नष्ट हो गयी और जिसका दंश भारत वर्ष सदियों तक भुगतता रहा, ऐसे घातक और विध्वंसक अस्त्रों का प्रयोग हुआ जिनका प्रयोग सर्वथा वर्जित था, जिसके कारण उस समय की जीवित मानवता ही नहीं बाद में जन्म लेने वाली मानव जाति भी शारीरिक विकलांगता और अक्षमताओं से सैकड़ों वर्षों तक पीड़ित होकर गुज़रती रही।

मानवीय रिश्तों के इन बनते-बिगड़ते संबंधों को पुन: और बार-बार परिभाषित करने वाली इस युद्ध की कहानी को भारत वर्ष में 'महाभारत' कहा गया। यह कहानी केवल एक भीषण युद्ध की ही नहीं वरन पिता-पुत्र, भाई-भाई, दादा-पुत्र और पौत्र, पति-पत्नी तथा अन्य सगे संबंधियों में बनते-बिगड़ते संबंधों के बीच प्रेम-घृणा, विश्वास-अविश्वास, हित-अहित, राग-अनुराग और द्वेष के कारण ही इस भीषण युद्ध की रूप रेखा तैयार हुई, जिससे इस पूरे भू-भाग पर कोई अछूता न रहा। इस युद्ध में निष्ठाओं का सर्वाधिक पतन हुआ, योद्धा जिस पक्ष की ओर से युद्ध कर रहे थे उनकी निष्ठा भी उसी ओर से थी यह भी विश्वास पूर्वक नहीं कहा जा सकता है। इस युद्ध में छल-कपट, मान-मर्यादा, दया-शत्रुता, त्याग-मोह, सत्य-असत्य, नीति-अनीति, सभी का मान रखा गया और तोड़ा भी गया। युद्ध के सभी नियमों का पालन करते हुए सभी नियमों के विपरीत युद्ध किया गया। इस युद्ध को धर्म-युद्ध माना गया किन्तु कोई भी अधर्म इस दौरान अछूता भी नहीं रहा। धर्म की व्यक्तिगत परिभाषाएँ बनाई गयीं, तोड़ी गयीं; उनका अनुसरण किया गया और फिर अपनी अपेक्षाओं और आवश्यकताओं के अनुरूप बदल भी दिया गया। सुन्दर से सुन्दरतम और फिर असुन्दर होकर एक पूरी सभ्यता के विनष्ट हो जाने की यह कहानी इस भू-भाग के मनुष्यों को प्रत्येक काल खण्ड में आकर्षित, आंदोलित और प्रेरित करती रही है।

इस महायुद्ध की पवित्रतम उपलब्धि है- 'गीता'! । गीता उन सूत्रों का संकलन है जिसे उस काल के सर्वश्रेष्ठ और सबसे योग्य महानायक द्वारा उस काल के सर्वश्रेष्ठ धनुर्धर को जो अपने कर्मक्षेत्र अर्थात युद्ध भूमि में खड़ा होकर अपनी सम्पूर्ण उघड़ी हुई मानसिकता के कारण अपने कर्म अर्थात युद्ध से विरत हो जाने का निश्चय करते हुए अपने अस्त्र और विवेक को छोड़ देता है, को पुन: अपने कर्म अर्थात युद्ध में रत और लीन कर देने की शक्ति और प्रेरणा देती है। तमाम विषम परिस्थितियों में भी अपने कल्याणकारी कर्मों को करने की प्रेरणा देने वाले इन सूत्रों का संकलन जो

पिछले पाँच हज़ार वर्षों से भी अधिक समय से इस भू-भाग पर रहने वाले समस्त मानव जाति के द्वारा आध्यात्मिक ज्ञान-विज्ञान के साथ समस्त शुभ कर्मों की प्रेरणा पद इस गाथा को नमन होता आया है और आगे भी होता रहेगा। यह केवल आस्था और विश्वास की बात नहीं है वरन इन सूत्रों को मनुष्य ने अपने कर्मों, तर्कों, विवेक तथा ज्ञान- विज्ञान की कसौटी पर परख लेने के बाद ही पवित्र से पवित्रतम हो जाने का गौरव प्रदान किया है।

पार्थ-एक ऐसा व्यक्ति जो अद्भुत और सब तरह से योग्य और परिपूर्ण है। हर प्रकार के ज्ञान को प्राप्त करने हेतु, ज्ञान का संरक्षण करने हेतु तथा ज्ञान का उचित समय पर उपयोग करने में सक्षम और समर्थ है। प्रत्येक परिस्थिति में जो आपको महत्वपूर्ण होने की अनुभूति प्रदान करे। पार्थ का एक अर्थ श्री कृष्ण का आध्यात्मिक रूप से समर्पित भक्त भी है। पार्थ का अर्थ उस व्यक्ति से भी है जो वैदिक और पूर्व वैदिक युग के साथ सांकेतिकता में शुद्ध मानवों में सबसे पहले था।

आकाश में छाये हुए बादलों की तरह ही महाभारत एक विशाल ग्रंथ है और इन बादलों में अपनी तरह के रंग भरने का प्रयास इस भू-भाग पर बसने वाले मनुष्यों ने हमेशा से किया है और आगे भी करते रहेंगे। कहीं कम तो कहीं अधिक, कहीं धार्मिक तो कहीं आध्यात्मिक, कहीं ज्ञान तो कहीं विज्ञान के आधार पर इस पूरी कथा को समेटने, सहेजने और पुन: परिभाषित करने का कार्य सदियों से होता आ रहा है और आगे भी होता रहेगा। यह उन मानवीय संबंधों और नीतियों की गाथा है जिसकी नवीन परिभाषाएँ और नवीन अर्थ खोज निकालने की संभावना सदा बनी ही रहेगी। निर्माण, विनाश और पुन: नव निर्माण के मध्य विकसित, विचारशील और प्रगतिगामी होती रही मानव सभ्यता के इस विकास क्रम को इस कथा से अभी और भी बहुत कुछ सीखना बाक़ी है और आगे भी शेष रहेगा, यही अनवरत आगे चलते रहने और विकसित होते रहने का क्रम है।

रोचकता को बनाये रखने हेतु कथा-क्रम में कुछ परिवर्तन किया गया है, आशा करता हूँ आप इसे सहज और सरल रूप से स्वीकार करेंगे। महाभारत कथा की दृष्टि से इस पुस्तक में "वन पर्व" तथा "विराट पर्व" की कथा के उन अंशों को सहेजने का प्रयास किया गया है जो इस कथा को वर्तमान मानवीय मूल्यों और संघर्षों को भी नवीन अर्थ प्रदान करने में सक्षम और समर्थ रहे हैं। कथा की सत्यता का मूल्यांकन करने के स्थान पर उसकी व्यावहारिकता, उपयोगिता तथा वर्तमान मानवीय मूल्यों के सन्दर्भ में उनके महत्व पर ध्यान केन्द्रित करने का केवल एक

मात्र सरल प्रयास ही किया गया है। इस महागाथा की किसी ऐतिहासिकता की पुष्टि न करते हुए यह प्रस्तुति केवल मेरी एक सरल अभिव्यक्ति है।

सृष्टि विस्तार के महानायक महान शिव के चरणों में श्रद्धापूर्ण नमन।

- अरविन्द कुमार श्रीवास्तव

महाभारत गौरवगाथा

श्रृंखला परिचय

'महाभारत गौरव गाथा' शृंखला की पहली पुस्तक 'युद्ध की संस्तुति' आप के हाथ में है। आप जानते ही हैं कि महाभारत ग्रन्थ इस भू-भाग पर वास्तविक रूप से घटित पारिवारिक मान-अपमान, राज्य सत्ता, एवं संपत्तियों के न्यायोचित बँटवारे के लिए हुए एक भीषण युद्ध की कहानी है। मानवीय सभ्यता का सम्पूर्ण इतिहास भी इसी मान-अपमान, राज्य सत्ता एवं संपत्तियों के न्यायोचित बँटवारे को लेकर हुऐ संघर्षो का इतिहास है। ये संघर्ष आज भी ठीक उसी प्रकार जारी है। प्रयोग किये जाने वाले अस्त्र-शस्त्र उन्नतशील होते रहे हैं किन्तु, संघर्षों की मूल भावना के पीछे कारणों में हमेशा से वही रहा है, जो आज भी है, और आगे भी रहेगा ही। यही वह कारण है कि यह कथा आज भी उतनी ही प्रासंगिक है, और आगे भी रहगी। वर्तमान पीढ़ी और आगे की पीढ़ियों को भी इस कथा से अभी और भी बहुत कुछ सीखना बाकी है, इस कथा को लिखने का यही एक मात्र कारण रहा है, इस कथा को पहले भी लिखा गया है, और भिन्न-भिन्न रूपों से आगे भी लिखा जाता रहेगा, ऐसा मेरा विश्वास है।

कारण और उद्देश्य चाहे जो भी रहे हों संसार के संघर्षो में हमेशा से मुख्यता के दो पक्ष ही रहे हैं। इस कथा में भी दो ही पक्ष हैं, एक पाण्डव दूसरे कौरव। इस भीषण युद्ध को रोकने के लिये पाण्डवों ने जो प्रयास किये उनमें सबसे प्रमुख था कौरवों द्वारा दिये गए दण्ड 'बारह वर्षों का बनवास और फिर बारह माह का अज्ञातवास' को इस शर्त पर स्वीकार करना कि सफलतापूर्वक दण्ड को पूरा करने के बाद उनका आधा राज्य उन्हें वापस कर दिया जायेगा। प्रस्तुत पुस्तक का प्रारम्भ अज्ञातवास के दस माह से भी अधिक समय के बीत जाने के बाद से होता है, पाण्डवों द्वारा अत्यंत विषम परिस्थियों में दण्ड के व्यतीत किये गये बारह वर्षो की कहानी, और फिर इस युद्ध को रोकने के अन्तिम प्रयास में अपने भरण-पोषण

के लिये केवल पाँच ग्रामों के मिल जाने से ही संतुष्ट हो जाने हेतु दिये गए सन्धि के प्रस्ताव को भी जब कौरवों द्वारा अस्वीकार कर दिया जाता है तब ही पाण्डव अन्तिम रूप से युद्ध की संस्तुति करते हैं-पढिये इसी पुस्तक में।

इस शृंखला की दूसरी पुस्तक 'युद्ध की भूमिका' में उन सभी कारणों, उनकी पृष्ठिभूमि के साथ प्रमुख पात्रों के जन्म, राज परिवार में उनकी स्थिति, उनकी निष्ठा, उनके पराक्रम के साथ-साथ एक नारी के हुए अपमान से उपजी विकट परिस्थितयाँ, संयुक्त परिवार में पनपी कलह और फिर इस महायुद्ध के पक्ष में बनती स्थितयों का विवरण रहेगा।

महाभारत के इस युद्ध की स्थितियाँ चाहे केवल दो पक्षों के बीच ही क्यों न बनी हों, और युद्ध में विजय का लाभ भी केवल एक पक्ष को ही क्यों न मिलना हो फिर भी समूचे आर्यावर्त और जम्बूद्वीप के राजाओं ने अपने-अपने कारणों एवं स्थितयों के अनुसार किसी न किसी पक्ष के साथ मिलकर युद्ध में शामिल होते हैं, सभी की सक्रीय भूमिकाओं ने भी इस युद्ध को और भी अधिक भीषण रूप प्रदान किया, इस शृंखला की तीसरी पुस्तक, 'युद्ध का प्रारम्भ' में इन कारणों के साथ-साथ युद्ध के प्रारंभिक नौ दिनों की कहानी भी होगी।

आप यह भी जानते हैं कि यह युद्ध मात्र अट्ठारह दिन ही चला था अतः इस चौथी पुस्तक 'युद्ध का सन्ताप' में युद्ध के अन्तिम नौ दिनों की कहानी के साथ, युद्ध के बाद एक राज्य जिसकी युवा शक्ति पूरी तरह लड़कर समाप्त हो जाती है, बचते हैं केवल बूढ़े, बच्चे और स्त्रियाँ, ऐसे राज्य के पुनःनिर्माण, छिन्न-भिन्न हो चुकी आर्थिक दशा, अपनी युवा शक्ति को खोने से पीड़ा और संत्रास में जीते लोगों को पुनः नव निर्माण और उत्पादन के कार्यों में संलग्न करने की चुनौती से निपटती और प्रेरणा देती राज्य धर्म के निर्वाहन की कहानी भी रहेगी इस अंक में।

अरविन्द कुमार श्रीवास्तव

पात्र - परिचय

कृष्णा - पांचाल नरेश महाराज द्रुपद की पुत्री, सभी पाण्डवों की संयुक्त पत्नी, बहु पति / पत्नी प्रथा का प्रचलन था। अन्य नाम पांचाली, द्रौपदी, सैरंध्री।

कृष्ण - मथुरा के राजा उग्रसेन के नाती। वसुदेव और देवकी की आठवीं संतान जिनका जन्म मथुरा के राजकीय कारागार में हुआ किन्तु पालन- पोषण गोकुल में नन्दबाबा और यशोदा के घर हुआ; बाद में द्वारिका को अपना राज्य बनाया। कुन्ती के भतीजे, पाण्डवों के सहयोगी।

युधिष्ठिर - पाण्डु के सबसे बड़े पुत्र अन्य नाम कंक।

भीमसेन - पाण्डु के दूसरे पुत्र अन्य नाम बल्लभ।

अर्जुन - पाण्डु के तीसरे पुत्र अन्य नाम ब्रहन्नला।

नकुल - पाण्डु के चौथे पुत्र अन्य नाम - ग्रांथिक।

सहदेव - पाण्डु के पाँचवे पुत्र अन्य नाम तंतिपाल।

कुन्ती - पाण्डु की पत्नी तथा युधिष्ठिर, भीम और अर्जुन की माता।

माद्री - पाण्डु की दूसरी पत्नी तथा नकुल और सहदेव की माता।

धृतराष्ट्र - विचित्रवीर्य एवं अम्बिका के पुत्र, 'कुरू वंश' के जनक और वाहक, सौ पुत्रों के पिता जो कौरव कहलाये।

पाण्डु - विचित्रवीर्य एवं अम्बालिका का पुत्र, 'पाण्डु वंश' के जनक और वाहक, पाँच पुत्रों के पिता जो पाण्डव कहलाये।

विदुर - विचित्रवीर्य एवं राजमहल की एक दासी का पुत्र एवं हस्तिनापुर राज्य के महामंत्री।

भीष्म - शान्तनु एवं गंगा के पुत्र, विचित्रवीर्य के सौतेले बड़े भाई। आजीवन अविवाहित रहकर अपनी सौतेली माता के पुत्रों की रक्षा करने का व्रत किया, वास्तविक नाम देवव्रत।

विचित्रवीर्य - शान्तनु और सत्यवती का पुत्र।

गांधारी - गांधार की राजकुमारी, धृतराष्ट्र की पत्नी, शकुनी की बहन।

शकुनी - गांधार का राजकुमार, गान्धारी का भाई, सुबल का पुत्र।

सुयोधन - धृतराष्ट्र एवं गांधारी का पुत्र अन्य नाम दुर्योधन।

सुशासन - धृतराष्ट्र एवं गांधारी का पुत्र अन्य नाम दुशासन।

विकर्ण - धृतराष्ट्र एवं गांधारी का पुत्र।

जलसंघ - धृतराष्ट्र एवं गांधारी का पुत्र।

वेदव्यास - सत्यवती एवं ऋषि पराशर का पुत्र। सत्यवती का विवाह बाद में शान्तनु से हुआ। भारत के समस्त १६ महाजनपदों की शिक्षा व्यवस्था का प्रमुख, वास्तविक नाम "कृष्ण द्वैपायन" भारत के अठाइसवें वेदव्यास। "वेदव्यास"- शिक्षा व्यवस्था के प्रमुख की एक सम्मानित उपाधि या पदवी थी।

धृष्टदुयुम्न - पांचाल नरेश द्रुपद का पुत्र - कृष्णा, "पांचाली" का भाई।

शिखंडी - द्रुपद की पुत्री कृष्णा की बहन, जिसने बाद में पुरुषत्व प्राप्त किया और शिखंडी कहलाया।

द्रोणाचार्य - पाँचों पाण्डवों और सौ कौरवों के गुरु, द्रुपद के गुरू भाई और मित्र।

विराट - मत्स्य महाजनपद के राजा।

सुदेष्णा - विराट की पत्नी।

कीचक - सुदेष्णा का भाई एवं मत्स्य महाजनपद का सेनापति

उत्तर कुमार - विराट का पुत्र।

उत्तरा - विराट की पुत्री।

अभिमन्यु - अर्जुन का पुत्र।

कशिका - दुर्योधन की पत्नी।

भानुमती - दुर्योधन की दूसरी पत्नी।

सुशर्मा चन्द्र - त्रिगर्त महाजनपद का राजा और सुशोधन का मित्र।

अन्य पात्र - अन्य पात्रों का परिचय यथा स्थान दिया गया है।

अनुक्रम

अध्याय एक - 17

अध्याय दो - 36

अध्याय तीन - 44

अध्याय चार - 48

अध्याय पाँच - 68

अध्याय छः - 85

अध्याय सात - 95

अध्याय आठ - 116

अध्याय नौ - 130

अध्याय दस - 147

अध्याय ग्यारह - 157

अध्याय बारह - 168

अध्याय तेरह - 174

अध्याय चौदह - 198

अध्याय पन्द्रह - 211

उपसंहार - 221

अध्याय एक

“सैरन्ध्री ! ”

“जी महारानी जी ! ” सैरन्ध्री ने अत्यन्त विनम्रतापूर्वक उत्तर दिया।

“तुमको मेरे निजी कक्ष में आने का समय और अवसर पता है न?” '

मत्स्य महाजनपद की महारानी सुदेष्णा ने अपने निजी कक्ष में बिना पूर्वानुमतिया आदेश के प्रवेश करती अपनी निजी प्रमुख सहायिका “सैरन्ध्री” की ओर आश्चर्य और संदेह से देखते हुए अत्यंत क्रोध में पूछा। मत्स्य महाजनपद प्राचीन भारत के सोलह महाजनपदों में से एक सरस्वती नदी के तट पर अरावली की पहाड़ियों के मध्य में स्थित राजस्थान के अलवर, भरतपुर तथा जयपुर ज़िले के क्षेत्र, जिसकी राजधानी बैठार, बैठान, बैराठ अथवा विराट नगरी थी जो कि वर्तमान में राजस्थान के जयपुर ज़िले का एक छोटा शहर है।

“आपको एक अति आवश्यक एवं महत्वपूर्ण सूचना तत्काल देनी थी इस कारण आपके आदेश, समय और अवसर की प्रतीक्षा नहीं कर सकी।”

थोड़ा ठहर कर,

“यदि कोई अपराध हुआ तो कृपया क्षमा करने की कृपा करें।”

“रात्रि में ऐसा क्या घटित हुआ सैरन्ध्री जिसके कारण तुम मेरे दैनिक कार्यों से निवृत्त होने की प्रतीक्षा भी नहीं कर सकीं?”

अपने मुख पर शांत गंभीरता और तटस्थ रहने का भाव रखते हुए सैरन्ध्री ने अत्यंत विनम्रता से उत्तर दिया-

“महारानी, आज मध्य-रात्रि या उसके बाद महल के उत्तर-पूर्व में राजकुमारी “‘उत्तरा’” के नृत्य और संगीत शिक्षा के लिए बनी नाट्यशाला में आपके भाई और राज्य के सेनापति श्रीमान “‘कीचक’” जी का मेरे पाँच गन्धर्व पतियों में से किसी एक ने मल्ल युद्ध कर उनका वध कर दिया है।”

“यह नहीं हो सकता सैरन्ध्री।” क्रोध मे लगभग चीख़ते हुए सुदेष्णा ने कहना जारी रखा, “तुम्हारे पाँच पतियों में से कोई एक तो क्या पाँचों मिलकर भी मेरे भाई का वध नहीं कर सकते हैं। तुम पिछले दस माह से मेरी निजी सहायिका हो, क्या

तुमने मेरे भाई के साहस पराक्रम और वीरता कीकहानियाँ नहीं सुनी हैं?" मेरे भाई के युद्ध कौशल के कारण ही भारत का कोई सम्राट हमारे राज्य की ओर आँख उठाकर देखने का साहस नहीं करता है और जिसने भी हमारे "गो-धन" संपन्नता का हरण करने का प्रयास किया है उसे मुँह की खानी पड़ी है।" थोड़ा ठहर कर अपने आप को संभालते हुए सुदेष्णा ने फिर क्रोधित होते हुए पूछा-

"सच कहो सैरन्ध्री, इस अपराध के लिये तुमको प्राण-दण्ड भी दिया जा सकता है।"

"यही सत्य है महारानी और इसके लिए मैंने आपको पहले ही सावधान कर दिया था कि मेरे पाँच गन्धर्व पति हैं और वे सब गन्धर्व रीति-नीति और अपनी प्राचीन परम्पराओं का अनुपालन करते हैं और आप तो इस बात को भली-भांति जानती हैं कि गन्धर्व रीति और नीति के अनुसार यदि कोई उनकी पत्नी की सहमति के बिना उसकी ओर बुरी नियति या दृष्टि से देखता है या बलपूर्वक कुछ अनुचित करने का प्रयास करता है तो उसका एक मात्र दण्ड उसे मल्ल युद्ध में ललकार कर उसे म्रत्यु-दण्ड देना ही है। आप का भाई मुझे बलपूर्वक प्राप्त करने के लिए कई बार मुझसे अनुचित व्यवहार कर चुका था जिसके लिए आपके राज्य में भी पहले से ही मृत्यु दण्ड का प्रावधान है। आप के राज्य के इसी प्रावधान के कारण ही मेरे पतियों ने मुझे आपके राज्य में रहकर आपकी सेवा करने की अनुमति और सहमति दी थी और आप ने भी महाराज से अनुमति लेने के बाद ही मुझे अपनी सेवा करने का अवसर देते हुए मेरी सम्पूर्ण सुरक्षा का उत्तरदायित्व लिया था किन्तु यह ज्ञात होते हुए भी आप ने अपने भाई के निजी कक्ष से मुझे अकेले मदिरा लाने के लिए आदेशित किया था और विवशता में मुझे आपके आदेश का अनुपालन करना पड़ा था, आप तो इस बात को समझ ही रहीं होंगी कि इसी अनुचित आदेश का यह दुःखद परिणाम है।" सैरन्ध्री ने अपना सिर झुका कर अत्यंत विनम्रतापूर्वक किन्तु पूरी सत्यनिष्ठा से अपने आपको स्थिर रखते हुए कहा। सैरन्ध्री के इस विनम्र किन्तु तर्कपूर्ण निवेदन से निरूत्तर होते हुए सुदेष्णा ने धैर्यपूर्वक पूछा-

"क्या महाराज को इसकी सूचना दी जा चुकी है?"

"हाँ महारानी जी, मैंने एक अनुचर को महाराज के पास सूचना देने के लिए पहले ही भेज दिया था और अब तक महाराज को इसकी सूचना मिल चुकी होगी।"

थोड़ा ठहर कर,

"महारानी! मैंने एक राज़प्रहरी को सेनापति जी के पार्थिव शरीर को

सम्मानपूर्वक उनके महल तक पहुँचाने के लिए भी कह दिया है और शीघ्र ही उनका शव उनके महल मे पहुँच जायेगा।"

भाई के इस प्रकार से मृत्यु की सूचना ने सुदेष्णा को जड़वत कर दिया था किन्तु भाई के कृत्यों के साथ अपने सहयोग के होने के कारण वे सैरन्ध्री और उसके पाँच गन्धर्व पतियों को दोषी नहीं ठहरा पा रही थी।

राज्य में महिलाओं को सम्मान की दृष्टि से देखा जाता था और उन्हें पुरूषों के समान अधिकार प्राप्त थे। महिलाओं की ओर कुदृष्टि रखने वालों के लिए कड़े और प्रभावशाली दण्ड के नियम थे, चाहे कोई राज्य परिवार से संबंधित हो या कोई सामान्य जन; राज्य के नियम सब के लिए एक समान थे और उनका कड़ाई से पालन भी किया जाता था। राज्य में दण्ड देने के लिए योग्य और सक्षम दण्डाधिकारी नियुक्त थे और उसमें राजा का कोई हस्तक्षेप स्वीकार्य नहीं था। राजा को दण्डाधिकारियों द्वारा दिये गये दण्ड पर राज्य के नियमों के अनुसार पुन: सुनवाई करने का अधिकार था किन्तु राजा को निरंकुश रहने की स्वतंत्रता नहीं थी। भारत की महान प्राचीन परम्पराओं के अनुसार राजा पर धर्म के दण्ड का विधान था जिसका अनुपालन मत्स्य नरेश विराट, पूरी सत्यनिष्ठा से करते थे जिसके कारण ही राज्य की जनता राजा विराट से प्रसन्न रहती थी। किन्तु सेनापति के प्रति राज्य की जनता में काफ़ी असन्तोष था जिसकी शिकायत सेना के सह नायकों और राज्य के कर्मचारियों तक ने की थी किन्तु सेनापति का अपनी पत्नी का भाई होने के कारण और सेना पर शक्तिशाली नियंत्रण होने के कारण राजा विराट कोई ठोस कार्यवाही करने में अपने आपको असमर्थ पाते थे। सेनापति और उसके १०५ भाइयों से राज्य की जनता प्रसन्न नहीं थी।

"सैरन्ध्री मुझे अकेला छोड़ दो।" सुदेष्णा ने असहज रहते हुये आदेश दिया।

महारानी के आदेश का अनुपालन करते हुए सैरन्ध्री उनके निजी कक्ष के प्रमुख द्वार से बाहर बने विशाल बरामदे की ओर निकलकर शीघ्र से शीघ्र आँगन को पार कर महल के मुख्य द्वार के सामने महारानी की सहायिकाओं के लिए बने चार कक्षों में से मुख्य सहायिका को अकेले और स्वतंत्र रूप से रहने के लिए दिये गये अपने कक्ष में पहुँच जाना चाहती थी, किन्तु उसके पग शिथिल और बोझिल हो रहे थे मानो आगे बढ़ने की उसकी शक्ति समाप्त हो रही हो; आगे बढ़ने में उसका मन और शरीर साथ नहीं दे रहा था। विवेक किसी अनहोनी के घटित होने के लिए व्याकुल हो रहा था। अभी आधा बरामदा भी वह पार नहीं कर पायी

थी कि महारानी के निजी कक्ष के पीछे वाले द्वार जो कि महाराज के निजी कक्ष में खुलता था कि खुलने की ध्वनि सुनाई दी जिसका अर्थ था महाराज ने प्रवेश किया है। महारानी सुदेष्णा के निजी कक्ष का एक द्वार महल के आंतरिक भाग में आँगन के साथ बने विशाल बरामदे में और एक द्वार महाराज के निजी कक्ष में खुलता था जबकि महाराज के निजी कक्ष का एक द्वार महल के मुख्य प्रवेश-द्वार के साथ बने बरामदे में खुलता था।

सैरन्ध्री दौड़कर अपने निजी कक्ष तक पहुँचना चाहती थी। वह किसी तरह अपने आपको स्थिर एवं स्वयं को संभालने का प्रयास करती किन्तु कोई अपरिचित और अप्रिय घटना के घटित हो जाने की संभावनाओं के कारण उसका एक-एक पग आगे बढ़ाना कठिन हो रहा था। अभी एक माह से कुछ ही अधिक दिनों तक उसे स्वयं को अपने वास्तविक परिचय से छिपाकर रखना था, यह समय पूरा होने से पूर्व यदि उसका वास्तविक परिचय हो जाता है तो उसे पुन: दण्ड के रूप में बारह वर्ष का वनवास और बाहर माह का अज्ञातवास व्यतीत करना होगा, जिसे उन्होंने स्वीकार कर लिया था।

अभी आधा आँगन भी सैरन्ध्री पार नहीं कर पायी थी कि अपने पीछे किसी के तेज़ी से आने की ध्वनि सुनी। तमाम आशंकाओं से भरी हुई सैरन्ध्री ने पीछे मुड़कर देखा तो वह वही प्रहरी था जिससे सेनापति के शव को उनके महल तक सम्मान पूर्वक पहुँचाने का आग्रह उसने किया था। सैरन्ध्री को अपनी ओर देखता पाकर प्रहरी ने सम्मानपूर्वक कहा-

"जैसा कि आप ने कहा था सेनापति जी का शव सम्मानपूर्वक उनके महल में पहुँचा दिया गया है।"

"ठीक है।" सैरन्ध्री ने सहजता से कहा कुछ देर रूक कर सैरन्ध्री ने पुन: पूछा-

"सेनापति के मृत्यु के संबंध में उनके १०५ भाइयों और नगरवासियों की क्या प्रतिक्रिया है?"

"नगरवासियों की प्रतिक्रिया तो अभी ज्ञात नहीं है किन्तु सेनापति जी के १०५ भाई उस व्यक्ति का बहुत गंभीरता से ढूँढ़ने का प्रयास कर रहे हैं जिसने उनके भाई का मल्ल युद्ध में वध किया है, वे इस बात को स्वीकार भी नहीं कर पा रहे हैं कि कोई भी उनके भाई को इस प्रकार मार सकता है।" कुछ देर रूक कर प्रहरी ने पुन: कहना प्रारम्भ किया, "...और सच पूछिये तो मुझे भी इस बात का विश्वास नहीं हो पा रहा है कि आप के किसी एक पति ने हमारे अत्यंत बली सेनापति का

इस प्रकार मल्ल युद्ध कर उनका वध कर दिया है। सेनापति जी में एक पूरी सेना को अकेले परास्त करने की क्षमता और साहस था।''

अपने मुख पर कठोर भाव लाते हुए सैरन्ध्री ने कहा-

''अब तुमको तो मेरे पाँच गन्धर्व पतियों का ज्ञान हो ही गया है किन्तु इस सूचना को अपने तक ही सुरक्षित और गोपनीय रखना।''

''जी देवी जी। किन्तु...''

अपने लिए किसी प्रहरी के मुख से इतने सम्मानपूर्वक "जी देवी जी'' सुनकर सैरन्ध्री के कठोर और शुष्क हो चुके मुख पर स्मित मुस्कान बिखर गयी। बहुत दिनों बाद उसने अपने लिए इतने सम्मानपूर्ण शब्द सुने थे किन्तु अपने आपको अत्यंत संयत और शांत रखते हुए सैरन्ध्री ने पूछा-

''किन्तु क्या?''

''तुम मुझसे कुछ कहना चाहते हो?'' मेरा तुम पर पूर्ण विश्वास है कहो''

''मेरा निजी मत है कि सेनापति जी के वध से महाराज यदि प्रसन्न नहीं होंगे तो दुखी तो बिल्कुल भी नहीं होंगे।''

''यह बात तुम इतने विश्वास से कैसे कह सकते हो?''

''देवी जी, मेरा मानना है कि सेनापति जी की मृत्यु से राज्य की सेनाओं की अपूर्णनीय क्षति हुई है किन्तु राज्य की आम जनता, राज कर्मचारी और नगर के प्रमुख सामंतों में प्रसन्नता ही होगी।''

''क्यों?''

''क्योंकि सेनापति जी के कार्य और व्यवहार से कोई प्रसन्न नहीं था तथा सेनापति जी के १०५ भाइयों से तो राज्य की जनता अधिक त्रस्त ही थी।''

राज्य के इस प्रहरी को अपना विश्वास पात्र चुनने के लिए सैरन्ध्री ने स्वयं को आश्वस्त करते हुए पूछा-

''महाराज यदि सेनापति के कार्य और व्यवहार से प्रसन्न नहीं थे तो उन्हें इतने दिनों तक अपना सेनापति बनाये क्यों रखा?''

''महारानी का भाई होने के कारण और युद्ध की स्थिति में अत्यंत कुशलता से व्यक्तिगत रूप से लड़ने के कारण।''

''क्या उनमें सैन्य संचालन की कुशलता का अभाव था?''

"अवश्य ही देवी जी, राज महल का प्रमुख प्रहरी होने के कारण मुझे ज्ञात है और इस बात को मैं पूरी निष्ठा और ईमानदारी से स्वीकार करता हूँ।"

"ठीक है, तुम जाकर महाराज को इसकी सूचना दे दो कि सेनापति जी का शव सम्मान के साथ उनके महल में पहुँचा दिया गया है।"

"एक बात और पूछना चाहता हूँ देवी जी!" कुछ अधिक सम्मान का प्रदर्शन करते हुए राज प्रहरी ने विनम्रता से कहा-

"क्या?"

"महाराज और महारानी को क्या आपने यह सत्य बता दिया है कि सेनापति का वध आपके पाँच पतियों में से किसी एक ने किया है?"

"हाँ, मैंने महाराज और महारानी को यह सत्य बता दिया है।"

"अब तुम जाओ और ध्यान रखना यह बात गोपनीय ही रहे।"

"देवी जी मुझमें अब इतना साहस नहीं रहा कि आप के आदेश की किसी भी प्रकार से अवहेलना कर सकूँ।"

सैरन्ध्री ने देखा कि यह राज प्रहरी आवश्यकता से अधिक उसका सम्मान कर रहा है, शायद डर के कारण। किन्तु इस प्रहरी पर विश्वास करने का उसका अनुमान सही था। सैरन्ध्री प्रसन्न किन्तु भावी आशंकाओं से घिरी हुई अपने दण्ड अज्ञातवास के किसी प्रकार बारह माह पूरा कर लेने की उत्सुकता के साथ अपने कक्ष की ओर बढ़ चली।

◉◉◉

चिंता में डूबे हुए महाराज विराट अपनी पत्नी सुदेष्णा के निजी कक्ष में प्रवेश करते हैं और सुदेष्णा के दाहिने ओर बने आसन पर चुपचाप बैठ जाते हैं-

तनिक देर मौन बैठे रहने के बाद विराट ने धीरे से अपनी पत्नी से कहा,

"विश्वास नहीं हो रहा है रानी कि हमारे महल में कार्य करने वाली एक साधारण दासी के पति ने राज्य के इतने बली और पराक्रमी सेनापति का इस प्रकार मल्ल युद्ध में वध कर दिया है, हमारे सेनापति में एक पूरी सेना को परास्त कर देने की क्षमता और साहस था।"

"कोई भी अकेला व्यक्ति मेरे भाई को मल्ल युद्ध में पराजित नहीं कर सकता था। अवश्य ही उन पाँचों ने मिलकर छलपूर्वक मेरे भाई की हत्या की होगी। आप दासी सैरन्ध्री और उसके पाँचों पतियों के लिए उचित दण्ड विधि अनुसार निर्धारित

करें, जिससे फिर कोई अनुचित कार्य हमारे राज्य में न कर सके।''

''आप ठीक कह रही हैं, अपने भाई के प्रति आप की चिन्ता उचित और स्वाभाविक है, किन्तु...''

''किन्तु क्या महाराज? कृपया स्पष्ट करने की कृपा करें।'' सुदेष्णा ने चिन्तित होते हुए पूछा।

''कीचक आप का भाई था, आपकी विशेष अनुकम्पा और कृपा थी किन्तु हमारे राज्य की गुप्त सूचना के अनुसार कीचक मुझे और आपको बन्दी बनाकर राज्य पर अपना आधिपत्य स्थापित करने की योजना बना रहा था और इसमें उसके १०५ भाई उसकी सहायता कर रहे थे।''

''यह कदापि नहीं हो सकता महाराज, कीचक मेरा भाई था वह मुझसे और आप से भी काफ़ी स्नेह रखता था, इसके साथ ही साथ वह आपका बहुत मान सम्मान करता था।''

''आप बहुत सहृदय हैं महारानी। कीचक पर आपका बहुत स्नेह था इस कारण इस सच को स्वीकार करना आपके लिए सरल नहीं है।''

थोड़ ठहर कर...

''शासन और सत्ता का आकर्षण सभी संबंधों और नातों को भुला देता है।''

''क्या आप भूल रहे हैं महाराज! हमारी राज्य की पश्चिमी सीमा से त्रिगर्त नरेश सुशर्मा ने कितनी बार आक्रमण किया है और हर बार मेरे भाई ने हमारे राज्य की रक्षा की है।''

''मैं कुछ भी नहीं भूला हूँ महारानी! किन्तु सेनापति के रूप में राज्य की सीमाओं की रक्षा करना एक बात है और स्वयं राजा बनकर राज दण्ड का संवरण करना और बात है। आपका भाई अपनी शक्ति, आपके स्नेह और अपने १०५ भाइयों के सहयोग के कारण राज्य की आम जनता, व्यापारियों, सामंतों, राज्य-कर्मचारियों तथा अन्य सेना-नायकों के साथ अनुचित और स्वार्थपूर्ण व्यवहार करने लगा था जिसके कारण राज्य में मेरे प्रति भी असन्तोष बढ़ने लगा था।''

तनिक ठहरकर राजा विराट पुन: बोले,

''कीचक बलशाली और योग्य सेनापति था किन्तु राज्य में उसके और उसके अन्य १०५ भाइयों के कार्य और व्यवहार के कारण मेरे प्रति भी असहमति की स्थिति बनने लगी थी। अपनी नीयत और व्यवहार के कारण कीचक मेरा विश्वास

पात्र नहीं रह गया था, राज्य में उसके कारण लोग डरे-डरे से रहने लगे थे, राज्य में शान्ति बनाये रखना कठिन हो रहा था।''

महाराजा और महारानी के बीच सहमति और असहमति का मौन छाया रहने बाद विराट ने फिर कहा,

''हो सकता है कीचक का इस प्रकार वध करने वाला व्यक्ति हमारे काम का हो।''

''क्या आप देख नहीं रहे हैं महाराज कि जैसे ही त्रिगर्त नरेश सुशर्मा को हमारे सेनापति 'कीचक' के वध की सूचना मिलेगी वह अतिशीघ्र पूरी तैयारी के साथ हमारे राज्य पर आक्रमण कर देगा और हम अभी एक और युद्ध के लिए पूरी तरह तैयार नहीं हैं।'' थोड़ी देर ठहर कर, चिन्तित होते हुए सुदेष्णा ने कहना जारी रखा, ''आप तो जानते हैं महाराज कि सुशर्मा अपने राज्य की आय का एक बड़ा भाग अपनी सेनाओं के नवनिर्माण पर व्यय करता है, जबकि हम अपनी आय के प्रमुख भाग का व्यय अपने राज्य के विकास और कल्याणकारी कार्यों में करते हैं।''

''और यही हमारे राज्य की प्रमुख विशेषता है महारानी।'' विराट ने सुदेष्णा को बीच में रोकते हुए कहा।

''सुशर्मा के साथ विगत युद्ध में हमारी सेना की काफ़ी क्षति हुई है महाराज और अपनी सेना को सशक्त बनाने में हमने उतना ध्यान नहीं दिया है जितने की आवश्यकता थी।'' सुदेष्णा ने अपनी चिन्ता व्यक्त की।

सुदेष्णा को आश्वस्त करते हुए विराट ने कहा,

''त्रिगर्त नरेश कितनी भी शीघ्रता क्यों न करें एक माह से कम समय पर वे आक्रमण नहीं कर सकते और विगत युद्ध में उनकी सेना की भी काफ़ी क्षति हुई थी, आप निश्चिंत रहें महारानी हमारी सैन्य तैयारियों के लिये एक माह का समय पर्याप्त है।''

सुदेष्णा की आशंका को दूर करते हुए विराट ने आगे कहना जारी रखा, ''हमारे पास संसाधनों की कोई कमी नहीं है और हमारा राज्य एक संपन्न राज्य के रूप में पूरे आर्यावर्त में जाना जाता है। मुझे अपनी सेना, सेना नायकों और स्वयं के नेतृत्व पर पूरा विश्वास है। हम विगत युद्ध की भाँति इस युद्ध में भी सुशर्मा को न केवल परास्त करेंगे वरन उनका वह हश्र करेंगे कि पुन: हमारी ओर देखने का वे साहस न कर सकें।''

“सुशर्मा हमारे राज्य की पशुधन संपन्नता विशेषत: गो-धन का अपहरण कर अपने राज्य की संपन्नता बढ़ाने का विचार रखता था किन्तु अभी तक वह इसमे सफल नहीं हो पाया है।”

“वह आगे भी इसमें सफल नहीं होगा। मेरा विश्वास रखें महारानी हम उसके कुप्रयासों को सफल नहीं होने देंगें।”

अनुमति लेकर एक अनुचर का प्रवेश...

“महाराज की कीर्ति सदैव अमर रहे।” अनुचर ने अभिवादन करते हुए घोषणा की।

“क्या सूचना लाये हो?” महाराज ने सहज रहते हुए अनुचर से पूछा।

“सेनापति के भाईयों तथा सगे संबंधियों ने राज पुरोहित से पूछकर दिन के दूसरे पहर में शव का दाह संस्कार करना सुनिश्चित किया है।”

“ठीक है तुम जाओ।” विराट ने अनुचर को जाने की आज्ञा दी और सुदेष्णा की ओर देखते हुए कहा-

“दिन का एक पहर तो समाप्त हो ही रहा है, हमें भी दाह संस्कार से पूर्व सेनापति के अन्तिम दर्शन हेतु उनके महल तक जाना होगा। क्या आप भी मेरे साथ अपने भाई के अन्तिम दर्शन हेतु चलना चाहेंगी?”

“अवश्य ही! मैं अनुचर को रथ तैयार करने का आदेश देती हूँ, आप तैयार हों, मैं भी तैयार होती हूँ।”

“और हाँ! ” विराट ने कुछ याद करते हुए कहा, “महारानी इस बात का हमें विशेष ध्यान रखना होगा कि किसी को इस बात का पता न चले कि सेनापति का वध आपकी मुख्य सेविका के पाँच गन्धर्व पतियों में से किसी एक ने या पाँचों ने मिलकर मल्ल युद्ध में किया है।”

“समझती हूँ महाराज, यह रहस्य खुल जाने पर हमारे १०५ भाई जिनका अपने महल में प्रवेश करना हमने वर्जित कर रखा है वे हमें भी अपने भाई की हत्या में भागीदार समझने लगेंगे। वे सहज ही समझ सकते हैं कि कीचक की हत्या की योजना में हमारा भी योगदान है।”

महारानी के विचारों से प्रभावित होते हुए विराट ने कहा, “राज्य के प्रति तथा हमारे प्रति उनकी नियत और निष्ठा अब विश्वसनीय नहीं रह गयी है और यह हम समझने लगे हैं इसकी आशंका उन्हें होगी।”

"अवश्य।"

"हमें विशेष रूप से सावधान रहना होगा।"

"मैं भी अब इस बात को समझने लगी हूँ।" सुदेष्णा ने अपने आप को व्यवस्थित और सहज करते हुए कहा।

"दाह संस्कार के संपन्न हो जाने के बाद में अपने प्रमुख सेना-नायकों, मंत्रियों, सामंतों और अपने निजी प्रमुख सहायक 'कंक' के साथ भावी योजना पर विचार करेंगे।" विराट ने कहना जारी रखा, "युद्ध तो हम क्षत्रियों का प्रमुख आभूषण है और मुझे पूर्ण विश्वास है महारानी कि हम शीघ्र ही एक और युद्ध के लिए पूरी तरह तैयार होंगे।" कहकर विराट तैयार होने के लिये अपने निजी कक्ष की ओर चल दिये।

सुदेष्णा ने एक अनुचर को बुलाकर शीघ्र ही सेनापति के महल को जाने के लिए रथ तैयार करने का आदेश दिया तथा एक दासी को स्वयं को भी तैयार होने में सहायता करने के लिए बुला लिया।

◉◉◉

शीघ्रता से अपने निजी कक्ष में पहुँचाने के बाद सैरन्ध्री भूमि पर बिछे अपने आसन पर अन्यमनस्क सी बैठ गयी। बारह वर्ष तक निर्जन वनों में व्यतीत करने के कारण तपस्वियों की तरह जीवन यापन करना अब उसे भला लगने लगा था। राजमहल की समस्त सुख-सुविधाओं को वह भूल चुकी थी। महारानी सुदेष्णा की मुख्य सहायिका होने के कारण उसे दिन में तीन बार महारानी के शृंगार में उनकी सहायता करनी होती थी और इसके लिए जब महारानी अपने शृंगार कक्ष में शृंगार के लिए बने विशेष आसन पर बैठती थीं तो उसे झुक कर अथवा भूमि पर बैठकर ही महारानी के शृंगार में सहायता करनी पड़ती थी, जिसके साथ उसने अपना सामंजस्य बना लिया लिया था। किन्तु अज्ञातवास के व्यतीत हो रहे यह एक-एक दिवस उसे कई मास से भारी लग रहे थे। यद्यपि व्यतीत हो चुके वनवास के बारह वर्ष काफ़ी कठिन थे किन्तु जीवन की स्वतंत्रता थी और पराधीनता में व्यतीत हो रहा एक-एक पल असहनीय पीड़ादायक था। अपना मन किसी दूसरे के आदेश के अधीन हो, जीवन का सबसे बड़ा दुख यही है। महारानी सुदेष्णा की सेवा करने का कार्य कोई कठिन कार्य न था किन्तु सेवा करने का विचार, भाव तथा आदेश की प्रतीक्षा में व्यतीत होता समय उसके लिए अत्यंत कष्टकारी था। सुदेष्णा की सेवा करते समय वह अपने आप को सहज और सरल बनाये रखती थी किन्तु जब

कोई कार्य न हो फिर स्वयं को आदेश की प्रतीक्षा में तैयार रखना अत्यंत कठिन हो जाता था। जैसे-जैसे दण्ड के रूप में स्वीकार किये गये बारह माह के अज्ञातवास के समाप्त होने का समय निकट आता जा रहा था उसकी बेचैनी बढ़ती जा रही थी और अब तो केवल एक माह का ही समय शेष था यह सोचकर वह अचानक से सिहर उठी। अपने निजी कक्ष के मुख्य प्रवेश द्वार से बाहर की ओर जिस तरफ़ महल का मुख्य प्रवेश-द्वार था उस ओर देखा तो महारानी की एक दूसरी निजी सहायिका जिसे वह भी पसन्द करती थी उसके कक्ष की ओर आती हुई दिखायी दी।

सैरन्ध्री ने उलझे हुए बालों को अपने हाथों से ही सँवारकर ठीक करने की कोशिश की; अपने को स्थिर और संयत किया। मुख पर सामान्य भाव रखते हुए अपने कक्ष में उसके आने की इस प्रकार से प्रतीक्षा करने लगी कि आगंतुक को यह आभास न हो पाये कि उसकी प्रतीक्षा की जा रही है।

"आइये विमलेश जी।" अपने चेहरे पर स्थिर भाव रखते हुए थोड़ी विनम्रता के साथ मुस्कुराते हुए भूमि पर बिछे एक और आसन पर बैठने के लिये संकेत करते हुए सैरन्ध्री ने कहा।

सैरन्ध्री द्वारा संकेत से बताये गये आसन पर बैठने के बाद विमलेश ने अत्यंत सहजता से इस प्रकार पूछा जैसे कि सैरन्ध्री को कुछ पता ही नहीं है-

"महारानी की प्रमुख सहायिका जी आप अत्यंत शान्त भाव से बैठी हैं क्या आपको अभी तक पता नहीं है?"

"आप का संकेत किस ओर है विमलेश जी? स्पष्ट रूप से कहिये।"

"आपकी ओर कामुक दृष्टि से देखने वाले मत्स्य महाजनपद के महान सेनापति 'कीचक' को आपके पाँच गन्धर्व पतियों में से किसी एक ने महल के दूसरे छोर पर राजकुमारी उत्तरा के नृत्य और संगीत प्रशिक्षण के लिए बनी नाट्यशाला में मल्ल युद्ध कर उनका वध कर दिया है।"

"आप यह बात इतनी दृढ़ता से कैसे कह सकती हैं विमलेश? और आप को यह सूचना कहाँ से मिली?" थोड़ा रुष्ट होते हुए सैरन्ध्री ने पूछा।

"मुझे यह बात न तो किसी ने बतायी है और न ही कहीं से कोई सूचना ही मिली है।"

"फिर किस आधार पर आपने यह बात कही?" सैरन्ध्री के मुख के भाव अब भी कठोर बने हुए थे।

“मैंने अपने अनुमान के आधार पर यह बात आप से कही।”

“कैसा अनुमान? स्पष्ट कहिये विमलेश, नहीं तो अब आप मेरे पाँच गन्धर्व पतियों को तो अच्छी तरह जान ही चुकी हैं।”

विमलेश के मुख का रंग तत्काल पीला पड़ गया, उसका उत्साह अचानक समाप्त हो गया। कुछ समझ में नहीं आ रहा था कि क्या उत्तर दे, एक दीर्घ श्वाँस लेकर वह चुपचाप बैठी रही।

विमलेश की स्थिति, शान्त और डरी हुई देखकर सैरन्ध्री ने धीरे से पूछा-

“विमलेश नगर में इस बात की चर्चा हो रही है क्या?”

“नही।”

“विमलेश, आप महल में नियमित रूप से नहीं रहती हैं, आप नगर से होकर आ रहीं हैं, नगर में सेनापति के वध को लेकर क्या चर्चा है?”

“नगर में केवल नाट्यशाला में सेनापति के वध की चर्चा है, उनका वध रात के किस पहर में हुआ है और कैसे हुआ है इसकी कोई चर्चा नहीं है।”

“और ध्यान रखियेगा कि इसकी चर्चा होनी भी नहीं चाहिए।” सैरन्ध्री ने विमलेश को घूरते हुए कठोर शब्दों में कहा।

तनिक ठहर कर, सैरन्ध्री ने फिर उसी कठोरता से पूछा-

“और आप यह बात कैसे जानती हैं?”

“मुझे भी इस बात का ज्ञान ठीक से नहीं है, मैंने तो केवल इसका अनुमान लगाया।”

“मैं जानना चाहती हूँ विमलेश आप ने अनुमान भी कैसे, किस आधार पर और कौन-सी सूचना के आधार पर लगाया?”

सैरन्ध्री ने चेतावनी देते हुए अत्यंत कड़े शब्दों में कहा, “...और विशेष ध्यान रखना विमलेश कि कोई भी बात ग़लत या झूठ नहीं होनी चाहिए।”

“प्रमुख सहायिका जी मेरे पास अब आपके सामने ग़लत या झूठ बोलने का साहस नहीं है।”

“तो फिर स्पष्ट रूप से कहो।”

“जी महारानी जी! ” उसने डर के कारण सैरन्ध्री को महारानी जी कहकर संबोधित कर दिया था।

"मैंने लगभग एक माह पूर्व महारानी द्वारा आपको आदेश देते हुए सुना था जब उन्होंने आप को सेनापति के निजी कक्ष में जाकर मदिरा लाने का आदेश दिया था किन्तु आप सेनापति के निजी कक्ष में अकेले जाना उचित नहीं समझ रहीं थीं और फिर महारानी ने आपको वहाँ जाने के लिए विवश किया था।"

थोड़ा ठहरकर विमलेश ने पुन: कहना प्रारम्भ किया,

"महारानी जी" पुन: उसने सैरन्ध्री को महारानी जी कहकर संबोधित किया। "आप को महारानी की प्रमुख सहायिका के रूप में कार्य करते हुए अभी मात्र दस ग्यारह माह ही हुए हैं, आपके लिए यह घटना नयी है किन्तु हम सब के लिए यह कोई नयी बात नहीं है। सेनापति का हम स्त्रियों के प्रति यह भाव और दृष्टिकोण हमेशा से असहनीय रहा है।" अपने आपको सहज रखते हुए विमलेश कहती रही, "सेनापति को महारानी द्वारा दिये जा रहे इस सहयोग के कारण ही हम सब दासियाँ तो विवश थीं किन्तु आप मुझे पहले दिन से ही महारानी जैसी लगती रही हैं। आप ने किस कारण से सेविका का कार्य स्वीकार किया है यह मुझे नहीं ज्ञात है किन्तु मुझे आप किसी भी प्रकार से सेविका नहीं लगती हैं।"

विमलेश से अपनी निश्छल प्रशंसा सुनकर सैरन्ध्री को तनिक सुख सन्तोष तो प्राप्त हुआ किन्तु अपने आप को स्थिर और शान्त रखते हुए मुख पर बिना कोई भाव लाये वह चुपचाप विमलेश को सुनती रही।

"सेनापति की मृत्यु से नगर के सभी स्त्रियाँ और पुरूष अपनी अंतरात्मा से प्रसन्नता का अनुभव कर रहे हैं, मेरा तो यह भी मानना है कि नगर के सामंत, व्यापारी, राज-कर्मचारी, आम जनता और यहाँ तक कि सैनिक तथा सेना नायकों के साथ महाराज भी प्रसन्न होंगे।"

"क्यों? महाराज क्यों प्रसन्न होंगे? मैंने तो सुना है कि पश्चिम से त्रिगर्त नरेश सुशर्मा गोधन का अपहरण करने के लिए मत्स्य पर कई बार आक्रमण कर चुका है और हर बार सेनापति 'कीचक' की वीरता और साहस के कारण ही मत्स्य राज्य अपनी संपदा की रक्षा कर पाया है, तो फिर महाराज क्यों प्रसन्न होंगे?"

"यह भी एक सत्य है महारानी जी।" विमलेश ने फिर सैरन्ध्री को महारानी जी कहकर संबोधित किया था।

"आप जानती ही होंगी कि मत्स्य महाजनपद के आम नागरिक, सामंत, व्यापारी और सेवक महाराज विराट के प्रति आदर और सम्मान का भाव रखते हैं

तथा राज्य के प्रति पूरी तरह समर्पित हैं, किन्तु सेनापति जी नहीं।"

"किन्तु आप यह बात इतने विश्वास से कैसे कह सकती हैं?"

"राज्य के प्रत्येक नागरिक को ज्ञात है कि 'कीचक' महारानी का भाई होने के कारण सेनापति के महत्वपूर्ण पद पर आसीन था न कि राज्य के प्रति अपनी निष्ठा और समर्पण के कारण।" थोड़ा विश्राम लेकर विमलेश ने अपनी बात को आगे कहना जारी रखा,

"जहाँ तक मेरी समझ और ज्ञान है राज्य के प्रमुख पदों पर अपने देश के प्रति सच्ची श्रद्धा, निष्ठा और समर्पण रखने वाले व्यक्तियों को चाहे वे स्त्री हों या पुरूष की नियुक्ति होनी चाहिए। मुझे पूरा विश्वास है कि मेरे राज्य की सेनाएँ और महाराज विराट इतने सक्षम और समर्थ हैं कि कीचक के बिना भी अपने राज्य की सीमाओं की सुरक्षा सफलतापूर्वक कर सकते हैं।"

विमलेश की अपने राज्य के प्रति आस्था और कर्तव्य निष्ठा से सैरन्ध्री प्रभावित हुए बिना नहीं रह सकी किन्तु अपने को सहज रखते हुए उससे पूछा-

"आप ने वह बात पीछे ही छोड़ दी।"

"कौन-सी?"

"एक माह पूर्व महारानी ने मुझे कीचक के निजी कक्ष से मदिरा लाने को कहा था, इस बात का आपने क्या अर्थ निकाला?"

"केवल इस बात का तो कोई अर्थ नहीं निकाला जा सकता है किन्तु पूर्व की कई घटनाओं को जोड़कर कुछ सोचा जा सकता है।"

"क्या?"

"मैं यह अच्छी तरह जानती हूँ कि महारानी अपने भाई कीचक की हर तरह की सहायता करती थीं, उनका हर सही-ग़लत में साथ देती थीं। सेनापति का महारानी के कक्ष में बिना कोई रोक या टोक के आना-जाना रहता था। वह महारानी की सभी दासियों से परिचित था किन्तु आप प्रांरभ से ही अपना मुख ढँककर रखती हैं जिससे दस माह तक कीचक आपको देख ही नहीं पाया था; इस कारण वह आपके रूप सौन्दर्य और आकर्षण से परिचित ही नहीं हुआ था किन्तु एक माह पूर्व जब आप महारानी के केश सँवार रही थीं और मैं आप की सहायता कर रही थी उस समय आपका मुख खुल गया था और आप अपने काम में इस प्रकार लीन थीं कि आप को इसका आभास ही नहीं हुआ तभी अचानक कीचक

बिना अनुमति और बिना किसी पूर्व सूचना के महारानी के कक्ष में आ गया था, उसके बाद का तो आपको सब कुछ स्मरण ही होगा।"

"हाँ विमलेश मुझे अच्छी तरह याद है, उसके बाद ही कीचक ने एक दिन मेरा हाथ पकड़कर अपनी ओर खींचने का प्रयास किया था किन्तु मैं अपना हाथ झटक कर अपने कक्ष की ओर चली गयी थी।"

"और इस घटना के बाद ही महारानी ने आपको उसके कक्ष से मदिरा लाने का आदेश दिया होगा?"

"हाँ!"

"अवश्य ही कीचक ने अपनी बहन से आपको अपने कक्ष में किसी कार्यवश भेजने का आग्रह किया होगा।"

"यह हो सकता है।" सैरन्ध्री ने कुछ सोचते हुए धीरे से कहा और मन ही मन सोचने लगी, "किन्तु मैंने तो महारानी को पहले ही बता दिया था कि यदि पुन: सेनापति ने मुझे छेड़ने की चेष्टा की तो मेरे पाँच गन्धर्व पतियों में से कोई भी आपके भाई का वध कर सकता है।"

"किस सोच में पड़ गयीं आप?" विमलेश ने पूछा

"कुछ भी तो नहीं।"

"मैं जानती हूँ कि आप सोच रहीं हैं कि जब मदिरा वाली घटना से पहले ही आप ने महारानी को यह बता दिया था कि यदि पुन: सेनापति ने आपकी ओर कुदृष्टि से देखा तो आपका कोई पति उनकी हत्या कर देगा।"

"हाँ, परन्तु आपको यह कैसे पता?"

"जब आप महारानी का शृंगार करते हुए उन्हें यह बता रही थीं तब मैं कक्ष के पीछे महारानी के वस्त्र सूखने के लिए डाल रही थी किन्तु उस समय महारानी ने आपकी बात को गंभीरता से नहीं लिया था और सच कहूँ तो मुझे भी आपकी बात का कोई विश्वास नहीं हुआ था और मैंने तो आपकी इस बात को एक कान से सुनकर दूसरे से निकाल ही दिया था।" तनिक ठहरकर विमलेश ने कहना जारी रखा, "सेनापति कीचक की मृत्यु से पूर्व आपकी बात का राज्य में कोई भी विश्वास नहीं कर सकता था, मैंने भी आपकी बात को हास्य में उड़ा दिया था। महारानी ने भी महाराज को यह बात हास्य के रूप में बतायी होगी किन्तु अब महारानी और महाराज आपको दोष देने की स्थिति में नहीं हैं और हो सकता है अब वे दोनों आपके

पाँच गन्धर्व पतियों के कारण आप से डरने भी लगे हों। मुझे विश्वास है अब राज महल में आपको अधिक सम्मान के साथ देखा जाने लगेगा।"

"विमलेश इस घटना के बारे में किसी और को कोई सूचना नहीं होनी चाहिए।"

"आप निश्चिंत रहें, जिसे भी इस पूरी घटना की सूचना होगी वह आप और आपके पाँचों गन्धर्व पतियों को पूरे सम्मान की दृष्टि से देखने लगेगा।"

"ऐसा क्यों विमलेश?"

"क्योंकि 'कीचक' आम जनता का अनादर करता था, सामंतों पर अनुचित दबाव बनाकर निर्णय करवाता था, व्यापारियों से अवैध रूप से धन वसूली का प्रयास करता था और राज सेवकों से अपने निजी कार्य करवाता था। यही नहीं वह महारानी से मिलकर महाराज से भी अनुचित कार्य करवाने का प्रयास करता था और कभी-कभी तो वह इसमें सफल भी होता था। मेरे मन में आप और आपके पाँचों गन्धर्व पतियों के प्रति आदर और सम्मान का भाव है।"

"विमलेश आप ने मेरे पास आकर मेरे मन को शान्त और मुझे बहुत-सी चिन्ताओं से मुक्त कर दिया, मैं आपके प्रति आभारी रहूँगी।" निश्चिंत होते हुए सैरन्ध्री ने विमलेश से कहा।

"मैंने तो केवल अपने मानवीय कर्तव्यों का निर्वहन किया है, मुझे इतना मान न दें और अपना ध्यान रखियेगा महारानी जी।" विमलेश ने एक बार पुन: सैरन्ध्री को महारानी जी कहकर संबोधित किया, "अब मैं जा रही हूँ, आप भी थोड़ा आराम कर लें।"

◉◉◉

दिन का प्रथम पहर समाप्त हो गया था, राजमहल की सुरक्षा में तैनात प्रहरी बदल गये थे। यह दैनिक प्रक्रिया थी किन्तु आज अचानक महल की सुरक्षा का घेरा बढ़ा दिया गया था। सामान्यत: महल के मुख्य प्रवेश द्वार पर दो-दो राज-प्रहरी रहते थे किन्तु आज उनकी संख्या चार-चार कर दी गयी थी। महल के चारों ओर की देखभाल के लिए २०-२० राज-प्रहरी के दो दल हुआ करते थे किन्तु आज २०-२० राज-प्रहरियों के चार दल महल की सुरक्षा में चारों ओर परिभ्रमण कर रहे थे। महल के आंतरिक भाग में कार्य करने वाले दास और दासियाँ अपने-अपने कार्यों में लगे हुए थे किन्तु सामान्य दिवस से विपरीत कोई आपस में बात नहीं कर रहा

था। महल में अचानक सुरक्षा काघेरा बढ़ जाने के कारण सभी लोग एक-दूसरे की ओर आश्चर्य से देखकर कुछ पूछने का प्रयास करते थे किन्तु कहने के लिए किसी के पास कुछ नहीं था। सैरन्ध्री ने अपने कक्ष से आँगन की बायीं ओर जिधर रसोई और भोजन कक्ष था, देखा तो उधर किसी भी प्रकार की कोई हलचल नहीं थी, कोई भी

रसोईया, उनके सहायक उसे दिखाई नहीं दिया। इसका अर्थ था सेनापति जी के दाह-संस्कार से पूर्व किसी को कुछ भी खाने को नहीं मिलेगा, यह उस समय की मानवीय परम्परा थी। किसी की भी मृत्यु हो जाने पर उसके सगे संबंधियों के साथ-साथ उसके शहर गाँव और निकट पड़ोस का कोई भी व्यक्ति जब तक दाह-संस्कार पूरा नहीं हो जाता तब तक खाने-पीने की चेष्टा नहीं करता था, यह मृतक के परिवार वालों के प्रति अपनी गहरी संवेदना व्यक्त करने का एक माध्यम था और यहाँ तो राज्य के सेनापति का किसी अज्ञात व्यक्ति के हाथों वध कर दिया गया था। सैरन्ध्री के अनुमान से राष्ट्रध्वज भी झुका दिया गया होगा और कम से कम सात दिनों का राजकीय शोकघोषित किया गया होगा जैसा कि उसके पिता द्रुपद के राज्य 'पांचाल' में था। सात दिनों तक शोक मनाने का अर्थ था, महल नाट्यशाला और राज्य में कहीं भी गायन, वादन और नृत्य का कोई भी कार्यक्रम आयोजित नहीं होगा और यदि इस तरह का कोई भी कार्यक्रम पहले से अयोजित होगा तो उसे निरस्त कर दिया जायेगा। राजा विराट की ओर से तो वह निश्चित ही थी कि उनके द्वारा कीचक का वध करने वाले उसके पाँच पतियों की खोजबीन करने का कोई विशेष प्रयास नहीं किया जायेगा किन्तु वह सेनापति के १०५ भाइयों की ओर से निश्चिंत नहीं थी कि वे रात्रि में नाट्यशाला में किये गये अपने भाई के अज्ञात हत्यारे अथवा हत्यारों को खोजने का कोई सार्थक प्रयास करेंगे अथवा नहीं और महाराज पर वे यदि कोई दबाव बनाते हैं तो उनका क्या रुख़ होगा और महाराज क्या निर्णय करेंगे, यह सोचते-सोचते वह विचलित होने लगी थी।

राज महल के आंतरिक भाग में सुरक्षा हेतु राज-प्रहरियों का कोई भी दल नहीं रहता था किन्तु अभी-अभी लगभग ४० राज-प्रहरियों का एक दल महल के मुख्य प्रवेश द्वार जो कि उसके कक्ष के द्वार के सामने ही था, से प्रवेश करके महल के भीतरी भाग में सुरक्षा के लिए अपने-अपने निर्धारित स्थान पर खड़े हो गये थे। दो प्रहरी रसोई की सुरक्षा के लिए, चार-चार प्रहरियों के दो दल महाराज और महारानी के निजी कक्ष की सुरक्षा हेतु तथा इतने ही प्रहरियों का एक दल महल के मुख्य प्रवेश द्वार के भीतर सजगता से खड़ा हो गया था। सैरन्ध्री के आश्चर्य का

ठिकाना तब नहीं रहा जब चार प्रहरियों का एक दल उसकी सुरक्षा में उसके कक्ष के बाहर आकर खड़ा हो गया। अपने कक्ष से बाहर निकलकर एक राज-प्रहरी की ओर विस्मय से देखते हुए उसने पूछा, "मेरे कक्ष की सुरक्षा के लिए आपको किसने आदेशित किया है?" एक राज-प्रहरी ने विनम्रता से कहा-

"महाराज के छोटे भाई शतानीक ने।" इसका अर्थ था सेनापति की हत्या के बाद महाराज का विश्वास अपने छोटे भाई शतानीक पर हो गया है। उसने अनुमान लगाते हुए पुन: पूछा, "क्या महाराज के छोटे भाई ही नगर की सुरक्षा व्यवस्था के सभी उत्तरदायित्व का निर्वहन कर रहे हैं?"

"जी।" राज प्रहरी ने सम्मानपूर्वक उत्तर दिया।

राज महल के आंतरिक भाग में सुरक्षा हेतु लगे ४० राज-प्रहरियों के दल का मुख्य प्रहरी जो कि उसी ओर आ रहा था, ने सैरन्ध्री और राज प्रहरी की बातें सुन ली थीं, वह सैरन्ध्री के पास आकर सम्मानपूर्वक बोला, "महाराज का अपने भाई पर सेनापति से कहीं अधिक विश्वास था। विगत रात्रि सहसा सेनापति का नाट्यशाला में किसी अज्ञात व्यक्ति या अज्ञात व्यक्तियों के किसी समूह ने वध कर दिया है, यह आश्चर्य की बात है, इसी कारण राज्य की सुरक्षा व्यवस्था को बढ़ाया गया है। हमारे राज्य का यह शत्रु संभवत: हमारे राज्य की सीमाओं में ही कहीं छिपा हो।" थोड़ा मुस्कुराकर उसने फिर कहा, "किन्तु आप निश्चिंत रहें आप की सुरक्षा का उत्तरदायित्व अब हमारा है।"

"मुझे अपने राज्य के राज प्रहरियों की कुशलता, निष्ठा और सेवा भाव पर पूर्ण विश्वास है और मैं पूर्णतया निश्चिंत हूँ।"

मुख्य राज-प्रहरी ने अपने अधीन राज प्रहरियों को आवश्यक दिशा निर्देश देकर पुन: महारानी की मुख्य सहायिका की ओर देखकर सम्मानपूर्वक अभिवादन किया और पूर्व की ओर महल के मुख्य प्रवेश द्वार की तरफ़ चला गया। सैरन्ध्री का अनुमान सही हो रहा था। उसके पाँच पति जो राजमहल में ही भेष बदलकर भिन्न-भिन्न स्थानों पर भिन्न-भिन्न प्रकार से सेवा का कार्य कर रहे थे, उनका किसी राज प्रहरी, महाराज या महाराज के भाई शतानीक को कोई संदेह नहीं है। एक बार पुन: महल के चारों ओर देखकर महल की सम्पूर्ण सुरक्षा व्यवस्था का निरीक्षण किया और पूरी तरह निश्चिंत होने के पश्चात अपने कक्ष में वापस जाकर उसी प्रकार भूमि पर बिछे आसन पर बैठ गयी। अब वह पहले की तरह चिन्तित नहीं थी। उसका मन अब अधिक शान्त और निश्चिंत हो गया था। महाराज और महारानी उसकी

सहायता कर रहे थे क्योंकि उन्हें भय था कि यदि सेनापति के १०५ भाइयों को उनके भाई कीचक के वध की वास्तविकता ज्ञात हो गयी तो इसके लिए महाराज और महारानी दोनों को इस वध में भागीदार मानते हुए वे नगर में उत्पात कर देंगे और फिर नगर के अन्य सामंतों, व्यापारियों, आम नागरिकों और यहाँ तक कि अन्य सेना नायकों के मध्य भी अपने आप को निर्दोष साबित करना कठिन हो सकता है। सैरन्ध्री जानती थी कि उसके पाँचों पति राजमहल में भिन्न-भिन्न स्थानों पर भिन्न-भिन्न कार्य कर रहे हैं किन्तु उनका एक-दूसरे से कोई सम्पर्क-सूत्र नहीं है, वे सब आपस में एक-दूसरे से संकेत की भाषा में भी कोई वार्तालाप नहीं कर सकते थे क्योंकि इससे अन्य लोगों को कोई न कोई संदेह हो सकता था।

दिन का दूसरा पहर प्रारम्भ हुए समय हो गया था। सैरन्ध्री ने अनुमान किया कि महाराज और महारानी सेनापति के अन्तिम दर्शन हेतु महल से निकल गये होंगे किन्तु राजमहल में दास-दासियों की चहल-क़दमी न के बराबर ही थी। राज-प्रहरी अपने-अपने स्थान पर सुरक्षा में सजग थे, कुछ भी अनुमान करना उसके लिए कठिन हो रहा था किन्तु उसका मन अब काफ़ी शान्त हो चुका था।

अध्याय दो

लगभग दस माह पूर्व...

दिन का तीसरा पहर समाप्त होने को हो रहा था महारानी सुदेष्णा अपने निजी कक्ष में विश्राम कर चुकने के बाद अपनी दासियों को कुछ आवश्यक निर्देश दे रही थीं।

"महारानी की जय हो! " एक सहायिका ने कक्ष में प्रवेश कर सम्मानपूर्वक हाथ जोड़ते हुए कहा।

"क्या संदेश है विदुषी?" महारानी ने सहायिका की ओर देखकर पूछा।

"महारानी महल के पूर्वी द्वार के प्रहरी ने संदेश दिया है कि कोई महिला आप से भेंट करने के लिए मुख्य द्वार पर आपके आदेश की प्रतीक्षा कर रही है।"

"ठीक है। राज-प्रहरी को सन्देश दो कि उसे सम्मानपूर्वक लेकर आये।"

"जैसी महारानी जी की आज्ञा।"

सहायिका महारानी का आदेश पाकर अभिवादन करने के पश्चात कक्ष से बाहर चली गयी। सफ़ेद साड़ी, पूरी बाँह का अंग वस्त्र और मुख को इस प्रकार उत्तरीय से ढँके हुए जिसमें मात्र दो आँखें दिखाई दे रहीं थी; एक अज्ञात महिला को महारानी के कक्ष के बाहर छोड़कर राज प्रहरी वापस मुख्य द्वार की ओर लौट गया। महारानी की सहायिका विदुषी ने आगन्तुक महिला को अपने पीछे आने का संकेत करते हुए महारानी के निजी कक्ष में प्रवेश किया। महारानी अपने लिए बने विशेष आसन पर बैठी हुई थीं। मुख से अपना उत्तरीय हटाते हुए आगन्तुक ने झुकते हुए पूरी विनम्रता और सम्मान के साथ करबद्ध नमस्कार किया और फिर अपना परिचय दिया।

"महारानी मेरा नाम सैरन्ध्री है और मैं एक गन्धर्व कन्या हूँ तथा मेरे पाँच गन्धर्व पति हैं।"

"तुमको मुझसे क्या आवश्यकता है सैरन्ध्री?"

"महारानी मैं सम्राट युधिष्ठिर की पटरानी द्रौपदी की मुख्य सहायिका के रूप में कार्य कर रही थी किन्तु उनके वनवास जाने के कारण मेरे पास अब कोई कार्य नहीं

रहा, मैं आपके पास आपकी सेवा की कामना लेकर आयी हूँ।''

''तुम वहाँ क्या करती थीं और क्या कर सकती हो?'' महारानी ने पूछा।

''मैं इन्द्रप्रस्थ के राजमहल में महारानी द्रौपदी की प्रमुख सहायिका थी और महारानी के शृंगार का कार्य करती थी।''

''सैरन्ध्री मैं तुम्हारे रूप, गुण और सौन्दर्य से प्रभावित हूँ किन्तु मुझे तुम मुझे सहायिका या दासी नहीं लगती हो।''

''किन्तु सत्य यही है महारानी।'' सैरन्ध्री ने विनम्रतापूर्वक हाथ जोड़कर कहा।

''तुमको शृंगार के किन-किन कार्यों में दक्षता प्राप्त है और शृंगार में किन साधनों का प्रयोग करना उचित समझती हो?''

''महारानी मैं केश सज्जा, महावर, मेहंदी तथा कुच सज्जा में निपुण होने के साथ-साथ मुख को सुन्दर और आकर्षक बनाने की कई विधाओं को जानती हूँ।''

थोड़ा ठहरकर, ''मैं शृंगार में केवल प्राकृतिक तेलों और जड़ी-बूटियों का ही प्रयोग करना उचित समझती हूँ, इनसे प्राकृतिक सुन्दरता, आकर्षण हमेशा बना रहता है। यद्यपि मुझे कई प्रकार के रासायनिक शृंगार के साधन बनाने की कला का ज्ञान है किन्तु मैं उनका प्रयोग करना उचित नहीं समझती।''

सैरन्ध्री मैं तुम्हारी बात, व्यवहार, योग्यता, रूप और गुण से मुग्ध और प्रभावित हूँ। मैं तुमको अपनी प्रमुख सहायिका नियुक्त करती हूँ तथा तुम्हारे रहने के लिए इस कक्ष के सम्मुख मेरी सहायिकाओं के लिए बने चार कक्षों में से एक कक्ष तुम्हारे निवास के लिए देती हूँ।''

''धन्यवाद महारानी जी, मैं आपके प्रति कृतज्ञ रहूँगी।''

''विदुषी! '' महारानी ने अपनी सहायिका की ओर देखकर कहा।

''जी महारानी जी! ''

''तुम नयी प्रमुख सहायिका सैरन्ध्री को महल के नियम, मेरे निजी कार्य एवं खान-पान की व्यवस्था को ठीक से समझा दो और सहायिका के लिए बने कक्षों में से एक कक्ष में सैरन्ध्री के एकांत रहने की व्यवस्था कर दो।''

''जैसी आपकी आज्ञा।''

सैरन्ध्री तथा विदुषी दोनों महारानी का यथोचित अभिवादन करने के बाद कक्ष से बाहर निकल गयीं। कक्ष से बाहर निकलकर सैरन्ध्री ने अपने निजी वस्तुओं

की एक पोटली उठायी जिसे उसने कक्ष में प्रवेश करने से पूर्व बाहर छोड़ दिया था और विदुषी के पीछे-पीछे चल दी। सैरन्ध्री महारानी सुदेष्णा के निजी कक्ष से बाहर बने भव्य बरामदे को पार कर जैसे ही आँगन की ओर बढ़ी उसे अपने पाँच पतियों की स्मृति हो आयी जिन्हें आज ही महाराजा विराट के दरबार में उपस्थित होकर पूर्व निर्धारित योजना के अनुरूप अपने विशेष रूप, गुण और कार्य के अनुसार महाराज की सेवा करने का अवसर प्राप्त करने हेतु निवेदन करना था। उसके पतियों को योजना अनुरूप कार्य मिलेगा अथवा नहीं यह सोचकर सैरन्ध्री सहसा सिहर उठी। किसी अज्ञात भय और आशंका से वह ठिठक गयी और सहसा उसके मुँह से निकल गया, "पता नहीं!" सैरन्ध्री को कुछ कहते सुनकर विदुषी ने पीछे मुड़कर देखा तो उसे लगा कि नयी जगह पर सैरन्ध्री कुछ डरी और सहमी-सी है।

"क्या हुआ सैरन्ध्री" यहाँ डरने या घबराने की कोई बात नहीं है। महाराज और महारानी का व्यवहार हम सभी दास और दासियों के प्रति स्नेह भरा है किन्तु किसी को नियम और महल की परम्परा के विरूद्ध कार्य करने की कोई छूट नहीं है।"

थोड़ा रूक कर, "आप निश्चिंत रहें सैरन्ध्री जी हम सब आप की सहायता के लिए हैं।"

"नयी जगह, नये वातावरण और नये लोगों के बीच तनिक घबराहट तो होती ही है न।" सैरन्ध्री ने धीरे से कहा।

"आपको महारानी ने अपनी प्रमुख सहायिका नियुक्त किया है तो हम सभी आप का सम्मान करेंगे और आपको कोई कष्ट न होने देंगे।"

"धन्यवाद, विदुषी जी।" सैरन्ध्री ने सम्मान पूर्वक कहा।

विदुषी के पीछे सैरन्ध्री ने भी महारानी द्वारा उसे दिये गये कक्ष में प्रवेश किया। कक्ष में प्रवेश करने के बाद विदुषी ने कहा, "यह रहा आप का कक्ष, यहाँ थोड़ा आराम कर लें और उन वस्तुओं की एक सूची बना लें जिनकी आपको आवश्यकता होगी। मैं पुन: थोड़ी देर बाद आकर महल के कार्यों और नियमों के विषय में बता दूँगी।"

अपने कक्ष में सभी तरफ़ गहन दृष्टि से देखकर सैरन्ध्री ने विनम्रता से कहा-

"यहाँ सामान्य आवश्यकता की प्रत्येक वस्तु तो उपलब्ध है, संभवत: किसी और वस्तु की आवश्यकता न होगी।"

"ठीक है। फिर भी पुन: अच्छी तरह जाँच कर देख लें, मैं पुन: आती हूँ।"

सैरन्ध्री ने कक्ष के मुख्य द्वार के बन्द होने की ध्वनि सुनी और अपनी खाट पर धीरे से बैठ गयी।

◉◉◉

राजा विराट अपने महल के दाहिनी ओर बने विशाल मंत्रणा कक्ष में अपने आसन पर बैठे थे। दाहिनी ओर नगर के प्रतिष्ठित सामंतों के लिए बने आसन पर कुछ सामंत तथा बायीं ओर महामंत्री और शेष सात मंत्रीगण, सेनापति कीचक और महाराज विराट के भाई शतानीक बैठे हुए थे तथा सामने मंत्रणा कक्ष के बीच में बिछी हुई बड़ी कालीन पर दो नर्तकियाँ नृत्य कर रही थीं तथा नर्तकियों के बायीं ओर संगीत देने वाले वादक तथा गायक उसी क़ालीन पर बैठकर नृत्य को संगीत दे रहे थे। संगीत वादकों के पीछे दो और नर्तकियाँ बैठी हुईं अपने अवसर की प्रतीक्षा कर रही थीं।

संगीत, गायन, वादन और नृत्य अत्यंत मनोरम था। महाराज नृत्य करने वाली नर्तकियों पर मुग्ध थे तो सेनापति संगीत वादकों के पीछे बैठी नर्तकियों को घूर रहे थे। नगर के सामंतों का ध्यान गायन, वादन और नृत्य पर नहीं था, वे तो बस महाराज की सेवा में अपना-अपना कर चुकाने आये थे और नृत्य के समाप्त होने की प्रतीक्षा कर रहे थे। मंत्रीगण महाराज की ओर उनके आदेश की प्रतीक्षा करते हुए देख रहे थे। मंत्रणा कक्ष के मुख्य द्वार से एक राज-प्रहरी ने कक्ष में प्रवेश करने की अनुमति महाराज से माँगी किन्तु नृत्य के समाप्त होने तक उन्होंने राज-प्रहरी को प्रवेश न करने का संकेत किया और संगीत की स्वर-लहरियों के साथ नृत्य पर मुग्ध हो गये। राज प्रहरी महाराज के संकेत पर मुख्य द्वार पर ही ठिठककर खड़ा हो गया और नृत्य के समाप्त होने की प्रतीक्षा करने लगा। थोड़ी देर बाद दोनों नर्तकियों ने अपने हाथों को लहराकर गायन और नृत्य के समाप्त करने का संकेत दिया, वादन भी धीरे-धीरे करके बन्द हो गया।

नगर के सामंतों ने जिनका ध्यान नृत्य, संगीत पर था ही नहीं, ने नर्तकियों के सुन्दर प्रस्तुतीकरण की सराहना की।

महाराज ने राज-प्रहरी को अन्दर आने का संकेत किया। मंत्रांगण कक्ष में प्रवेश कर राज-प्रहरी ने पहले महाराज का अभिवादन करते हुए कहा, "महाराज की जय हो।"

"कहो, क्या सन्देश लाये हो राज-प्रहरी?"

"महाराज एक भद्र-पुरूष जो देखने में अत्यंत कुलीन प्रतीत होते हैं आप से कोई निवेदन करना चाहते हैं।"

"ठीक है, उन्हें सम्मानपूर्वक अन्दर आने दो।"

"जी महाराज।"

महाराज की अनुमति पाकर राज-प्रहरी ने पुन: नवागन्तुक के साथ मंत्रांगण कक्ष में प्रवेश किया। कक्ष में उपस्थित सभी उस भद्र-पुरूष को कौतूहल से देखने लगे। राज-प्रहरी आगन्तुक को महाराज के सम्मुख कर शालीनता से एक ओर हट गया।

आगन्तुक ने महाराज के सम्मुख अपना सिर झुकाकर समुचित सम्मान और अभिवादन करते हुए अत्यंत विनम्रता से कहा-

"महाराज सदैव विजित हों, उनकी यश और कीर्ति अमर रहे।"

महाराज ने हाथ उठाकर अभिवादन स्वीकार किया और आगन्तुक से अपनी बात कहने का संकेत किया। "महाराज मेरा नाम कंक है और मैं व्याघ्रा पाद गोत्र में उत्पन्न हुआ हूँ। मैं द्युत विद्या में निपुण हूँ, साथ ही धर्म, राजनीति और युद्धनीति में भी कुशल हूँ। आप की सेवा की कामना लेकर आप के पास आया हूँ।"

"कंक तुम दर्शनीय और योग्य पुरूष लगते हो, मैं तुमको पाकर प्रसन्न हूँ। मैं भी चौपड़ के खेल और द्युत क्रीड़ा को पसन्द करता हूँ।" अपने मंत्रियों की ओर देखकर महाराज ने पुन: कहा,

"मैं तुमको अपना निजी सहायक नियुक्त करता हूँ और अब तुम यहाँ सम्मानपूर्वक रह सकते हो।"

कंक को मंत्रणा कक्ष के बायीं ओर सेनापति, मंत्रीगण और फिर शतानीक के बैठने के आसन के बग़ल में बने एक अतिरिक्त आसन पर बैठने के लिए जगह निर्धारित कर दी गयी।

नगर से आये हुए सम्भ्रान्त सामंतों ने अपने-अपने कर की राशि को राज कोषागार में जमा करने की अनुमति माँगी, जिसे वित्त मंत्री से विमर्श करने के पश्चात सहर्ष स्वीकार कर लिया गया और सभी सामंत महाराज से अनुमति लेकर मंत्रणा-कक्ष से बाहर चले गये।

मंत्रांगण का कार्य समाप्त कर एक कनिष्ठ मंत्री की ओर देखते हुए विराट

ने कहा-

“मंत्री जी आप कंक के लिए महल के पूर्वी किनारे पर बने अतिथि-कक्ष में निवास की उचित व्यवस्था करने हेतु अनुचरों को आदेशित करें।”

संगीत वादकों की ओर देखकर महाराज ने कहा, “मध्यान्ह के भोजन का समय हो रहा है, एक और नृत्य के बाद यह सभा समाप्त होगी।”

अपने एक मंत्री की ओर देखकर महाराज ने कहा, “आप अपने किसी अनुचर से नगर के उन सामंतों को सन्देश पहुँचाने की व्यवस्था करें जिन्हें राज्य-कर का भुगतान करने सांध्यकालीन सभा में उपस्थित होना है।”

“जैसी आप की आज्ञा।” मंत्री ने विनम्रतापूर्वक कहा और महाराज की आज्ञा का अनुपालन करने के लिए मंत्रणा-कक्ष से बाहर की ओर चला गया।

◉◉◉

महाराज विराट के आदेश के अनुसार दिन के तीसरे पहर की समाप्ति से पूर्व ही मंत्रणा-कक्ष पुन: सज गया था, सभी मंत्री अपने-अपने निर्धारित आसनों पर आसीन हो गये थे। राज्य के सामंत जिन्हें कर चुकाना था इस सांध्यकालीन सभा में उपस्थित होने लगे थे, महाराज के निजी विशेष सहायक कंक भी अपने निर्धारित आसन पर आ कर बैठ गये थे। राज-प्रहरी ने मंत्रणा कक्ष में प्रवेश कर महाराज के आगमन की उद्घोषणा की तो सभा कक्ष में उपस्थित सभी लोग आदर से सिर झुकाकर हाथ जोड़कर विनम्रता पूर्वक अपने-अपने आसनों के पास खड़े हो गये। महाराज ने सभा कक्ष में पश्चिमी द्वार जो कि राज महल की ओर खुलता था से प्रवेश किया। कक्ष में उपस्थित सभी लोगों ने एक साथ “महाराज की जय हो” की उद्घोषणा की।

महाराज ने अपना दाहिना हाथ उठाकर सभी का अभिवादन स्वीकार किया और राजगद्दी पर बैठने के बाद हाथ से ही सभी को बैठ जाने का संकेत किया। एक बार पुन: महाराज का अभिवादन करने के बाद सभी अपने-अपने आसन पर बैठ गये।

सभा-कक्ष के पूर्वी मुख्य द्वार से एक राज-प्रहरी ने प्रवेश कर महाराज का विनम्रता पूर्वक अभिवादन करते हुए कहा- “महाराज आप से मिलने के लिए चार भद्रजन चार घड़ी से द्वार पर प्रतीक्षा कर रहे हैं।” महाराज ने चारों को अंदर आने की अनुमति प्रदान कर दी।

थोड़ी देर में राज-प्रहरी के पीछे-पीछे चार भद्रजनों ने कक्ष में प्रवेश किया। उनमें एक काफ़ी लम्बा और बलिष्ठ दिख रहा था, दो सामान्य क़द-काठी के थे और एक अपने हाव-भाव तथा पहनावे से नारीचित दिख रहा था। सभा-कक्ष में उपस्थित होने के बाद चारों ने महाराज का समुचित अभिवादन किया।

अभिवादन स्वीकार करने बाद महाराज ने उनसे उनके आने का उद्देश्य पूछा-

सबसे पहले लंबे और बलिष्ठ दिख रहे व्यक्ति ने आगे बढ़कर अपना परिचय दिया, "महाराज मेरा नाम बल्लभ है, मैं महाराज युधिष्ठिर के यहाँ रसोईये का कार्य करता था। महाराज युधिष्ठिर को वनवास हो जाने के कारण मेरे पास कोई कार्य नहीं रहा, मैं आप के पास रसोईये का कार्य करने की कामना लेकर आया हूँ। मैं विभिन्न प्रकार के स्वादिष्ट और पौष्टिक व्यंजन बनाने में सक्षम हूँ।"

दूसरे व्यक्ति ने भी आगे बढ़कर अपना परिचय देते हुए कहा-

"मेरा नाम तन्तिपाल है। मैं गाय, बछड़ों की नस्लों को पहचानने में निपुण हूँ। मैं महाराज युधिष्ठिर की गो-शाला में प्रमुख गो-सेवक के पद पर था।"

तीसरे व्यक्ति ने आगे बढ़कर कहा, "महाराज मेरा नाम ग्रान्थिक है। मैं महाराज युधिष्ठिर की अश्वशाला में प्रमुख के पद पर था। मैं आर्यावर्त और संसार भर में पाये जाने वाले सभी प्रकार के अश्वों की पहचान रखता हूँ और अश्वों को युद्ध के लिए तैयार करने, दक्ष बनाने में निपुण हूँ।"

चौथा आगन्तुक जिसने हाथों में हाथी के दाँत की चूड़ियाँ पहन रखी थीं और सिर पर लम्बी चोटी बनाकर गूँथी हुई थी, ने आगे बढ़कर अपना परिचय दिया, "महाराज मेरा नाम बृहन्नला है। मैं नृत्य संगीत की विधा में निपुण हूँ; मैं नपुंसक हूँ। महाराज युधिष्ठिर ने मुझे अपने महल में अन्त: पुर की कन्याओं को नृत्य और संगीत का प्रशिक्षण देने हेतु नियुक्त किया था।"

कुछ देर बाद विचार करने के पश्चात महाराज विराट ने कहा-

"तुम चारों ही मेरे लिए उपयोगी जान पड़ते हो अत: मैं तुम सभी को अपने राज्य में सेवा करने का अवसर देता हूँ और तुम सब से वही कार्य लिया जायेगा जिसमें तुम सब निपुण हो।"

अपने एक वरिष्ठ मंत्री की ओर देखकर महाराज ने आदेशात्मक स्वर में कहा, "मंत्रीजी इनके लिए इनकी योग्यतानुसार कार्य और आवास की व्यवस्था कर दी जाये।"

"तनिक देर विचार करने के बाद पुनः बोले, "और वृहन्नला का चिकित्सीय निरीक्षण कराकर ही कार्यभार दिया जाये।"

महाराज के बायीं ओर बैठने के लिए बने आसनों में अंतिम आसन पर बैठे कंक की श्वाँस उघड़ी हुई थी। वे किसी अज्ञात भय से ग्रसित और आशंकित थे किन्तु चारों की नियुक्ति सुनिश्चित होने के बाद उन्होंने एक लम्बी और गहरी साँस ली जिसपर किसी राज मंत्री और सामंत ने ध्यान नहीं दिया।

महाराज विराट ने अपने लेखा-बही का कार्य करने वाले मंत्री की ओर देखकर पूछा, "मंत्री जी, क्या यहाँ उपस्थित सभी सामंतों और व्यापारियों से उनके त्रैमासिक लेखा-बही आप को प्राप्त हो गये हैं?"

"जी महाराज, और मैंने उन सभी खाता-बहियों को अच्छी तरह जाँचकर 'कर' का निर्धारण भी कर दिया है, कृपा करके कोषागार में जमा कराने की अनुमति प्रदान करें।" और महाराजा विराट ने समस्त 'कर' को कोषागार में जमा कराने की अनुमति प्रदान कर दी।

राज-प्रहरी ने राजा के सामने दो और याचकों को प्रस्तुत किया जिनकी याचना को अत्यंत ध्यान से सुनने के बाद महाराज ने उनका न्यायोचित समाधान कर अपने राज-कर्मचारियों और मंत्रियों को उचित निर्देश देकर सभा को अगले कार्य दिवस तक के लिए समाप्त कर दिया।

दोनों याची न्याय से प्रसन्न होकर "महाराज की जय" करते हुए सभा कक्ष से बाहर निकल गये।

अध्याय तीन

खण्ड एक से आगे...

सैरन्ध्री ने अनुमान किया कि महल के आंतरिक भाग में दास और दासियों की चहल-पहल बढ़ गयी है। दिन का तीसरा पहर समाप्त हो गया, महाराज और महारानी शीघ्र ही दाह-संस्कार संपन्न करा कर वापस आते होंगे। उसने रसोई की ओर देखा तो रसोईये अपने-अपने काम में लगे थे और कुछ दासियाँ भी उनकी सहायता कर रही थीं, इसका अर्थ था कि दाह-संस्कार से वापस आने के बाद स्नान आदि से निवृत्त होकर महाराज और महारानी भोजन करेंगे और उसके बाद ही महल के अन्य लोगों तथा दास और दासियों को भोजन का वितरण होगा। सैरन्ध्री ने सोचा कि उसे शीघ्र ही महारानी के शृंगार हेतु बुलाया जा सकता है। महारानी के कक्ष में जाने से पूर्व वह स्वयं भी स्थिर और शान्त रहकर अपनी स्वयं की तैयारी के लिए तैयार होने लगी अन्यथा महारानी का बुलावा आने के बाद उसके पास अपनी तैयारी का समय नहीं रहेगा। शीघ्रता से तैयार होकर सैरन्ध्री महारानी की ओर से आने वाले आदेश की प्रतीक्षा करने लगी। तीन घड़ी बीत जाने के बाद भी जब कोई बुलावा नहीं आया तो उसके मन में कई तरह के संदेह उभरने लगे, तभी उसने अपने कक्ष के द्वार को खोला तो एक दासी 'वर्तिका' उसके सामने थी- "महारानी का मेरे लिए क्या संदेश है वर्तिका?" सैरन्ध्री ने शीघ्रता से पूछा

"मैं महारानी का कोई संदेश लेकर नहीं आयी हूँ।"

"फिर?"

"आपको भोजन कक्ष में भोजन करने के लिए बुलाया जा रहा है। कई दासियाँ भोजन कर चुकी हैं किन्तु जब आप नहीं दिखाई दीं तो मैं आपको बुलाने यहाँ चली आयी।"

"क्या महाराज और महारानी ने भोजन कर लिया है?"

"हाँ, दो घड़ी पूर्व ही।"

"क्या महारानी ने आज शृंगार नहीं किया है?"

"महारानी ने आज विशेष शृंगार नहीं किया है किन्तु जो भी किया है उसमें

'विदुषी' ने उनकी सहायता की है। विमलेश ने बताया कि आज आप का स्वास्थ्य कुछ ठीक नहीं है।''

''नहीं कुछ विशेष नहीं। चलो मैं भोजन कक्ष में शीघ्र ही आती हूँ।''

⊙⊙⊙

सेनापति के दाह-संस्कार को भली भाँति संपन्न कराने के बाद महाराज ने सुपाच्य भोजन ग्रहण किया और अपने कक्ष में विश्राम करने लगे किन्तु उनका मन उद्विग्न था। सेनापति 'कीचक' के रहने तक महाराज विराट अपने राज्य की बाहरी आक्रमण से सुरक्षा को लेकर निश्चिंत थे। मत्स्य महाजनपद आर्यावर्त का एक संपन्न राज्य था, राज्य के लोगों के लिए जीविका का मुख्य साधन गो-पालन तथा कृषि व्यापार था। मत्स्य राज्य की संपन्नता त्रिगर्त महाजनपद के नरेश, सुशर्म चन्द्र, जो कि 'कुरू' महाजनपद के युवराज 'सुयोधन' का मित्र था, को भली नहीं लगती थी इस कारण वह मत्स्य पर आक्रमण कर राज्य के पशु-धन पर अपना अधिकार स्थापित करना चाहता था। वह कई बार इसका प्रयास भी कर चुका था किन्तु प्रत्येक बार मत्स्य के सेनापति कीचक की वीरता के समक्ष उसकी एक ना चलती और प्रत्येक बार उसे पराजय मिली थी। सेनापति की मृत्यु के बाद महाराज विराट को सर्वाधिक चिन्ता राज्य की सुरक्षा-व्यवस्था को लेकर थी। वे शीघ्र ही त्रिगर्त नरेश सुशर्मा से युद्ध की अपेक्षा कर रहे थे।

सुरक्षा की दृष्टि से सेनापति कीचक की मृत्यु के बाद राज्य में केवल दो दिन का राजकीय शोक घोषित किया गया था जबकि राज्य की परम्परा के अनुसार सेनापति या महामंत्री की असामयिक मृत्यु पर सात दिन का राजकीय शोक घोषित करने की परम्परा थी। हालाँकि इस शासकीय घोषणा का राज्य की आम जनता ने स्वागत किया था किन्तु कीचक के १०५ भाई संतुष्ट नहीं थे और उन्होंने राज्य में अल्प विद्रोह करने का प्रयास किया किन्तु राज्य की जनता के सहयोग से सैनिकों ने इस विद्रोह को बड़ी सरलता से कुचल दिया था। सेनापति के १०५ भाईयों ने युद्ध के समय सहयोग न करने की चेतावनी दे दी थी किन्तु विराट ने उनकी इस चेतावनी को कोई महत्व नहीं दिया। महाराज विराट ने अपने राज्य के गुप्तचरों को इस बात का पता लगाने के लिए आदेश दे दिया था कि राज्य के सेनापति का मल्ल युद्ध में वध करने वाला योद्धा कौन है और वह किस राज्य का है।

सैरन्ध्री ने महाराज और महारानी से अपने पाँच गन्धर्व पतियों के विषय में कुछ भी न पूछने का वचन ले लिया था। वे अपनी वचनबद्धता के कारण सैरन्ध्री

से कुछ पूछ नहीं सकते थे किन्तु अपने गुप्तचरों के माध्यम से उनका पता लगाने के लिये स्वतंत्र थे। राजा के लिए अपने वचनों का जीवन की अन्तिम क्षणों तक प्रतिबद्धता के साथ निर्वाह करने की प्राचीन धार्मिक और सामाजिक परम्परा थी। इस महान परम्परा का अनुपालन हज़ारों वर्षों से बिना किसी रूकावट और त्रुटि के होता आ रहा था। सैरन्ध्री भारत वर्ष के राजवंशों में स्थापित इस महान प्राचीन परम्परा से भली भाँति परिचित थी इस कारण वह अपने आपको राजमहल में पूरी तरह निश्चिंत, स्वतंत्र और सुरक्षित मान रही थी।

⦿⦿⦿

विराट अपने निजी कक्ष में असमंजस से चहल-क़दमी करते हुए सोच रहे थे कि सेनापति की मृत्यु के दो दिन बीत गये हैं, राजकीय शोक समाप्त हो गये हैं, राष्ट्रध्वज को पुन: राजकीय सम्मान के साथ फहरा दिया गया है किन्तु गुप्तचरों ने सेनापति का मल्ल युद्ध में वध करने वाले के सन्दर्भ में कोई सूचना अभी तक नहीं दी है।

दिन का दूसरा पहर समाप्त होने को आ रहा था और महाराज अपने गुप्तचरों की असफलता पर अंतर्मन में ही रूष्ट हो रहे थे किन्तु विवशता में कुछ कर भी नहीं सकते थे। महाराज विराट ने चिन्ता की एक और दीर्घ श्वाँस लेकर छोड़ी ही थी कि राज प्रहरी 'स्कन्ध' का निजी कक्ष में प्रवेश होता है- "क्या कोई सूचना है स्कन्ध?" विराट ने कौतूहल से पूछा।

"नहीं महाराज।"

"राज्य के प्रमुख सामंत 'सुमाली जी' आप से भेंट हेतु द्वार पर प्रतीक्षा कर रहे हैं।"

"सुमाली" राज्य के गुप्तचरों के प्रमुख थे किन्तु उन्हें राज्य के प्रमुख सामंत के रूप में जाना जाता था जिससे राज्य के प्रमुख गुप्तचर को राजा के अतिरिक्त और कोई पहचान ही न पाये।

"स्कन्ध उसे पूर्वक अन्दर आने दो और मुख्य द्वार को बन्द कर दो, किसी को भी अन्दर मत आने देना।"

"जैसी आप की आज्ञा!"

विराट के निजी कक्ष में बहुत ही सधे क़दमों से सुमाली ने प्रवेश किया। "कोई सूचना है सुमाली?" विराट ने सुमाली के अभिवादन करने से पहले ही पूछ लिया। सुमाली ने अपने राजा का विधिवत अभिवादन करने के पश्चात उत्तर दिया-

“नहीं महाराज कोई सूचना अभी तक हमारे गुप्तचरों ने नहीं दी है।” सुमाली ने कहना जारी रखा, “ज्ञात सूचना के अनुसार नाव्यशाला के बाहर बने कक्ष में रात के तीसरे पहर तक “बृहन्नला” मृदंग पर अभ्यास कर रहे थे और तब-तक नाव्यशाला में कोई चहल-पहल नहीं थी।”

“इसका तो अर्थ है रात के तीसरे पहर तक-सब कुछ ठीक था।”

“इसका अर्थ तो यही है महाराज।” सुमाली ने उत्तर दिया।

“रात के अन्तिम पहर अर्थात प्रात: काल में सेनापति जी नाव्यशाला में किस उद्देश्य से गये होंगे, यह भी एक विचारणीय रहस्य है महाराज।”

“सुमाली प्रश्न यह नहीं है कि सेनापति वहाँ गये क्यों, महत्वपूर्ण यह है कि रात के अन्तिम पहर में कोई सेनापति का वध कर राज्य की सीमाओं से बाहर निकल कैसे गया? हमारे राज-प्रहरी क्या कर रहे थे?”

“महाराज हमारे राज-प्रहरी सामान्यत: काफ़ी सजग रहते हैं और हो सकता है सेनापति का वध करने वाला राज्य की सीमाओं में ही कहीं छिपा हो।”

“तुम्हारे विचार से यदि वह राज्य की सीमाओं मे ही कहीं छिपा हुआ हो सकता है तो शीघ्र ही उसका पता लगाओ, वह व्यक्ति हमारे काम का भी हो सकता है।”

“जी महाराज।” सुमाली की आँखें आश्चर्य से फैल गयीं। सेनापति और महाराज के संबंधों को लेकर गुप्तचर प्रमुख बहुत आश्वस्त तो पहले भी नहीं थे किन्तु उन्हें अब विश्वास हो गया था कि सेनापति केवल महारानी के भाई होने के कारण राजमहल के प्रिय थे नहीं तो महाराज उन्हें पसन्द नहीं करते थे। सेनापति महाराज के सामने अपना विश्वास खो चुके थे और शायद महाराज स्वयं भी ‘कीचक’ से मुक्ति चाहते थे।

“महाराज मैंने अपने अति-विश्वास पात्र गुप्तचरों को नगर और उसके आसपास के सभी स्थानों पर इस उद्देश्य हेतु लगा रखा है, जैसे ही कोई सूचना मिलती है तत्काल आपको सूचित किया जायेगा।”

समुचित अभिवादन करने के बाद सुमाली विराट के निजी कक्ष से बाहर निकल गये।

गुप्तचर-प्रमुख की सूचनाओं ने राजा विराट को और अधिक विचलित कर दिया था वे अपने कक्ष में और तेज़ क़दमों से इधर-उधर चहल-क़दमी करने लगे।

अध्याय चार

कुरू महाजनपद की राजधानी हस्तिनापुर के राजकुमार सुयोधन अपने महल के सभा-कक्ष में मित्र कर्ण भाई सुशासन और जलसंध के साथ गहन विचार-विमर्श में लीन थे। कुरू महाजनपद प्राचीन भारत के १६ महाजनपदों में से एक वर्तमान हरियाणा, पंजाब, दिल्ली तथा पश्चिमी उत्तर प्रदेश जिसकी राजधानी वर्तमान उत्तर प्रदेश के मेरठ जनपद में मुख्य मेरठ शहर से लगभग ३६ कि०मी० दूर हस्तिनापुर में थी।

"हमारे गुप्तचर आर्यावर्त के सभी महाजनपदों, उपजनपदों तथा नगरों में फैले हुए हैं।" 'जलसंध' ने अत्यंत विस्मय से कहा।

"ग्यारह माह से भी अधिक का समय हो गया है किन्तु गुप्तचर पाण्डवों और द्रौपदीका कोई पता ठिकाना नहीं ढूँढ़ पाये हैं।" सुशासन ने व्यंग करते हुए जलसंध की अधूरी रह गयी बात को पूरा कर दिया।

"हम उनके अज्ञातवास के १२ मास पूर्ण होने से पूर्व यदि उन्हें खोज नहीं पाये तो उनको दिये गये दण्ड विधान और नियम के अनुसार हमें उनका राज्य उन्हें वापस करना होगा।" कुछ चिन्तित होते हुए कर्ण ने कहा।

"हम उन्हें अपने राज्य में भूमि का एक छोटा टुकड़ा नहीं दे सकते।" सुयोधन ने तीव्र उत्तेजना से कहा।

"राजकुमार आपके मित्र त्रिगर्त नरेश सुशर्मा का कोई राजदूत आपसे मिलने की अनुमति की प्रतीक्षा में द्वार पर उपस्थित है।" एक अनुचर ने सभा कक्ष में प्रवेश कर विनम्रतापूर्वक कहा।

"उसे शीघ्र ही सम्मान के साथ लेकर आओ।" सुयोधन ने आदेशात्मक स्वर में अनुचर से कहा।

"जैसी आपकी आज्ञा राजकुमार।" अत्यंत अल्प समय में अनुचर के साथ त्रिगर्त नरेश के राजदुत ने सभा कक्ष में प्रवेश किया।

समुचित अभिवादन करने के पश्चात राजदूत ने कहा, "राज कुमार आपके मित्र त्रिगर्त नरेश ने एक अत्यंत गुप्त-संदेश गुप्त रूप से केवल आप को देने के

लिए ही मुझे भेजा है।'' राजदूत विनम्रतापूर्वक कहकर कक्ष में उपस्थित अन्य लोगों की ओर देखने लगा।

राजदूत को लेकर सभा कक्ष में आया अनुचर वापस चला गया था।

''ये सब मेरे विश्वास पात्र मित्र और भाई हैं, तुम निःसंकोच होकर त्रिगार्त नरेश का सन्देश कहो।''

''किन्तु राजकुमार, हमारे नरेश का आदेश है कि यह सूचना आपको अकेले में दूँ।'' दूत ने यथा संभव प्रयत्न किया।

''तुम मुझे एकांत में ही समझकर निश्चिंत होकर संदेश कहो।''

''राजकुमार, मत्स्य महाजनपद के सेनापति कीचक का राजमहल के बाहर बनी नाट्यशाला में किसी ने मल्ल युद्ध कर उनका वध कर दिया है।''

सभा-कक्ष में सन्नाटा छा गया सभी एक-दूसरे की ओर आश्चर्य से देखने लगे।

सुयोधन ने अपने अनुचर को बुलाकर आदेश दिया, ''हमारे अतिथि की महल में बने अतिथि-कक्ष में आराम करने की व्यवस्था की जाये।''

''आइये अतिथि देव! '' अनुचर ने दूत की ओर संकेत करते हुए कहा।

''राजकुमार मेरे पास विश्राम करने का समय नहीं है। हमारे नरेश ने मात्र आठ दिन का समय दिया है आप का उत्तर उन तक पहुँचाने के लिए।''

''मैं समझता हूँ दूत।'' सुयोधन से हर्षित होते हुए कहा।

''त्रिगर्त नरेश को एक लिखित संदेश दिया जायेगा, आप कुछ देर आराम कर लें।''

राजदूत अनुचर के साथ सभा कक्ष से अतिथि कक्ष की ओर चला गया।

''इतनी महत्वपूर्ण सूचना हमारे गुप्तचरों को कैसे पता नहीं चली'' जलसंध ने अत्यंत आश्चर्य से कहा

''यह सूचना हमारे लिये महत्वपूर्ण है इसका अनुमान हमारे गुप्तचर नहीं लगा पाये होंगे।'' कर्ण ने कहा।

सुशासन ने कुछ सोचते हुए कहा, ''हमने अपने गुप्तचरों को किसी राज्य के सेनापति की मृत्यु की सूचना देने के लिए आदेशित नहीं किया था।''

''मत्स्य महाजनपद का सेनापति कीचक अत्यंत बली और पराक्रमी था, मल्लयुद्ध में उसका वध करने की क्षमता और साहस केवल तीन ही लोग के पास

थी- बलराम, राजकुमार सुयोधन, और भीम।'' कर्ण ने कहा।

''मैंने कीचक का वध किया नहीं, गुरु बलराम को छिपकर वध करने की आवश्यकता नहीं है, इसका सीधा-सा अर्थ है कीचक का वध भीम ने ही किया है।'' सुयोधन ने कहा।

''अवश्य ही वे सभी मत्स्य महाजनपद की राजधानी विराट नगर में अपना भेष बदलकर छिप कर रह रहें हैं।'' सुशासन ने जलसंध की ओर देखकर कहा।

''जलसंध, विराट नगर में नियुक्त गुप्तचरों को शीघ्र ही सूचित करो तथा विराट नगर और आस-पास के सभी उपनगरों में अपने गुप्तचरों की संख्या बढ़ा दो। यह सुनिश्चित हो चुका है कि युधिष्ठिर, भीम, अर्जुन, नकुल, सहदेव तथा द्रौपदी विराट नगर में या आस-पास ही कहीं हों।'' कर्ण ने कहा।

''ऐसा भी तो हो सकता है कि वे सब राजा विराट के संरक्षण मे ही हों'' जलसंध न कहा।

''हो तो सकता है क्योंकि मत्स्य नरेश विराट हमारे मित्र नहीं हैं किन्तु वे हमारे शत्रु को संरक्षण देने की बात सोच भी नहीं सकते हैं वे इसका परिणाम-भली भाँति समझते हैं।'' सुयोधन ने पूरे विश्वास से कहा।

''अब हमारी आगे की क्या कार्य योजना होगी?'' सुशासन ने पूछा।

''मित्र कर्ण आप की क्या मंत्रणा है इस सन्दर्भ में?'' सुयोधन ने कर्ण की ओर देखते हुए पूछा।

मित्र कर्ण ने अपना विचार व्यक्त किया, ''मैं समझता हूँ त्रिगर्त नरेश आप के मित्र हैं और वे कई बार विराट नगर पर उनके पशु-धन पर अपना अधिपात्तय स्थापित करने हेतु आक्रमण कर चुके हैं।''

''...और अभी तक वे सफल नहीं हुए हैं।'' सुशासन ने बीच में रोकते हुए कहा किन्तु कर्ण ने कहना जारी रखा-

''जहाँ तक मेरा ज्ञान है विराट नगर के गो-पालक दक्षिण और उत्तर की दिशा में अपनी गायों तथा अन्य पशुओं को चराने (भोजन हेतु) लेकर जाते हैं, विराट नगर के अधिकांश लोगों का मुख्य व्यवसाय गो-पालन ही है।''

''किन्तु हमारा मुख्य उद्देश्य उनके पशु-धन का अपहरण करना नहीं है।'' सुशासन ने कहा।

''मित्र सुयोधन आप अपने मित्र सुशर्मा को लिखित संदेश दें कि वे अतिशीघ्र

दक्षिण दिशा से विराट पर आक्रमण कर उनके गो-धन का गो-पालकों के साथ हरण करें और जब राजा विराट सुशर्मा अपनी सेना लेकर युद्ध हेतु चले जायेंगे तब हम अपनी सेना के साथ उत्तर दिशा से उनके गो-धन और गो-पालकों पर आक्रमण कर अपहरण करेंगे और साथ ही सेना विहीन हो चुके नगर में घुस कर उन पाँचों पाण्डव और द्रौपदी को ढूँढ़ निकालेंगे।''

''और इस प्रकार उन्हें दिये गये दण्ड के अनुसार पुन: बारह वर्ष का वनवास और एक वर्ष का अज्ञातवास व्यतीत करना होगा'' ।

सुशासन ने कर्ण की योजना को समझते हुए कहा।

''किन्तु! ''

''किन्तु क्या जलसंध?'' क्या अब भी कोई आशंका रह गयी है?'' सुशासन ने पूछा। ''मेरा तात्पर्य है कि हमारे सेनापति और पितामह भीष्म बिना किसी उचित कारण के क्या विराट पर आक्रमण करने हेतु सहमत होंगे?''

''हमारे सेनापति जी हमारे पिता श्री महाराज धृतराष्ट्र का आदेश मानने के लिए बाध्य हैं।''

''हमारे पिता श्री अपने महामंत्री विदुर की सहमति के बिना कोई कार्य नहीं करते हैं, और जहाँ तक मेरी समझ है महामंत्री जी भी बिना उचित कारण के विराट पर आक्रमण की सहमति नहीं देंगे।'' जलसंध ने पुन: कहा।

''राजा विराट पर आक्रमण करने हेतु आदेश देने के लिए मैं अपने पिता श्री महाराज 'धृतराष्ट्र' को सहमत कर लूँगा।''

''तो फिर ठीक है।'' कर्ण ने अपनी योजना का शेष भाग सुयोधन को बताया-

''मित्र आप हस्तिनापुर के युवराज हैं आपकी सुरक्षा हम सब के लिए अति महत्वपूर्ण है, इसलिये मेरा मत है कि हमारी सेना की दो टुकड़ियाँ हों, एक टुकड़ी जिसका नेतृत्व पितामह भीष्म, गुरू द्रोणाचार्य और कृपाचार्य करें; वे विराट नगर के ग-धन और गो-पालकों को अपने घेरे में लेकर आपको सुरक्षा प्रदान करते हुए हस्तिनापुर की ओर लौट चलें। दूसरी सेना की टुकड़ी मेरे नेतृत्व में रहे जिसमें, सुशासन, जयद्रथ, अश्वत्थामा, जलसंध और पचास हज़ार सैनिक जिनमें घुड़सवार सैनिकों की संख्या अधिक हो, के साथ विराट नगर में प्रवेश कर उन्हें ढूँढ़ निकालेंगे।''

''उत्तम योजना है।'' सुशासन ने अपनी सहमति दी।

"जहाँ तक मेरी समझ है आक्रमण की इस पूरी योजना का आदेश महाराज स्वयं सेनापति पितामह भीष्म को दें, नहीं तो हम सब युद्ध भूमि में सेनापति के आदेश मानने के लिए बाध्य होंगे और मेरा विश्वास है कि सेनापति हमें नगर में प्रवेश करने की अनुमति कभी नहीं देंगे।" जलसंध ने कहा।

"तुम सही हो जलसंध। आक्रमण की पूरी योजना का आदेश महाराज धृतराष्ट्र ही देंगे।" सुयोधन ने स्पष्ट करते हुए कहा।

"राजकुमार आप पूरी योजना पर पुन: विचार कर लें किसी भी चूक के लिए हमारे पास कोई स्थान नहीं है।" कर्ण ने कहा।

"तुम्हारी योजना मुझे अन्तिम रूप से स्वीकार्य हैं मित्र।"

योजना के अनुरूप त्रिगर्त नरेश सुशर्मा को संदेश पहुँचाने के उचित और स्पष्ट पत्र तैयार कर उस पर हस्तिनापुर के राजकुमार की मोहर लगा दी गयी और पत्र को सील बन्द कर उस पर भी राजकुमार की मोहर लगा दी गयी जिससे पत्र गोपनीय रूप से सुशर्मा तक पहुँच सके।

एक अनुचर को अतिथि कक्ष में विश्राम कर रहे राजदूत को पुन: सभा कक्ष में बुलाने के लिए आदेशित कर दिया गया। थोड़ी ही देर में अनुचर राजदूत के साथ सभा कक्ष में उपस्थित हो गया।

सुयोधन ने राजदूत की ओर देखते हुए कहा, "मैंने अपना संदेश मित्र त्रिगर्त नरेश को देने के लिए लिखित रूप में तैयार कर दिया है, आप इसे लेकर शीघ्र प्रस्थान कर सकते हैं।"

"जैसी आप की आज्ञा! " राजदूत ने अत्यंत विनम्रतापूर्वक अभिवादन करते हुए कहा।

"युवराज! क्या मेरे यहाँ से वापस जाने के लिए दूसरे अश्व की व्यवस्था हो सकती है?" राजदूत ने अनुरोध करते हुए कहा।

"अवश्य ही! आप हमारी अश्वशाला से अपनी इच्छा का कोई भी अश्व लेकर वापस जा सकते हैं।"

सुयोधन ने राजदूत के अनुरोध को स्वीकार करते हुए जलसंध की ओर देखते हुए कहा।

"जलसंध तुम राजदूत को वापस जाने के लिए राज्य की अश्वशाला से उसकी पसंद का अश्व उसे उपलब्ध कराने हेतु उचित आदेश अश्वशाला प्रमुख को दे दो।"

"अवश्य भ्राता श्री।" जलसंध ने सम्मान के साथ कहा और व्यवस्था हेतु कक्ष से चला गया।

⊙⊙⊙

'कुरू' राजवंश में शक्ति का संतुलन बिखरने लगा था, राजा धृतराष्ट्र की अधिकांश शक्तियों का प्रयोग सुयोधन अपनी इच्छा से करने लगा था। अनीति के विरूद्ध राजा का मौन पुत्र-मोह के कारण राज्य को महाविनाश अर्थात युद्ध की ओर धीरे-धीरे आगे बढ़ा रहा था। राजसत्ता पर सुयोधन के अधिग्रहण करने और राजा धृतराष्ट्र की मौन सहमति के कारण सम्पूर्ण राज्य में 'सुयोधन' 'दुर्योधन' के नाम से जाना और पहचाना जाने लगा था और उसका भाई विश्वासपात्र 'सुशासन' भी राज्य में 'दुशासन' बन गया था।

महाराजा धृतराष्ट्र अपनी पत्नी 'गांधारी' के साथ अपने महल के मुख्य कक्ष में बैठे हुए थे। गांधारी अपने पति की मनोदशा समझ रही थीं, जो तनिक चिंतित दिखाई दे रहे थे।

"क्या बात है महाराज! आप कुछ चिंतित दिखाई दे रहे है?" गांधारी ने अत्यंत सहज और सरल रूप से पूछा। गांधारी के इस प्रश्न ने महाराज धृतराष्ट्र को और भी विचलित कर दिया किन्तु अपने आपको स्थिर रखते हुए उन्होंने कहा- "पाण्डु-पुत्रों का अज्ञातवास का समय पूरा होने में अब केवल दो सप्ताह का ही समय रह गया है।"

कुछ ठहर कर,

"अपने पूर्व निर्धारित दण्ड को पूरा कर वापस आने पर शर्त के अनुसार उनका राज्य उन्हें वापस देना होगा।"

"तो क्या हुआ महाराज पाण्डव भी तो हमारे पुत्र ही हैं और उनका स्नेह हम पर कम नहीं है तो उनका अधिकार वापस करने में हमें संकोच कैसा?"

"मुझे पाण्डु-पुत्रों को उनका अधिकार वापस करने में कोई संकोच नहीं है किन्तु पुत्र सुयोधन उन्हें कुछ भी देने को तैयार नहीं है।"

"राजदण्ड के अधिकारी आप हैं न महाराज? यह देश समाज और परिवार आप से न्याय की आशा रखता है, आपके पुत्र से नहीं और उचित के अनुरूप निर्णय करने में संकोच क्यों महाराज।"

"मुझे कोई संकोच नहीं है महारानी, किन्तु मेरा पुत्र बार-बार मेरे सामने

आकर खड़ा हो जाता है और उसका हठ मुझे असहाय बना देता है।''

''महाराज पुत्र के प्रति आपकी आसक्ति स्वाभाविक हो सकती है किन्तु राज्य, न्याय और धर्म के प्रति निष्पक्षता राजा की प्राथमिकता है।'' गांधारी धृतराष्ट्र को समझाते हुए निरंतर कहती रहीं, ''आप राजधर्म से पूर्णत: बँधे हैं महाराज और आप अपने कर्तव्यों से च्युत कैसे हो सकते हैं?''

''किन्तु मेरे पुत्र को पाण्डु-पुत्रों के दण्ड के विधान के अनुसार अज्ञातवास का समय पूरा होने के पहले तक उन्हें ढूँढ़ निकालने का अधिकार तो है ही।''

''महाराज आपकी पुत्र के प्रति यह आसक्ति कुरु राजवंश के राजा होने के कारण शोभा नहीं देती है, आप अपने राजधर्म का निष्ठा से निर्वहन करें यही हमारी चन्द्रवंशी राज परम्परा है और यही हमारे आराध्य शिव का संदेश भी।''

''आप ठीक कह रहीं हैं महारानी किन्तु मैं पुत्र के सामने आने पर अपने आपको विवश और असहाय पाता हूँ।''

धृतराष्ट्र और गांधारी महल के जिस भाग में बातें कर रहे थे वहाँ बिना किसी पूर्व सूचना के सुयोधन का आगमन होता है। धृतराष्ट्र अत्यंत स्नेह के साथ सुयोधन को अपने बग़ल में बने आसन पर बैठने का संकेत करते हैं। सुयोधन पिता और माता के चरण-स्पर्श करने के बाद आसन पर बैठ जाता हैं।

''क्या हमारे गुप्तचरों द्वारा पाण्डु-पुत्रों की कोई सूचना दी गयी है?'' एक दीर्घ श्वाँस लेकर धृतराष्ट्र पुन: बोले, ''अज्ञातवास के समाप्त होने में अब बहुत कम समय शेष रहा है और तुम तो जानते हो कि यदि समय के भीतर उनकी कोई सूचना नहीं मिलती है तो नियम के अनुसार राज्य का आधा भाग उन्हें सौंपना पड़ेगा।''

''पिता श्री मैं उन्हें अपने राज्य का एक छोटा भू-भाग भी नहीं दे सकता हूँ।''

''पुत्र!'' गांधारी ने अपने पुत्र की ओर देखते हुए कहा, ''हम शर्त के विपरीत कोई भी कार्य नहीं कर सकते हैं।''

''माता श्री हमें विधि के विपरीत कोई कार्य करने की आवश्यकता नहीं पड़ेगी।''

''क्या पाण्डु-पुत्रों की कोई सूचना है?''

''हाँ पिता जी, पाण्डु अपनी पत्नी के साथ मत्स्य देश की राजधानी विराट नगर में छिपे हुए हैं।''

''इस सूचना की जाँच गंभीरता से कर लो पुत्र, मत्स्य हमारे मित्र महाजनपदों

में नहीं है।" थोड़ा चिन्तित होते हुए धृतराष्ट्र ने कहा।

"जानता हूँ पिता जी, यह सूचना गुप्तचरों की नहीं है।"

"यह सूचना यदि गुप्तचरों से नहीं मिली है तो कहाँ से और कैसे मिली है? बिना उचित कारण और साक्ष्य के इस सूचना पर हमें विश्वास नहीं करना चाहिए।"

"पिता जी मेरे मित्र त्रिगर्त नरेश 'सुशर्मा' ने अपने एक विशेष दूत से हमें एक अति महत्वपूर्ण सूचना दी है।"

"कैसी सूचना?" धृतराष्ट्र ने विस्मित होते हुए पूछा।

"मत्स्य राज्य के सेनापति 'कीचक' का मल्ल युद्ध में किसी ने वध कर दिया है।" सुयोधन ने विश्वासपूर्वक कहना जारी रखा 'कीचक' का मल्ल युद्ध में वध करने का पराक्रम केवल मुझमें, भीम में, या फिर बलराम में ही है। मैंने वध किया नहीं, बलराम को आवश्यकता नहीं और फिर भीम ही शेष है जो कीचक का वध कर सकता है।"

"तुम्हारी बात सही हो सकती है पुत्र किन्तु हम राजा विराट को बाध्य नहीं कर सकते हैं कि वे राज्य में छिपे पाण्डु-पुत्रों और उनकी पत्नी को हमें सौंप दें।"

"इसकी कोई आवश्यकता न होगी पिता जी। हमें केवल यह सिद्ध करना है कि स्वीकार किये गये दण्ड के अनुसार अज्ञातवास के बारह माह समाप्त होने से पूर्व हमने उन्हें पहचान लिया है।"

"तुम्हारी योजना क्या है पुत्र? स्पष्ट रूप से कहो।"

"पिता जी, आज से दस दिनों के बाद त्रिगर्त नरेश 'सुशर्मा' विराट नगर के दक्षिण दिशा से एक लाख पचास हज़ार सैनिकों के साथ आक्रमण करेंगे। मुझे मिली गुप्त सूचना के अनुसार विराट के पास भी इतनी ही सैन्य शक्ति का अनुमान है कि विराट अपने राज्य की उत्तरी सीमा तथा आंतरिक सुरक्षा के लिए बीस हज़ार से पचास हज़ार तक सैनिक छोड़कर दक्षिणी सीमा पर सुशर्मा के साथ युद्ध के लिए जायेंगे। सुशर्मा के आक्रमण के तीन दिन बाद हम भी इतनी बड़ी सेना के साथ उत्तरी सीमा से विराट पर आक्रमण करेंगे। दक्षिणी सीमा पर विराट विजयी हों या सुशर्मा हमें कोई अन्तर नहीं पड़ता।"

"पिता जी!", सुयोधन ने कहना जारी रखा, "विराट के पास उत्तरी सीमा पर हमसे युद्ध करने के लिए केवल बीस हज़ार से पचास हज़ार तक ही सैनिक होंगे किन्तु उन सैनिकों का नेतृत्व करने के लिए कोई भी कुशल सेनानायक भी होगा

इसकी संभावना कम ही है। हमारी सेना की एक टुकड़ी पितामह भीष्म, कृपाचार्य और गुरु द्रोणाचार्य के नेतृत्व में विराट की सेना के साथ सीधे युद्ध करेगी और एक टुकड़ी जिसमें पचास हज़ार से सत्तर हज़ार तक सैनिक होंगे, मेरे मित्र कर्ण के नेतृत्व में भाई सुशासन, बहनोई जयद्रथ तथा अश्वत्थामा के साथ नगर में घुसकर पाण्डु-पुत्रों तथा द्रौपदी को खोज निकालेंगे।''

''किन्तु मुझे तुम्हारी सुरक्षा की चिन्ता रहेगी पुत्र।''

''मेरी सुरक्षा का उत्तरदायित्व भी हमारे सेनापति पितामह भीष्म पर होगा, आप चिन्ता न करें। पिता जी हमारे पास समय बहुत ही कम है आप आज ही मंत्री समूह की बैठक बुलाकर विराट पर आक्रमण करने का आदेश दें। विराट नगर हस्तिनापुर से २५ योजन दूर है (एक योजन बराबर १५ कि०मी० लगभग) हमारी सेनाओं को तैयारी और कूच करने में एक सप्ताह का समय लग सकता है और इतनी बड़ी सेना को मत्स्य तक पहुँचने में भी इतने दिन का समय लगेगा।''

''मेरे आराध्य भगवान शिव सुयोधन को सदबुद्धि दें।'' गांधारी ने धीरे से कहा।

धृतराष्ट्र ने किसी अनुचर को बुलाने के लिए दो बार ताली बजायी।

*महाराज द्वारा दो बार ताली बजाने का अर्थ था कि राज्य के किसी अति महत्वपूर्ण कार्य हेतु किसी राज प्रहरी/अनुचर को बुलाया गया है तथा एक बार ताली बजाने का अर्थ था किसी निजी कार्य हेतु अनुचर या दास को बुलाया गया है।

◉◉◉

''सुशर्मा से संभावित युद्ध की तैयारी की देख-रेख का कार्य विराट ने अपने भाई शतानीक को सौंप दिया था किन्तु किसी को सेनापति नहीं बनाया गया था इसका अर्थ था इस बार के युद्ध का नेतृत्व स्वयं महाराज विराट करेंगे। विराट सुशर्मा से शीघ्र ही युद्ध की अपेक्षा कर रहे थे और इतने कम समय में किसी अन्य को सेनापति का उत्तरदायित्व सौंपना विराट ने उचित नहीं समझा था। विराट के इस निर्णय को राज्य की जनता ने अत्यंत सम्मान के साथ स्वीकार किया था। अपने राजा के प्रति नागरिकों में गहरी आस्था और विश्वास था, इस कारण संभावित युद्ध के लिए बड़ी संख्या में राज्य के युवा सैन्य-दल में भर्ती होने के लिए तैयार होने लगे थे। नगर क्षेत्र से बाहर राज्य की सेनाओं का गहन अभ्यास प्रारंभ हो गया था। राज्य के जो युवा सेना में भर्ती हो रहे थे उनके लिए गहन अभ्यास और प्रशिक्षण के लिए

अलग से समुचित व्यवस्था कर दी गयी थी।

महाराज ने अपने निजी सहायक कंक की सलाह से कुछ नये प्रकार के अस्त्रों का निर्माण करने का आदेश अपनी शस्त्रशाला को दे दिया था। कंक ने एक विशेष प्रकार का धनुष और बाण बनाने की विधि शस्त्रशाला के तकनीक विभाग को बता दी थी जिससे इन नवीन प्रकार के अस्त्रों की मारक क्षमता तीन गुनी अधिक हो गयी थी। इन नये प्रकार के अस्त्रों के संचालन का प्रशिक्षण विधिवत सेनाओं को दिया जाने लगा था। अश्वशाला प्रमुख ग्रान्थिक अपने अश्वों को युद्ध के लिए तैयार कर रहे थे। कंक की सलाह पर महाराज अपने प्रमुख रसोईये बल्लभ से युवाओं को आत्म रक्षा और आवश्यकता पड़ने पर आक्रमण करने की कला सिखवा रहे थे जिस कारण मत्स्य राज्य की सैन्य शक्ति डेढ़ लाख से बढकर दो लाख से भी अधिक हो गयी थी। सेना की तैयारी, नये अस्त्रों और शस्त्रों का निर्माण और युद्धाभ्यास देखकर राजा विराट सन्तुष्ट थे।

विराट ने अपने कक्ष में अपने विशेष आसन के सामने बने आसन पर 'कंक' को बैठने का संकेत किया, कंक ने महाराज का समुचित अभिवादन किया और "धन्यवाद" कहते हुए महाराज द्वारा बताये गये आसन पर सावधानी पूर्व बैठ गया।

"कंक मैं तुम्हारी युद्ध-नीति, कुशलता और शस्त्र निर्माण से सन्तुष्ट हूँ, मेरा अनुमान ही नहीं विश्वास भी है कि सुशर्मा दक्षिण दिशा से ही हम पर आक्रमण करेगा।"

"मेरा भी यही अनुमान और विचार है महाराज।" कंक ने विनम्रता से कहा।

"कंक जब हम सुशर्मा से युद्ध करने के लिए प्रस्थान करेंगे तो नगर की आंतरिक सुरक्षा और उत्तरी सीमा की सुरक्षा हेतु हमें क्या करना चाहिए?"

"महाराज मेरा मानना है कि सम्राट युधिष्ठिर के चारों सेवक युद्ध भूमि में भी हमारे लिए उपयोगी होंगे।"

"हमारी नीति क्या होनी चाहिए कंक?"

"मेरा विचार है महाराज कि आप, मैं आपके भाई तथा महाराज युधिष्ठिर के चारों सेवकों में से तीन बल्लभ, तन्तिपाल और ग्रान्थिक तथा हमारे डेढ़ लाख सैनिक सुशर्मा से युद्ध करने के लिए राज्य की दक्षिणी सीमा पर सुरक्षा का घेरा बनायेंगे तथा राजकुमार उत्तर के नेतृत्व में हमारे पचास हज़ार सैनिक और वृहन्नला नगर

की सुरक्षा का उत्तरदायित्व हमारे युद्ध से लौट आने तक सँभालेंगे।"

"क्या हमारे मात्र डेढ़ लाख सैनिक और हम सुशर्मा से युद्ध के लिए सक्षम होंगे?"

"अवश्य महाराज, हमारे पास त्रिगर्त के सैनिकों को परास्त करने की क्षमता होगी। हमारी अस्त्रशाला में नव निर्मित अस्त्रों की मारक क्षमता दो गुनी से तीन गुनी तक अधिक है, हम शत्रु के सामने आये बिना भी काफ़ी दूरी से शत्रु पर सटीक वार करने में सक्षम होंगे। आप विश्वास रखें महाराज हम अवश्य ही शत्रु को परास्त कर सकुशल वापसी करेंगे।" कंक ने आगे कहना जारी रखा, "महाराज युद्ध सैनिकों की संख्या बल से नहीं सैनिकों की युद्ध कुशलता, अस्त्रों की मारक क्षमता, सेनापति की युद्ध संचालन की कुशलता और प्रवीणता से जीते जाते हैं, आप अवश्य ही विजयी होकर वापसी करेंगे।"

"कंक क्या राजकुमार उत्तर वृहन्नला और केवल पचास हज़ार सैनिकों के साथ नगर की उत्तरी सीमा और नगर की सुरक्षा करने में सक्षम होंगे?"

"अवश्य महाराज, राजकुमार उत्तर ऐसा कर पाने में सक्षम और समर्थ होंगे और फिर वृहन्नला भी उनके साथ होगा।"

◉◉◉

सुदेष्णा ने पन्द्रह दिनों में एक बार भी सैरन्ध्री को अपनी सेवा के लिए नहीं बुलाया था। सैरन्ध्री नियमित रूप से प्रतिदिन समय पर महारानी की सेवा में उपस्थित होती और अभिवादन करने के बाद जब कोई आदेश नहीं प्राप्त होता तो वह अपने कक्ष में वापस लौट जाती। राजमहल में सैरन्ध्री का सम्मान बढ़ गया था, सुदेष्णा ने अपने सहायकों को सैरन्ध्री का विशेष ध्यान रखने का आदेश दे दिया था। कभी-कभी तो सैरन्ध्री को सन्देह हो जाता कि कहीं उसकी वास्तविकता का ज्ञान महाराज और महारानी को हो तो नहीं गया है किन्तु फिर वह स्वयं को सहज और सरल बना लेती थी कि यदि ऐसा होता तो अब तक उसे नगर से बाहर का मार्ग दिखा दिया जाता या फिर उसे राज्य-अतिथि का सम्मान दे दिया गया होता। सैरन्ध्री अपने साथ कार्य करने वाली सहायिकाओं से नगर के अन्दर होने वाली गतिविधियों के सन्दर्भ में सूचना लेती रहती थी। कंक तथा बल्लभ द्वारा सेनाओं और सेना में नये युवाओं को दिये जा रहे प्रशिक्षण से विराट संतुष्ट और प्रसन्न थे। विराट स्वयं भी सैन्य अस्त्रशाला में बन रहे नवीन प्रकार के अस्त्रों का संचालन करते और पूर्ण रूप से संतुष्ट होने के बाद ही उन अस्त्रों को सैन्य उपयोग के लिए स्वीकृति प्रदान

करते। अश्वशाला के नये प्रमुख ग्रान्थिक ने युद्ध के लिए अश्वों को विशेष प्रकार से प्रशिक्षित किया था। परम्परागत अस्त्रों और शस्त्रों से लड़ने वाले सैनिकों के लिए अश्वों को भिन्न प्रकार का प्रशिक्षण दिया गया था किन्तु आधुनिक नये प्रकार के अस्त्रों के संचालन के लिए अलग से विशेष प्रशिक्षित अश्वों की आवश्यकता होती थी। रथों पर बैठकर संचालित होने वाले अस्त्रों के संचालन हेतु रथों के अश्वों को अलग से विशेष प्रशिक्षण दिया जा रहा था।

राज्य में सैन्य तैयारियों, प्रशिक्षण, अस्त्रों के निर्माण और उनके संचालन की प्रक्रिया की संबंधी सभी सूचनाएँ सैरन्ध्री को अपनी सहायिका विदुषी से प्राप्त होती और इस तैयारी में अपने पतियों के योगदान की सूचना प्राप्त कर सैरन्ध्री प्रसन्न होती किन्तु अपने पहचान लिये जाने की आशंका से व्यथित भी हो जाती।

⊙⊙⊙

रावी, व्यास और सतलुज नदियों की उद्गम घाटियों में धौलाधर पर्वत श्रृंखला से आच्छादित हिमालय की पश्चिमी तहलटी में शिवालिक पहाड़ियों से लेकर वर्तमान कुल्लू, काँगड़ा और जालंधर तक फैले इस मैदानी भू-भाग का विस्तृत भू-प्रदेश ही त्रिगर्त अर्थात तीन गहव्वरों वाला प्रदेश कहलाता था। लौकिक आख्यानों के अनुसार त्रिगर्ता महाजनपद की राजधानी वर्तमान काँगड़ा के ज़िले में थी। कुछ किंवदंतियों के अनुसार काँगड़ा के प्रथम दुर्ग का निर्माण त्रिगर्त नरेश सुशर्मा चन्द्र ने ही कराया था किन्तु कुछ किंवदंतियों के अनुसार त्रिगर्त की राजधानी वर्तमान कुल्लू के ज़िले में और कहीं वर्तमान जलंधर को भी त्रिगर्त की राजधानी बताया गया है।

त्रिगर्त नरेश सुशर्मा चंद्र का सुसज्जित विशाल सभा-कक्ष एक महत्वपूर्ण मंत्रणा के लिए पूरी तरह तैयार था। सभा कक्ष में सभी मंत्री, नगर प्रमुख सामंत और सेनानायक उपस्थित हो चुके थे। सभा-कक्ष से नर्तकियों, संगीत-वादकों और गायकों को हटा दिया था। सभा-कक्ष की पूर्ण शान्ति के बीच राज-प्रहरी ने प्रवेश कर त्रिगर्त नरेश सुशर्मा चन्द के सभा-कक्ष में उपस्थित होने की सूचना दी। सभा-कक्ष में उपस्थित सभी लोगों ने खड़े होकर अपने नरेश के आगमन पर उनका परम्परागत रूप से सिर झुका कर अभिवादन किया। सुशर्मा ने भी सभी का विधिवत अभिवादन स्वीकार करते हुए अपने लिए बने स्वर्ण जड़ित विशेष आसन पर बैठते हुए सभी को अपने-अपने स्थान पर बैठ जाने का संकेत किया। उपस्थित सभी गणमान्य व्यक्तियों के यथावत बैठ जाने के पश्चात सुशर्मा ने सभी

को संबोधित करते हुए उच्च स्वर में कहना प्रारम्भ किया।

"आप सभी लोगों को अवश्य ही यह सूचना प्राप्त हो चुकी होगी कि हमारे राज्य के पारम्पारिक शत्रु 'मत्स्य' महाजनपद के सेनापति 'कीचक' का उन्हीं के राज्य में राजा 'विराट' के महल के निकट बनी नाट्यशाला में किसी ने उनसे मल्ल युद्ध कर उनका वध कर दिया है।"

"नरेश मेरा मत है कि हमें अभी 'मत्स्य' पर आक्रमण कर देना चाहिए और अपने राज्य की सम्पन्नता बढ़ाने के लिए उनकी गो-सम्पदा तथा अन्य पशु-धन का अपहरण कर लेना चाहिए।" एक मंत्री ने अपनी सलाह दी।

"महोदय क्या आप सहमत हैं कि हमारी सेनाएँ अभी तत्काल एक और युद्ध के लिए पर्याप्त तैयार हैं?" एक अन्य मंत्री ने प्रतिवाद करते हुए कहा।

"हमारी सेनाओं को युद्ध के लिए हमेशा तैयार रहना चाहिए, माननीय मंत्री महोदय।" पहले वाले मंत्री ने पुन: अपनी बात कही।

"आप ठीक कह रहे हैं मंत्री जी, हम सदैव युद्ध के लिए तैयार हैं।" प्रधान सेनापति ने मंत्री को आश्वस्त करते हुए कहा।

"मैं मानता हूँ पिछले वर्ष मत्स्य के साथ युद्ध में हमारी सेना तथा हमारे अस्त्रों-शस्त्रों को अत्यंत क्षति हुई थी किन्तु हम अपने राज्य की आय का एक बड़ा भाग सैन्य तैयारियों पर व्यय करते हैं, इस कारण हम चन्द्रवंशियों की सेनाएँ युद्ध के लिए प्रत्येक समय तैयार रहती हैं।" प्रधानमंत्री ने अपने प्रधान सेनानायक की बात को और स्पष्ट करते हुए कहा।

त्रिगर्त का एक सामंत जिसका मत्स्य राज्य से बड़े व्यापारिक सबंध थे, उसने खड़े होकर कहा, "महोदय मेरा मत्स्य महाजनपद के कई प्रमुख व्यापारियों से घनिष्ठ व्यापारिक संबंध है। मैंने सुना है कि कीचक राजा विराट और उनकी पत्नी सुदेष्णा को बन्दी बनाकर स्वयं राजा बनने की इच्छा रखता था इस कारण विराट अपने सेनापति कीचक से मुक्ति पाने का कोई उपाय ढूँढ़ रहे थे हो सकता है इस अप्रत्याशित वध में विराट का ही हाथ हो और इसलिए मत्स्य के गुप्तचर 'कीचक' का वध करने वाले को खोजने का कोई गंभीर प्रयास नहीं कर रहे हों।"

"इस संबंध में हमारे गुप्तचरों की क्या सूचना है? प्रधान सेनापति जी" महामंत्री ने पूछा।

"हमारे गुप्तचरों की सूचना के अनुसार भी कीचक का वध राजा विराट की

योजना का अंग होने की संभावना है।''

''फिर तो अवश्य ही विराट ने कीचक के उत्तराधिकारी का चुनाव भी कर लिया होगा।''

''अभी तक तो ऐसी कोई सूचना नहीं है मंत्री जी।'' सेनापति ने स्पष्ट किया।

''यदि कीचक के वध में राजा विराट की कोई भी सहमति है तो अवश्य ही कीचक का मल्ल युद्ध में वध करने वाला ही मत्स्य का अगला सेनापति होगा।'' एक मंत्री ने अपना मत व्यक्त किया।

''गुप्तचरों से मिली सूचना के अनुसार विराट ने सैन्य तैयारियों की देख-रेख का कार्य अपने भाई 'शतानीक' को सौंप रखा है और स्वयं भी प्रतिदिन सैन्य तैयारियों की जाँच करते हैं और युद्धअभ्यास में भी नियमित भाग लेते हैं।'' सेनापति ने स्पष्ट करते हुए कहा।

सभा-कक्ष में एक राज-प्रहरी ने प्रवेश कर सुशर्मा को एक विशेष दूत के आगमन की सूचना देता है। सुशर्मा प्रहरी को विशेष दूत को सम्मान के साथ सभा-कक्ष में उपस्थित करने का आदेश देता है।

राजा सुशर्मा का विधिवत अभिवादन करने के पश्चात विशेष दूत ने कहा, ''महाराज मैंने आपका संदेश कुरू राजकुमार सुयोधन तक आप द्वारा दिये गये निर्देश के अनुसार पहुँचा दिया है और उन्होंने आपके लिए अपना लिखित और गोपनीय संदेश भेजा है।''

राजदूत ने एक पत्र जिस पर कुरू राजकुमार के पहचान की मोहर लगी थी राजा की ओर बढ़ा दिया और सभा-कक्ष से बाहर चला गया।

सुशर्मा ने पत्र को भली-भाँति जाँचकर यह सुनिश्चित कर लेने के बाद कि पत्र को बीच में कहीं खोला नहीं गया है और पत्र की गोपनीयता भंग नहीं हुई है, पत्र को स्वयं ही खोलकर अच्छी तरह पढ़ा।

''महाराज आपके मित्र राजकुमार 'सुयोधन' कुशल से हैं?'' महामंत्री ने पूछा।

''हाँ, मेरे मित्र अपने परिवार के साथ कुशल से हैं।''

''सेनापति! '' अपने प्रधान सेनापति की ओर देखते हुए सुशर्मा चन्द ने पूछा, ''हमारी सेनाएँ कितने दिनों में मत्स्य पर आक्रमण करने के लिए प्रस्थान कर सकती हैं?''

"महाराज हम तीन से चार दिनों में आक्रमण के लिए कूच कर सकते हैं।" सेनापति ने आगे कहना जारी रखा, "वैसे तो हमारी सेना युद्ध के लिए प्रत्येक समय कूच करने हेतु तैयार है किन्तु कुछ नये प्रकार के शस्त्र हमारी शस्त्रशाला में निर्माणाधीन हैं जो अगले दो से तीन दिनों में उपयोग के लिए योग्य हो जायेंगे। इन शस्त्रों की मारक क्षमता पूर्व के शस्त्रों की तुलना में काफ़ी अधिक है।"

"हमें मत्स्य राज्य की दक्षिणी सीमा तक पहुँचने में कितना समय लग सकता है सेनापति जी?"

"दस से ग्यारह दिनों का और एक दिन का समय चाहिए होगा हमें सीमा पर अपनी चक्रव्यूह-रचना के लिए।"

"एक और महत्वपूर्ण सूचना आप सब को देनी है।" त्रिगर्त नरेश ने सभा को संबोधित करते हुए कहा-

"हमारे द्वारा मत्स्य महाजनपद पर दक्षिणी सीमा पर आक्रमण करने के ठीक तीसरे दिन विराट नगर की उत्तरी सीमा से हमारे मित्र कुरु राजकुमार सुयोधन भी आक्रमण करेंगे और उनकी उत्तरी सीमा की समस्त गो और पशु सम्पदा का अपहरण कर लेंगे।"

"इस प्रकार तो विराट की सारी संपन्नता समाप्त हो जायेगी महाराज।" महामंत्री ने कहा

"यही तो हमारा उद्देश्य भी है महामंत्री जी कि विराट फिर कभी हमारी ओर आँख उठाकर देखने का साहस न कर सकें।" सुशर्मा ने आगे कहना जारी रखा, "विराट पर यह हमारा अंतिम आक्रमण होगा। इसके बाद अगले कई सौ वर्षों तक विराट इतना संपन्न नहीं हो पायेगा कि हमारी ओर आँख उठाकर भी देख सके।" सुशर्मा ने अपनी सभा को आश्वस्त किया।

सेनापति को आक्रमण की तैयारी का आदेश देने के बाद सुशर्मा ने सभा के समाप्ति की घोषणा कर दी।

◉◉◉

दिन का तीसरा पहर समाप्त होने में अभी चार घड़ी का समय शेष था, महाराजा धृतराष्ट्र के आज्ञानुसार राज्य के विशेष सभा-कक्ष में तत्काल और अति आवश्यक मंत्रणा के लिए आहूत सभा में भाग लेने के लिए राज्य के सभी मंत्री, महामंत्री विदुर, सेनापति भीष्म तथा गुरू द्रोणाचार्य, कृपाचार्य, युवराज सुयोधन,

सुशासन, जयद्रथ और विकर्ण के साथ राज्य के सभी मुख्य योद्धा उपस्थित होकर अपने-अपने लिए निर्धारित आसनों पर बैठ चुके थे। राज-प्रहरी ने सभा-कक्ष में प्रवेश कर महाराज धृतराष्ट्र और महारानी गांधारी के आगमन की सूचना दी। राजसभा में महाराज और महारानी ने प्रवेश कर परम्परागत रूप से अभिवादन किया और अपने आसन पर विराजमान हो गये। सभा-कक्ष में सन्नाटा छाया हुआ था सभी लोग आकस्मात बुलाई गयी इस बैठक का विषय, उद्देश्य और कारण जानने के लिए उत्सुक हो रहे थे। महाराज धृतराष्ट्र ने सभी को संबोधित करते हुए कहना प्रारम्भ किया-

"राज्य के गुप्तचरों द्वारा मिली सूचना के अनुसार हमारे पड़ोसी मत्स्य राज्य की राजधानी विराट नगर में राजा विराट के महल के बाहर बनी राज्य की नाट्यशाला में रात्रि के तीसरे पहर अथवा उसके बाद विराट के सेनापति कीचक का किसी ने मल्ल युद्ध में वध कर दिया है। हमारे लिए यह सूचना महत्वपूर्ण इसलिए है क्यों कि सेनापति कीचक जैसे महाबली का मल्ल युद्ध में वध वर्तमान में मेरे पुत्र सुयोधन, पाण्डु-पुत्र भीम, और बलराम के अतिरिक्त कोई और नहीं कर सकता था। सुयोधन ने वध किया नहीं, बलराम को आवश्कयता नहीं तो अवश्य ही भीम ने कीचक का वध किया है। निश्चित ही अपने अज्ञातवास का दण्ड भोगते हुए पाण्डु-पुत्र विराट नरेश की अभिरक्षा में हैं अथवा उनकी शरण में हैं। दोनों ही स्थितियों में उन्होंने हमारे राज्य द्वारा दण्डित किये गये लोगों को अपने राज्य में आश्रय दिया, इस कारण वे भी अब हमारे दोषी हैं। उन्हें दण्डित करना अब हमारा कर्तव्य हो जाता है जिससे फिर कोई हमारे राज्य के शत्रुओं को अपने राज्य में आश्रय देने का साहस न कर सके। इस संबंध में आप सब का मत जानने और फिर तद्रूप अन्तिम निर्णय लेने हेतु आज की इस महत्वपूर्ण सभा का आयोजन किया गया है।" सभा-कक्ष में थोड़ी देर सन्नाटा छाया रहा, इस मौन को तोड़ते हुए महामंत्री विदुर ने खड़े होकर सभा को संबोधति करना प्रारम्भ किया-

"महाराज, पितामह भीष्म तथा सभा-कक्ष में उपस्थित सभी मंत्रियों, सेना-नायकों और सामंतों, मेरा मत है कि पाण्डु-पुत्रों को यद्यपि महाराज ने दण्डित किया है किन्तु उन्हें राज्य के किसी विधान, नियम या क़ानून को तोड़ने के लिए दण्डित नहीं किया गया है और न ही हमने उन्हें अपने राज्य का शत्रु घषित किया है। उनको आश्रय देने वाला राज्य हमारे विधान के अनुसार हमारा शत्रु नहीं कहा जाता। इस कारण हम विराट को अपना शत्रु उद्घोषित नहीं कर सकते हैं।" विदुर ने

अपना वक्तव्य जारी रखा, "राजा विराट के सेनापति कीचक का वध भीम ने किया है, महाराज यह आपका अनुमान है। हमारे गुप्तचरों की सूचना केवल कीचक के मल्ल युद्ध में वध की है और वध किसने किया है इसकी कोई आधिकारिक सूचना नहीं है। अपने अनुमान के कारण किसी राज्य की संप्रभुता पर आक्रमण करना न तो हमारी परम्परा रही है और न ही हमारे विधान के अनुसार उचित है। महाराज 'मत्स्य' महाजनपद एक शक्तिशाली, संपन्न और शान्ति-प्रिय राज्य है। बिना किसी ठोस कारण के मत्स्य पर आक्रमण करने से आर्यावर्त के अन्य राज्य भी हमारा साथ नहीं देंगे और अपने राज्य को पूरे आर्यावर्त में अकेला कर लेने का संकट उठाने के लिए मैं अपनी सहमति नहीं दे सकता, इस आक्रमण से हमारे राज्य के धन का अपव्यय भी होगा।"

"महामंत्री हम भारतवर्ष में अकेले नहीं रहेंगे, हमारे साथ त्रिगर्त नरेश सुशर्मा, काम्पिल्य नरेश अश्वत्थामा, अंगराज कर्ण, मर्तिकावर्त के राजा शाल्व तथा सिन्धु नरेश जयद्रथ भी हमारे साथ होंगे। इसके अतिरिक्त भारतवर्ष का कोई भी राज्य यदि हमारे पक्ष में खड़ा नहीं होगा तो भी वह हमारा विरोध करने का साहस नहीं कर सकेगा और उन विपन्न पाण्डु-पुत्रों का साथ देने का तो कोई प्रश्न ही नहीं उठता। यह दुनिया उपयोगिता के नियम पर चलती है और पाण्डु-पुत्रों की उपयोगिता वर्तमान में शून्य से अधिक नहीं है।" सुयोधन ने महामंत्री पर लगभग गरजते हुए कहा।

"कुछ विशेष परिस्थितियों में आप की बात सही हो सकती है युवराज किन्तु मैं अपने मत पर अभी भी स्थिर हूँ।" विदुर ने सहज रहते हुए कहा।

"पाण्डु-पुत्रों को उनके अज्ञातवास के दण्ड की समाप्ति से पूर्व ढूँढ़ निकालना हमारी पहली और उच्च प्राथमिकता है और यह सुनिश्चित हो गया है कि वे मत्स्य नरेश विराट की अभिरक्षा में हैं, चाहे उनकी ज्ञान और सहमति के साथ या बिना उनकी जानकारी और सहमति के अपना भेष बदलकर ही सुरक्षित रूप से रह रहे हों। हम अपनी पहली और उच्च प्राथमिकता के साथ कोई समझौता नहीं कर सकते हैं। किसी की सहमति हो या न हो, विराट पर तत्काल आक्रमण ही हमारी समस्या का एक मात्र समाधान है और हम कोई समझौता नहीं कर सकते हैं।" सुयोधन ने अत्यंत कड़े शब्दों में महामंत्री का प्रतिकार किया। "आप का क्या मत है पितामह?" अपने सेनापति की ओर देखते हुए धृतराष्ट्र ने अत्यंत गंभीर और निराश होते हुए पूछा।

"मेरे मत की तो अब कोई उपयोगिता ही नहीं रह गयी है महाराज। मैं तो आपके आदेश की प्रतीक्षा कर रहा हूँ।" सेनापति भीष्म ने अत्यंत शान्त और गंभीर रहते हुए कहा।

"पिता जी आप शीघ्र ही आक्रमण की योजना के अनुसार मत्स्य पर आक्रमण का आदेश दें, हमारे पास अधिक समय नहीं है, हमारी सेनाओं को यहाँ से कूच करने में भी चार से पाँच दिन का समय लगेगा और मत्स्य राज्य की उत्तरी सीमा तक पहुँचने में भी कम से कम छ: या सात दिन का समय लग सकता है इस कारण विलम्ब करना हमारे हित में नहीं है।" सुयोधन ने अपना अन्तिम अभिमत दिया जिसे मानना महाराज धृतराष्ट्र की विवशता और अनिवार्यता थी।

"युवराज हमारी सेना को आक्रमण के लिए कूच करने में दस दिन का समय लगेगा। शान्तिकाल में हमारे राज्य की योजना और विधान के अनुसार सैनिकों और सेना-नायकों को अपने परिवार के साथ रहने की अनुमति सहज और सरल रूप से दी जाती है और मत्स्य जैसे संपन्न और शक्तिशाली राज्य पर बिना पूर्ण तैयारी और योजना के आक्रमण करने की सोच भी नहीं सकते।" सेनापति भीष्म ने कहा।

"ठीक है पितामह हम दस दिनों बाद विराट पर आक्रमण के लिए कूच करेंगे।" महाराज धृतराष्ट्र की ओर देख कर सुयोधन ने कहना जारी रखा, "पिता जी आप युद्ध की योजना और उद्देश्य के बारे में पितामह और हमारे सेनापति को विस्तार से बता दें।"

धृतराष्ट्र ने सुयोधन के साथ हुई गुप्त मंत्रणा के अनुसार युद्ध की कार्य योजना विधि, तकनीकी और पाण्डु-पुत्रों को खोजने की विधि संबंधी समस्त आदेश विस्तार से देने के बाद सभा को समाप्त घोषित कर दिया।

◉◉◉

युद्ध की संभावना को निकट देखते हुए महाराज विराट ने अपने निजी सहायक कंक और अपने भाई शतानीक को अपने महल के निजी कक्ष में बुला लिया था।

"महाराज, हम अपने राज्य की दक्षिणी सीमा पर त्रिगर्त नरेश द्वारा अपनी चक्रव्यूह रचना करने से पूर्व ही उन पर पीछे से आक्रमण कर सकते हैं। इससे हमारी सीमा पर ठहरने से पूर्व ही उनके पैर उखड़ जायेंगे। हमें बहुत अधिक सैन्य शक्ति और अस्त्र-शस्त्र के प्रयोग की भी आवश्यकता नहीं होगी।" शतानीक ने कहा।

"आप का विचार और नीति उत्तम हो सकती है किन्तु जहाँ तक मैं समझता हूँ हमारे मूल्य बदलते रहते हैं, बदलना भी चाहिए किन्तु सिद्धान्त नहीं बदल सकते। किसी पर पीछे से आक्रमण करना हमारे विधान-नीति और परम्परा का हिस्सा कभी नहीं रहा है, हम इस बार भी सामने से ही अपनी चक्रव्यूह रचना करते हुए युद्ध करेंगे।"

"किन्तु यदि सुशर्मा ने हमारी चक्रव्यूह रचना से पूर्व हम पर आक्रमण कर दिया तो हमारे युद्ध की सारी योजना, नीति, और आदर्श रखे रह जायेंगे महाराज।" शतानीक ने कहा

"तुम्हारी क्या सलाह है कंक?" महाराज ने पूछा।

"हम सामने से भी युद्ध करते हुए विजयी होने की क्षमता रखते हैं, नियम, नीति और अपनी व्यापक परम्परा के विरूद्ध कोई कार्य करने की सहमति मैं नहीं दे सकता।"

"हम किसी पर आक्रमण करने नहीं जा रहे हैं किन्तु यदि कोई हम पर आक्रमण करता है तो हमें उसके सामने अपनी नीति और योजना के अनुसार युद्ध करने का पूरा अधिकार है और हमें अपनी नीति और योजना को कभी भी बदल लेने का भी पूरा अधिकार है।" शतानीक ने कहा।

"हम युद्ध के लिए तैयार हैं, हमारी शस्त्रशाला में निर्मित अस्त्रों और शस्त्रों को सैनिकों में वितरित किया जा चुका है और सैनिक उनके संचालन में दक्षता प्राप्त कर रहें हैं। हम अपने सैनिकों को राज्य की दक्षिणी सीमा पर सुरक्षा की दृष्टि से पहले से ही तैनात कर सकते हैं।" कंक ने कहा।

"किन्तु यदि सुशर्मा के गुप्तचरों ने समय पर हमारी योजना के विषय में सूचित कर दिया तो सुशर्मा थोड़ा घूमकर हमारे राज्य की उत्तरी सीमा से भी आक्रमण कर सकता है। उत्तरी सीमा से आक्रमण करने में उसे तीन से चार दिन का अधिक समय लग जायेगा और उसके पास समय की कोई कमी या सीमा नहीं है।" विराट ने कुछ विचार करते हुए कहा।

"फिर तो हमें सुशर्मा चन्द्र के आक्रमण की दिशा और चक्रव्यूह रचना के पश्चात ही अपनी कोई योजना बनानी होगी।" कंक ने कहा।

"नीति तो यही कहती है कि हमें अपनी सीमाओं पर सुरक्षा की दृष्टि से निगरानी-व्यवस्था को और मज़बूत कर लेना चाहिए किन्तु युद्ध की योजना शत्रु की

योजना को जाँच-परख लेने के पश्चात ही की जानी चाहिए।'' शतानीक ने कंक की बात का समर्थन किया।

''आप लोगों की दृष्टि में हमारी सेनाएँ युद्ध के लिए तैयार तो है न?'' विराट ने पूछा।

''अवश्य। हमारी सेनाएँ केवल तैयार ही नहीं वरन युद्ध के लिए उत्साहित भी हैं।'' कंक ने स्पष्ट करते हुए कहा।

''कंक से मैं भी सहमत हूँ महाराज।'' शतानीक ने कहा।

''तो फिर तय रहा हम दुश्मन के आक्रमण के बाद ही अपनी रणनीति पर विचार करेंगे।'' विराट ने कहा।

मध्यान्ह के भोजन का समय हो गया था। महाराज से अनुमति लेकर कंक और शतानीक अपने-अपने निवास की और जाने के लिए निकल गये।

अध्याय पाँच

लगभग तेरह वर्ष पूर्व से...

हस्तिनापुर में कौरवों की विशाल सभा-कक्ष में पाण्डु-पुत्रों के लिए दण्ड का निर्धारण युवराज सुयोधन के प्रस्ताव पर राजा धृतराष्ट्र द्वारा किया जा चुका था जिसे पाण्डु-पुत्रों ने सहज और सरल रूप इस शर्त पर स्वीकार कर लिया था कि बारह वर्ष का वनवास और बारह माह का अज्ञातवास सफलतापूर्वक व्यतीत हो जाने पर उनके भाग का आधा राज्य उन्हें वापस कर दिया जायेगा। वनवास का दण्ड स्वीकार कर लेने के बाद युधिष्ठिर, भीम, अर्जुन, नकुल, सहदेव तथा उनकी पत्नी द्रौपदी और माँ कुन्ती के लिए नगर में रहना संभव नहीं रह गया था इस कारण सभी वनवासी के कपड़े पहनकर आगे की यात्रा करने के लिए नगर के बाहर एकान्त में हस्तिनापुर महाजनपद के महामंत्री विदुर के लिए बनी साधारण कुटिया में चले आये थे।

"तुम सब की देखभाल के लिए अब द्रौपदी तुम्हारे साथ है और मेरी अवस्था अब तुम्हारे साथ वनों में रहने की नहीं रही।" कुन्ती ने अत्यंत सरल शब्दों में बिना किसी भाव के कहा।

"माँ हम आपको वन में कोई असुविधा या कष्ट नहीं होंने देंगे।" भीम ने कहा।

"मुझे विश्वास है पुत्र।"

हमारे वनवास के इस काल में क्या आप अपने मायके अथवा द्वारिका में रहना उचित समझतीं हैं?" अर्जुन ने पूछा।

"विवाहोपरांत भोजपुर वालों ने कभी पूछा नहीं और द्वारिका अब मेरा मायका रहा नहीं।"

"क्यों माँ? कृष्ण का आप पर तो बहुत स्नेह है और वे हमारी सहायता के लिए भी हमेशा तत्पर रहते हैं।" अर्जुन ने पुन: कहा।

"सुभद्रा से तुम्हारे विवाह के बाद द्वारिका मेरा मायका नहीं रहा। नये संबंधों के बाद पुराने संबंधों का महत्व नहीं रहता। द्वारिका अब मेरा समधियाना है और समधियाने में इतने दिनों तक रहने का तो कोई प्रश्न ही नहीं है पुत्र।"

"फिर इस अवधि में आप कहाँ रहना चाहेंगी माँ?" इस बार युधिष्ठिर ने सहज रहते हुए पूछा।

"यहीं हस्तिनापुर में यदि विदुर और पराशवी को कोई असुविधा न हो तो!"

"भाभी!" आँखों में अनायास छलक आये आँसुओं को पौंछते हुए विदुर ने कहा, "यह तो हमारा सौभाग्य होगा।"

पराशवी जो निकट ही बैठी सभी की बातें सुन रही थी, के मुख से कोई शब्द तो न निकल सके किन्तु अपने आँसुओं को आँचल से पौंछते हुए सहसा उठ खड़ी हुई और कुन्ती के गले से लग गयी। कुन्ती ने अपने अंक में पराशवी को स्नेह से समेट लिया।

"मुझे आपके सुरक्षा की चिन्ता रहेगी माँ।" युधिष्ठिर ने कहा।

"यही तो मैं चाहती हूँ पुत्र कि तुम अपना, अपनी पत्नी द्रौपदी और भाइयों का अपमान भूल सकते हो किन्तु मैं अपने पुत्रों और पुत्र-वधू का अपमान कभी नहीं भूल सकती। मैं यहीं तुम्हारे वनवास के काल की समाप्ति तक प्रतीक्षारत रहूँगी कि तुम वापस आओ, केवल अपने अधिकार का आधा राज्य माँगने के लिए ही नहीं मेरी पुत्र-वधू के अपमान का मूल्य उन सबसे चुकता करने के लिए भी। मैं विजयी पुत्रों की माँ कहलाना पसन्द करूँगी।" कुन्ती के मुख और शब्दों में कोई आक्रोश नहीं था वह पूरी तरह स्थिर और शान्त थी। अपने पुत्रों के विजेता होने के विश्वास में भरी हुई कुन्ती के मुख-मण्डल पर तेज चमक रहा था। कुंती के मुख पर ऐसा भाव पहले कभी नहीं देखा था।

"माँ मैं तेरह वर्षों तक स्वीकार किये गये दण्ड के विधान से बँधा हूँ किन्तु मेरा आप से वचन है कि अब आप अपने विजेता पुत्रों से ही मिलेंगी।" युधिष्ठिर ने स्थिर रहते हुए विश्वास से कहा।

"पुत्र युधिष्ठिर, बारह वर्षों तक वन में तुम्हारे साथ पुरोहित धौम्य, उनके शिष्य, कुछ दासियाँ और अनुचर तथा अस्त्र-शस्त्र के निर्माण में दक्ष एक दल जिसे नवीन प्रकार के अस्त्रों के निर्माण उनकी स्थापना और उनके संचालन में निपुणता प्राप्त है, भी गोपनीय रूप से रहेंगे।" विदुर ने कहा।

"आप का आदेश हमें स्वीकार है काका।" युधिष्ठिर ने शान्त चित्त से कहा।

"पुत्र तुम्हारी माँ अपनी ससुराल में नहीं किन्तु नगर से दूर एक साधारण कुटी में अपने सन्यासी देवर के साथ तुम्हारे विजेता होने की लालसा और उल्लास

के साथ प्रतीक्षारत है, इसे कभी भूल मत जाना।''

◉◉◉

कुन्ती, युधिष्ठिर, भीम, अर्जुन, नकुल और सहदेव से विचार विमर्श कर विदुर ने द्रौपदी के पाँचों पुत्रों प्रतिविन्ध्य, सुतसोम, श्रुतकर्मा, शतानीक और श्रुतसेन का पांचाल नरेश द्रुपद के पास शस्त्र और शास्त्र शिक्षा के लिए भेजने की सुरक्षित और समुचित व्यवस्था कर दी थी; पांचाल द्रौपदी के पुत्रों का ननिहाल था। इस प्रकार विदुर ने युधिष्ठिर की दूसरी पत्नी देविका और उसके पुत्र धौधेये, भीम और बालंधरा का पुत्र संर्वग, अर्जुन की पत्नी सुभद्रा और पुत्र अभिमन्यु, नकुल की पत्नी करेणुमती और पुत्र निरमित्र, सहदेव की पत्नी विजया और पुत्र सुहोत्र को भी उचित और समुचित शिक्षा तथा शस्त्र-विद्या में निपुण बनाने हेतु उनके ननिहाल को भेजने की व्यवस्था कर दी थी।

काका विदुर की ओर सम्मान से देखते हुए युधिष्ठिर ने कहा, ''हम पाँच भाइयों और द्रौपदी को भी वनवास के लिए प्रस्थान करने का आदेश दें।'' युधिष्ठिर ने कहना जारी रखा, ''मेरे परिवार के अन्य लोग, जिन्हें हमारे साथ दण्डित नहीं किया गया है, अब पूर्णत: सुरक्षित हैं और पुत्र अपने-अपने ननिहाल में अपनी माताओं के साथ रहकर शस्त्र तथा शास्त्रों की समुचित शिक्षा ग्रहण कर सकेंगे और हमारी माँ आप के साथ सुरक्षित हैं ही।''

''पुत्र मुझे तुम सब की सुरक्षा की भी चिन्ता है। मेरा मत है सुरक्षा की दृष्टि से तुम सब को वन में एक ही स्थान पर अधिक दिनों तक लगातार रहने की आवश्यकता नहीं है, इस कारण समय-समय पर अपना स्थान बदलते रहना। मेरा मानना है कि सुयोधन के गुप्तचर तुम सब पर कड़ी दृष्टि रखेंगे।''

''पुत्र वनवास के प्रथम चरण में किस ओर जाने का विचार किया है?'' कुन्ती ने चिन्तित होते पूछा।

''माँ मेरा मानना है कि हमारे वनवास की सूचना द्वारिका में कृष्ण को पांचाल के राजा द्रुपद को, काशी राज और शुक्तिमती को मिल चुकी है और वे सब शीघ्र ही हमसे मिलने के लिए प्रस्थान करने की तैयारी कर रहे होंगे।'' युधिष्ठिर ने कहा।

''और कृष्ण तो द्वारिका से निकल ही चुके होंगे।'' द्रौपदी ने अति उत्साह से बीच में रोकते हुए कहा। स्नेह युक्त दृष्टि से द्रौपदी की ओर देखकर युधिष्ठिर ने कहना जारी रखा, ''हम द्वारिका की ओर ही काम्यक वन में किसी सुरक्षित स्थान

पर पुरोहित धौम्य के संरक्षण में अपना पहला अस्थायी निवास बनाने के लिए विचार कर रहें हैं।''

''उत्तम विचार है महाराज युधिष्ठिर। काम्यक वन में केवल कृष्ण ही नहीं आप के अन्य मित्र, राजा और शुभचिन्तक सरलता से आप से मिल सकेंगे।'' ऋषि धौम्य ने कहा।

''मेरा तो मानना ही नहीं पूर्ण विश्वास भी है कि पांचाल से धृष्ट्धुम्न, काशी राज स्वयं और शुक्तिमती से धृष्टकेतु भी हमसे मिलने के लिए निकल चुके होंगे।'' भीम ने कहा।

◉◉◉

विदुर से अनुमति प्राप्त कर हस्तिनापुर से चलते हुए उन्हें दो दिन और एक रात हो गये थे। रात्रि में उन्होंने विश्राम नहीं किया था। सुरक्षा की दृष्टि से वे शीघ्र से शीघ्र नगर की सीमा को पार कर जाना चाहते थे किन्तु लगातार चलते हुए उन्हें थोड़ी थकान व भूख भी लगने लगी थी इस कारण दूसरी रात्रि को विश्राम करने को सभी की सहमति बन गयी थी।

''यहीं इस सरोवर के तट पर हमें रात्रि विश्राम का शिविर लगा लेना चाहिए महाराज युधिष्ठिर।'' धौम्य ने सरोवर की ओर संकेत करते हुए कहा।

''अभी वन में प्रवेश करने में हमें कितना समय और लग सकता है पुरोहित जी?'' युधिष्ठिर पूछा।

''तीन घड़ी का समय और लगना चाहिए महाराज।''

''तो फिर ठीक है, आगे की यात्रा हम यहीं रात्रि-विश्राम के बाद प्रारम्भ करेंगे।''

''रात्रि-विश्राम के लिए यह स्थान सुरक्षित तो है?'' नकुल ने धौम्य ऋषि की ओर देखते हुए पूछा।

''हस्तिनापुर नगर की सीमा से हम लगभग छः योजन दूर हैं और जहाँ तक हमारी जानकारी है हस्तिनापुर का कोई भी गुप्तचर अभी तक हमारे पीछे नहीं है।''

''यह आप इतने विश्वास से कैसे कह सकते हैं पुरोहित जी?'' अर्जुन ने पूछा।

''हस्तिनापुर के महामंत्री हमारे शुभ चिन्तक हैं कुमार अर्जुन! और गुप्तचरों पर महामंत्री का प्रभाव राजकुमार सुयोधन से अधिक है, किन्तु हम वन क्षेत्र से काफ़ी निकट हैं इस कारण वन के हिंसक पशुओं से हमें भी सतर्क रहना होगा।''

"पुरोहित जी ठीक कह रहे हैं, हम समय-समय से रात्रि में पहरेदारी करेंगे।" भीम ने कहा।

काम्यक वन के मध्य भी एक रात्रि के विश्राम के बाद आगे की यात्रा प्रारम्भ कर दी गयी थी और अब सूर्यदेव ने पश्चिम से एक और रात्रि के आगमन की सूचना दे दी थी। पिछली रात को उन्होंने विश्राम न करने का निर्णय लिया था। इस प्रकार लगातार यात्रा करते हुए उन्हें दो दिन और एक रात हो गये थे, इस कारण इस रात उन्होंने आपस में विचार विमर्श का विश्राम करने का निर्णय लिया और आस-पास कोई सुरक्षित स्थान जहाँ कोई सरोवर भी हो, खोजने लगे।

"हम घने वन के मध्य में हैं, अभी पूरी तरह दिन डूबा नहीं है किन्तु हिंसक पशुओं की आवाज़ें आने लगी हैं। यहाँ से अपने चारों ओर दूर तक देख पाना भी संभव नहीं है और यहाँ आस-पास किसी सरोवर के होने का कोई चिन्ह भी नहीं दिखाई दे रहा है।" सहदेव ने अपने चारों ओर देखते हुए कहा।

"अपने बायीं ओर देखिये पुरोहित जी, पंक्षियों के ये छोटे-छोटे दल जमीन से उड़कर वृक्षों पर बैठ रहे हैं, इसका अर्थ है जिस स्थान से ये पंक्षी उड़ रहे हैं वहाँ कोई जलाशय अवश्य ही होना चाहिए और हमारे शिविर के लिए पर्याप्त सुरक्षित स्थान भी।" अर्जुन ने धौम्य ऋषि की ओर देखते हुए कहा।

"आपका अनुमान सही प्रतीत होता है कुमार अर्जुन।"

"तो विलम्ब किस बात का, चलो देखते हैं, यह स्थान अधिक दूर नहीं होगा।" सहदेव ने उत्सुकता से कहा।

उनका अनुमान सही था दो घड़ी की यात्रा के बाद वे सब उस स्थान पर पहुँच गये जहाँ से उन्होंने पंक्षियों को उड़ते हुए अनुमानित किया था। वन का यह स्थान अत्यंत मनोरम था। जलाशय के चारों ओर कदम्ब के पेड़ थे, आस पास झाड़ियाँ नहीं थीं और सबसे विचित्र बात यह थी कि सरोवर के चारों ओर मिट्टी के दुर्ग बने हुए थे जिससे प्रवेश लिये छोटे-छोटे द्वार थे। यह स्थान किसी के रहने का स्थान लग रहा था किन्तु आस-पास कोई नहीं था, चारों और सन्नाटा पसरा हुआ था।

"यह स्थान वन-असुर 'किर्मिर' का हो सकता है।" पुरोहित धौम्य ने कहा।

"किर्मिर!" नकुल के मुँह से सहसा निकल गया।

"हाँ किर्मिर, काम्यक वन के एक बड़े क्षेत्र पर इसी का आधिपत्य है और मैं इसके क्षेत्र को एक ओर छोड़ कर दूसरी ओर से वन में प्रवेश करना चाहता था

किन्तु हमसे कोई चूक हुई है। इस ओर कोई मनुष्य आने का साहस नहीं करता। मनुष्यों के लिए यह वर्जित वन क्षेत्र है।" पुरोहित धौम्य ने चिन्तित होते हुए कहा।

"आप से कोई चूक नहीं हुई है, पुरोहित जी। आज इस सुन्दर वन-प्रदेश को मनुष्यों के लिए सुरक्षित कर दूँगा।" भीम ने अत्यंत उत्साह से कहा।

"किर्मिर अकेला नहीं होगा। देखो यहाँ वर्षा, सर्दी, और गर्मी से बचने के लिए मिट्टी के कई दुर्ग हैं। ये दुर्ग यद्यपि छोटे हैं किन्तु पर्याप्त मज़बूत और कुशलता से बनाये गये हैं।" युधिष्ठिर ने एक दुर्ग का गहन निरीक्षण करने के बाद कहा।

"इस जलाशय पर जल पीने के लिए कोई भी वन-पशु नहीं है, निश्चित ही आस-पास कोई और भी जलकुंड, या सरोवर होगा उसको ढूँढ़ने आगे चलना चाहिए।" नकुल ने जलाशय की ओर देखकर विस्मित होते हुए कहा।

"नहीं इस पूरे वन प्रवेश में हम कहीं भी अब सुरक्षित नहीं हैं, इस कारण किर्मिर का वध ही एक मात्र उपाय है।" धौम्य ने कहा।

"तो फिर ठीक है हमें अपनी चक्रव्यूह रचना कर लेनी चाहिए।" सहदेव ने सुझाव दिया।

"वन-असुरों को मनुष्य की गंध बहुत जल्दी मिल जाती है। किर्मिर अपने शिकार को ढूँढ़ते हुए आता ही होगा। हमें शीघ्रता करनी चाहिए।" धौम्य ने सुझाव दिया।

"अनुचर दासियाँ और तकनीकी दल के लोग द्रौपदी और धौम्य के साथ पश्चिम में यहाँ से थोड़ी दूर पर झाड़ियों के पीछे चले जायें, हम यहीं से किर्मिर पर छिपकर दृष्टि रखेंगे। नकुल और सहदेव बायीं ओर से आवश्यकता होने पर आक्रमण करेंगे और अर्जुन दाहिनी ओर से अपने बाणों से स्थिति के अनुसार वर्षा करेंगे।" युधिष्ठिर ने चक्रव्यूह रचना करते हुए कहा, "हमें किसी भी प्रकार किर्मिर और उसके साथियों को इन दुर्गों में प्रवेश से रोकना होगा क्योंकि दुर्गों में पहुँचकर ये लोग अधिक सुरक्षित हो जायेंगे और हो सकता है अधिक शक्तिशाली भी हो जायें। हमें इन सब का वध बाहर ही करना होगा।"

"महाराज जहाँ तक मेरा ज्ञान है इन वन-असुरों के पास कोई घातक अस्त्र, शस्त्र नहीं होते हैं, ये लोग शरीर की शक्ति से ही युद्ध करते हैं। मेरा मानना है, अर्जुन अपने बाणों की वर्षा कर इनका आसानी से वध कर सकता है।" धौम्य ने कहा।

“हम आवश्यकता अनुसार ही अपने अस्त्र शस्त्रों का प्रयोग करेंगे, हमारा उद्देश्य इस वन प्रदेश को आसुरी शक्तियों से मुक्त करना है, अनावश्यक रक्तपात करना नहीं।” युधिष्ठिर ने शालीनता से कहा। युधिष्ठिर ने हाथ से सभी को शान्त रहने का संकेत कर स्वयं भी भीम के साथ एक बड़े और मोटे पेड़ की ओट में छिप गये। थोड़ी देर वन में सन्नाटा रहने के बाद पूर्व दिशा से कई लोगों के आने की पदचाप सुनायी देने लगी। धीरे-धीरे उनके पदचापों की ध्वनियाँ तेज़ होती जा रही थी। वे संख्या में तीस के आस-पास हो गये थे और सभी के हाथों में परम्परागत शस्त्र थे। किसी के हाथ में भाला तो कोई मुगदर, कोई फरसा; किन्तु कई लोगों के पास कोई शस्त्र नहीं था। देखने में सभी के शरीर काफ़ी बलिष्ठ थे किन्तु वे सब योद्धा नहीं थे, अपरिष्कृत समाज के प्राणी थे। किसी की हत्या करना इनके जीवन का मूल उद्देश्य नहीं था, वे लोग केवल अपनी भूख को शान्त करने के लिए हत्या करते थे और मनुष्य की हत्या केवल इस कारण करते थे क्योंकि मनुष्यों का माँस इन्हें स्वादिष्ट लगता था।

चारों ओर अच्छी तरह देखने के बाद सबसे बलिष्ठ व्यक्ति जिसके हाथ में एक भारी मुगदर था उसने आगे बढ़कर रोष से कहा “तुम सब यहीं हो” यह वन प्रदेश मेरा है, यहाँ से कोई भाग नहीं सकता है। तुम्हारे साथ स्त्रियाँ भी हैं, स्त्रियों का माँस बहुत स्वादिष्ट होता है। बहुत दिनों बाद मेरे कुल देवता ने भरपूर भोजन की व्यवस्था की है।”

थोड़ी देर सन्नाटा छाया रहा, कोई उत्तर या आहट न पाकर उसने फिर चीख़ते हुए कहा-

“तुम सब आज अभी तत्काल नहीं मारे जाओगे। हमारे कुल देवता ने हम सबके लिए कई दिनों तक के लिए सुरूचिपूर्ण भोजन की व्यवस्था की है। बाहर निकलो या फिर अपने लोगों को तुम्हारे पीछे भेजूँ पकड़ने के लिए?”

युधिष्ठिर ने पश्चिम में छिपे साथियों को वहीं ठहरने का हस्त-संकेत कर भीम के साथ स्वयं पीछे से निकलकर सामने आ गये।

“तुम्हारे साथ और भी मानव हैं और स्त्रियाँ भी हैं, तुम सब बाहर आओ।”

“तुम कौन हो? अपना परिचय दो।” युधिष्ठिर ने अत्यंत विनम्रता से पूछा।

“पहले तुम अपना परिचय दो मनुष्य और यहाँ क्यों आये हो? यह मेरा वन प्रदेश है। यहाँ किसी और को रहने की अनुमति नहीं है।”

"मेरा नाम युधिष्ठिर है। मैं राज आज्ञा से मिले दण्ड का निर्वाह करने वन में आया हूँ। मेरे साथ मेरे भाई भीम, अर्जुन, नकुल, और सहदेव हैं।"

"तुम में से भीम कौन है? मैं इसी को तो ढूंढ ढूँढ़ रहा हूँ। सबसे पहले में उसी का वध कर अपना भोजन बनाऊँगा।"

"तुम भीम को कैसे जानते हो?"

"भीम ने ही मेरे भाई बकासुर का वध किया था। मेरे मित्र हिडम्ब को भी इसी ने मारा था और उसकी बहन को लेकर भाग गया था। आज यह स्वयं चलकर मेरे पास आया है। कौन है तुम में से भीम?"

"मैं हूँ भीम! " भीम ने आगे बढ़कर कहा।

"जिस प्रकार मैंने तुम्हारे भाई बकासुर और मित्र हिडम्ब का वध किया था उसी प्रकार आज तुम्हारा भी वध कर इस वन प्रदेश को तुम्हारे आंतक से मुक्त कर दूँगा।" भीम ने कहना जारी रखा, "अच्छा है तुम मुझे जानते हो, मैं तुम्हारे मित्र हिडम्ब की बहन को लेकर भाग नहीं गया था मैंने उससे विवाह किया है। वह मेरी पत्नी है और तुमने अपना परिचय नहीं दिया।"

"मेरा नाम किर्मिर है।" कहते ही उसने एक वृक्ष उखाड़कर भीम पर आक्रमण कर दिया।

अचानक हुए इस आक्रमण की अपेक्षा भीम पहले से ही कर रहा था और सतर्क था। उसने बीच में ही वृक्ष को रोक कर तेज़ी से किर्मिर पर वार कर दिया जिसके लिए वह तैयार नहीं था। वृक्ष सीधा उसके ऊपर गिरा और टूट कर नीचे गिर गया। भीम ने देखा कि वृक्ष के इस तीव्र वार का किर्मिर पर कोई असर नहीं हुआ है उल्टे वृक्ष ही टूट गया है।

किर्मिर अपना मुगदर उठाकर भीम को मारने के लिए दौड़ा और एक तीव्र वार भीम पर किया किन्तु भीम ने अपनी गदा से मुगदर के वार को रोक लिया और तेज़ी से पलटकर अपनी गदा का प्रहार किर्मिर के पीठ पर किया। भीम इतनी तेज़ी से घूमा था जिसकी कल्पना भी किर्मिर नहीं कर सकता था। उसके दो साथी सहायता के लिए आगे बढ़े, अभी वे बढ़े ही थे कि दो बाण उनकी छाती में आकर तीव्रता से धँस गये और तत्काल ही उन दोनों के प्राण निकल गये।

"जो भी आगे बढ़ने की चेष्टा करेगा उसकी यही गति होगी।" अर्जुन ने दहाड़ते हुए कहा। अर्जुन के वार से सहम कर किर्मिर के सभी साथी अपने-अपने स्थान पर

ठहर गये किन्तु किर्मिर का एक साथी जो बहुत तेज़ी से दौड़कर भीम के पास पहुँच गया था उसे युधिष्ठिर ने अपने भाले के तीव्र प्रहार से ढेर कर दिया।

किर्मिर ने उछल कर अपने मुगदर का एक तीव्र वार किया जिसे भीम ने अपनी गदा से रोक लिया। किर्मिर अपने मुगदर को सँभालकर पुन: कोई वार करता इसके पहले भीम ने अपनी गदा से उसके सीने पर तीव्र प्रहार किया जिसकी किर्मिर ने अपेक्षा नहीं की थी। किर्मिर अत्यंत बलशाली था किन्तु युद्ध भूमि का योद्धा नहीं था, भीम के इस तीव्र और सहसा हुए प्रहार से वह अपने आप को सँभाल नहीं सका और भूमि पर सीधा गिर गया। भूमि पर गिरते ही भी भीम ने उसके सीने पर अपनी गदा से तीन चार और प्रहार कर दिये, किर्मिर के मुँह से रक्त की धारा बह निकली। उसके दायें ओर की पसलियाँ टूटकर पेट में धस गयी थीं। उसकी गर्दन धीरे से बायीं ओर लुढ़क गयी।

पश्चिम में झाड़ियों में छिपे सभी लोग बाहर निकल आये थे। किर्मिर के बचे हुए साथियों ने आत्मसमर्पण कर दिया था। युधिष्ठिर ने उन्हें इस वन प्रदेश को छोड़कर कहीं अन्यत्र चले जाने का आदेश दे दिया। उनका नर वध करना और उनका माँस खाना प्रतिबन्धित कर दिया, जिसे उन सभी ने अपने कुल देवता की शपथ लेकर स्वीकार कर लिया।

◉◉◉

पाण्डवों ने काम्यक वन में एक बड़े सरोवर के तट पर वनवास के बारह वर्ष का प्रथम चरण व्यतीत करने हेतु एक अस्थायी शिविर बना लिया था और इस स्थान से लगभग एक योजन की दूरी पर एक जलाशय के निकट एक अस्थायी अस्त्र-शस्त्र की प्रयोगशाला का भी निर्माण कर लिया गया था।

यह अस्त्रशाला एक ऐसे स्थान पर थी जिधर से राहगीरों का आना-जाना नहीं होता था। पाण्डु-पुत्रों के विश्वासपात्र दक्ष लोगों का दल अत्यंत गोपनीय रूप से उनके साथ था, जिसकी जानकारी कुरू के राजकुमार सुयोधन आदि को नहीं थी।

अर्जुन, नकुल और सहदेव सूर्य निकलने के साथ ही आखेट हेतु निकल गये थे। धौम्य अपना नियमित साप्ताहिक यज्ञ कर रहे थे, दासियाँ भोजन का प्रबन्ध करने में व्यस्त थीं। युधिष्ठिर कुछ अनमने से कक्ष में टहल रहे थे, द्रौपदी कक्ष के बाहर खड़ी कहीं दूर देख रही थी। द्रौपदी को इस तरह कहीं खोई हुई देखते हुए भीम ने पूछा-

“किसका मार्ग देख रही हो द्रौपदी? अर्जुन का?”

“नहीं! ”

“फिर?”

“हम काम्यक वन के इस स्थान पर भारत-भूमि के अपने मित्रों और शुभचिंतकों की प्रतीक्षा में ठहरे हैं, यहाँ तक पहुँचना सभी को सुलभ होगा यही विचार कर हम सभी ने इस स्थान को चुना था किन्तु तीन माह पश्चात अभी तक किसी ने भी हमारी सुध लेने की आवश्यकता नहीं समझी है।”

“तुमको अपने भाई धृष्टद्युम्न की प्रतीक्षा है?” भीम ने पूछा।

“नहीं! मुझे अपने सखा कृष्ण की प्रतीक्षा है।”

“क्या तुमको पता नहीं है कृष्ण इस समय शाल्वों के साथ युद्ध में रत हैं।”

“पता है, शाल्वों से युद्ध के लिए उनकी सेना है, उनका पुत्र प्रद्युम्न है अन्य यादव हैं।”

“कृष्ण से मित्रता का तुमको इतना मान है?”

“क्यों, क्या नहीं होना चाहिए?”

“अवश्य होना चाहिए द्रौपदी। विश्वास रखो वो आते ही होंगे।”

“शाल्वों से युद्ध की उत्तरदायित्व अपने पुत्र को देकर वे हमारी ओर चल चुके हैं और मुझे मिली सूचना के अनुसार ‘प्रद्युम्न’ ने शाल्वों पर विजय भी प्राप्त कर ली है।

कृष्ण ही नहीं, धृष्टद्युम्न, काशी राज, शुम्तिमती से धृष्टकेतु, शिशपाल का पुत्र पुरूजीत, माँ कुन्ती के भाई युद्धामन्यु, तथा मद्र नरेश शल्य भी हमारी सहायता हेतु हमारी ओर हमसे इसी स्थान पर आ रहें हैं।” कक्ष से बाहर निकलते हुए युधिष्ठिर ने कहा।

“आप ने इतनी आवश्यक सूचना हमें पहले क्यों नहीं बतायी?” द्रौपदी ने पूछा।

ये सारी सूचनाएँ हमें ‘शौनक’ ऋषि ने अपने शिष्य से हम तक आज सुबह ही पहुँचाई हैं और वे स्वयं भी शीघ्र ही हमारे साथ होंगे; ऋषि मैत्रय के आने की भी संभावना है।”

“क्या वेदव्यास नहीं आयेंगे?”

"उन पर तो हमारा अधिकार है, उन्हें तो आना ही है किन्तु उनके आने का कोई समय निश्चित नहीं है।"

विपत्ति के समय अपनों का साथ और सौहार्द शक्ति प्रदान करता है। शक्ति जो संघर्ष के लिए प्रेरित करती है और संघर्ष ही अंतत: विजय के द्वार खोलता है, उसकी आधार-शिला रखता है। अपनों का अपनत्व अंसभव को भी संभव बना देने की शक्ति रखता है, संभावनाओं के नये आयाम स्थापित करता है। वह शक्ति का केवल संचय ही नहीं है उसका विस्तार भी है और संगठित सभ्यता की आधार-शिला भी। यही नहीं, मनुष्य के रूप में हमारे विकसित और विचारशील होने की पहचान भी है। प्रेम हमें एक-दूसरे के साथ एक सूत्र में बाँधता है तो अपनत्व एक साथ संघर्ष करने की शक्ति, साहस और प्रेरणा प्रदान करता है।

धृष्टद्युम्न का रथ अत्यंत वेग से आकर काम्यक वन के उस प्रांगण में रुका जिसको पाण्डु-पुत्र ने वनवास का समय व्यतीत करने हेतु अपने पहले शिविर के लिए चुना था। सहदेव ने दौड़कर धृष्टद्युम्न का स्वागत करते हुए पूछा-

"आपको हमें ढूँढ़ते हुए यहाँ तक पहुँचने में कोई कठिनाई तो नहीं हुई?"

"आप लोग काम्यक वन की ओर गये हैं यह पता करने में अवश्य कठिनाई हुई किन्तु काम्यक वन में आपको ढूँढ़ना कोई कठिन नहीं रहा।"

"आप थके होंगे, हमारी कुटी में चलकर थोड़ा आराम कर लें।"

"मुझे पहले धर्मराज से मिलना है।"

"धर्मराज इस समय अपनी दैनिक साधना में लीन हैं, आप पांचाली के कक्ष में चलें, उनकी साधना समाप्त होने पर वे भी वहीं आयेंगे।"

सहदेव ने धृष्टद्युम्न को पांचाली के कक्ष का मार्ग दिखाते हुए विनम्रतापूर्वक कहना जारी रखा, "आपके आगमन की सूचना भीम भईया, अर्जुन और नकुल को भी देकर आप की सेवा में पुन: सादर उपस्थित होता हूँ।"

विचारशील मुद्रा में बैठी हुई द्रौपदी को कक्ष में किसी के प्रवेश करने का आभास नहीं हुआ।

"कृष्णा!" धृष्टद्युम्न ने पुकारा तो लगा जैसे उसके पास उसका अपना कोई कंठ ही नहीं है।

सहसा विचारों से जागकर द्रौपदी खड़ी हो गयी और सहजता से कहा।

"आप आ गये भईया! हम सब आपकी ही प्रतीक्षा में थे। पिताजी और माँ

कैसे हैं?''

''कृष्णा, तुम अपना सारा अपमान पीकर 'काम्पिल्य' का समाचार पूछ रही हो।''

द्रौपदी मुस्कुराई, ''किसी के प्रति यदि आक्रोश हो तो क्या कोई उसे हथेली पर लेकरघूमता है? विपत्ति के समय धैर्य और धर्म का अनुपालन करना आप से ही सीखा है।''

"किन्तु मैं तुम्हारा इस प्रकार का अपमान होते हुए नहीं देख सकता, हमारी सेनाएँ तैयार हैं।"

''भईया आप मेरे इन खुले हुए केशों को देख रहे हैं यह मेरा शृंगार नहीं है, मेरा प्रण है। इन्हें सुशासन ने अपने हाथों से मैला किया है, इन्हें सुशासन के रक्त में धुलने के बाद ही सँवारूँगी।''

अपने आपको सहज करते हुए द्रौपदी ने आगे कहा, ''आप मेरे पास आये हैं यहाँ आप का स्वागत होना चाहिए, अपना दुख तो मैं कभी भी आपके सामने व्यक्त कर लूँगी।

''भईया शिखंड़ी नहीं आये?''

''पिता जी तुम्हारा समाचार सुनकर जैसे हो सकते हैं वैसे हैं और शिखंड़ी ने कहा है कि वे अपनी बहन और पाण्डवों से युद्ध के महोत्सव में ही मुलाक़ात करेंगे। जहाँ भीष्म होंगे जिनकी आँखों के सामने यह सारा अन्याय और अत्याचार हुआ। इस बार रण भूमि में आमना-सामना होने पर या तो भीष्म नहीं रहेगे या शिखंड़ी।'' धृष्टद्युम्न ने अपनी बहन की ओर देखा, चेहरे पर कोई भाव नहीं था, कोई प्रतिक्रिया नहीं थी, अत्यंत सहज रूप उसने कहा-

''शिखंड़ी भईया के संकल्पों के वेग इतने अधिक होते हैं कि उसे सामान्य मन झेल ही नहीं सकता।''

''और तुम्हारे?'' धृष्टद्युम्न अपने आपको सहज नहीं रख पाया, ''कृष्णा, तुम्हें अपने महावीर पतियों पर कोई क्रोध नहीं आया? वे अपने अपमान को सहकर चुपचाप वहाँ से चले आये और यहाँ साधना करने में लीन हैं। यह समय साधना का नहीं है शक्ति का है। हमारे पास शक्ति भी है और साधन भी, हम सब प्रकार से सक्षम और समर्थ भी हैं।''

भाई के शब्दों से द्रौपदी सहमत नहीं थी- ''मैं अपने भाई या पिता को अपने

पतियों का अपमान करने की अनुमति नहीं दे सकती। वे साधारण जन नहीं हैं, हिंसा से बचने के लिए उन्होंने दण्ड को स्वीकार किया है और दण्ड का समय पूरा होने तक उसका पूरी निष्ठा से निर्वाह करेंगे।''

''सुयोधन के जीवित रहने तक तुम लोग सुरक्षित नहीं हो। धर्मराज यदि शान्ति से यहाँ तपस्वियों-सा जीवन व्यतीत करना चाहें तो भी सुयोधन उन्हें करने नहीं देगा।''

''हम सब जानते हैं। धर्मराज प्रतिशोध नहीं चाहते किन्तु प्रतिकार से वे सहमत हैं, मेरे पतियों के हाथ में यहाँ भी उनके प्रिय अस्त्र हैं।''

''किन्तु वे सब मुझे तनिक भी युद्ध के लिए उत्तेजित नहीं दिखतें।''

''उत्तेजना दुर्बलता का प्रतीक है भईया। उनका विश्वास उनको शान्त रहने का साहस देता है। भीम और अर्जुन मिलकर हस्तिनापुर का विनाश करने की क्षमता रखते हैं।''

''तो फिर आगे की क्या योजना है?''

''वे कृष्ण की प्रतीक्षा में हैं।''

''क्या कृष्ण को तो सूचित किया जा चुका है?''

''कृष्ण को सूचना मिल ही गयी होगी जैसे आपको मिली। शुभचिन्तक और मित्र वही है जो सूचना की प्रतीक्षा ना करे और कुछ सूचनाएँ तो शत्रु भी भिजवाते हैं। है न भईया? ''

''तो केशव अभी तक आये क्यों नहीं?''

''कोई कारण रहा होगा, नहीं तो एक पुकार पर वे दौड़े चले आते हैं।''

⊙⊙⊙

''कृष्णे!''

सामने कृष्ण को देखकर द्रौपदी का संयम टूट गया। स्वयं को सँभालने के सारे प्रयास व्यर्थ हो गये आँसुओं की धारा के साथ कुछ शब्द निकले, ''किसी अनाथ का भी इतना अपमान होते हुए तुमने देखा है कभी माधव? सहन शक्ति की भी सीमा होती है, अब और नहीं।''

''धर्म के रास्ते पर कुछ कठिनाइयाँ तो होती ही हैं कृष्णा।''

''नाम मत लो धर्म का!'' उसका गला सूख गया, हिचकियाँ बन्द हो गयीं, नेत्र

सूख गये, भीतर का ताप धू-धूकर जलने लगा।

"धृतराष्ट्र-पुत्रों के लिए मेरे मन में क्या है यह मैं नहीं जानती। मुझे तीव्र वेदना है अपने इन पाँच पतियों से, उनके दिव्य-अस्त्रों से, युद्ध की कुशलता से। दुशासन मेरे केशों को पकड़कर अपने पूरे बल से खींचता रहा, मुझे निर्वस्त्र करने का प्रयास किया गया, स्त्री के शरीर को भोगने का खुला निमंत्रण दिया गया और ये सब धर्म की साधना में लगे रहे। लानत है उस शिक्षा पर जो धर्म के आवरण से निकलकर अत्याचार को खुली चुनौती न दे सके। मैं द्रोणाचार्य, कृपाचार्य, भीष्म और धृतराष्ट्र के मौन से व्यथित नहीं हूँ, मुझे पीड़ा है अपने इन पतियों से, क्या करूँ केशव मैं बार-बार स्वयं को वहीं खड़ी पाती हूँ। मेरी असहाय चीख़ें भी इन्हें भूमि से ऊपर उठकर देखने का साहस नहीं दे सकीं। धिक्कार है उस गांडीव , गदा और उन सब अस्त्रों पर जिनके संचालन में पाण्डु-पुत्रों को महारथ प्राप्त है। मैं कैसे भूल सकती हूँ केशव, मेरा मन वेदना से बिलक रहा है, मैं रोना चाहती हूँ उन सब अस्त्र-शस्त्रों पर और उन सब हाथों पर जो मेरी सिसकियाँ सुनकर भी उठने का साहस न कर सके।"

"तुम भूल भी जाओ कृष्णा तो मैं नहीं भूलूँगा। धर्मराज द्वारा स्वीकार किये गये दण्ड का बँधन है नहीं तो मैं तुम्हारे पास कुरूओं के कटे हुए सिर लेकर ही उपस्थित होता। धर्मराज की यदि सहमति हो तो मैं यहीं से सीधे हस्तिनापुर चलकर उन सभी पापियों को उसी प्रकार दण्डित करूगा जैसे 'शिशुपाल' को किया था।"

द्रौपदी का उद्वेग थोड़ा शान्त और स्थिर हो गया था।

धृष्टद्युम्न ने सोचा कितनी विचित्र है यह कृष्णा, अभी मेरे सामने अपने पतियों का गुणगान कर रही थी। भारतीय नारी अपने मायके वालों के सामने अपने पतियों का कोई अपमान नहीं सुन सकती किन्तु माधव वह तो उसके बचपन के मित्र हैं, कितना संताप है इसके हृदय में। स्वयं को स्थिर कर उसने कहा, "बहन! माधव ने जो कहा है वह अवश्य ही सच होगा। उन सभी कौरवों को उनके इस कृत्य का मूल्य अपने रक्त से चुकाना होगा। किसी एक पर भी दया नहीं की जायेगी।" धृष्टद्युम्न ने संयम रखते हुए कहा।

"केशव, पांचाली के आक्रोश के पीछे धर्म नहीं है, मैं हूँ। मैं जुआरी नहीं हूँ माधव, मैंने तो केवल द्युत के उस प्रस्ताव को स्वीकार किया जो परिवार में सद्भावना हेतु दिया गया। मैंने अपने आपकी बहुत समीक्षा की है किन्तु कभी भी मैं अपने को ग़लत स्वीकार नहीं कर पाया। पांचाली और मेरे भाई चाहे मुझे कुछ न कहें, मेरा त्याग न करें, मुझे दण्डित न करें किन्तु सच तो यह भी है कि अपने परिवार की

समस्त विपदाओं का कारण मैं ही हूँ। किन्तु मैंने कोई अधर्म नहीं किया है, मैं तो केवल युद्ध से पहले के सभी उपाय कर लेना चाहता था। माधव यह कोई साधारण युद्ध नहीं होगा।" युधिष्ठिर ने कहा।

"आप को जुआरी कौन समझता है?" कृष्ण धीरे से मुस्कुराये और फिर खिलखिला कर हँस पड़े।

"आप ने धर्म को केवल मूर्त रूप में स्वीकार किया है किन्तु धर्म का अर्थ सूक्ष्म है।" कृष्ण का स्वर कुछ तेज़ हो गया, "अपने पुत्रों की मनमानी को स्वीकार करते हुए धृतराष्ट्र ने अपने मनचाहे नियमों के अन्तर्गत आपको बाँधकर आपका सब कुछ ले लिया। वह 'कृष्णा' का भरी सभा में अपमान होते देखता रहा और आप धर्म की रक्षा करते रहे यह धर्म नहीं है, कायरता है। मैं वहाँ उपस्थित होता तो उसी समय उन सबका वध कर देता।"

"वनवास और अज्ञातवास का समय यदि हमने सफलतापूर्वक पूरा कर लिया तो क्या सुयोधन हमारा राज्य वापस कर देगा?" सहदेव ने गंभीरता से पूछा।

"मुझे विश्वास है सहदेव, सुयोधन अपने पिता महाराज धृतराष्ट्र की आज्ञा का पालन अवश्य करेगा। युधिष्ठिर ने विश्वासपूर्वक कहा।

"और पांचाली का अपमान! पांचाली का अपमान भी हमारा अपमान है इसे हम भूले तो नहीं हैं।"

"यदि सुयोधन आपका अधिकार आपको विधि और विधान के अनुसार नहीं देता है तो हमारी प्रतिक्रिया क्या होगी?" धृष्टद्युम्न ने पूछा।

"विनाश के इस महायुद्ध को हम जितना टाल सकते थे उतना टाल चुके होंगे। महासमर के सिवा आगे कोई और उपाय न होगा।" युधिष्ठिर ने शान्त रहते हुए उत्तर दिया।

⊙⊙⊙

काम्यक वन का प्रांगण अश्वों के टापों से गूँजने लगा था, सभी सारथियों ने अपने-अपने अश्वों को वन में बनी अस्थायी अश्वशाला में विश्राम करने के लिए छोड़ दिया था, रथों को एक ओर लगा दिया गया था। काशीराज धृष्टकेतु, पुरूजीत, युद्धामन्यु और शल्य को उनके अस्थायी कुटीर में विश्राम हेतु सम्मान और विनम्रता के साथ पहुँचा दिया गया था। पांचाली की रसोई में सभी को खाने की समुचित व्यवस्था की जा चुकी थी और सभी के लिए उनके कुटीरों में खाने की सामग्री और

जल समुचित रूप से पहुँचा दिया गया था।

दिन का तीसरा पहर समाप्त हो गया था। सभी लोग भोजन ग्रहण कर लेने के बाद विश्राम करके काम्यक वन के प्रांगण में मंत्रणा के लिए उपस्थित हो चुके थे।

"हमारी विपत्ति में हमारा साथ देने के लिए आप सब यहाँ आये, इसके लिए मैं आप सबका आभारी हूँ।" युधिष्ठिर ने सभी को संबोधित करते हुए कहा।

"यह समय आभार व्यक्त करने का नहीं है धर्मराज, हम और हमारी सेनाएँ तैयार हैं। केवल आपके आदेश की प्रतीक्षा है।" शल्य ने थोड़ा ठहरकर फिर कहा, "मैं अपनी पुत्र-वधू का यह अपमान सहन नहीं कर सकता।"

"यह केवल आपकी पुत्र-वधू का ही अपमान नहीं है मद्र नरेश, हमारी पुत्री का भी अपमान है। इसका मूल्य उन सभी को अपने रक्त से चुकाना होगा।" काशीराज ने कहा।

"अवश्य!" धृष्टकेतु और पुरोहीत जी ने एक साथ अपनी सहमति व्यक्त की।

"आपकी क्या मंत्रणा है वासुदेव?" कृष्णा की ओर देखते हुए युद्धामन्यु ने पूछा।

"धर्मराज ने जहाँ तक संभव हो सका युद्ध को टालने हेतु बारह वर्ष का वनवास और बारह माह का अज्ञातवास स्वीकार कर लिया है, इस समय के समाप्त होने तक आप सभी को प्रतीक्षा तो करनी ही होगी।" कृष्ण ने अपना मत व्यक्त किया।

"क्या आपको विश्वास है कि दण्ड की इस अवधि की समाप्ति के बाद सुयोधन आधा राज्य वापस कर देगा?"

"इसका निर्णय तो इस अवधि के समाप्ति के बाद हो सकेगा पुरोहीत जी।" कृष्ण ने कहा।

"धर्मराज यदि आपको यहाँ वन में अपनी सुरक्षा हेतु सैन्य बल की आवश्यकता हो तो बिना किसी संकोच के आदेश दें।" शल्य ने कहा।

"मामा, सुयोधन के पास यदि इतना सामर्थ्य होता तो वह द्युत का आयोजन करने के स्थान पर हम पर आक्रमण करता। उन सबके लिए हम पाँच ही काफ़ी हैं।" भीम ने कहा।

"बँधन तो धर्मराज की सहमति का है मामा जी।" अर्जुन ने कहा।

"मुझे तुम सब की वीरता, साहस और सामर्थ्य पर कोई सन्देह नहीं है पुत्र किन्तु अनीति के प्रति हम सबका भी कुछ दायित्व बनता है और हम सब इस दायित्व का निर्वाह करने यहाँ आये हैं।" शल्य ने कहा।

"युद्ध के समय हम सबको आपके सहयोग की आवश्यकता तो होगी ही।" युधिष्ठिर ने कहा।

"हम सदैव तैयार हैं।" सभी ने एक स्वर से कहा।

सभा को समाप्त कर दिया गया।

अध्याय छः

पाण्डवों के वनवास जाने के बाद राज-सत्ता पर सुयोधन के अधिकार को बल प्रदान करने के उद्देश्य से विदुर को दण्ड देने के लिए धृतराष्ट्र ने से विदुर को अपने महल में बुला लिया था।

विदुर, धृतराष्ट्र के महल से वापस आकर नगर के बाहर बनी कुटी में शिथिल और भारी हो चुके क़दमों से अपनी कुटी में प्रवेश कर कुन्ती और पराशवी के सम्मुख बैठ जाते हैं।

“किसी विशेष प्रयोजन से बुलाया गया था आपको?” पराशवी ने पूछा।

“किसी विशेष प्रयोजन के लिए अपने महामंत्री से कोई विशेष मंत्रणा करनी होगी महाराज को।” विदुर की ओर देखकर मुस्कुराते हुए कुन्ती ने कहा।

“हाँ! प्रयोजन तो विशेष था।” विदुर का स्वर काँप स्वर रहा था वे अपने आपको समुचित स्थिर रखने का सम्पूर्ण प्रयास कर रहे थे किन्तु उन्हें सफलता नहीं मिल पा रही थी।

“क्या बात है विदुर!” कुन्ती ने विदुर के कँधे पर अपना हाथ रखते हुए पूछा, “कुछ तो विशेष और अप्रिय हुआ है, स्पष्ट रूप से कहो।”

“भाभी! महाराज ने मुझे महामंत्री के पद से हटा दिया है और सारे संबंध समाप्त कर लिये हैं।”

“क्या हमें देश से बाहर निकालने का आदेश दिया जा चुका है?” पराशवी ने पूछा।

“यदि अभी तक आदेश नहीं दिया गया है तो दे दिया जायेगा, तुम्हारा यहाँ रहना अब सुरक्षित नहीं है विदुर।” कुन्ती ने कहा।

“मुझे अपनी सुरक्षा की चिन्ता नहीं है भाभी, आप लोगों की सुरक्षा की चिन्ता है।”

“सुयोधन में इतना साहस नहीं है कि वह हमारा कोई नुक़्सान करें और सच पूछो तो विदुर मैं यहाँ रूकी ही इसलिए हूँ कि सुयोधन मेरी हत्या कर दें।”

“क्या कह रही हो भाभी? आपकी सुरक्षा का दायित्व मेरे ऊपर है और मैंने यह दायित्व स्वेच्छा से स्वीकार किया है। मेरे जीवित रहते यह नहीं हो सकता है।”

"युधिष्ठिर अपना राज्य, अपना अधिकार, अपनी सारी संपति त्याग सकता है किन्तु मुझे नहीं और यदि युधिष्ठिर अपने धर्म की रक्षा में अपनी माँ के हत्यारों को भूल भी जाये तो भी हस्तिनापुर का विनाश करने में भीम, अर्जुन, नकुल और सहदेव ही पर्याप्त हैं, उन्हें किसी और की सहायता की आवश्यकता भी न होगी।"

"तो आप अपने चारों पुत्रों से कहती क्यों नहीं कि वे आकर अपना अधिकार बलपूर्वक प्राप्त करें।"

"यह माँ का उत्तरादायित्व नहीं है कि वह अपने पुत्रों को बड़े भाई की अवमानना का पाठ पढ़ाये।

"भाभी ठीक कह रही हैं, आप अपने लिए सुरक्षित स्थान की व्यवस्था करें, यहाँ आपके रहने से सुयोधन आ सकता है किन्तु यदि आप ही यहाँ नहीं होंगे तो वह क्यों आयेगा और हम दोनों यहाँ सुरक्षित रहेंगे।" पराशवी ने अपने पति को परामर्श देते हुए कहा।

"विदुर तुम काम्यक वन में युधिष्ठिर के पास चले जाओ वहाँ तुम्हारी सुरक्षा की हमें कोई चिन्ता नहीं रहेगी, वे तुम्हारी सुरक्षा करने में सक्षम हैं और तुमको अपने निकट पाकर वे सब प्रसन्न होंगे।" कुन्ती ने विदुर से कहा।

"और मैं भी यही उचित समझती हूँ।" पराशवी ने कुन्ती के साथ अपनी सहमति दी।

"मैं आप लोगों को छोड़कर जाऊँगा तो युधिष्ठिर के पास ही, फिलहाल मैं अपने कक्ष में जा रहा हूँ इस पर एक बार पुन: गम्भीरता से विचार करने हेतु। यदि यहाँ से गया तो गोपनीय रूप से रात में ही निकल जाऊँगा नहीं तो प्रात: पुन: भेंट होगी।"

नगर छोड़ने से पहले विदुर ने इसकी सूचना अपने सारथी अश्वसेन से महर्षि वेदव्यास को गोपनीय रूप से देना उचित समझा था। विदुर ने रात में ही नगर को छोड़ दिया।

◉◉◉

धृतराष्ट्र का अपने कक्ष में मन अशान्त था। उनके मुख पर हृदय का उद्वेग रह-रहकर उभर आता था। वे अपने आप को सँभालने की जितनी भी कोशिश करते किन्तु स्वयं को स्थिर रखकर बैठ नहीं पा रहे थे और अनमने से अचानक उठकर खड़े हुए। दासी ने हाथ पकड़कर सहारा देने का प्रयास किया किन्तु युवा दासी का स्पर्श भी उन्हें कोई सुख न दे सका।"

"मुझे टहलना है, मेरे रास्ते की बाधाएँ हटा दो और मुझे एकांत छोड़ दो, मुझे तुम्हारे सहारे की आवश्यकता नहीं है।"

"आपको सहारे की आवश्यकता तो है ही।" दासी ने अपने मन में कहा।

"क्या कहा तुमने? मुझे सहारे की आवश्यकता है!"

"मैंने तो कुछ भी नहीं कहा है महाराज।" दासी ने सहमकर उत्तर दिया।

"मेरा मन ही शान्त नहीं है दासी, कोई कुछ नहीं कहता फिर भी मुझे लगता है कोई मेरी ओर तिरस्कार से उँगली उठा रहा है और मैं संताप से संतप्त हो जाता हूँ। सामने से उठी हुई हज़ारों उंगलियाँ मेरे हृदय के ताप को बढ़ा देती हैं।"

इधर-उधर अनावश्यक टहलते हुए धृतराष्ट्र की बेचैनी बढ़ती जा रही थी।

"मेरा गला सूख रहा है दासी मुझे जल दो।" दासी ने शीघ्रता से शीतल जल का पात्र महाराज के हाथ में पकड़ा दिया।

जल ग्रहण करने क पश्चात धृतराष्ट्र ने पात्र को दासी के हाथ में पकड़ाते हुए मन ही मन कहा, "आज यह शीतल जल भी मेरे अन्दर के संताप को ठंडा नहीं कर रहा है। यह विदुर रात्रि में ही देश की सीमाओं से बाहर चला तो नहीं गया होगा!"

धृतराष्ट्र का अंत:करण इस तथ्य को स्वीकार नहीं कर पा रहा था कि विदुर के राज्य को छोड़कर चले जाने की कल्पना मात्र से धृतराष्ट्र भयभीत हो रहा था। तेज़ क़दमों से गांधारी कक्ष में प्रवेश करती हैं।

"महाराज क्या यह सच है कि आप ने विदुर को देश से निकाल दिया है?"

"नही गांधारी, मैंने उसे केवल पद से हटाया है राज्य से नहीं।"

"मगर क्यों महाराज? विदुर योग्य और सक्षम ही नहीं, हमारे राज्य का भला चाहने वाले मंत्री थे।"

"मैं क्या करता गांधारी, विदुर हर बात के लिए पाण्डु-पुत्रों का पक्ष लेता था और पुत्र सुयोधन इसे पसन्द नहीं करता था।"

"जहाँ तक मैं समझती हूँ महाराज कि राज्य का हित पुत्र-मोह से सदैव ऊपर है।"

"आपकी बात ठीक हो सकती है गांधारी किन्तु जब भी मैं उसकी बातें सुनता हूँ मेरा पुत्र मुझे निर्दोष दिखायी देता है।"

"आपका अपने पुत्र के प्रति मोह उचित हो सकता है किन्तु पाण्डु-पुत्रों का स्नेह भी हमारे प्रति कभी कम नहीं रहा। उन्होंने आपके आदेश का पालन करना

विनम्रता से स्वीकार किया है और मेरा तो स्पष्ट मत है कि पाण्डु पुत्रों ने जिस धैर्य के साथ आपके आदेश का अपनी पूरी श्रद्धा से अनुपालन किया है मेरे पुत्र भी इतनी विनम्रता से आपके आदेश का अनुपालन नहीं कर सकते थे।"

टहलते हुए धृतराष्ट्र के क़दम लड़खड़ाने लगे, दासी ने दौड़कर सहारा देते हुए उन्हें उनके आसन पर बैठने में सहायता की। धृतराष्ट्र का शरीर अपने आसन पर निढ़ाल हो गया था। दासी ने जल देने का प्रयास किया किन्तु वे जल न पी सके, देर तक प्रयास करने के बाद उन्होंने अपने आपको सँभालते हुए कहा, "गांधारी, तुम मेरे हृदय के संताप को क्यों बढ़ा रही हो, क्या सुयोधन आपका पुत्र नहीं है?"

"है महाराज! किन्तु पाण्डु-पुत्रों ने मुझे हमेशा अपनी माँ का सम्मान दिया है और आप को पिता की तरह। पाण्डु-पुत्रों ने मेरे और आपके आदेशों को मेरे पुत्रों की तुलना में कहीं अधिक मान-सम्मान दिया है।" थोड़ा ठहरकर,

"विदुर के लिए यह आपका अन्तिम आदेश है!"

"मैंने विदुर को देश छोड़कर जाने के लिए नहीं कहा, यह उसका अपना निर्णय है। मैं सुयोधन से विचार-विमर्श कर इस विषय पर पुनर्विचार अवश्य करूँगा।"

◉◉◉

नकुल काम्यक वन में अपने अस्थायी निवास के प्रांगण में चारों ओर की प्राकृतिक छटा कर अवलोकन कर मुग्ध हो रहे थे। चारों ओर फूल खिले हुए थे, दिन का दूसरा पहर प्रारम्भ हो गया था। पुरोहित धौम्य और युधिष्ठिर जी कासत्संग समाप्त हो चुका था, सत्संग में भाग लेने आये सभी वनवासी और 'जटाशंकर' वापस अपने-अपने निवास पर जा चुके थे। जटाशंकर ने अपना परिचय ऋषि-कुल में पैदा हुए उन वनवासी के रूप में दिया था। वह अपने साधारण रहन-सहन और विद्वता से युधिष्ठिर और धौम्य का विश्वासपात्र बन चुका था किन्तु वह भीम को पसन्द नहीं था। भीम उसे सदैव शंका की दृष्टि से देखते थे, उस पर दृष्टि रखते थे, किन्तु अपने सद्व्यवहार से जटाशंकर सभी के बीच धीर-धीरे घुल-मिल गया था।

अपनी ओर आते हुए रथ के सारथी अश्वसेन को नकुल ने दूर से ही पहचान लिया था।

"काका!" लगभग चीख़ते हुए नकुल ने दूर से ही आवाज़ दी। नकुल के मुँह से निकले हुए शब्द 'काका' को सभी ने ठीक से सुना था। युधिष्ठिर, भीम, अर्जुन, सहदेव, धौम्य तथा अन्य सभी अपने-अपने कक्ष से निकलकर काम्यक वन के

प्रांगण में एकत्र हो गये थे; अश्वसेन ने रथ को थोड़ी दूर पर ही रोक दिया।

द्रौपदी ने सबसे पहले आगे बढ़कर अपने आँचल को हाथ में लेकर विदुर के पैरों को छू कर आशीर्वाद प्राप्त किया।

तत्पश्चात सभी पाण्डु-कुमारों ने विदुर का आशीर्वाद प्राप्त कर उन्हें साथ लेकर अपनी मुख्यकुटी के अन्दर आकर सादर बैठने का आग्रह किया। सभी के बैठ जाने के बाद युधिष्ठिर ने कहा-

"आपने हमारी सुध लेने हेतु हमारे पास आने की कृपा की, उससे हम सबको काफ़ी प्रसन्नता हुई।"

"मैं यहाँ आप सब की कुशलता पूछने नहीं आया हूँ।"

"फिर काका? मैं तो यही समझता हूँ।"

"महाराज ने मुझसे अपने सारे संबंध समाप्त कर लिये हैं। मैं जब चला था तब अपने लिए तुम्हारे पास सुरक्षित रहने के उद्देश्य से आया था किन्तु अब ऐसा लगता है कहीं मेरे कारण तुम सब पर कोई संकट न आये।"

"काका आप निश्चिंत रहें, सुयोधन इतना सामर्थ्यवान नहीं है कि मुझे या आपको यहाँ आकर कोई नुक़्सान पहुँचाये।"

"आप अत्यधिक श्रांत लग रहें हैं, थोड़ा विश्राम कर लें।" युधिष्ठिर ने सहजता से कहा।

"यात्रा से नहीं पुत्र, मैं धृतराष्ट्र के व्यवहार से श्रांत हूँ और आश्चर्यचकित भी। मैंने स्वयं तथा अपने परिवार को हस्तिनापुर में इतना असुरक्षित कभी नहीं पाया था। अब मेरा हस्तिनापुर से कोई संबंध नहीं है, न महामंत्री हूँ। अब धृतराष्ट्र का पुत्र सुयोधन किसी भी समय मेरी हत्या कर सकता है, मेरे परिवार को और भाभी को क्षति पहुँचा सकता है।"

"काका आप यहाँ पूरी तरह सुरक्षित हैं और जिन्हें आप हस्तिनापुर में छोड़कर आये हैं उनको क्षति पहुँचाकर सुयोधन को कोई लाभ न होगा। इससे न तो उनकी शक्ति बढ़ेगी और न ही उनके शत्रुओं अर्थात हमारा बल कम होगा। जो लोग स्त्रियों और बच्चों को क्षति पहुँचाते हैं उनका पक्ष कमज़ोर ही होता है, यह सुयोधन भी समझता होगा और उसके मित्र भी। आपको अपने लिए और हमारे लिए चिन्तित होने की कोई आवश्यकता नहीं है, हम पूरी तरह समर्थ हैं।" विदुर की ओर पास आते हुए अर्जुन ने कोमलता से कहा।

"मैं अपने लिए कदापि भी चिन्तित नहीं हूँ किन्तु मुझे हस्तिनापुर की चिन्ता है।"

"हस्तिनापुर की चिन्ता करना आप जैसे नीति कुशल व्यक्ति को शोभा नहीं देता। महाराज धृतराष्ट्र से संबंध समाप्ति से आपको भावनात्मक पीड़ा हुई है जो कि वास्तव में आपके लिए अस्वाभाविक है। यद्यपि आप ने कभी भी महाराज धृतराष्ट्र के कृत्यों को समर्थन नहीं दिया है, फिर भी बाल्यकाल से उनके स्नेह और उनका आप से इस प्रकार संबंध समाप्त कर लेने के कारण आपकी पीड़ा असहनीय हो गयी है। आप अपने आपको सँभालने का प्रयास करें और विश्वास करें कि किसी के भी प्राण संकट में नहीं हैं, न हमारे न आपके और न ही उनके जिन्हें आप हस्तिनापुर में छोड़ आये हैं।" युधिष्ठिर ने विदुर से स्नेहपूर्वक कहा।

विदुर का उद्वेग काफ़ी शान्त हो गया था, थोड़ा और स्थिर होते हुए कहा-

"मैं कुरू राजवंश में सदैव शान्ति का पक्षधर रहा हूँ इसी कारण महाराज धृतराष्ट्र को सबसे उपयुक्त उपाय सुझाने की कोशिश की थी।"

"आप उन्हें अपने मार्ग पर चलने का अवसर क्यों नहीं देना चाहते हैं। यदि उन्होंने अपनी इच्छा से अनीति का मार्ग चुना है तो यह उनका चुनाव है, आप उसमें विघ्न क्यों डालना चाहते हैं?" भीम ने कहा।

"हम सदैव विश्व की मंगलकामना करते हैं। हमारे लिए हमारे आराध्य 'राम' और 'शिव' का यही संदेश रहा है। मेरे लिए तुम सब और धृतराष्ट्र के पुत्र समान रूप से प्रिय हो किन्तु मैं कभी भी अनीति और अन्याय का पक्ष नहीं ले सकता हूँ।" विदुर ने शान्त रहते हुए कहा।

पांचाली विदुर के लिए भोजन का थाल और जल लेकर उपस्थित हो गयी थी, विदुर ने पांचाली के हाथ से जल लिया और कुटी से बाहर मुख प्रक्षालन के लिए चले गये।

◉◉◉

"पिता जी!" सुयोधन ने अपने पिता धृतराष्ट्र का सादर चरर्ण स्पर्श करने के बाद उनके सम्मुख बैठते हुए कहा-

"काका विदुर हस्तिनापुर छोड़कर पाण्डवों के पास काम्यक वन में चले गये हैं।"

"यह सूचना तुम्हें कहाँ से मिली?"

"अपने गुप्तचरों से।"

"और उनका परिवार कहाँ है?"

"परिवार को कहाँ शरण मिलेगी पिता जी, वो यहीं है हस्तिनापुर में।

"गुप्तचरों की सूचना क्या है, क्या पाण्डु काम्यक वन में सैन्य शक्ति का संचय कर रहे हैं?"

"नहीं, सैन्य शक्ति का संचय करने हेतु धन की आवश्यकता होती है और उनके पास अब क्या है। किसी प्रकार कंद-मूल लेकर अपने आपको जीवित रखने का प्रयास कर रहे हैं और हमारे महामंत्री भी उनके साथ ही हैं अब।"

"मैंने कभी नहीं सोचा था कि विदुर जाकर उनसे मिल जायेगा।"

"उससे क्या ही अहित होना है, पिता जी।"

"तुम नहीं समझते हो पुत्र, विदुर का साथ पाण्डवों को सशक्त कर देगा।"

"काका विदुर के पास कौन-सी शक्ति है जो वह उन्हें उपलब्ध करा देंगे।"

"विदुर, नीति का विशेषज्ञ है। उसकी यह विशेषज्ञता और पाण्डु-पुत्रों की शक्ति मिलकर हमारे लिए संकट उत्पन्न कर सकती है।"

"काका विदुर सदैव हमारे हितों के विरोध में रहें हैं।"

"विदुर ने हस्तिनापुर के संगठन को हमेशा से सशक्त करने का कार्य किया है और इसी के पक्ष में मत व्यक्त किया है। विदुर के लिए किसी व्यक्ति विशेष का हित सर्वोपरी कभी नहीं रहा है।"

"क्या आप पुन: विदुर काका को वापस बुलाने के लिए सोच रहें हैं?"

"हाँ! मैं उसे पाण्डवों से दूर रखना चाहता हूँ।"

"आप क्या सोचते हैं, काका विदुर यहाँ पाण्डवों के हितों के विरूद्ध आपको कोई मंत्रणा देंगे? मुझे तनिक भी विश्वास नहीं है।"

"सुयोधन, तुम भूल रहे हो कि विदुर मेरा भाई भी है। हम बाल्यकाल से लेकर आज तक एक साथ रहे हैं।"

"तो विदुर काका पर आपके बाल्यकाल का प्रेम उमड़ रहा है?"

"नहीं मेरा प्रेम तो केवल तुम पर उमड़ता है सुयोधन। मैं तो बस तुम्हारे मार्ग में आने वाली बाधाओं को कमज़ोर करने का प्रयास कर रहा हूँ। तुम विदुर, वेदव्यास और पाण्डवों की सम्मिलित शक्ति का आँकलन करने में सक्षम नहीं हो।"

"मेरे साथ कर्ण, सुशासन, मामा शकुनी और जयद्रथ हैं, किसी और के साथ की आवश्यकता ही क्या है।"

"यही तो तुम्हारी समस्या है पुत्र तुम स्वयं के अहंकार और अपने साथियों के आचरण के कारण अपना हित नहीं सोच पा रहे हो, किन्तु मैं तुम्हारे व्यापक हितों से विमुख नहीं रह सकता। वह विदुर पाण्डवों के साथ ही रहा तो उनका उदय होगा।"

सुयोधन उठकर खड़ा हो गया, पिता से और अधिक वार्तालाप करना व्यर्थ था।

"मैं जा रहा हूँ।"

धृतराष्ट्र ने उसे रोकने का कोई प्रयास नहीं किया।

"दासी!" धृतराष्ट्र ने पुकारा।

"जी महाराज!"

"शीघ्रता से जाओ और संजय को बुलाकर लाओ।

◉◉◉

संजय का काम्यक वन में पाण्डवों के अस्थायी शिविर में स्वागत किया गया।

"आप महाराज धृतराष्ट्र का कोई सन्देश हमारे लिए लाये हैं? या व्यक्तिगत रूप से हमारा कुशल जानने आयें हैं।" विधिवत सत्कार करने के बाद नकुल ने पूछा।

"दोनों ही नहीं राजकुमार।" संजय ने मुस्कुराते हुए उत्तर दिया।

"हम सब राजकुमार नहीं हैं, अब एक स्वतंत्र वनवासी हैं, कृपया मुझे इसी रूप में सम्बोधित करें।"

"आपके वनवासी का भेष अस्थायी है कुमार, मेरे लिए आप सदैव राजकुमार ही रहेंगे।"

"आपके आने का कोई विशेष प्रयोजन है संजय?" भीम ने पूछा।

"महाराज धृतराष्ट्र का प्रेम अपने भाई महामंत्री विदुर पर आया है और मैं महामंत्री के लिए महाराज का संदेश लेकर आया हूँ राजकुमार भीम।" भीम के प्रति अपना पूरा सम्मान व्यक्त करते हुए संजय ने कहा।

"तो आप काका को महाराज का संदेश देने के लिए आये हैं, आइये आपको काका की कुटी तक पहुँचा दूँ।" नकुल ने अनुरोधपूर्वक कहा।

अत्यन्त सम्मानपूर्वक 'विदुर' का अभिवादन करने के बाद संजय विदुर के सामने बैठ गये। विदुर ने भी संजय के अभिवादन को स्नेह से स्वीकार कर कहा-

"संजय, पांचाली का भोजन तैयार होने में अभी कुछ समय होगा, यदि कुछ ग्रहण करने की इच्छा हो तो फल यहाँ उपलब्ध होंगे।"

"फिर तो रसोई के तैयार होने की प्रतीक्षा करना ही उचित रहेगा।"

"संजय तुम मेरे लिए महाराज का कोई विशेष सन्देश लेकर आये हो?"

"महाराज धृतराष्ट्र ने मुझे आपको सम्मान के साथ ले आने के लिए भेजा है।"

"कोई विशेष प्रयोजन?"

"महाराज के हृदय में आपके लिए प्रेम उमड़ रहा है, वे आप से बिछड़कर अत्यंत दुखी हैं और आपको आपका पद सम्मानपूर्वक वापस करने की इच्छा रखते हैं।"

"तुम मुझसे कुछ छिपा तो नहीं रहे हो?"

"नहीं मैं महाराज धृतराष्ट्र का सेवक अवश्य हूँ किन्तु आप से कुछ छिपाने का न तो मेरे पास साहस है और न ही कोई आवश्यकता।"

"क्या महाराज ने निश्छल रूप से प्रेम का भाव प्रदर्शित किया है?"

"मेरा अनुमान तो यही है।"

"ठीक है संजय तुम यहीं थोड़ा विश्राम करो, मैं युधिष्ठिर से मंत्रणा करके अपने मत से तुमको अवगत कराता हूँ।"

युधिष्ठिर की कुटी में विदुर युधिष्ठिर के सामने भीम और अर्जुन के मध्य कुछ विचार करते हुए बैठ जाते हैं।

"क्या विचार कर रहे हैं काका?" भीम ने पूछा।

"संजय, महाराज धृतराष्ट्र का स्नेह-निमंत्रण लेकर आये हैं, मुझे पुनः राज्य का महामंत्री नियुक्त करने का आदेश दिया जा चुका है।"

"यह उनका एक और पाखंड होगा काका।" भीम ने कहा।

"धृतराष्ट्र मेरा तुम लोगों के साथ होना अपनी कुटिलता और डर के कारण सरलता से स्वीकार नहीं कर सकते हैं।"

"काका आप हमारे साथ वन में रहें या हस्तिनापुर में, हमारे बीच के प्रेम संबंधों में कोई कमी न होगी, महाराज धृतराष्ट्र यह बात नहीं समझ सकते हैं।"

युधिष्ठिर ने कहा।

"मैं समझता हूँ आप को दिया गया यह आमंत्रण महाराज धृतराष्ट्र की कुटिल राजनैतिक चाल है।" अर्जुन ने कहा।

"महाराज धृतराष्ट्र के आमंत्रण को स्वीकार करने का एक कारण मेरी समझ में आ रहा है।"

"कौन-सा कारण काका? मैं समझता हूँ आप वहाँ सुरक्षित नहीं होंगे।" अर्जुन ने पुन: कहा।

"मेरे अधिकार में कोई सैन्य शक्ति नहीं है किन्तु यदि मैं वहाँ रहा तो सुयोधन और धृतराष्ट्र की कुटिल चालों से तथा राज्य के गुप्तचरों द्वारा एकत्र की जा रही सूचनाओं से भी अवगत होता रहूँगा। मेरे यहाँ रहने से हो सकता है सुयोधन आप के विरूद्ध सैन्य कार्यवाही करने का महाराज से कोई अनुचित आदेश पारित करवा ले और ऐसी स्थिति में पितामह भीष्म, गुरु द्रोणाचार्य, और कृपाचार्य भी हस्तिनापुर की ओर से आप सब के विरूद्ध खड़े होने के लिए विवश होंगे किन्तु यदि मैं वहाँ रहा तो वे ऐसा कर पाने में सरलता से सक्षम नहीं होंगे।"

"हमें उनकी सैन्य कार्यवाही का भय नहीं है काका।" भीम ने कहा।

"मैं आप लोगों के व्यापक हितों के अतिरिक्त और कुछ विचार नहीं सकता हूँ।"

"तो आपने हस्तिनापुर जाने का मन बना लिया है?" युधिष्ठिर ने कहा, "हमारे लिए केवल आपके विचार महत्वपूर्ण हैं काका।"

"हम सब केवल आपके मत का सम्मान ही नहीं करते आपके आदेशों का पालन करना भी अपना प्रथम उत्तरादायित्व समझते हैं।" अपने काका के प्रति पूरा सम्मान प्रदर्शित करते हुए भीम ने कहा।

"आप अपने निर्णय के लिए स्वतंत्र हैं काका। हमें तो केवल आपके आदेश का पूरी श्रद्धा और निष्ठा से अनुपालन करना है।"

"संजय मेरा मत जानने की प्रतीक्षा में विश्राम कर रहा होगा।"

नकुल ने प्रवेश कर पांचाली की रसोई तैयार हो जाने की सूचना दी और भोजन ग्रहण करने का सादर निमंत्रण दिया। सभी लोग भोजन ग्रहण करने हेतु भोजन-कक्ष में उपस्थित हो गये। मार्ग में विदुर ने संजय को महाराज धृतराष्ट्र के आमंत्रण को सहर्ष स्वीकार कर लेने के अपने मत से अवगत करा दिया था।

अध्याय सात

लक्ष्मणा धनुष विद्या में तो निपुण थी ही घुड़सवारी और गदा-युद्ध भी उसके प्रिय खेल थे। सुयोधन ने उसका लालन-पालन राजकुमार की तरह ही किया था। लक्ष्मणा अपने जुड़वा भाई लक्ष्मण से किसी भी प्रकार कम न थी और उसकी सुन्दरता की व्याख्या करने हेतु तो पर्याप्त मात्रा में शब्द ही नहीं हैं। लक्ष्मणा के इन गुणों, विशेषताओं तथा रूप के कारण आर्यावर्त ही नहीं जम्बूदीप के सभी राज-परिवार उसे अपने परिवार के साथ जोड़ने की कामना रखते थे। सुयोधन ने भी अपनी पुत्री को अपना जीवन साथी चुनने की स्वतंत्रता दे दी थी। सुयोधन ने यादवों को छोड़कर जम्बूदीप के समस्त राज-परिवारों को लक्ष्मणा के स्वयंवर में भाग लेने हेतु निमंत्रित किया था। लक्ष्मणा अपने स्वयंवर के आयोजन से प्रसन्न थी, उसे तो अंग देश के राज कुमार वृषसेन को ही अपना जीवन साथी चुनना था। वृषसेन सुयोधन के मित्र कर्ण का पुत्र था।

कुरूवंश के राजमहल में स्वयंवर की सभी तैयारियाँ पूर्ण कर ली गयी थीं। आर्यावर्त के विभिन्न भागों से आये हुए राजाओं और राजकुमारों को राजमहल के अतिथि गृह में सम्मान के साथ ठहराया जा चुका था। हस्तिनापुर अपने राजकुमारी के विवाह के लिए पूरी तरह तैयार था। नगर के चारों ओर के प्रवेश-द्वारों पर कड़ी सुरक्षा व्यवस्था कर दी गयी थी। गहन जाँच के बिना कोई भी नगर में प्रवेश नहीं कर सकता था और न ही नगर से बाहर जा सकता था। राजमहल की सुरक्षा का उत्तरदायित्व सुशासन और जयद्रथ की देख-रेख में था तो राजकुमारी 'लक्ष्मणा' की सुरक्षा का विशेष उत्तरदायित्व कर्ण राजकुमार शल और भूरिश्रवा को दे दिया गया था। नगर के चारों दिशाओं में प्रवेश हेतु द्वार बनाये गथे थे, पूर्व की ओर प्रवेश का मुख्य द्वार था जिसका नाम 'शक्ति पुंज' द्वार था और यहाँ की सुरक्षा का उत्तरदायित्व सुदक्षिण को दिया गया था जो कि सुयोधन की पत्नी भानुमति का भाई था। पश्चिमी 'विजय किरण' द्वार का उत्तरदायित्व 'सोमकीर्ति' को, उत्तरी 'राज सिंह' द्वार पर 'अनुविंद' तो दक्षिणी 'दिव्य पताका' द्वार पर सत्वान को सुरक्षा का उत्तरदायित्व दिया गया था। सोमकीर्ति,अनुविंद और सत्वान सुयोधन के भाई थे।

सुयोधन ने उत्सव के सभी आयोजनों और सुरक्षा व्यवस्था का पुन: गहन

अवलोकन किया और पूरी तरह आश्वस्त होने के बाद अपने मामा शकुनी से विचार विमर्श करने के लिए उनके कक्ष में चला गया।''

अपने कक्ष में सुयोधन को देखकर शकुनी ने बड़े आत्मीय रूप से अपने पास बैठने का आग्रह किया।

''मामा स्वयंवर की समस्त तैयारियाँ पूर्ण हैं, मैं अभी-अभी सुरक्षा और अन्य तैयारियों का गहन पूर्वावलोकन कर आपके पास आया हूँ।''

''वो सब तो ठीक है भाँजे किन्तु राजकुमारी किस राजकुमार को अपना वर चुनेगी, इस विषय में कोई विचार किया?''

''मेरी पुत्री अपना वर चुनने के लिए मेरी ओर से स्वतंत्र है।''

''वर चुनने की स्वतंत्रता देना तो उचित है पुत्र किन्तु क्या लक्ष्मणा इस अल्प-आयु में अपने उचित और अनुचित का ज्ञान रखती है? और स्वयंवर में भाग लेने हेतु आये सभी राजकुमार और राजा समान रूप से सक्षम और समर्थ नहीं हैं?''

''इस तथ्य पर तो पहले विचार ही नहीं किया गया मामा।''

''यदि राजकुमारी किसी भी कारण से अपने वर के रूप में किसी ऐसे राजकुमार या राज परिवार का चुनाव कर लेती है जिसका आर्यावर्त के राजाओं में हमारे समान का मान-सम्मान नहीं है तो सभी सक्षम और समर्थ राजा हमारे विरूद्ध खड़े हो सकते हैं।''

''मैंने आर्यावर्त के समस्त छोटे-बड़े राज-परिवारों को इसी कारण निमंत्रण भेजा था जिससे हमारी मित्रता और हमारे संबधों को व्यापक रूप से समर्थन प्राप्त हो, क्योंकि पाण्डवों के साथ होने वाले सम्भावित युद्ध के लिए हमें आर्यावर्त के अधिकांश राजाओं के समर्थन और शक्ति की आवश्यकता होगी।''

''अभी व्यवस्था हमारे नियंत्रण से बाहर नहीं है पुत्र, हम लक्ष्मणा के लिए अपने स्तर का राजकुमार और राज-परिवार चुन सकते हैं।''

''कैसे?''

''पहले तुम अपने रूचि का सक्षम और हर प्रकार से समर्थ राजकुमार का चयन करो, फिर भानुमती से कहो कि वह लक्ष्मणा को स्वयंवर में उसी का चुनाव करने हेतु कहे जिसे तुमने पसन्द किया है।''

''और यदि लक्ष्मणा इसके लिए सहमत न हुई तो?''

''लक्ष्मण अभी किशोरी बालिका है उसे राज-धर्म, हित-अहित, उचित-

अनुचित का उतना ज्ञान नहीं है जितना हमें है और हम उसके लिए किसी अनुचित और असक्षम का चुनाव क्यों करेंगे?'' वह तुमसे प्रेम करती है पुत्र और मुझे विश्वास है कि वह तुम्हारे चुनाव को ही अपना चुनाव समझेगी।''

''किन्तु मामा यदि लक्ष्मणा मेरे द्वारा चयनित राजकुमार के गले में अपनी वरमाला डाल दे और यह सत्य अन्य राजाओं को ज्ञात हो जाये या उन्हें कोई भी आशंका हो गयी तो मेरी प्रतिष्ठा का क्या होगा?''

''यह कार्य बहुत सावधानी से करना होगा और इसके लिए लक्ष्मणा को ठीक से प्रशिक्षित भी करना होगा कि उसके किसी भी व्यवहार से किसी को भी इसकी आशंका न होने पाये कि वास्तव में वर का चुनाव उसने नहीं किसी और ने किया है।''

''मैं चाहता हूँ कि स्वयंवर की औपचारिकताओं का संचालन आप करें।''

''स्वयंवर के समस्त कार्यों के उत्तरदायित्व का निर्धारण पहले ही किया जा चुका था। आर्यावर्त के आने वाले सभी राजाओं और राजकुमारों का स्वागत, सत्कार करने और उन्हें ठहराने का कार्य मुझे दिया गया है, जिसे मैंने पूरी निष्ठा से संपन्न किया है; मैं समझता हूँ अन्तिम समय में कोई भी परिवर्तन उचित नहीं होगा।''

''ठीक है मामा जी, मैं लक्ष्मणा को समझाने का प्रयास करता हूँ।''

◉◉◉

रो..जे...सुयोधन ने अपनी और दौड़ते हुए आ रहे दो राज-प्रहरियों और उनके पीछे उसी प्रकार भाग कर आती हुई दो दासियों को देखा जिनके गले मे कुछ शब्द फँस रहे थे। वह नगर की सुरक्षा व्यवस्था का अवलोकन करने के बाद अपने महल के सामने रथ से उतर रहा था।

''क्या हुआ?'' सुयोधन ने तेज़ आवाज़ में कहा किसी ने सुयोधन के प्रश्न को सुना नहीं था, उन चारों के कंठ में अब भी कुछ शब्द रूक रहे थे। सुयोधन का हृदय किसी अप्रिय घटना की आशंका से भयभीत हो गया। अपने भय से अपने आपको सुरक्षित करने के लिए अपने काँपते हाथों से तलवार निकाल ली। दोनों राज प्रहरी सुयोधन के निकट आकर हाथ जोड़कर अपनेघुटनों के बल बैठ गये, उन दोनों की आवाज़ अब भी साफ़ नहीं थी। रो...जे...

''किस राजकुमार को क्या हुआ? साफ़-साफ़ कहो।''

एक राज-प्रहरी ने अपने आपको शांत करते हुए बहुत कठिनाई से कहा, "राजकुमारी जी का अपहरण! "

दासियाँ अब भी भागती हुई सुयोधन की ओर आ रही थीं।

राज-प्रहरी कुछ और कहने का प्रयास करता इसके पहले सुयोधन के हाथ की तलवार ने राज-प्रहरी का गला काट दिया। दूसरा प्रहरी गिरकर अचेत हो गया था जिस पर सुयोधन ने अपने पैरों से एक तीव्र प्रहार किया किन्तु उसकी चेतना वापस न लौटी।

राज-प्रहरी के पीछे भागकर आती हुई दोनों दासियों में से एक को सुयोधन ने पहचान लिया था, वह लक्ष्मणा की प्रमुख सहायिका 'कृतिका' थी।

"क्या हुआ कृतिका?"

"युवराज, राजकुमारी का राज वाटिका से किसी ने अपहरण कर लिया है।"

"क्या लक्ष्मणा के अंग-रक्षकों का वध हो गया है?"

"नहीं किसी का वध करने के लिए वह ठहरा ही नहीं।"

"कर्ण, भूरिश्रवा और शाल्व क्या कर रहे थे?"

"उसी के पीछे राजकुमारी को वापस लाने हेतु गये हैं।"

"किस ओर गये हैं?"

"पूर्वी द्वार की ओर।"

"सुयोधन ने अपने सहायकों को नगर के सभी द्वारों को बन्द करने का आदेश दिया और अपने रथ पर बैठकर सारथी को पूर्वी द्वार की ओर रथ को ले जाने का आदेश दिया।

⊙⊙⊙

सभी महारथी और सेना की एक टुकड़ी पूर्वी द्वार की ओर से महल की ओर वापस लौट रही थी। सबसे आगे के रथ पर सुयोधन के साथ लक्ष्मणा थी, उसके पीछे के रथ को सुरक्षा वाहिनियों ने घेरर कर रखा था, उस पर लक्ष्मणा का अपहरण करने वाले युवक को बन्दी बनाकर रखा गया था। सहसा लक्ष्मणा ने पीछे मुड़कर बन्दी युवक की ओर देखकर पिता की आँखों को देखा जो क्रोध के ज्वाल से अंगार बन चुकी थीं।

किसी ने कुछ कहा नहीं किन्तु लक्ष्मणा का पुन: युवक की ओर देखने का

साहस न हुआ।

सभी रथ महल के मुख्य द्वार के पास आ रूक गये थे। सैन्य सुरक्षा वाहिनी ने महल के चारों ओर सुरक्षा काघेरा बना लिया था, लक्ष्मणा को महिला सुरक्षा अधिकारियों के साथ महल के आन्तरिक भाग में भेज दिया गया था। बन्दी युवक को राजकीय कारागार में बन्द कर देने का आदेश देकर कारागार की सुरक्षा व्यवस्था को तीन गुना बढ़ा दिया गया। भूरिश्रवा, शल और अन्य सेनानायक युवराज का अभिवादन कर वापस लौट गये थे, कर्ण, सुयोधन के साथ रूक गया था। सामने से शकुनी को तेज़ क़दमों से अपनी ओर आता देखकर सुयोधन भी रूक गया।

"मामा आप ने बन्दी युवक को देखा, क्या आप उसे जानते हैं?"

"पुत्र हमारे समारोह में आमंत्रित सभी राजकुमारों से मैं मिला हूँ और सभी को मैं जानता और पहचानता हूँ, यह युवक उनमें से नहीं है।"

"हमारी इतनी कड़ी सुरक्षा व्यवस्था को तोड़कर राजमहल के पीछे बनी राजकीय वाटिका तक अकेले आने का साहस कौन युवक कर सकता है?" कर्ण ने आश्चर्य से कहा।

"इसके बारे में हम बाद में निर्णय करेंगे, अभी तो हमें इस स्वयंवर की चिन्ता है।"

"क्या स्वयंवर अब भी पूर्व निर्धारित तरह से आयोजित होना है?" शकुनी ने पूछा।

"हमारे पास और कोई विकल्प नहीं है मामा जी। सभी राजा और राजकुमार समारोह के प्रारम्भ होने की प्रतीक्षा कर रहे हैं हम इस आयोजन को स्थगित भी तो नहीं कर सकते हैं।"

"क्या अब भी लक्ष्मणा स्वयं अपना वर चयनित करने के लिए तैयार होगी? क्योंकि वापस लौटते समय मैंने देखा था कि लक्ष्मणा पीछे मुड़कर उस युवक को देख रही थी।" कर्ण ने कहा।

"हमारे सामने एक प्रश्न और भी है पुत्र! क्या अब भी स्वयंवर के समारोह में भाग लेने आये हुए राजकुमार स्वयं को लक्ष्मणा के सम्मुख चयनित होने हेतु प्रस्तुत करेंगे? या नहीं?" शकुनी ने कहा।

"मामा हमें इस समाचार को नगर में तथा अतिथियों में फैलने से किसी प्रकार रोकना होगा, यह हमारी प्रतिष्ठा का प्रश्न है।"

"हम ऐसा करने का प्रयास कर सकते हैं किन्तु संभावना नहीं है मित्र। अप्रिय समाचार हवा से भी अधिक गति से चारों ओर फैलते हैं।" कर्ण ने कहा।

"तो क्या समारोह को स्थगित करना उचित रहेगा?" सुयोधन ने चिंतावश पूछा।

"युवराज प्रश्न हमारे राज्य की प्रतिष्ठा का भी है और अपनी पुत्री के सम्मान का भी इस कारण कोई भी अन्तिम निर्णय लेने से पहले गहन विचार करना होगा।" कर्ण ने कहा।

"अभी समारोह के प्रारम्भ होने में एक पहर से अधिक का समय है हमें थोड़ी प्रतीक्षा करनी चाहिए और पता करना चाहिए कि इस घटना का विस्तार कितना हुआ है। यदि इस घटना की सूचना सभी अतिथियों को प्राप्त हो चुकी है तो इस आयोजन को हम स्थगित कर देंगे और यदि किसी को भी इसकी सूचना नहीं हुई है तो समारोह पूर्व-निर्धारित है ही।" शकुनी ने अपना मत व्यक्त किया।

"ठीक है मामा, इस समारोह को आयोजित करने या निरस्त करने का निर्णय लेने का अधिकार और उत्तरदायित्व मैं आप दोनों पर छोड़ता हूँ, जैसे उचित हो मुझे सूचित कर दीजियेगा।"

⦿⦿⦿

"भानुमती!" महल में पहुँचकर सुयोधन ने अपनी पत्नी को पुकारा।

"जी!" वह पुकारे जाने की प्रतीक्षा ही कर रही थी।

"लक्ष्मणा को अकेले वाटिका में जाने क्यों दिया गया?"

"लक्ष्मणा वाटिका में अकेले नहीं गयी थी, उसके साथ उसी सखियाँ, दासियाँ और महिला सुरक्षा अधिकारी भी थीं।"

"किन्तु वह गयी ही क्यों?"

"लक्ष्मणा वाटिका के मध्य में बने मन्दिर में देवी 'मोहिनी' और 'भगवान रूद्र' की उपासना करने नियमित रूप से इसी समय जाती थी और आज तो सुरक्षा केघेरे में गयी थी।"

"क्या उसके अंग-रक्षकों और सुरक्षा-अधिकारियों में कोई हताहत हुआ है?"

"नहीं सुरक्षा-अधिकारियों का कहना है कि वह बिजली की-सी गति से आया और लक्ष्मणा को उठाकर उसी गति से पूर्व की ओर निकल गया। सुरक्षा

अधिकारियों द्वारा उस पर छोड़े गये सभी बाणों को उसने पलक झपकते ही काट दिया और अपनी ओर से किसी पर भी कोई वार करने का उसने प्रयास ही नहीं किया।''

''क्या वह अकेला था?''

''किसी और के देखे जाने की कोई सूचना नहीं है।''

सुयोधन अपने विचारों में खो गया। इतना साहस? नगर की इतनी सुरक्षा व्यवस्था को तोड़कर हमारे सम्पूर्ण प्रयासों को व्यर्थ कर आर्यावर्त के इन सभी राजाओं से मित्रता करने की हमारी आकांक्षाओं को व्यर्थ कर मेरी पुत्री को लेकर नगर के प्रमुख प्रवेश द्वार के समस्त रक्षकों सेनानायकों और सुदक्षिण को भी परास्त कर किन्तु बिना किसी को कोई क्षति पहुँचाये नगर के बाहर इतनी सहजता और सरलता से निकल गया, हम पाँच महारथियों ने मिलकर उसे किसी प्रकार बन्दी बनाया है। कौन हो सकता है यह युवक?''

शकुनी और कर्ण के सारे प्रयास असफल हो गये थे, लक्ष्मणा के अपहरण का समाचार पूरे नगर में शीघ्रता से फैल रहा था। स्वयंवर के समारोह में आर्यावर्त के प्रत्येक भाग से आये हुए राजाओं और राजकुमारों ने आपस में सामूहिक मंत्रणा कर समारोह में भाग न लेने का निर्णय ले लिया था और वापसी हेतु अपनी-अपनी तैयारियों में लग गयेथे। सुयोधन को समारोह के निरस्त होने की सूचना देकर शकुनी और कर्ण अपने-अपने निवास की ओर चले गये।

⊙⊙⊙

कारागार में बन्दी युवक को सुयोधन के सामने सुरक्षाधिकारियों केघेरे में उपस्थित कर दिया गया। युवक के मुख पर कारागार में भी वैसा ही तेज था, उसे तो कोई भय भी नहीं था। युवक की निर्भीकता सुयोधन को परेशान कर रही थी। उसने सुयोधन की राजनैतिक विजय पाने की सारी कल्पनाओं को समाप्त कर दिया था और वह असहाय-सा सब कुछ होते हुए देखता रहा। इस युवक को उसके कृत्यों हेतु दण्डित तो करना ही होगा।

''तुम्हारे सहायक कहाँ हैं?'' सुयोधन ने युवक से पूछा।

''द्वारिका में!''

सुयोधन ने तीव्रता से अपनी तलवार खींच ली।

''यहाँ तुम्हारी सहायता किसने की?''

"किसी ने भी नहीं।"

"तुम यहाँ अकेले आये थे?"

"नहीं! मेरे सहायक भी थे।"

"कहाँ हैं वे अब?"

"वापस द्वारिका चले गये।"

"द्वारिका में कौन है तुम्हारा?"

"मेरे पिता, भाई और परिवार।"

"कौन हो तुम?"

"जाम्बवती नन्दन।"

"जाम्बवती नन्दन! क्या मतलब है तुम्हारा?

"जाम्बवती और कृष्ण का पुत्र, साम्ब।"

सुयोधन के पैरों के नीचे की धरती दहकने लगी, शरीर पसीने से भीग गया, वह दो क़दम पीछे खिसक गया। उसे इन्द्रप्रस्थ के समारोह में कृष्ण द्वारा शिशुपाल के वध का दृश्य याद आ गया था।

"तुम लक्ष्मणा को जानते थे?" सुयोधन का स्वर सामान्य हो गया था।

"हाँ! महाराज युधिष्ठिर द्वारा आयोजित यज्ञ समारोह में मैंने उसे इन्द्रप्रस्थ की राजकीय वाटिका में देखा था।"

"क्या लक्ष्मणा भी तुम्हें जानती थी?"

"ज्ञात नहीं। किन्तु संभवत: नहीं! "

"तुमनें लक्ष्मणा का अपहरण क्यों किया?"

"मैंने अपहरण नहीं हरण किया था; विवाह करने के लिए। इसके अतिरिक्त आप ने स्वयंवर में यादवों को आमन्त्रित न करके उनका अपमान किया था, यादवों के इस अपमान का यथोचित उत्तर देने के लिए।"

"अपहरण करना क्या यादवों की परम्परा है? तुम्हारे पिता ने रुक्मणी का किया, भाई प्रद्युम्न ने माया का और तुमने मेरी पुत्री का।"

"किन्तु आप ने भी तो मेरी पत्नी लक्ष्मणा की माँ देवी भानुमती का कायरतापूर्ण हरण ही किया था न! "

"कायरतापूर्ण कैसे!"

“स्मरण करवा दूँ कि कम्बोज के राजा ‘चन्द्रवर्मा’ ने अपनी पुत्री भानुमती के लिए स्वयंवर का आयोजन किया था जिसमें चयनित होने के लिए आप भी उपस्थित थे और जब राजा चन्द्रवर्मा की पुत्री हाथ में वरमाला लिये आप की ओर बिना देखे आगे बढ़ गई थी तब आप ने उनका हाथ बिना उनकी इच्छा के पकड़कर बल प्रयोग कर छल से वरमाला अपने गले में डाल लिया था और जब वहाँ उपस्थित आर्यावर्त के राजाओं ने आपको युद्ध के लिए ललकारा तो कायरता पूर्ण ढंग से पीछे हटकर आप ने उन राजाओं की ललकार का सामना करने हेतु अपने मित्र कर्ण को आगे कर दिया था।”

सुयोधन का शेष रह गया उत्साह और गर्व भी तिरोहित हो गया था, किन्तु उसका अहंकार पीछे हटने को तैयार नहीं हो रहा था। सुयोधन अब भी ‘साम्ब’ को अपनी पुत्री के अपहरण का अपराधी मान रहा था।

“तुम्हे मृत्यु का भय नहीं है?” सुयोधन ने पुन: अपनी तलवार निकाल ली।

“नहीं, यदि मेरा वध हुआ तो कुरूवंश में कोई भी पुरूष जीवित नहीं रहेगा। आपके पास साहस है तो मुझे बँधन-मुक्त करें और मुझे भी एक तलवार दें। वैसे... नगर के बाहर आप पाँच महारथियों को यादवों की शक्ति का अनुमान तो हो ही गया होगा! ”

सुयोधन का मुख और नेत्र क्रोध से लाल हो गये, “यह अपराधी होकर भी स्वयं को अपराधी नहीं मान रहा है। मेरे कारागार में बन्दी है तब भी मुझे आँख दिखा रहा है। इसका वध कर दिया जाये या नहीं?” थोड़ा ठहरकर सुयोधन सोचने और विचार करने हेतु पीछे हटकर बैठ गया।

सुयोधन को विचार करते हुए देखकर साम्ब ने फिर से कहा, “आप निश्चिंत रहें, पिता जी! मैं अपनी पत्नी के पिता और उनके मित्रों का वध नहीं कर सकता, मेरे पिता ने मुझे यही शिक्षा दी है। आपको याद होगा मेरे पिता ने भी मेरे मामा रूक्मी का वध नहीं किया था और उन्हीं के पदचिन्हों पर चलते हुए मैंने भी नगर के बाहर युद्ध में आप सबका वध नहीं किया है तभी आप लोग मिलकर मुझे बन्दी बना सके हैं।”

सुयोधन का मन स्थिर हो गया था। उसने सोचा यदि साम्ब का वध कर दिया जाता है तो यादवों से युद्ध होगा और युद्ध में कृष्ण के साथ बलराम भी होंगे, यादवों की पूरी सेना होगी, कृतवर्मा और सात्यिक होंगे। इस युद्ध में किसी भी प्रकार यदि वह जीत भी जाता है तो पाण्डवों के साथ होने वाले सम्भावित युद्ध के लिए उसके

पास शायद ही कोई शक्ति बची रहे। किन्तु यदि वह साम्ब का वध नहीं करता है तो वह कृष्ण और यादवों के साथ साम्ब का मोल-भाव भी कर सकता है। बलराम तो उसके गुरू हैं ही, उनके पैरों पर पड़कर वह उन्हें मना भी सकता है और किसी भी परिस्थिति मे यदि 'लक्ष्मणा' का विवाह 'साम्ब' से करना पड़ जाता है तो कृष्ण उसके समधी होंगे। पाण्डवों से युद्ध के समय कृष्ण ही पाण्डवों के मुख्य शक्ति स्तम्भ होंगे, उस समय कृष्ण को अपने पक्ष में रखने का अवसर भी उसे रहेगा।

सुयोधन अपनी प्रतिष्ठा और राजनैतिक संतुलन के बीच सेतु बनाने का प्रयत्न मन ही मन कर रहा था। राजाओं ने स्वयंवर में सम्मिलित न होने का स्वयं ही निर्णय किया था उसने तो स्वयंवर को स्थगित किया नहीं। लक्ष्मणा के अपहरण कर्ता को बन्दी बनाकर अपनी शक्ति और सामर्थ्य का उसने परिचय ही दिया है। आर्यावर्त में उसकी स्थिति, प्रतिष्ठा और राजनैतिक संतुलन उतना नहीं बिगड़ा है जितना सोचकर वह परेशान हो रहा था।

सहसा सुयोधन खड़ा हो गया, कारागार के मुख्य अधिकारी को कोई निर्देश दिया और कारागार ने बाहर निकल गया।

साम्ब के हाथों में लगे हुए बँधनों और पैरों में पड़ी हुई बेड़ियों को खोलकर पुन: कारागार में बन्द कर दिया गया था।

⊙⊙⊙

क्रोधित हुई जाम्बवती, कृष्ण के सामने आकर खड़ी हो गयी...

"साम्ब, हस्तिनापुर के कारागार में है।"

"तो उसे कहाँ होना चाहिए?" मुस्कुराते हुए कृष्ण ने पूछा।

"पुत्र शत्रु के कारागार में है और आप मुस्कुरा रहे हैं!"

"साम्ब को अपहरण की सटीक योजना बनानी चाहिए थी।"

"आपको ज्ञात था कि साम्ब लक्ष्मणा से प्रेम करता है फिर भी आपने कोई ध्यान नहीं दिया।"

"मुझे कहाँ ज्ञात था!"

"क्या साम्ब प्राय: आपके सम्मुख लक्ष्मणा की सुन्दरता का वर्णन नहीं किया करता था?"

"साम्ब, लक्ष्मणा के अपहरण की योजना बनायेगा यह मुझे कहाँ ज्ञात था।"

“आपको लक्ष्मणा के स्वयंवर की सूचना थी, लक्ष्मणा से साम्ब के प्रेम का ज्ञान था, यादवों को स्वंयवर में भाग लेने हेतु बुलाया नहीं गया है यह भी आपको ज्ञात था तो फिर साम्ब के सम्मुख अन्य विकल्प भी क्या था।”

“मैं तो बस इतना कह रहा हूँ कि साम्ब को लक्ष्मणा के हरण की सटीक योजना बनानी चाहिए थी।”

“मुझे अपना पुत्र और पुत्र-वधू के रूप में लक्ष्मणा चाहिए।”

“नारायणी सेना को तैयार करने का आदेश दिया जा चुका है, प्रिय।” कृष्ण ने मुस्कुराकर कहा।

“आप शीघ्र ही यहाँ से प्रस्थान करें, मैं अपनी पुत्र-वधू के स्वागत की तैयारी करती हूँ।”

⊙⊙⊙

“मैं भी कृष्ण के साथ हस्तिनापुर जा रहा हूँ।” कृतवर्मा ने बलराम से कहा।

“कृष्ण हस्तिनापुर जा क्यों रहा है?”

“क्या आपको अभी तक किसी ने सूचना नहीं दी?”

“क्या?”

“साम्ब ने स्वयंवर के दिन सुयोधन की पुत्री लक्ष्मणा का अपहरण करने का प्रयास किया था किन्तु प्रयास असफल रहा और साम्ब हस्तिनापुर के कारागार में बन्दी है।”

“सुयोधन मेरा शिष्य है, वह ऐसा नहीं कर सकता है।”

“ऐसा हो चुका है।”

“साम्ब द्वारा लक्ष्मणा के हरण की सूचना कृष्ण को थी?”

“नहीं! यदि कृष्ण को सूचना होती तो क्या वे उसे अकेले केवल कुछ मित्रों के साथ हस्तिनापुर जाने की अनुमति देते?”

बलराम अपने शिष्य सुयोधन की हर प्रकार से रक्षा करना चाहते थे किन्तु यदि कृष्ण हस्तिनापुर गये तो उसका वध सुनिश्चित है, यह सोचकर बलराम ने कृतवर्मा से कहा, “चलो मैं भी तुम्हारे साथ कृष्ण के पास चलता हूँ।”

“कृष्ण, मैंने सुना है तुम अकेले हस्तिनापुर जा रहे हो?” बलराम ने कृष्ण से पूछा।

"अकेले कहाँ दाऊ मेरे साथ सात्यकि हैं, कृतवर्मा हैं, नारायणी सेना है और फिर कार्य भी तो बड़ा नहीं है। मैं आपको कष्ट क्यों देता।"

"तुम जानते हो सुयोधन मेरा प्रिय शिष्य है वह मेरे आदेश को टाल नहीं सकता है।"

"जानता हूँ दाऊ किन्तु सुयोधन में यदि गुरू-शिष्य परम्परा की इतनी समझ होती तो वह आपके भतीजे को बंदी बनाकर कारागार में न डालता, और कम से कम उसके साथ बन्दियों जैसा व्यवहार तो न करता।"

बलराम के पास कृष्ण की बात का कोई उत्तर नहीं था।

"मैं जानता हूँ कि लक्ष्मणा के स्वयंवर में केवल यादवों को भाग लेने का निमंत्रण न देकर सुयोधन ने बड़ी भूल की है।"

"हमें सुयोधन के कृत्यों पर विचार करने की आवश्यकता नहीं है दाऊ।"

"यदि साम्ब को लक्ष्मणा इतनी प्रिय थी तो मुझे बताया जाना चाहिए था, मैं साम्ब को लेकर स्वयं हस्तिनापुर जाता और उसका विवाह कराकर अपनी पुत्र-वधू का द्वारिका में धूम-धाम से स्वागत करता।"

"यह सब तो ठीक है दाऊ किन्तु जो हो चुका है उसका प्रतिकार तो अब करना ही है। मुझे साम्ब को कारागार से मुक्त कराने और लक्ष्मणा को अपनी पुत्र-वधू बनाकर लाने हेतु जाना ही होगा।"

"कृष्ण तुम कहीं नहीं जाओगे, साम्ब और लक्ष्मणा को लेने मैं हस्तिनापुर जा रहा हूँ।"

"सेना लेकर?"

"नहीं केवल एक छोटी सुरक्षा वाहिनी लेकर। मुझे सेना की आवश्यकता न होगी।"

"ठीक है दाऊ किन्तु आप अपनी सहायता हेतु सात्यकि, कृतवर्मा और उद्धव को अवश्य लेकर जायें।"

अल्प समय तक मौन पसरा रहा किन्तु इस मौन को तोड़ते हुए कृष्ण ने कहा-

"यदि सुयोधन, लक्ष्मणा के विवाह हेतु तैयार न हुआ तो?"

"तो मैं सुयोधन और उसके सभी पुरुष सहायकों कों बन्दी बनाकर तुम्हारे चरणों में डाल दूँगा।"

◉◉◉

हस्तिनापुर के गुप्तचरों ने महाराज धृतराष्ट्र और युवराज सुयोधन को सूचना दे दी थी कि बलराम ने गंगा तट पर सुरक्षा वाहिनी के साथ अपना शिविर बना लिया है। बलराम को विश्वास था कि सुयोधन उनका शिष्य अपने गुरु का सत्कार करने और उन्हें सम्मान के साथ अपने महल में पधारने का आमंत्रण देने अवश्य आयेगा किन्तु बलराम की अपेक्षा के विपरीत सुयोधन ने अपनी ओर से किसी भी प्रकार की कोई पहल करने का प्रयास नहीं किया था। सुयोधन पर स्नेह रखने के कारण बलराम ने सोचा कि हो सकता है सुयोधन को उनके शिविर की सूचना ही न हो; जबकि सुयोधन, कृष्ण को अपने पक्ष में करने या कृष्ण से साम्ब का मोलभाव करने की अपनी असफल योजना से असमंजस में था कि वह किस प्रकार अपने गुरु बलराम का सामना करे।

सुयोधन बलराम की शक्ति से भली-भाँति परिचित था और वह किसी भी प्रकार से उनके विरुद्ध कोई भी कार्य करने में स्वयं को सक्षम नहीं समझता था। वह जानता था कि बलराम के विरोध में हुए किसी भी कार्य या कार्यवाही के समर्थन में उसके पिता धृतराष्ट्र, सेनापति और पितामह भीष्म,गुरु द्रोणाचार्य और कृपाचार्य भी नहीं होंगे।

"क्या सोच-सोचकर आप व्यथित हो रहे हैं?" भानुमती ने सुयोधन के कँधे पर स्नेह से हाथ रखते हुए पूछा।

"मैं अपने गुरु बलराम का सामना करने का साहस नहीं जुटा पा रहा हूँ।"

"बलराम जी का स्नेह आप पर है इसी कारण वे कोई सेना लेकर नहीं आये हैं, आप भी शिष्य के रुप में उनसे मिलें युवराज की तरह नहीं।"

"और साम्ब? जिसने समस्त राजाओं के समक्ष हमारी प्रतिष्ठा, मान-सम्मान को मिट्टी में मिला दिया, उसके साथ अपनी पुत्री के विवाह का प्रस्ताव कैसे स्वीकार कर सकता हूँ।"

"आपकी पुत्री साम्ब को अपना पति स्वीकार कर चुकी है।"

"किन्तु तुमने तो कहा था कि वह कर्ण के पुत्र वृषसेन से विवाह करने के लिए इच्छुक है।"

"वृषसेन के प्रति उसके बाल्यकाल का आकर्षण था प्रेम नहीं किन्तु अब वह उस महारथी से प्रेम करती है जिस अकेले को बन्दी बनाने के लिए आप जैसे पाँच-पाँच महारथियों को जूझना पड़ा।"

सुयोधन अवाक् रह गया, अपने अपहरणकर्ता को वह महारथी समझने लगी है। सुयोधन को हतप्रभ देखकर भानुमती ने आगे कहा, "आप नारी के हृदय को नहीं समझते हैं, लक्ष्मणा ने साम्ब की वीरता के कारण अपना पति नहीं चुना है।"

"फिर?"

"लक्ष्मणा ने देखा था कि साम्ब अपनी पत्नी के पिता, मित्र, और पिता के भाईयों पर कोई प्रहार नहीं कर पा रहा है, वह केवल अपना और उसका बचाव करते हुए आप सबकी पहुँच से दूर निकल जाना चाहता था। अपने पिता और संबंधियों के प्रति सम्मान के कारण लक्ष्मणा साम्ब से प्रेम करने लगी है और नारी का सम्मान ही पुरुष को वीरत्व प्रदान करता है। लक्ष्मणा आप की सुशिक्षित पुत्री है। वह केवल अपना ही नहीं आपके भी सम्मान और प्रतिष्ठा के महत्व को समझती है। यादवों के साथ हुए इस घनिष्ठ संबंध का लाभ आपको भी होगा।"

◉◉◉

सुयोधन गंगा तट पर बलराम का चरण-स्पर्श कर उनके निकट ही बैठ गया।

"मेरे लिए आपका क्या आदेश है गुरूदेव?"

"मैं तुम्हारे लिए कोई आदेश लेकर नहीं आया हूँ।"

"फिर आपके आगमन क्या प्रयोजन है गुरूदेव? और आपको गंगा तट पर शिविर में रहने की क्या आवश्यकता थी, जबकि आपके स्वागत के लिए मेरा राजमहल सदैव राह देखता रहता है।"

"मेरे आने का प्रयोजन तुम समझ ही रहे होगे सुयोधन! फिर भी मैं अपने सम्राट उग्रसेन का आदेश 'कुरू' महाजनपद के नरेश धृतराष्ट्र को देने के लिए उद्धव को भेज रहा हूँ।"

"इसकी क्या आवश्यकता है गुरूदेव? आपका यह शिष्य आपके आदेश की प्रतीक्षा में है।"

"युवराज बलराम भईया तीन दिनों से तुम्हारे नगर के बाहर गंगा तट पर शिविर बनाकर रह रहे हैं किन्तु आपके राज्य की ओर से उनके स्वागत और सत्कार की राजकीय औपचारिकताएँ पूर्ण करने कोई नहीं आया और आज आये भी हो तो बिना किसी स्वागत और सत्कार की तैयारी के, क्या तुम्हारे राज्य ने द्वारिका को शत्रु-देश मान लिया है?" सात्यकि ने सुयोधन की आँखों में देखते हुए पूछा।

"द्वारिका को अपना शत्रु-देश मानने की भूल मैं नहीं कर सकता सात्यकि।"

"हमें तो आपके शिविर की सूचना अभी मिली है और बिना कोई समय नष्ट किये मैं गुरूदेव की सेवा में उपस्थित हो गया हूँ किन्तु शीघ्रता के कारण मैं आप सबके स्वागत और सत्कार की औपचारिकताओं को पूर्ण करने के साधनों को नहीं ला सका इसका मुझे खेद है और इसके लिए मैं गुरूदेव से क्षमा प्रार्थी भी हूँ।"

"आपकी बात मानने योग्य नहीं है युवराज, हम सब आपके राज्य की गुप्तचर व्यवस्था से परिचित हैं। मेरे विचार से यह भूल नहीं हो सकती है युवराज सुयोधन।" सात्यकि ने पुन: विनम्रतापूर्वक कहा।

"युवराज सुयोधन जी आपकी व्यक्तिगत भूलों को सहजता और सरलता से स्वीकार किया जा सकता है किन्तु यह राजकीय परम्परा के निर्वहन से संबंधित है और हम इसे इसी रूप में देखना पसन्द करेंगे।" कृतवर्मा ने पूरे सम्मान के साथ कहा।

"बलराम भईया यदि निजी यात्रा पर आये होते तो निश्चित ही आपके महल में सीधे आते किन्तु यह उनकी महाराज उग्रसेन के आदेश पर की गयी राजकीय यात्रा है, इसी कारण आपके नगर के बाहर गंगा तट पर शिविर लगाया गया है और हम कुरु राज्य से राजकीय शिष्टाचार की अपेक्षा करते हैं, कृपया आप इसे व्यक्तिगत रूप से न लें।" सात्यकि ने और स्पष्ट करते हुए कहा।

"सुयोधन हम राजकीय कार्य की यात्रा पर तो हैं हीं साथ ही तुम्हारे लिए मेरे हृदय में शिष्यवत स्नेह भी है, इसी कारण मेरे साथ कोई सैन्य बल नहीं है। हमारी ओर से कल कुरु के राज्य-दरबार में महाराज धृतराष्ट्र के लिए उद्धव सम्राट उग्रसेन का संदेश लेकर आयेंगे और उस पर महाराज की प्रतिक्रिया ज्ञात होने के पश्चात ही हम आगे की योजना पर विचार करेंगे।" बलराम ने अपना अन्तिम निर्णय सुनाया।

हतप्रभ-सा सुयोधन क्षण भर को वहीं पर बिना किसी भाव और प्रतिक्रिया के शांत किन्तु चिन्तित बैठा रहा फिर अपने गुरू बलराम के चरण स्पर्श किये और अनुमति लेकर अपने रथ की ओर बढ़ने लगा। सात्यकि और कृतवर्मा ने खड़े होकर सुयोधन का विधिवत अभिवादन किया उसे रथ तक छोड़ने की औपचारिकता पूरी करने हेतु पीछे-पीछे रथ तक पहुँच गये।

◉◉◉

सभागार के मुख्य प्रवेश द्वार पर उद्धव को प्रतीक्षा नहीं करनी पड़ी बिना किसी औपचारिकता के उनसे सभागार में पूर्व निर्धारित आसन पर बैठने का सम्मानपूर्ण आग्रह किया गया किन्तु उद्धव परम्परानुरूप महाराज धृतराष्ट्र, महामंत्री

विदुर, प्रधान सेनापति भीष्म और युवराज सुयोधन का सम्मानपूर्ण अभिवादन करने के पश्चात आसन पर बैठे।

"हम कुरु साम्राज्य की राजधानी हस्तिनापुर के राजकीय सभागार में द्वारिका के नरेश महाराज उग्रसेन के राजदूत श्रीमान उद्धव का हार्दिक स्वागत और अभिनन्दन करते हैं।" विदुर ने खड़े होकर सत्कार की प्राथमिक औपचारिकता को पूरा किया।

"मैं भी अपने सम्राट उग्रसेन की ओर से आपको इस स्वागत और अभिनन्दन के लिए हृदय से आभार व्यक्त करता हूँ और आशा करता हूँ महाराज धृतराष्ट्र की कीर्ति सदैव विकीर्ण होती रहेगी।"

उद्धव ने भी खड़े होकर अपनी ओर से सभी के प्रति अपना आभार व्यक्त किया।

"द्वारिका में सब कुशल तो है?" धृतराष्ट्र ने उद्धव से पूछा।

" 'शाल्वों' पर विजय प्राप्त कर लेने के पश्चात द्वारिका में सब ओर शान्ति और कुशल है महाराज।"

"यह शाल्वों पर विजय गाथा सुनाकर हमें डराने की कोशिश कर रहा है।" सुयोधन ने मन ही मन सोचा किन्तु कहा कुछ नहीं।

"मैं कुरु महाजनपद का महामंत्री विदुर महाराज धृतराष्ट्र की ओर से राज्य के विधि, नियम और परम्परा के अनुरुप द्वारिका के राजदूत श्रीमान उद्धव को नि:संकोच बिना किसी भय या विषाद के महाराज उग्रसेन के सन्देश को यथावत सुनाने का सादर अनुरोध करता हूँ।" महाराज धृतराष्ट्र ने अपना दाहिना हाथ उठाकर राजदूत को अभय दान देने का संकेत किया।

उद्धव ने खड़े होकर महाराज उग्रसेन का सन्देश सभी को सुनाया।

"द्वारिका नरेश सम्राट उग्रसेन ने कुरु महाजनपद के महाराज धृतराष्ट्र को अपनी सर्वशक्तियों का प्रयोग करते हुए आदेशित किया है कि उनके राज्य में अनीति से बन्दी बनाये गये उनके पौत्र 'साम्ब' को ससम्मान मुक्त किया जाये तथा अपने राज्य के युवराज श्रीमान सुयोधन की पुत्री 'लक्ष्मणा' को भी साम्ब से विवाह करने हेतु उनके प्रतिनिधि बलराम को, जो नगर के बाहर गंगा तट पर अपने शिविर में हैं उनको सुरक्षित बिना किसी बँधन के सौंप दिया जाये; यह विवाह-संस्कार द्वारिका में संपन्न होगा।"

"साम्ब ने हमारी पुत्री का अपहरण किया है, वह हमारे राज्य का अपराधी है और हमें अपने राज्य के अपराधियों को विधि अनुसार दण्ड देने का अधिकार है।" सुशासन ने कहा।

"साम्ब ने लक्ष्मणा का अपहरण नहीं हरण किया है, वह भी विवाह करने हेतु और विवाह करना किसी अपराध की श्रेणी में नहीं आता है युवराज।"

"बल प्रयोग कर किया गया प्रत्येक कार्य अपराध की श्रेणी में आता है, आप उसे हरण कहें या अपहरण।"

"उद्देश्य का अन्तर है युवराज।"

"किस प्रकार?"

"कोई उदाहरण दूँ?

"अवश्य!"

"आपके राज्य के सेनापति पितामह भीष्म ने अपने भाई विचित्रवीर्य के विवाह हेतु काशीराज की तीन पुत्रियों अम्बा, अम्बिका और अम्बालिका का अपहरण किया था किन्तु साम्ब ने लक्ष्मणा का चयन अपने विवाह हेतु स्वयं किया है और आप उसका विवाह अन्य से करने जा रहे थे। इस कारण साम्ब ने लक्ष्मणा का हरण किया है।"

"फिर तो आपको यह भी ज्ञात होगा कि पितामह भीष्म ने अम्बा को उसके द्वारा चयनियत मर्तिकावर्त (वर्तमान अलवर राज्यस्थान) के युवराज शाल्व से विवाह करने हेतु मुक्त कर दिया था।"

"उचित ही है युवराज, यदि लक्ष्मणा भी इच्छुक न होती तो उसे भी मुक्त कर दिया जाता किन्तु अम्बिका और अम्बालिका को पितामह भीष्म की इच्छानुसार और बल पूर्वक किये गये अपहरण के कारण विचित्रवीर्य से विवाह करना पड़ा जो कि विवाह के योग्य भी नहीं थे।"

"किन्तु हमने लक्ष्मणा को स्वयं अपना सर्वश्रेष्ठ वर चुनने की स्वतंत्रता दी थी।"

"यादवों को स्वयंवर में निमंत्रण न देकर आपने पहले ही सर्वश्रेष्ठ वर को चयन से बाहर कर दिया था और यही नहीं आप ने यादवों को अपमानित करने का भी प्रयास किया है, यह दुष्परिणाम आपके इसी अविवेक पूर्ण निर्णय का है महाराज।"

"उद्धव!" धृतराष्ट्र ने कहना प्रारम्भ किया, "मैं युवराज सुयोधन को नगर के बाहर गंगा तट पर श्री बलराम का राजकीय सम्मान के साथ स्वागत और सत्कार करने तथा राजकीय अतिथि का निमंत्रण देने हेतु भेज रहा हूँ। लक्ष्मणा और साम्ब के विवाह का निर्णय दोनों की सहमति से ही होगा।"

◉◉◉

राजमहल में बलराम का भव्य स्वागत किया गया। सुयोधन ने स्वयं अपने गुरू को स्नेह और सम्मान के साथ चरण धोकर स्वर्ण जड़ित आसन पर बैठने का आग्रह किया और स्वयं भी उनके बग़ल मे एक साधारण आसन पर बैठ गया।

"आपने मेरा निवेदन स्वीकार कर मुझे कृतार्थ किया है, मैं आपका आभारी हूँ।"

"सुयोधन तुम मेरे शिष्य हो, मैं तुमसे शिष्यवत स्नेह रखता हूँ। किन्तु यदि बात राज्य या कुल के सम्मान और अपमान की हो तो प्राथमिकताएँ बदल जाती हैं।"

"इस भूल के लिए मैं आप से क्षमा प्रार्थी हूँ।"

"जहाँ स्नेह हो वहाँ क्षमा की कोई आवश्यकता नहीं रह जाती है।"

"मेरी एक प्रार्थना है गुरूदेव।" सुयोधन ने हाथ जोड़कर विनम्रता पूर्ण ढंग से कहा।

"क्या?" बलराम ने मुस्कुराते हुए पूछा।

"यदि मेरे और पाण्डवों के बीच युद्ध हो तो यादव किसी भी ओर से युद्ध में शामिल न हों।"

"मैं सम्पूर्ण यादवों की ओर से कोई निर्णय लेने हेतु अधिकृत नहीं हूँ।"

सुयोधन, पाण्डवों के साथ होने वाले सम्भावित युद्ध में यादवों को युद्ध से विरत रखने का प्रयास कर रहा था। कृष्ण का पाण्डवों पर अहेतुकी स्नेह था और बलराम की बहन सुभद्रा का विवाह अर्जुन से हो चुका था। सभी यादवों को यदि युद्ध से अलग रखने में सफलता नहीं मिलती है तो कम से कम बलराम जो कि आर्यावर्त के सर्वश्रेष्ठ गदायोद्धा हैं, उनसे किसी प्रकार युद्ध से दूर रहने का वचन प्राप्त कर लिया जाये।

"सुयोधन!"

"जी गुरूजी!" जैसे नींद से जागते हुए सुयोधन ने कहा।

‘‘तुम स्वयं क्यों नहीं पाण्डवों को उनके अधिकार और राज्य देकर युद्ध की सभी सम्भावनाओं को समाप्त नहीं कर देते।’’

बलराम की इस बात से सुयोधन विचलित हो गया, उसे अपनी योजना सफल होते नहीं दिखाई दे रही थी किन्तु वह अपने आपको असफल होने भी नहीं देना चाहता था।

‘‘गुरूजी हम इस युद्ध को टालने का पूरा प्रयास कर रहे हैं, परन्तु ...’’

“लेकिन क्या?”

“सुयोधन कुरूओं और पाण्डवों के बीच कोई साधारण युद्ध नहीं होगा, इस युद्ध की विभीषिका से सदियों तक इस भू-भाग पर जीवित मानवता पीड़ित होगी।’’

‘‘मैं समझता हूँ गुरूदेव इसी कारण आप से विनम्र निवेदन करता हूँ कि यदि यह युद्ध होता है तो कम से कम आप किसी भी ओर से युद्ध में शामिल न हों।’’ सुयोधन ने अपने गुरू के चरणों पर हाथ रखकर कहा।

‘‘ठीक है! मैं वचन देता हूँ कि इस युद्ध में मैं किसी भी ओर से भाग नहीं लूँगा।’’

‘‘एक प्रार्थना और भी स्वीकार कर लें गुरूदेव।’’ बलराम के पैरों पर उसी प्रकार हाथ रखकर सुयोधन ने पुनः कहा।

‘‘अब क्या! वह भी कह दो।’’

‘‘आप सम्पूर्ण यादवों की ओर से यदि कोई वचन नहीं दे सकते तो कृष्ण की ओर से वचन दें कि वह भी किसी ओर से युद्ध में शामिल नहीं होंगे।’’

‘‘कृष्ण की ओर से कोई वचन देना उपयुक्त न होगा किन्तु मैं कृष्ण को इस बात के लिए सहमत करने का प्रयास करूँगा कि वह किसी भी ओर से अस्त्र न उठाये।’’

सुयोधन की प्रसन्नता का कोई ठिकाना न रहा, उसने बलराम के चरणों पर अपना सिर रख दिया। बलराम ने सुयोधन की बाँह पकड़कर ऊपर उठाया और उसके आसन पर बैठा दिया।

भोजन कक्ष में सारी व्यवस्थाएँ पूर्ण हो गयी थीं। भानुमती ने आकर बलराम का पूरी विनम्रता से अभिवादन किया, भानुमती ने बलराम और सुयोधन को भोजन ग्रहण करने हेतु सादर निमंत्रित किया। अपने आसन से उठने के बाद बलराम ने चारों ओर गहनता से निरीक्षण किया किन्तु जब किसी और के महल में होने के कोई

लक्षण नहीं मिले तो भानुमती की ओर देखकर पूछा-

"लक्ष्मणा नहीं दिखाई दे रही है।"

भानुमती ने मुस्कुराते हुए विनम्रता से उत्तर दिया, "लक्ष्मणा और साम्ब यहीं महल में हैं और उनका विदाई योग्य शृंगार किया जा रहा है।"

◉◉◉

महर्षि वेदव्यास के आगमन की सूचना सुनकर धृतराष्ट्र अचम्भित हो गये, "इस समय महर्षि के आगमन का क्या कारण हो सकता है?" किसी दासी को बुला के लाने का आदेश देते कि इसके पहले ही उन्होंने सुना कि विदुर महर्षि का मार्ग दर्शन करते हुए उनके कक्ष तक पहुँच गये हैं।

धृतराष्ट्र ने खड़े होकर महर्षि का उचित सत्कार कर विनम्रतापूर्वक बैठने का आग्रह किया।

"मैं तुम्हारे पास बैठने नहीं कुछ समझाने आया हूँ।"

"मुझसे क्या भूल हुई है महर्षि?"

"तुम जानते हो धृतराष्ट्र, सुयोधन पाण्डवों का सब कुछ हरण कर लेने के बाद भी शांत नहीं है।"

"मैंने आपका तात्पर्य नहीं समझा महषि।"

"तुम अगर सुयोधन को जीवित देखना चाहते हो तो उससे कहो कि वह अपने भाईयों से समझौता कर ले।"

"किन्तु सुयोधन ही क्यों? महर्षि और उसने ऐसा किया भी क्या है।"

"मैं तुम्हें सावधान करने आया हूँ और यदि तुम अब भी सावधान नहीं हुए तो मेरा, वासुदेव और पांचाल का संयुक्त प्रभाव देखोगे।"

धृतराष्ट्र की आत्मा काँपकर रह गयी किन्तु स्वयं को स्थिर करते हुए कहा, "मैंने अपनी ओर से पाण्डु के पुत्रों के प्रति कोई भेद-भावपूर्ण आचरण नहीं किया है।"

"मैं तुम्हारे आचरण की बात नहीं कर रहा हूँ। यदि तुम्हें नहीं मालूम है तो सुन लो सुयोधन, सुशासन, कर्ण और शकुनी अपनी योजना अनुरूप पाण्डवों को वन में घेर कर उनका वध करने हेतु जा रहे हैं और वे अपने अस्त्र-शस्त्र रथों पर रख रहें हैं।"

“पर महर्षि आप यह बात कैसे जानते हैं?”

“यह जानना तुम्हारे लिए आवश्यक नहीं है।”

“महर्षि आप उसे समझाइये।”

“उसे तुम समझाओ धृतराष्ट्र, नहीं तो वह अपने नगर से बाहर नहीं जा पायेगा।”

“वह मेरी बात नहीं मानेगा महषि।”

“तो फिर उसे महाकाल ही समझायेंगे।”

“आप मेरे पुत्र को ऐसा शाप न दें महषि।”

“शाप नहीं मैं चेतावनी दे रहा हूँ। आज सुयोधन अगर जीवित है तो युधिष्ठिर के कारण। अकेला युधिष्ठिर वह व्यक्ति है जो अपने भाइयों, पांचालों, मत्स्यों और यादवों को रोक रहा है और यदि वन में उन्हें कुछ हो गया तो तुम सब भी जीवित नहीं रहोगे।”

“आप पाण्डवों से अधिक प्रेम करते हैं महषि।”

“मैं पाण्डवों से नहीं, उनके उस स्वरूप और संकल्प से प्रेम करता हूँ जो युद्ध को टालने और इस भू-भाग को महाविनाश से बचाने के लिए आपके आदेशों का अनुपालन करते हुए आज वन में हैं।”

“मैंने पाण्डु-पुत्रों से सदैव अपने पुत्रों के समान ही प्रेम किया है।”

“युधिष्ठिर ने भी सदैव आपको पिता माना है नहीं तो वह आपके आदेश को मानकर आपके द्वारा आयोजित द्युत-क्रीणा में भाग न लेता और न ही दण्ड को स्वीकार करता।”

“मेरा मार्ग दर्शन करें महषि।”

“मैं जा रहा हूँ धृतराष्ट्र, जितना हो सकता था उतना मार्ग दर्शन किया जा चुका है।”

महर्षि उठकर चलने लगे तो विदुर उन्हें मुख्य द्वार तक पहुँचाकर वापस लौटे और महाराज धृतराष्ट्र से अनुमति लेकर चले गये।

सुयोधन को अतिशीघ्र बुलाने के लिए धृतराष्ट्र ने दासी को आदेश दे दिया।

अध्याय आठ

द्रौपदी ने पूरी शक्ति से उसके हाथों के बंधन से स्वयं को मुक्त कराने का प्रयास किया किन्तु सफल नहीं हुई, उसका हाथ पीछे की ओर मरोड़कर पकड़ा गया था जिस कारण वह उसे देख नहीं पायी थी।

"कौन हो तुम और मुझसे क्या चाहते हो?" चीख़ते हुए द्रौपदी ने पूछा।

"चीख़ने-चिल्लाने का प्रयास न करना, नहीं तो यह कटार तुम्हारे उदर में भोंक दी जायेगी।"

द्रौपदी ने अपने पेट के दाहिने ओर किसी नुकीली कील-सा दबाव अनुभव किया किन्तु तनिक घूमकर देखने का प्रयास भी किया।

"अरे जटाशंकर तुम!"

"हाँ, मैं क्या तुम्हें प्राप्त नहीं कर सकता।"

"तो तुम इतने दिन से हमारे आश्रम में ब्राह्मण का भेष बनाकर इस नियत और उद्देश्य से रह रहे थे?"

"केवल तुम्हारा हरण ही नहीं, मैं यहाँ रहकर तुम्हारे पतियों के सारे अस्त्र-शस्त्रों को संचालन करने का उपाय और विधि भी सीख रहा था।"

द्रौपदी ने देखा कि उसने कुटी में रखे सारे अस्त्र-शस्त्रों को अपने अधिकार में कर लिया है, इसका अर्थ था इस समय उसके पाँचों पतियों के पास अब कोई अस्त्र नहीं है।

"मेरे पतियों के पराक्रम से तुम परिचित नहीं हो जटाशंकर।"

"मैं जटाशंकर नहीं, जटासुर हूँ। कुबेर भवन की रक्षक-वाहिनियों के सेनापति श्रीमान 'मणिमान' का मित्र।"

"मेरे पतियों से तुम्हारी रक्षा मणिमान भी न कर सकेंगे।"

"एक बार हम इस काम्यक वन से निकलकर 'बद्रिका आश्रम' से आगे गन्धमादन पर्वत पर पहुँच गये तो वहाँ तक तुम्हारे पति तो क्या इस पृथ्वी का कोई प्राणी नहीं पहुँच सकता।"

"काम्यक वन में सूर्य ने अपनी अनंत रश्मियों को बिखेरना अभी प्रारम्भ ही

किया था। युधिष्ठिर, नकुल, सहदेव और धौम्य पुरोहित तथा वहाँ रह रहे ब्राह्मण कुमार और अन्य ऋषि मुख्य कुटी के सामने बनी कुटीर में साधना समाप्त कर शास्त्रों और धर्म पर चर्चा कर रहे थे। भीम स्नान के लिए सरोवर के तट पर गये हुए थे। द्रौपदी अपने कुटी के पीछे बनी वाटिका में अपनी आराधना के लिए फूल चुनने बस पहुँची ही थी वाटिका में खिले हुए फूलों की प्राकृतिक सुन्दरता देख कर उन पर मुग्ध हो रही थी तभी जटासुर ने उस पर आक्रमण कर दिया था।

द्रौपदी पुन: पूरी शक्ति से चीख़ी "बचाओ! "

"तुम्हारा शोर उनकी शास्त्र-चर्चा के बीच कोई नहीं सुन सकता।"

द्रौपदी ने एक और प्रयास किया, "मुझे बचाओ इस दुष्ट राक्षस से..."

सहदेव ने कुछ सुना और तेज़ी से साधना-कुटीर से निकल मुख्य कुटी की ओर दौड़े। उन्हें दौड़ते देख सभी ने बाहर निकलकर वस्तु स्थिति से अवगत होने का प्रयास किया किन्तु जब कुछ समझ में नहीं आया तो वे सब भी मुख्य-कुटी की ओर चलने लगे। सहदेव ने कुटी के अन्दर बाहर चारों ओर देखने का प्रयास किया किन्तु वहाँ कोई नहीं था। शोर सुनकर जो दासियाँ रसोई में कार्य कर रही थीं वे भी निकलकर बाहर आ गयीं। सहदेव ने अपने आस-पास कहीं भी द्रौपदी को न पाकर ज़ोर से आवाज़ दी, "द्रौपदी कहाँ हो?"

सहदेव की पुकार ने सभी को मुख्य तथ्य से अवगत करा दिया था। सरोवर के तट की ओर जा रही पगडण्डियों के दाहिनी ओर की झाड़ियों के पीछे से फिर द्रौपदी के चीख़ने की आवाज़ सुनाई दी।

सभी लोग एक साथ भागकर झाड़ियों के पीछे पहुँचे।

"ठहरो! एक पग भी आगे बढाया तो यह कटार इसके उदर में भोंक दी जायेगी।"

"यह दुष्ट मुझे मार नहीं सकता, मैं ही इसकी सुरक्षा कवच हूँ।"

सहदेव और अर्जुन आगे बढ़े किन्तु युधिष्ठिर ने हाथ के संकेत कर उन्हें आगे बढ़ने से रोक दिया।

"तुम सब अभी इसी समय मारे जाओगे तुम्हारे सभी अस्त्र-शस्त्र मेरे पास हैं और इनका संचालन मैं भली-भांति सीख गया हूँ।"

"तुम्हें हमारे अस्त्र-शस्त्र चाहिए तो ले जाओ किन्तु पांचाली को छोड़ दो।" युधिष्ठिर ने जटासुर को समझाते हुए कहा।

"मुझे दोनों चाहिए। तुम लोग पीछे लौट जाओ नहीं तो तुम सब को मारकर मैं पांचाली और सभी अस्त्र-शस्त्र ले जाऊँगा।"

"तुम यहाँ से कुछ भी नहीं ले जा सकोगे।" अर्जुन ने जटासुर को ललकारते हुए कहा।

सरोवर तट से स्नान कर वापस आते समय भीम अपनी बायीं ओर झाड़ियों के पीछे से कुछ शोर सुनकर उस ओर आगे बढ़े तो एक ब्राह्मण कुमार ने दौड़कर उन्हें सारा वृतान्त कह सुनाया।

भीम जटासुर की ओर थोड़ा बढ़े ही थे कि जटासुर ने कहा, "एक पग भी और आगे बढ़ाने की चेष्टा की तो इस कटार से इसके दो टुकड़े कर दूँगा।" भीम थोड़ा ठिठक कर रूक गया।

"इसने मेरा अपहरण किया है। यह मेरे ऊपर आसक्त है मेरा वध नहीं कर सकता।"

भीम ने सोचा कि द्रौपदी की बात तो सही है किन्तु अधिक संकट लेना भी उचित नहीं है।

"जटासुर! तुम पांचाली का हरण करके ले जाना चाहते हो तो मुझे मल्ल युद्ध में परास्त कर ले जाओ नहीं तो तुम पांचाली का मन कभी न जीत पाओगे और जिस आनन्द की प्राप्ति के लिए उसका हरण कर रहे हो वह भी तुम्हें कभी भी प्राप्त नहीं हो सकेगा।"

"तुम्हें परास्त करना मेरे लिए कठिन नहीं है किन्तु यदि तुम सब मिलकर आक्रमण कर दो तो! "

"हमारे-तुम्हारे बीच होने वाले इस मल्ल युद्ध की समाप्ति तक कोई भी आगे नहीं बढ़ेगा।"

जटासुर ने सोचा कि बात तो ठीक है यदि मैं इसको यूँ ही ले गया तो यह मेरी कभी नहीं हो सकेगी और हमेशा अपने पतियों के बल और सामर्थ्य का गुणगान करती रहेगी।

"ठीक है भीम! किन्तु इन सब से भी कहो कि मेरे तुम्हारे इस मल्ल युद्ध की समाप्ति तक आगे न बढ़ने का वचन दें।"

"हम सब भी अपनी सत्य निष्ठा से वचन देते हैं कि तुम्हारे और भीम के बीच होने वाली इस मल्ल युद्ध की समाप्ति तक आगे नहीं बढ़ेंगे।"

जटासुर ने द्रौपदी को वहीं चुपचाप बैठे रहने का आदेश दिया और अपने कन्धे पर लदे अस्त्र-शस्त्रों की गठरी को उतार कर भीम से मल्ल युद्ध के लिए तैयार हो गया।

"जटासुर, मैंने जब तुम्हें पहली बार देखा था तभी पहचान गया था कि तुम ब्राह्मण कुमार नहीं हो सकते और मैं तुम्हारा वध उसी समय करना चाहता था किन्तु उस समय मेरे पास तुम्हारे वध का कोई स्पष्ट कारण न था।"

भीम ने अपनी बात अभी समाप्त की थी कि जटासुर ने भीम पर आक्रमण करते हुए छलाँग लगा दी किन्तु भीम तैयार था और वह एक ओर तेज़ी से हट गया। जटासुर अपने ही वेग से ज़मीन पर गिर गया किन्तु अगले ही पल उठकर अपनी मुष्टिका का तीव्र प्रहार भीम के सीने पर किया। यह प्रहार तीव्रता से किया गया था किन्तु भीम पर उसका उतना असर नहीं हुआ जितनी उसने अपेक्षा की थी। भीम पहले दो क़दम पीछे हटे फिर तेज़ी से आगे बढ़कर अपने पैरों का प्रहार उसके घुटने के नीचे किया। अचानक हुए भीम के इस प्रहार से उसके पैर ज़मीन से उखड़ गये और वह किसी कटे वृक्ष की भाँति ज़मीन पर गिर पड़ा।

जटासुर अत्यंत बलिष्ठ था किन्तु मल्ल युद्ध की कला में उतना पारंगत न था, इस वार का वह अनुमान न कर सका। जटासुर ने तेज़ी से फिर उठने का प्रयास किया किन्तु उसकी पीठ पर भीम द्वारा किये गये एक और वार से वह वहीं पर धराशायी हो गया। भीम ने उसे पुन: उठने का प्रयास करने हेतु न समय दिया न अवसर, भीम ने उसे अपनी भुजाओं से उठाकर सीधा किया और उसकी पसलियों पर अपनी मुष्टिका से पाँच-छ: तीव्र प्रहार किये जिससे उसकी पसलियाँ टूटकर अन्दर पेट में धँस गयीं और रक्त उसके मुख से बह निकला। द्रौपदी उठकर युधिष्ठिर और अर्जुन के संरक्षण में पहुँच गयी। नकुल तथा सहदेव ने अस्त्र-शस्त्रों की गठरी को अपने अधिकार में ले लिया और वापस अपनी कुटी की ओर चल पड़े। जटासुर का दाह-संस्कार असुर रीति के अनुसार संपन्न कराया गया।

◉◉◉

तकनीकी कारीगरों द्वारा निर्मित नवीन प्रकार के अस्त्रों जिनका संचालन दूर से किया जा सकता था और जिनकी मारक क्षमता एक योजन से लेकर दस योजन तक थी, वे अब इससे भी आगे ४० से ५० योजन तक की मारक क्षमता वाले अस्त्रों का विकास और निर्माण करने की योजना पर काम कर रहे थे किन्तु पुरोहित धौम्य ने निर्मित इन अस्त्रों का परीक्षण करने से रोक दिया था क्योंकि इनके परीक्षण से

वन सम्पदा तथा वन्य जीवों को भी भारी क्षति होने की संभावना थी। इसके साथ ही साथ इस बात का सन्देश फैलने की भी संभावना थी कि पाण्डु-पुत्र वहाँ अस्त्रों का परीक्षण कर युद्ध की तैयारी कर रहे हैं।

"भईया मुझे धौम्य पुरोहित का संदेश उचित जान पड़ता है।" सहदेव न कहा।

"हमें प्रकृति की इस अनमोल सम्पदा को अपने अस्त्रों से क्षति पहुँचाने का कोई अधिकार नहीं है।" नकुल ने सहमत होते हुए कहा।

"हमारे जीवन का निर्वाह और संरक्षण इन्हीं प्रकृति प्रदत्त उत्पादों द्वारा सम्भव है यदि हम अपने निजी स्वार्थवश इस प्रकृति को क्षति पहुँचायेंगे तो हमारा जीवन-निर्वाह भी धीरे-धीरे कठिन होता जायेगा।" अर्जुन ने कहा।

"प्रकृति का संरक्षण और विकास करना भी हमारी प्राथमिकता है किन्तु हमने इस ओर कभी ध्यान ही नहीं दिया।" भीम ने अपना मत व्यक्त किया।

"धौम्य पुरोहित ने हमें एक बड़ी भूल करने से बचा लिया।" द्रौपदी ने चर्चा में शामिल होते हुए कहा।

"किस भूल से पांचाली?" भीम ने पूछा।

"अपने अस्त्रों का परीक्षण करने की भूल से।"

"तो तुम भी ऐसा ही सोचती हो!" नकुल ने कहा।

"हम-तुम ही क्यों सभी को ऐसा ही सोचने की आवश्यकता है नहीं तो एक दिन प्रकृति के साथ-साथ जीवित मानव सभ्यता का भी क्रमश: विनाश हो जायेगा।" पांचाली ने पुन: कहा।

"प्रकृति, पशु, पक्षी, और मनुष्य एक दूसरे के पूरक और संरक्षक हैं इनमें से किसी एक को भी यदि कोई क्षति होती है तो उसका प्रभाव दूसरे पर भी होगा।" भीम ने कहा।

"प्रकृति ही मानव चेतना के विकास और समृद्धि का कारण है तो मनुष्य प्रकृति का संरक्षक एवं पोषक है।" युधिष्ठिर ने कक्ष मे प्रवेश करते हुए कहा।

धौम्य ने बड़ी सहजता से कक्ष में प्रवेश किया और बिना किसी औपचारिकता के एक ख़ाली आसन पर चुपचाप बैठ गये।

"क्या बात है पुरोहित जी?" भीम ने पूछा।

"मैं समझता हूँ काम्यक वन अब आप के निवास के लिए सुरक्षित नहीं रहा।"

"तो क्या विचार है आपका?" अर्जुन ने पूछा।

"मेरा मत है कि हमें अपने तकनीकी कारीगरों के दल को इसी स्थान पर छोड़कर अपने निवास हेतु कोई और स्थान चुनना होगा।"

"किन्तु क्या तकनीकी कारीगरों का दल यहाँ सुरक्षित है?" नकुल ने पूछा।

"मैं समझता हूँ कि वे सब और उनकी प्रयोगशाला सुरक्षित स्थान पर हैं उस ओर कोई आता-जाता नहीं है।" धौम्य ने कहा।

"आप सही कह रहे हैं पुरोहित जी अभी तक हमारे किसी मित्र या शत्रु का ध्यान उस ओर नहीं गया है।" अर्जुन ने कहा।

"तो हमें अब किधर अपना निवास बनाना चाहिए?" भीम ने पूछा।

"हमें सुरक्षा की दृष्टि से अपने निवास को समय-समय पर बदलते रहना चाहिए।"

"आप हमारा मार्ग दर्शन करें पुरोहित जी।" युधिष्ठिर ने सम्मान के साथ कहा।

"हमें यहाँ से धीरे-धीरे देवलोक की ओर बढ़ना चाहिए किन्तु हम गंधमादन पर्वत की तलहटी पर ऋषि 'अष्टिषेण' के बद्रिका आश्रम में कुछ दिन निवास करने के बाद वापस इसी ओर आयेंगे और कुछ दिन द्वैतवन में व्यतीत करेंगे तत्पश्चात फिर काम्यक वन लौटेंगे। तब तक हमारे सभी अस्त्र-शस्त्र विकसित हो चुके होंगे और अपने अस्त्रों को किसी सुरक्षित स्थान पर स्थापित कर देंगे। किसी ऐसे स्थान पर जहाँ से उनके संचालन की सुविधा रहे और जिनकी मारक क्षमता के भीतर हस्तिनापुर भी हो। यह सारा कार्य सफलतापूर्वक संपन्न कर लेने के बाद आप लोग अज्ञातवास का समय व्यतीत करने कहीं अज्ञात और सुरक्षित जगह पर चले जाना और हम सब वहीं रहेंगे जहाँ हमारे अस्त्रों की स्थापना होगी तथा हम वहाँ एक संचार-प्रणाली भी विकसित करेंगे जिससे अज्ञातवास के काल में भी अत्यंत कठिन परिस्थितियों में आवश्यकता होने पर सम्पर्क कर सकेंगे।"

"यह संचार-प्रणाली वैसे ही होगी जैसे हमारे हस्तिनापुर और आर्यावर्त में कुछ और राजाओं के पास है?" सहदेव ने पूछा।

"नहीं! हमारी संचार-प्रणाली इनसे विकसित, उन्नत और नवीन होगी किन्तु पूर्व की संचार-प्रणालियों से भी हम अपना सम्पर्क कर सकेंगे।"

सभी धौम्य पुरोहित के विचार और परामर्श से सहमत हो गये थे।

◉◉◉

यह स्थान साधना स्थल है, यहाँ केवल साधकों को ही रहने की अनुमति है, तुम सब लोग यहाँ जब तक चाहो रह सकते हो किन्तु साधक बनकर।'' ऋषि अष्टिषेण ने पाण्डवों का आत्मीयता के साथ स्वागत करते हुए कहा।

''ऋषिवर हम अपने वनवास काल में साधकों जैसा ही जीवन व्यतीत कर रहे हैं और सच पूछिये तो हम यहाँ आये ही इसी उद्देश्य से हैं।'' युधिष्ठिर ने ऋषि के तात्पर्य को समझते हुए कहा।

''तुम सब के लिए यहाँ प्रकृति ने प्रचुर मात्रा में कंदमूल और फल उपलब्ध कराये हैं, तुम्हें जीवन-यापन हेतु इन्हीं पर निर्भर रहना होगा।''

''धौम्य पुरोहित जी ने हमें पहले ही बता दिया है कि यहाँ पर्यावरण की सुरक्षा की दृष्टि से लकड़ियाँ जलाना वर्जित है।'' युधिष्ठिर ने पुनः कहा,

''यहाँ प्रकृति के सानिध्य में रहकर जो ऊर्जा और शक्ति प्राप्त होगी वह अन्यत्र कहीं उपलब्ध नहीं है।''

भीम, अर्जुन, नकुल और सहदेव ने मिलकर छोटी-छोटी कुटियों का निर्माण कर लिया था।

''भईया हमारे रहने योग्य कुटिया तैयार हो गयी है।'' भीम ने पास आकर कहा।

''आप लोग काफ़ी दूर से यात्रा करते हुए आ रहे हैं, श्रांत होंगे थोड़ा विश्राम कर लें।''

''दिन का दूसरा पहर समाप्त होने को आ गया था जब ऋषि अष्टिषेण ने पहले दिन की शिक्षा समाप्त की।

''एक जिज्ञासा है ऋषिवर! '' अर्जुन से कहा।

''हाँ, कहो।''

''आप ने सूर्य निकलने के बाद ही शिक्षा क्यों प्रारम्भ की?''

''क्योंकि सूर्य निकलने के बाद की वायु स्वच्छ और प्राण वायु होती है।''

''इसका अर्थ हुआ हमें सूर्य निकलने के बाद ही अपने व्यायाम आदि क्रियाएँ करनी चाहिए।'' भीम ने कहा।

"केवल सूर्य का उदय होना ही पर्याप्त नहीं है, हमें अपनी दैनिक क्रियाओं से निवृत्त होकर स्नान करने के पश्चात ही कोई शारीरिक व्यायाम, चाहे भ्रमण ही क्यों न हो, करना चाहिए।"

"अपनी दैनिक क्रियाओं से निवृत्त होने से पूर्व यदि हम कोई भी व्यायाम करते हैं तो हमारा रक्त संचार तीव्र होता है इससे हमारे उदर के निचले भाग में भरी दूषित वायु ऊपर चढ़कर रक्त के साथ मिल जाती है जो कि धीरे-धीरे हमारे शरीर को अस्वस्थ और कमज़ोर करती है।" युधिष्ठिर ने कहा।

"साधना, तप और योग क्यों महत्वपूर्ण है?" भीम ने पूछा।

"हमारे मन, हृदय और विवेक की एकाग्रता के लिए अनिवार्य है। व्यायाम और योग शरीर को स्वस्थ बनाते हैं तो साधन और तप हमारी आत्मा प्रज्ञा या यूँ कहें कि हमारी सम्पूर्ण चेतना को स्वस्थ और एकाग्र करता है।"

⊙⊙⊙

अर्जुन अपना गाण्डीव लेकर ऋषि अष्टिषेण के बद्रिका आश्रम से काफ़ी दूर निकल गया था। इतनी दूर कि वन काफी घना होने लगा था। पूरे मार्ग में उसे एक-दो जंगली पशुओं के सिवा कोई जीव दिखायी न दिया था। अभी दो क़दम ही अर्जुन बढ़ा होगा कि सामने की झाड़ी से एक विशालकाय सुअर ने अर्जुन पर छलाँग लगा दी। वह तेज़ी से अपने दाहिने हट गया, सुअर अपने वेग से आगे निकल गया। गाण्डीव पर बाण रखकर अर्जुन ने अभी खींचना प्रारम्भ ही किया था कि सुअर ने फिर से अर्जुन पर छलाँग लगा दी किन्तु यह क्या अर्जुन तक पहुँचने से पहले ही सुअर ज़मीन पर गिर गया, अर्जुन ने देखा सुअर की ग्रीवा पर एक बाण इस पार से उस पार निकल गया। यह वार इतना घातक और तीव्र था कि सुअर के प्राण एक पल में उड़ गये थे। अर्जुन ने अपने चारों ओर देखा किन्तु वहाँ कोई न था। उसने सुअर के पास जाकर देखा उसके गले में फँसे हुए तीर की बनावट कुछ अलग थी। इस प्रकार का तीर अर्जुन ने पहली बार देखा था। अर्जुन ने सोचा इतने निर्जन वन प्रदेश में इतना उन्नतशील बाण किसने साधा होगा। यह निशाना कितनी दूर से आया है, यहाँ क्या इस वन प्रदेश में विकसित और साधन संपन्न सभ्यता है? किन्तु ऋषिवर ने तो ऐसा कुछ बताया ही नहीं था, यही कहा था कि कुछ किरात हैं। सहसा अर्जुन ने अपने पीछे किसी के आने की पदचाप सुनी किन्तु इस बार कोई संकट नहीं ले सकता था। अपनी प्रत्यंचा पर बाण चढ़ाकर अर्जुन तैयार हो गया किन्तु उसके सामने एक किरात आकर खड़ा हो गया है उसके हाथ में कोई अस्त्र

नहीं था किन्तु कँधे पर एक छोटा धनुष और कुछ इसी प्रकार के तीर जैसा सुअर के गर्दन में फँसा हुआ था।

“यदि मैंने शीघ्रता न की होती तो यह सुअर तुम्हारे ऊपर आक्रमण कर चुका था।”

“हाँ आप सही कह रहे हैं।” अर्जुन ने अपनी सहमति व्यक्त की।

“यह वन क्षेत्र है, यहाँ सावधान रहा करो।”

“क्या मैं आपका परिचय जान सकता हूँ? मेरा नाम शिव है और मैं किरात जन समुदाय का मुखिया हूँ।”

“मेरा नाम अर्जुन है।”

“मैं जानता हूँ अर्जुन, मैं तुम्हारे वन क्षेत्र में विचरण करने के कारण और उद्देश्य से भी परिचित हूँ।”

“आप मेरे विषय में जानते हैं तो क्या आप मुझे इस प्रकार के बाणों को बनाने और उनके संचालन की कला की शिक्षा दे सकते हैं?”

“अवश्य! किन्तु इसके लिए तुमको प्रतिदिन कुछ समय मेरे साथ व्यतीत करना होगा।”

“अवश्य! ” अर्जुन ने कहा और हाथ जोड़कर अपने घुटनों के बल शिव के सामने बैठ गया।

“तुम मेरे मित्र हो अर्जुन।”

“मैं अब आप का शिष्य हूँ।”

“यही नहीं और भी कई प्रकार के अस्त्रों का निर्माण और उनके संचालन की विधि में तुम्हें निपुण करूँगा जिससे तुम अपने संभावित युद्ध में विजय प्राप्त कर सको।”

“आपकी कृपा होगी मेरे गुरूदेव।” शिव ने अर्जुन को उठाकर अपने गले से लगा लिया।

“कल से प्रतिदिन दिन के दूसरे पहर के समाप्ति पर आपकी सेवा में प्रशिक्षण हेतु यहीं उपस्थित रहूँगा।”

“यहाँ नहीं मेरे मित्र अपने दाहिनी ओर देखो जहाँ तुम्हें कुछ कुटी और मैदान दिखाई दे रहा है, वहाँ। हम प्रशिक्षण के दौरान भी इस वन प्रदेश की प्रकृति की

कोई नुक़्सान नहीं पहुँगायेंगे।''

''क्या आप ने वहीं से इस पर संधान किया था?''

''हाँ, तुम जिस क्षेत्र में प्रवेश करने जा रहे थे वह इन जंगली सुअरों का ही क्षेत्र है। मैंने इस सुअर को तुम पर छलाँग लगाते देख लिया था किन्तु इसके इस तगड़े वार से तुमने स्वयं को बचा लिया और मैं जानता था कि यह पलटकर फिर तुम पर वार करेगा।''

इतनी दूर से इतना सटीक संधान कोई कैसे कर सकता है, अर्जुन ने मन ही मन सोचा और शिव के प्रति उसका मन आस्था और विश्वास से भर गया।

''किस सोच में हो अर्जुन?''

''मैं आपके विषय में ही सोच रहा था।''

''चिंतन बन्द करो अर्जुन और सत्य का अनुभव करो।''

''वही करने का प्रयास हम सब भाई कर रहे हैं।''

''मेरा विश्वास है तुम सबको सत्य के अनुभव अवश्य होंगे।''

अर्जुन ने शिव का अभिवादन किया और वापस अपने आश्रम की ओर चल पड़ा।

⦿⦿⦿

सुयोधन के निजी कक्ष में कर्ण, सुशासन और शकुनी।

''पाण्डवों के विषय में हमारे गुप्तचरों की क्या सूचना है मित्र?'' कर्ण ने पूछा।

''गुप्तचरों की सूचना के अनुसार वे काम्यक वन को छोड़कर गन्धमादन पर्वत की तलहटी पर बद्रिका आश्रम में हैं।''

''क्या इसके आगे भी इनके जाने की योजना है?'' कर्ण ने फिर पूछा।

''हमारे गुप्तचरों ने उनका वहाँ तक ही पीछा किया और फिर लौट आये, क्योंकि वह स्थान रहने योग्य नहीं था।''

''सुना है कि वहाँ बहुत भयानक ठण्ड होती है जिसके साथ सामंजस्य बिठाकर रहना सम्भव नहीं है?'' शकुनी ने पूछा।

''फिर तो पाण्डव गल कर मर जायेंगे उनके पास ठंड से बचने के साधन भी तो नहीं हैं।'' सुशासन ने कहा।

“उस स्थान पर आग जलाने की स्वतंत्रता भी नहीं है।” शकुनी ने कहा।

“फिर तो पाण्डवों के जीवित वापस आने की भी संभावना भी नहीं है।” सुशासन नें कहा।

“किन्तु यदि किसी भी प्रकार वापस आ गये तो उनके शरीर इतने जीर्ण हो चुके होंगे कि हमसे टकराने का साहस न कर सकेंगे।”

“मृत्यु के मुँह में स्वयं ही चले गये हैं।” सुशासन ने हँसते हुए कहा।

“मैं तो उस दिन ही पाण्डवों को देखकर उनकी दीनता का आनंद लेना चाहता हूँ।” शकुनी ने ज़ोर से अट्टहास लगाते हुए कहा।

“मेरा सुख भी उसी में है मामा।” सुशासन ने भी स्वयं को उनके साथ शामिल करते हुए कहा।

तभी एक दासी ने सुशासन को महाराजा धृतराष्ट्र द्वारा तत्काल याद करने की सूचना दी।

“क्या पाण्डव अब काम्यक वन में नहीं है?” धृतराष्ट्र ने पूछा।

“नहीं वे स्वयं काल के मुख में चले गये हैं।”

“क्या अभिप्राय है तुम्हारा?”

“हमारे गुप्तचरों की सूचना के अनुसार वह अत्यंत ठंडा प्रदेश है जहाँ हम जैसे लोग कुछ घड़ी भी रह लें तो बर्फ़ में जम जायेंगे और वे तो साधनहीन भी हैं।”

“तुम बर्फ़ में जम सकते हो वे नहीं।”

“यदि किसी भी प्रकार से वह बचकर वापस लौटे तो इतने शक्तिहीन हो चुके होंगे कि हमसे युद्ध करने की सोच भी न सकेंगे।”

“तुम अपने गुप्तचरों से कहो कि उन पर वह अपनी दृष्टि रखें और यदि वे नहीं रह सकते तो उनसे दूर किसी सुरक्षित स्थान पर रहें और रूक कर उन पर अपनी दृष्टि रखें और सूचित भी करते रहें।”

“जी पिता जी।” अपने पिता से अपनी सहमति व्यक्त कर सुयोधन कक्ष से बाहर निकलकर आया।

◉◉◉

“खड़ाक! ! ! ” अर्जुन का बाण चरखे की तरह घूमते हुए अपने लक्ष्य पर लगा था। काष्ठ की उस पर मोटी शिला में बाण मोटा छेद करते हुए बाहर निकल

गया। शिव ने उस बाण को उठाया और वापस अर्जुन के पास जाकर कहा, ''इस बाण की विशेषता है कि यह अपने लक्ष्य को भेदते ही निष्क्रिय हो जाता है, इसका सबसे बड़ा लाभ यह है कि इसमें उतना ही नुक़्सान होता है जितना लक्ष्य साधने वाला चाहता है।''

''क्या इसे हम पुन: सक्रिय कर सकते हैं?''

''अवश्य कर सकते हो किन्तु केवल इसी यंत्र से जो तुम्हारे धनुष की प्रत्यंचा में लगा है।''

''इसका अर्थ है कि यदि यह बाण दुश्मन के हाथ लग जाये तब भी इसका वह प्रयोग नहीं कर सकता।''

''किसी भी दूसरे यंत्र से यह बाण पुन: सक्रिय नहीं हो सकता।''

''आपके इस यंत्र और बाण से केवल एक ही लक्ष्य को निशाना बनाया जा सकता है किन्तु यदि सामने कोई समूह आक्रमण कर रहा हो तो?''

''ऐसी स्थिति का सामना करने के लिए दूसरा यंत्र है जिसमें संचालन की विधि तो यही है किन्तु इस यंत्र से एक साथ सौ लक्ष्यों को तत्काल नष्ट किया जा सकता है।''

विस्मित होते हुए अर्जुन ने उस यंत्र का गहन निरीक्षण किया,

''क्या इससे भी घातक अस्त्र हैं आपके पास?''

''हाँ, किन्तु ऐसे अस्त्रों का प्रयोग मानवता और प्रकृति के लिए हानिकारक है, इस कारण इनका प्रयोग वर्जित है।''

''इस तथ्य से तो मैं भी परिचित हूँ। इनका प्रयोग हमारे आराध्य देव 'रूद्र' ने ही वर्जित कर दिया था।''

''किन्तु इस शस्त्रों का प्रयोग पीड़ित मानवता की रक्षा हेतु अत्यंत सावधानी से विचार करने के पश्चात किया जा सकता है।''

''शान्ति की स्थापना के लिए युद्ध अनिवार्य है।''

''मेरी दृष्टि में तो शान्ति स्थापना का विचार ही निरर्थक है। युद्ध तो अन्याय और जीवित मानवता की पीड़ा को समाप्त करने हेतु होना चाहिए।''

''और धर्म के संरक्षण और स्थापना हेतु''

''हमारे धर्म तो अलग-अलग हो सकते हैं किन्तु जीवन का उद्देश्य नहीं।''

"यदि तत्व-ज्ञान एक है तो मानवता के धर्म दो नहीं हो सकते हैं।"

"क्या साधना, तप, योग, पूजा, अर्चना, आराधना और भक्ति धर्म नहीं हैं?"

"बिल्कुल भी नहीं किन्तु यदि इससे तुम्हारे आचरण शुद्ध हो रहे हैं तो ठीक है, तुम यूँ समझ लो कि यदि ये क्रियाएँ हमें पर्याप्त रूप से इस योग्य बनाती हैं कि हम अपने आचरण की सुचिता को पहचान सकें।"

'संपन्नता और धन संग्रह' शिव थोड़े हँसे, फिर ज़ोर से हँस पड़े।

"धन संग्रह तो विपन्नता की निशानी है, मानसिक विपन्नता! किन्तु संपन्नता प्रकृति का वरदान है हमारे लिए मुक्ति का द्वार खोलती है।"

"मैं समझा नहीं।"

"तुम अपने चारों ओर फैले हुए प्रकृति के इस विशाल प्रांगण और भण्डार को देख रहे हो? यह मुक्त है तुम इसमें कितना भी प्राप्त कर सकते हो, ले सकते हो इसकी संपन्नता में कोई कमी कभी दिखाई न देगी; मनुष्य भी इसी विशाल प्रकृति का अंश है। थोड़ा रूककर शिव ने फिर कहना जारी रखा, "संग्रह, गणित है- आज दो कल चार, एक निकला तो तीन। संपन्नता प्रवाह है, वेग है, कुछ भी निकाल लो कभी कम नहीं हो सकता है, कुछ भी डालकर देख लो कोई अभिमान नहीं होता है। इस प्रकृति-माँ ने मनुष्य को हर प्रकार से संपन्न बनाकर ही उत्पन्न किया है।"

"और युद्ध?"

"केवल स्वयं की आवश्यकता हेतु किया गया युद्ध भी मानसिक विपन्नता है। स्वयं के लिए संघर्ष करो किन्तु प्रकृति और मानवता की रक्षा हेतु यदि कोई उपाय न बचा हो तो युद्ध ही अन्तिम और आवश्यक उपाय है।"

"थोड़ा विस्तार से बताने की कृपा करें।"

"तुम अपना ही उदाहरण लो स्वयं को उस सुअर से बचाने के लिए तुमने जो किया वह स्वयं का संघर्ष है, किन्तु यदि तुम्हारे समुदाय पर सारे सुअर मिलकर आक्रमण करते हैं तो तुम्हें भी अपने समुदाय मित्रों और शुभ चिंतकों की सहायता लेकर उनसे युद्ध करना होगा यही मनुष्य का कर्मक्षेत्र है।"

"किन्तु यदि हम सब मिलकर उन सुअरों पर आक्रमण करें तो?"

"तो उद्देश्य महत्वपूर्ण हो जायेगा।"

"और उद्देश्य का निर्धारण कौन करेगा?"

"हम सब का आचरण, इसी कारण केवल व्यक्तियों को ही नहीं, व्यक्तियों के समूह के भी आचरण की सुचिता, पवित्रता बनाये रखनी होगी और जब भी कहीं भी व्यक्तियों या व्यक्तियों के समूह का आचरण दूषित होगा युद्ध अवश्य संभावी हो जायेगा।"

शिव ने अर्जुन की योग्यता, एकाग्रता और क्षमता को परखकर उसके लिए जो आवश्यक और उपयोगी अस्त्र दे दिये थे। शिव द्वारा उपलब्ध कराये गये अस्त्र-संचालन विधि और ज्ञान को अर्जुन ने बहुत विनम्रता और भक्ति भाव से ग्रहण किया था। अर्जुन ने शिव से विदा ली और वापस अपनी कुटी में आ गया।

अध्याय नौ

"प्रणाम पिता जी!"

सुयोधन ने धृतराष्ट्र के कक्ष में प्रवेश करते हुए अभिवादन किया।

"गुप्तचरों ने नवीन सूचना उपलब्ध कराई है। पाण्डव बद्रिका आश्रम से वापस आकर द्वैतवन वन में द्वैत सरोवर के तट पर कुटी बनाकर रह रहे हैं। गुप्तचरों की सूचना के अनुसार उनके शरीर अत्यंत दुर्बल हो गये हैं। वे काफ़ी दीनहीन और असहाय-से लगते हैं।

"वे शस्त्र-संग्रह तो नहीं कर रहे हैं?"

"उनकी स्थिति ऐसी नहीं है कि वे शस्त्र-संग्रह की बात भी सोच सकें।"

"गुप्तचरों से कहो उन पर गहन दृष्टि रखें।"

"मैं, कर्ण, मामा शकुनी, सुशासन तथा अन्य भाई उनकी पत्नियों के साथ पाण्डवों की इस अवस्था को देखने हेतु वन विहार के उद्देश्य से द्वैत वन जाना चाहते हैं।"

"मेरे विचार से तुम सब का वहाँ जाना सुरक्षा की दृष्टि से ठीक नहीं होगा।"

"पिता जी द्वैतवन हमारे राज्य की सीमा में है वहाँ जाना और वहाँ रहने वाली जनता का कुशल जानना हमारा धर्म है।"

"वह सब तो ठीक है किन्तु पाण्डवों से कुछ टकराव हो गया तो!"

"पाण्डव ऐसी स्थिति में हैं कि हमसे टकराने की सोच भी न सकें और हमारे साथ हमारी सुरक्षा वाहिनी और सेना भी होगी।"

"उनका वनवास समाप्त होने में अब केवल एक वर्ष और कुछ माह ही शेष बचे हैं, इसके बाद उनका अज्ञातवास प्रारंभ हो जायेगा; तुम्हें उनके अज्ञातवास की समाप्ति से पूर्व उन्हें ढूँढ़ निकालने का प्रयास करना होगा।"

"वह तो होगा ही पिता जी किन्तु इस समय हम उनकी दीनता देखने और अपनी, समृद्धि, बल कौशल उन्हें दिखाना चाहते हैं जिससे यदि किसी भी प्रकार उनका अज्ञातवास पूरा भी हो जाये तो भी हमसे युद्ध करने के विषय में सोच भी न सकें।"

"तुम पाण्डवों का आंकलन नहीं कर पा रहे हो पुत्र। उनके साथ यादव, मत्स्य, पांचाल और मद्र जैसे बड़े राज्य हैं।"

"पिता जी, यादवों से हमारे भी संबंध भी हैं, बलराम मेरे गुरू हैं तो कृष्ण हमारे समधी। मत्स्य, पांचाल हमारे समकक्ष के राज्य नहीं हैं।"

धृतराष्ट्र ने मन ही मन सोचा कि बात तो सुयोधन की ठीक है और हमारी शक्ति भी कहाँ कम है। द्रोणाचार्य कृपाचार्य, अश्वत्थामा, कर्ण, शकुनी, जयद्रथ शाल्व और सुशर्मा तथा चन्द्रवर्मा भी तो हैं किन्तु धृतराष्ट्र का पूर्ण विश्वास अपने पुत्र पर नहीं था।

"मुझे युधिष्ठिर पर पूरा विश्वास है, वह दण्ड का समय पूर्ण होने से पूर्व कुछ भी नहीं करेगा जिससे उसे लोक लाज का सामना करना पड़े।"

"उनकी स्थिति ही ऐसी नहीं।"

"फिर भी मैं तुम्हे वहाँ जाने की अनुमति नहीं दे सकता हूँ।"

"क्या इस राज्य का युवराज अपने राज्य का भ्रमण भी नहीं कर सकता है?"

"यह राज्य बहुत बड़ा है। तुम वन विहार, आनन्द, जल-क्रीड़ा आदि के लिए और कोई स्थान चुन लो।"

"किन्तु मुझे द्वैतवन के द्वैत सरोवर के तट पर अपनी रानियों के साथ जल-क्रीड़ा और वन विहार करना है यदि आपका पाण्डवों पर मोह अधिक है तो उन्हें आदेशित करें कि वे द्वैत वन से कहीं दूर चले जायें।"

धृतराष्ट्र ने मन ही मन पुन: विचार किया। पाण्डव हमारे आदेश से ही अपने दण्ड का निर्वाह पूरी निष्ठा और श्रद्धा से कर रहे हैं और फिर उन्हें अपने वनवास काल में राज्य से बाहर करने का कोई आदेश भी नहीं है, अब मैं उन्हें द्वैत वन छोड़ने का आदेश किस आधार पर दे सकता हूँ।

"पुत्र सुयोधन पाण्डव हमारे आदेश का अनुपालन कर रहे हैं और उन्हें बिना किसी कारण दूसरा आदेश नहीं दिया जा सकता है।"

"पाण्डवों को दूसरा आदेश देने का आग्रह आपसे कर भी कौन कर रहा है, मैं तो केवल अपने सुख और आनन्द के लिए अपने परिवार, मित्र और भाईयों के साथ वन विहार की अनुमित चाहता हूँ।" पुत्र के समक्ष धृतराष्ट्र विवश हो गये थे।

"तुम वन विहार के लिए कब जाना चाहते हो?"

"तीन दिन बाद!"

“तीन दिन बाद क्यों?”

“राजकुमारों की तैयारी में तीन दिन का समय तो लगेगा ही।” सुयोधन ने प्रसन्न होते हुए कहा।

“किन्तु विशेष ध्यान रखना पाण्डवों के साथ कोई विवाद न हो।”

“जी पिता जी।”

⦿⦿⦿

अर्जुन ने अपने शिविर की ओर तीव्र गति से आते हुए दो अश्वों के टापों की ध्वनियाँ सुनीं जो धीरे-धीरे तेज़ हो रही थीं। युधिष्ठिर अपनी प्रात: कालीन साधना में लीन थे, अपनी एक सप्ताह की इस विशेष साधना का प्रारम्भ उन्होंने एक दिन पूर्व ही किया था। शिविर की ओर आती हुई अश्वों की ध्वनियाँ और तेज़ हो गयी थीं जिन्हें अब स्पष्ट रूप से सुना जा सकता है और इन आवाज़ों को भीम, नकुल और सहदेव ने भी सुन लिया था, सभी अपने-अपने अस्त्रों को उठाकर शिविर की सुरक्षा में पेड़ों की ओट लेकर खड़े हो गये थे।

दो अश्वारोही शिविर के मुख्य प्रवेश स्थल पर आकर शालीनता से ठहर गये, उनके हाथों में कोई अस्त्र नहीं था किन्तु कटि पर तलवार और कँधे पर धनुष और तीर चढ़े हुए थे। सहदेव सबसे पहले पेड़ों की ओट से निकलकर सामने आये किन्तु भीम, अर्जुन और नकुल उसी प्रकार सुरक्षा का घेरा बनाकर खड़े रहे।

“कोई संदेश सूचना या आदेश लेकर आये हो?” सहदेव ने सहजता से पूछा।

“मैं महाराजा युधिष्ठिर के लिए गन्धर्व कुमार चित्रसेन का संदेश लेकर आया हूँ।” चित्रसेन का नाम सुनकर सभी ओट से बाहर निकल आये। चित्रसेन, अर्जुन के मित्र और पाण्डवों के शुभ चिंतक थे।

“महाराजा युधिष्ठिर तो अपनी एक सप्ताह की साधना में ध्यान-लीन हैं, उन्हें कोई संदेश देना है तो तनिक ठहरना पड़ेगा।” सहदेव ने कहा।

“यदि कोई गोपनीय संदेश नहीं है तो आप मुझे भी दे सकते है, मैं महाराजा युधिष्ठिर से विमर्श कर उनका संदेश आप तक पहुँचा दूँगा।” भीम ने कहा।

“कोई गोपनीय संदेश नहीं है, कुमार चित्रसेन द्वैत सरोवर में अपनी रानियों, गणिकाओं के साथ जल-क्रीडा और वन विहार के लिए महाराजा युधिष्ठिर से अनुमति लेने के लिए आपके शिविर की ओर आ रहे हैं, उन्होंने महाराज युधिष्ठिर से मिलने की अनुमति माँगी है।”

“चित्रसेन को महाराजा युधिष्ठिर से मिलने के लिए अनुमति लेने की कोई आवश्यकता नहीं है, वे हमारे मित्र हैं किन्तु वे हैं कहाँ?” अर्जुन ने पूछा।

“आपके शिविर की ओर ही, मार्ग में अभी तीन से चार योजन पीछे होंगे। दिन के तीसरे पहर तक या उसके बाद यहाँ तक पहुँच जायेंगे।”

“आप लोग हमारे शिविर में तब तक विश्राम करें।”

“आपके आग्रह हेतु धन्यवाद किन्तु हमें इसकी सूचना शीघ्र ही वापस जाकर देनी होगी।”

“आप लोग अनवरत चलने के कारण श्रांत होंगे, तनिक विश्राम तो कर लें।”

“हम अपना कार्य कर रहे हैं और कार्य के समय हमें श्रांत होने की अनुमति नहीं है।”

भीम ने महाराजा युधिष्ठिर से मंत्रणा कर अश्वारोहियों को अपनी सहमति और अनुमति से अवगत करा दिया है।

दोनों अश्वारोहियों ने “धन्यवाद! ” कहकर अभिवादन किया और वापस लौट गये।

⊙⊙⊙

सुयोधन की पत्नी कशिका और भानुमती सुशासन की पत्नी ज्योत्सना, विकर्ण की पत्नी मृदुला कशिका के कक्ष में उपस्थित थीं। वृषाली कर्ण की पत्नी ने कक्ष में प्रवेश करते हुए पूछा, “वन विहार और जल-क्रीड़ा के लिए द्वैत वन जाने की तैयारी पूरी हो गयी?”

“तैयारियाँ हो रही हैं।” ‘वृषाली’ का कक्ष में स्वागत करते हुए कशिका ने कहा।

“अभी तो हमें यह भी नहीं पता है कि कितने दिनों के लिए वन में जाना है।” भानुमती ने कहा।

हम अपने पतियों के साथ क्रीड़ा और विहार के लिए जा रहे हैं साड़ियाँ, आभूषण, तथा अन्य शृंगार की वस्तुएँ ले चलनी हैं।” वृषाली ने कहा।

“किन्तु कितने दिनों के लिए और कितना ले चलना यह तो ज्ञात हो पहले।” मृदुला ने कहा।

“हमारे साथ नगर के व्यापारी भी अपनी हाट लगाकर वहाँ अपने आभूषण और वस्त्रों का प्रदर्शन करेंगे।” वृषाली ने कहा।

"फिर तो अधिक कुछ भी साथ ले चलने की आवश्यकता न होगी।" ज्योत्सना ने कहा।

"सुना है द्वैत वन का द्वैत सरोवर अत्यंत मनोरम स्थल है।" मृदुला ने कहा।

"हाँ, सुना तो मैंने भी है।" वृषाली ने सहमत दी।

"किन्तु हमारे पति अपने साथ नर्तकियाँ और गणिकाएँ भी ले जा रहे हैं।"

कशिका ने सूचना दी।

"फिर तो मदिरा का सेवन भी होगा!" वृषाली ने कहा।

"यदि वहाँ यही सब होना है तो हमारे वहाँ जाने का कोई लाभ न रहेगा।" मृदुला ने कहा।

"कुछ भी हो वहाँ कुछ लाभ तो मिलेगा ही।" भानुमती ने कहा।

"क्या?" ज्योत्सना ने आश्चर्य से पूछा।

"पतियों का साथ और एकांत मिलेगा। जल विहार, नौका विहार और वन विहार करने का अवसर मिलेगा। वहाँ हाट भी होगी तो अपने रुची के आभूषण तथा वस्त्र क्रय का भी अवसर मिलेगा और सबसे बड़ी बात हमें पाण्डवों की पत्नी, 'पांचाली' को अपनी प्रभुता, संपन्नता और वैभव दिखाने का अवसर भी मिलेगा।" कशिका ने थोड़ा उत्तेजित होते हुए कहा।

सभी के मुख पर एक साथ दीर्घ किन्तु लालसा और ईर्ष्या की मुस्कान फैल गयी।

⦿⦿⦿

गन्धर्व कुमार चित्रसेन का रथ पाण्डवों के शिविर में एक छोटी सुरक्षा वाहिनी के साथ आकर रूक गया। भीम, अर्जुन, नकुल और सहदेव चित्रसेन का स्वागत और सत्कार करने हेतु पहले से ही तैयार थे। दिन का तीसरा पहर समाप्त हो गया था, युधिष्ठिर के साधना का समय भी समाप्त होने को था।

"महाराज युधिष्ठिर के शिविर में आप का स्वागत है गन्धर्व कुमार।" भीम ने कहा।

"मित्रों के साथ स्वागत की औपचारिकता पूरी करने की आवश्यकता नहीं राजकुमार भीम॥"

"हम राजकुमार नहीं हैं।"

"कोई राजा स्नान करने हेतु अपना राज मुकुट, राज दण्ड और उत्तरीय उतार

कर रख दे तो क्या वह राजा नहीं रह जाता?'' आप सब मेरे लिए राजकुमार ही हैं।''

''आओ चलकर कुटी में बैठते हैं, भईया की साधना भी समाप्त होने को है, वह भी वहीं आयेंगे।'' अर्जुन ने चित्रसेन को गले लगाते हुए कहा। अर्जुन से गले मिलने के बाद चित्रसेन, भीम, नकुल और सहदेव उसी प्रकार गले मिल के कुटी में आकर बैठ गये।

''मित्र तुम्हारे राज्य में इस द्वैत सरोवर से कई गुना सुन्दर और मनोरम सरोवर है, फिर इस सरोवर में जल विहार का मन बनाने का उद्देश्य क्या है?'' अर्जुन ने जिज्ञासावश पूछा।

चित्रसेन ने मुस्कुराते हुए उत्तर दिया, ''अपने राज्य के सरोवरों में तो प्राय: ही इस प्रकार के मनोरंजन होते रहते हैं, इस बार विचार आया क्यों न मनोरंजन स्थल में परिवर्तन किया जाये।''

''और फिर आप ने द्वैतवन में द्वैत सरोवर का चुनाव किया।'' सहदेव ने विनम्रता पूर्वक कहा।

''घटित तो कुछ ऐसा ही हुआ है।'' चित्रसेन ने गम्भीर होते हुए कहा।

''किन्तु अचानक तुम गम्भीर क्यों हो गये मित्र?'' अर्जुन ने सहजता से पूछा।

''मैंने सुना था कि यह बहुत रमणीय स्थल है और वास्तव में है भी किन्तु मैं यह सोचकर चुप हो गया कि जिस स्थल पर हम रास और रंग में डूबकर रहेंगे वहीं आप लोग वनवासी की तरह रह रहे हैं।''

''मित्र का सुख भी अपना ही सुख है।'' अर्जुन ने कहा।

युधिष्ठिर की साधना समाप्त हो गयी थी। वे कक्ष में आये, चित्रसेन ने खड़े होकर अभिवादन किया। चित्रसेन के उठने के साथ ही सभी लोग खड़े हो गये थे। चित्रसेन के अभिवादन को स्वीकार करने के बाद युधिष्ठिर ने सभी को बैठ जाने का संकेत किया और स्वयं भी एक रिक्त आसन पर बैठ गये।

अभी सब लोग ठीक से बैठ भी नहीं पाये थे कि कक्ष में धौम्य पुरोहित हाथ में प्रसाद का थाल लिये आये और सभी को प्रसाद का वितरण किया, सभी ने पूरी श्रद्धा के साथ प्रसाद को लेकर अपने-अपने माथे पर लगाया और फिर उसे ग्रहण करने लगे।

''यह प्रसाद का हलवा बहुत स्वादिष्ट था।'' चित्रसेन ने कहा।

"पांचाली के रसोई की बनी हर चीज स्वादिष्ट होती है।" भीम ने कहा।

"किन्तु भीम भईया से बढ़िया रसोईया कोई नहीं है।" सहदेव ने कहा। कक्ष में पांचाली का प्रवेश हो गया था और उसने सबकी बातें सुन ली थीं।

"मेरी क्या बात हो रही थी?"

"आप के रसोई की बात हो रही थी।" चित्रसेन ने कहा।

"आप के लिए संध्याकालीन भोजन तैयार हो रहा है, ग्रहण करने के पश्चात ही जाने दूँगी।"

"मेरे साथ एक सुरक्षा वाहिनी भी है।"

"ज्ञात है, सभी के लिए रसोई तैयार की जा रही है।" पांचाली ने आग्रहपूर्वक कहा।

"मैं अपने परिवार, नर्तकियों और गणिकाओं के साथ द्वैत सरोवर में जल विहार और द्वैतवन में वन विहार करने के उद्देश्य से आया हूँ और इसके लिए आप की अनुमति चाहता हूँ।" चित्रसेन ने युधिष्ठिर की ओर देखते हुए कहा।

"यह द्वैतवन और द्वैत सरोवर प्रकृति की सम्पदा है, इसके लिए मेरी अनुमति की कोई आवश्यकता नहीं है मित्र।" युधिष्ठिर ने कहा।

"मेरे साथ यह एक सुरक्षा वाहिनी और कुछ सैनिक टुकड़ियाँ भी हैं।"

"आप के यहाँ आने का उद्देश्य यदि मनोरजंन करना न होता तो मैं आपको यहीं अपने शिविर में ठहरने के लिए कहता। आप इस विशाल सरोवर के चारों ओर कहीं भी अपना शिविर बना सकते हैं, हमें कोई असुविधा न होगी।"

"सुरक्षा की दृष्टि से हमारी सैन्य टुकड़ियाँ इस द्वैत सरोवर के चारों ओर इतनी दूरी पर रहेंगी कि आपको कोई असुविधा न हो और आप अपनी साधना शान्ति से बिना किसी ध्वनि-प्रदूषण के संपन्न कर सकें।"

"आप से और आपकी सैन्य टुकड़ियों से हमें कोई असुविधा न होगी, आप अपनी सुविधा और आवश्यकतानुसार सुरक्षा का प्रबंध कर सकते हैं।"

"एक निवेदन और भी है!"

"हमारी सैन्य टुकड़ियाँ आपकी अनुमति और सहमति के बिना किसी अन्य को वन क्षेत्र में प्रवेश की अनुमति और स्वतंत्रता नहीं देंगी।"

"यह वन क्षेत्र आपकी सैन्य टुकड़ियों के घेरे में रहेगा, किसी को प्रवेश हेतु

हमारी अनुमति की बाध्यता क्यों अनुमति देने का कार्य तुम ही करो।'' अर्जुन से कहा।

''मैं भी यहाँ आपकी अनुमति से ही शिविर बना रहा हूँ तो किसी दूसरे को भी आपकी अनुमति लेनी होगी।''

पांचाली की रसोई तैयार हो गयी, सभी ने एक साथ बैठकर भोजन ग्रहण किया। सुरक्षा वाहिनी को भी भोजन परोस दिया गया था।

''हमारी सैन्य टुकड़ियाँ अभी थोड़ी देर में ही यहाँ पहुँच जायेंगी और रात्रि में ही अपने लिए आवश्यक शिविरों का निर्माण कर लेंगी और कल सुबह से यह क्षेत्र किसी के भी प्रवेश के लिए वर्जित कर दिया जायेगा।''

''हमें कोई आपत्ति नहीं है, हर किसी को अपनी सुरक्षा का पूरा अधिकार है।''

चित्रसेन ने सभी का अभिवादन किया और वहाँ से चले गये।

⊙⊙⊙

गन्धर्व सेना नायक ने आगे बढ़कर युवराज सुयोधन का स्वागत करते हुए कहा, ''युवराज आपको द्वैत वन में प्रवेश करने हेतु महाराज युधिष्ठिर की अनुमति प्राप्त करनी होगी।''

आवेशित होकर सुयोधन ने तलवार निकाल ली किन्तु कर्ण ने उसके कँधे पर हाथ रखकर थोड़ा शान्त रहने का संकेत किया और धीरे से पहले वस्तु स्थिति को समझने के लिए कहा किन्तु सुयोधन का क्रोध पूरी तरह शान्त न हुआ।

''कुरू राज्य के युवराज को उन वनवासियों से, जो स्वयं हमारे राज्य द्वारा दण्डित किये गये हैं और यहाँ अपने दण्ड को भोग रहे हैं उनसे अनुमति प्राप्त करने की क्या आवश्यकता, किन्तु तुम यह बात किस अधिकार से कह रहे हो?''

''आप से किया गया मेरा निवेदन किसी अधिकार से नहीं वरन गन्धर्व कुमार चित्रसेन के आदेश से है और मैं केवल आदेश का अनुपालन कर रहा हूँ।''

''क्या आपको यहाँ युधिष्ठिर की सुरक्षा के लिए नियुक्त किया गया है?'' कर्ण ने पूछा।

''नहीं, वे स्वयं अपनी सुरक्षा में समर्थ हैं।''

''फिर?''

''गन्धर्व कुमार अपनी रानियों के संग यहाँ जल विहार और वन विहार के

लिए ठहरे हैं, हम उन्हीं की सुरक्षा में हैं”

“फिर हमें युधिष्ठिर से अनुमति की क्या आवश्यकता?” कर्ण ने फिर पूछा।

“क्योंकि गन्धर्व कुमार भी यहाँ उन्हीं की अनुमति से ठहरे हैं।”

आपस में मंत्रणा करने के उद्देश्य से सुयोधन, कर्ण, दुशासन और शकुनी कुछ क़दम पीछे हट गये। सुयोधन ने अपने सेनापति को युद्ध के लिए तैयार और चक्रव्यूह रचना करने का आदेश दे दिया। महिलाओं, व्यापारियों, नगर सेठों और अनुचरों तथा दास और दासियों को सबसे पीछे सेना की एक टुकड़ी की सुरक्षा में कर दिया गया। सुयोधन के सेना नायकों ने शीघ्रता से अपनी चक्रव्यूह रचना बनाकर युद्ध के लिए तैयारी कर ली। सुयोधन, कर्ण, शकुनी और सुशासन अपनी सेना के मध्य में आ गये थे। विकर्ण तथा सुयोधन के अन्य भाई वहीं सुरक्षा के घेरे में खड़े होकर युद्ध के प्रारम्भ होने के आदेश की प्रतीक्षा करने लगे।

कशिका, भानुमती, ज्योत्सना, मृदुला और वृषाली- “यह हमारी यात्रा को बीच में ही क्यों रोक दिया गया?” वृषाली ने कशिका से पूछा।

“हमारे पतियों ने द्वैत वन के बाहर ही अपना डेरा बना लिया होगा।” मृदुला ने आशंकित होते हुए कहा।

“और अभी तो दिन का तीसरा पहर ही समाप्त हुआ है और ये सब अभी से...।” ज्योत्सना ने अचंभित होते हुए कहा।

“पुरुषों को मदिरा और नर्तकियों के सिवा कुछ भी दिखाई नहीं देता।” वृषाली ने रूष्ट होते हुए कहा।

“इन्हें यदि यहाँ मदिरा का सेवन करते हुए नर्तकियों और गणिकाओं के ही नृत्य का आनन्द भोगना था तो हमें साथ लेकर आये ही क्यों?” भानुमती ने उलाहना देते हुए कहा।

“यह पुरूषों की प्रवृत्ति है।” मृदुला ने कहा।

“प्रकृति नहीं इसे कमज़ोरी कहते हैं।”

“सभी एक से नहीं होते!”

“किन्तु शासन और सत्ता में लिप्त सभी पुरूष ऐसे ही होते हैं।”

“कोई और बात है, सेनाओं की चक्रव्यूह रचना की जा रही है, सभी महारथी तैयार हो रहे हैं। कुछ तोघटित हुआ है या होने की सम्भावना है।” कशिका ने दूर देखने का प्रयास करते हुए कहा।

“हम द्वैत वन में जल क्रीड़ा, वन विहार करने और पांचाली के समक्ष अपनी संपन्नता एवं भव्यता प्रदर्शित करने आये थे किन्तु लगता है हमें वापस जाना पड़ेगा।”

“वापस क्यों जाना होगा, हमारी सेना अभी कुछ देर में विजय प्राप्त कर लेगी।” वृषाली ने कहा।

“हमारे इन महारथियों से युद्ध करने का साहस कौन कर सकता है?” भानुमती ने प्रश्न करते हुए कहा।

“कोई तो होगा ही जिसे अपनी मृत्यु की चिंता न होगी।” ज्योत्सना ने मुस्कुराते हुए कहा।

कशिका ने विकर्ण को अपनी ओर आते हुए देखकर कहा-

“विकर्ण कोई समाचार या सूचना लेकर हमारी ओर आ रहा है।”

“द्वैतवन को गन्धर्व ने घेर रखा है, अभी थोड़ी ही देर में हम उन पर विजय प्राप्त कर अपने निवास हेतु मण्डप का निर्माण करेंगे। आप लोग हमारी सेना के सुरक्षा घेरे में हैं, निश्चिन्त रहें।”

“गन्धर्वों ने द्वैत वन में पहले से ही अपने चक्रव्यूह रचना कर रखी है।” चिन्तित होते हुए कर्ण ने कहा।

“मित्र तुम को हमारी गदा और अपने धनुष पर विश्वास नहीं है क्या?”

“बात विश्वास की नहीं है मित्र, इन गन्धर्वों का कोई ठिकाना नहीं है।”

“हमारी शक्ति और हमारी सेना का सामना करने का साहस इस पूरे आर्यावर्त में किसी के पास नहीं है मित्र। तुम्हारी शक्ति और कौशल के सामने ठहर पाने का सामर्थ्य गन्धर्वों के पास तो है ही नहीं, तुम इस भू-भाग के सर्वश्रेष्ठ योद्धा हो।”

“गन्धर्व हमारे सामने अधिक देर तक ठहर ही न सकेंगे। कल प्रातः सूर्य की किरणों के साथ हम सब द्वैत सरोवर में क्रीडा करेंगे।” विकर्ण ने पास आते हुए कहा।

“गन्धर्वों की रीति-नीति का कोई ठिकाना नहीं है मित्र। तुम्हारे पितामह चित्रांगद का वध गन्धर्वों के राजा ‘चित्रांगद’ ने इसी स्थान पर किया था।”

“वह समय और था मित्र किन्तु आज हमारे समान शक्तिशाली कोई नहीं है।”

सुयोधन के संकेत पर कर्ण, सुशासन, शकुनी, विकर्ण तथा अन्य सभी

महारथी अपनी-अपनी सैन्य टुकड़ियों के साथ चक्रव्यूह रचना के अनुसार जिसमें हाथियों और घुड़सवारों को सबसे आगे की पंक्ति में रखा गया था, उसके पीछे पैदल सेना थी, फिर महारथी जिनके पास दूर से मार करने योग्य अस्त्र थे और वे अपने अस्त्रों से सामने दुश्मन-सेना पर घातक प्रहार तो कर ही सकते थे किन्तु साथ ही अपने अग्रिम पंक्ति पर लड़ने वाली सेना का शत्रुओं के आक्रमण से बचाव भी कर सकते थे। अपनी सेना का अच्छी तरह निरीक्षण करने के बाद सुयोधन ने पूरे उत्साह और शक्ति से कहा- "आक्रमण"

◉◉◉

दिन के द्वितीय पहर को प्रारम्भ हुए तीन घड़ी से अधिक का समय हो गया था। युधिष्ठिर की साप्ताहिक साधना का प्रथम अल्पकालीन विराम होने का समय हो रहा था। भीम, अर्जुन, नकुल और सहदेव धौम्य पुरोहित के साथ अस्त्रों के सुरक्षित रख-रखाव पर चर्चा कर रहे थे, पांचाली भी इस परिचर्चा में शामिल थी। अलग-अलग प्रकार के अस्त्रों के रख-रखाव हेतु भिन्न-भिन्न प्रक्रिया अपनाने के विषय में धौम्य पुरोहित ने विस्तार से बताया था, इसके अतिरिक्त यदि किसी भी कारण से दीर्घ समय तक अस्त्रों को इस प्रकार सुरक्षित रखने की यदि तत्काल आवश्यकता हो तो भी अस्त्रों का प्रयोग बिना किसी त्रुटि के किया जा सके, इस पर भी चर्चा कर चुके थे। एक दासी जो रसोई में दिन का भोजन तैयार कर रही थी, ने अनमनी-सी कक्ष में प्रवेश कर लड़खड़ाती आवाज़ में कहा-

"हमारे शिविर की ओर कुछ लोग जिसमें स्त्री-पुरूष और बच्चे भी हैं, रोते-बिलखते हुए आ रहे हैं।"

"यह तुम क्या कह रही हो?" धौम्य ने पूछा।

"दूर से आती हुई ध्वनियों के आधार पर अनुमान लगाते हुए।"

तनिक शान्त रहकर सभी ने दासी द्वारा बताई गयी ध्वनियों को सुनने का प्रयास किया और जब कुछ सुनाई नहीं पड़ा तो कक्ष से निकलकर बाहर प्रांगण में आ गये और पुन: सुनने का प्रयास किया।

"दासी की बात सही प्रतीत हो रही।" सहदेव ने सुनने का प्रयास करते हुए कहा।

ध्वनियाँ तनिक तेज़ी से अब सुनाई दे रही थीं और यह स्पष्ट हो गया था कि लोगों का एक समूह रोते-बिलकते उनके शिविर की ओर आ रहा है और उनके साथ कुछ रथ और अश्व भी हैं जो दौड़ रहे थे, धीरे-धीरे उसी समूह के साथ चल

रहे हैं।

"ये कौन लोग हो सकते हैं?" विचार करते हुए नकुल ने कहा।

"द्वैत वन के चारों ओर गन्धर्व कुमार चित्रसेन द्वारा पीड़ित किये गये होंगे" भीम ने मन ही मन सोचा किन्तु विवेक ने उनका साथ नहीं दिया और सहसा उनके मुँह से निकल गया,

"नहीं यह नहीं हो सकता।"

"क्या नहीं हो सकता भीम भईया?"

"कुछ नहीं!"

शोर और तेज़ तथा स्पष्ट होने लगा था।

"अश्वों के टापों की ध्वनियों से लग रहा है कि ये अश्व सेनाओं के द्वारा युद्ध के समय प्रयोग होने वाले अश्व हैं।" सहदेव ने कहा।

"किन्तु रथों की आवाज़ से ऐसा नहीं लग रहा है कि ये रथ सेनाओं के हैं।" अर्जुन ने कहा।

अब यह तय हो गया था कि ये शोर कुछ नगरवासियों का है, वनवासियों का नहीं। सामने से आते हुए हस्तिनापुर के नगर सेठ मणिरत्न को भीम ने पहचान लिया था। उनके साथ और पीछे आते हुए कुछ और व्यापारियों को भी भीम ने पहचानने का प्रयास किया था। कुछ व्यापारियों को वह पहचानता तो था किन्तु नाम नहीं याद आ रहा था। उनके साथ कुछ सेवक, उनके परिवार और छोटे बच्चे भी थे तथा दोनों ओर कुछ सिपाही और छोटे सेना-नायक भी थे, साथ चल रहे रथों पर व्यापारिक सामान लदा हुआ था।

हस्तिनापुर के नगरवासियों का दल शिविर के मुख्य प्रवेश मार्ग पर आकर रूक गया। भीम, अर्जुन, नकुल, सहदेव, पांचाली और धौम्य पुरोहित ने आगे आकर पूछा-

"क्या हुआ तुम लोगों के साथ?"

"हमारे साथ तो कुछ नहीं हुआ है, किन्तु!" नगर सेठ ने आगे बढ़कर कहा।

"किन्तु क्या नगर सेठ?" भीम ने पूछा।

"राजकुमार सुयोधन, सुशासन तथा उनकी रानियों को गन्धर्व कुमार चित्रसेन ने बन्दी बना लिया है और उन्हें लेकर वे अपने देश वापस जा रहे हैं।"

"किन्तु राज कुमार सुयोधन यहाँ कर क्या रहे थे?" धौम्य ने पूछा।

"वे अपनी रानियों संग द्वैत सरोवर में जल-क्रीड़ा और वन विहार के उद्देश्य से आये थे किन्तु यहाँ इसी उद्देश्य से गन्धर्व कुमार चित्रसेन ने भी अपना डेरा पहले से ही डाल रखा था।"

"किन्तु साथ में आप लोग क्यों आये थे?"

"व्यापार करने के उद्देश्य से।"

"और कर्ण?"

युद्ध के दौरान महारथी 'कर्ण' का रथ ध्वस्त हो गया था फिर वे विकर्ण के रथ पर बैठकर रणभूमि से प्राण बचाकर भागने में सफल रहे।" एक अन्य व्यापारी ने कहा।

"युवराज सुयोधन और सुशासन ने भी युद्ध क्षेत्र से भागने का प्रयास किया किन्तु सफल नहीं हुए और बन्दी बना लिये गये, उनके साथ कुछ और राजकुमार और रानियाँ भी बन्दी हैं।"

"तो आप लोग इसकी सूचना लेकर यहाँ क्यों आये हैं? हस्तिनापुर के महाराज को इसकी सूचना शीघ्रता से जाकर दो।" भीम ने कहा।

"हम लोग आप से राजकुमार सुयोधन के लिए सहायता माँगने आये हैं।" नगर सेठ ने कहा।

"आप लोगों को यदि हमारी किसी भी प्रकार की सहायता की आवश्यकता हो तो कृपया कहें।" अर्जुन ने सहजता से कहा।

"हम लोग किसी प्रकार अपने प्राण और अपना व्यापारिक सामान बचाकर आपके पास आये हैं, कृपया सहायता करें।" एक अन्य व्यापारी ने कहा।

"आप लोग हमारे अतिथि हैं और हम आपकी हर प्रकार की सहायता करने को तैयार हैं, किन्तु जैसा कि आप सब जानते हैं हम लोग इस वन में अपने दण्ड को भोग रहे हैं, वनवासी हैं, कोई राजकीय कार्य नहीं कर सकते हैं, इसके लिए आप महाराज धृतराष्ट्र के पास जाइये।" भीम ने पुन: कहा।

युधिष्ठिर की साधना का प्रथम विश्राम हो गया था, शिविर के मुख्य प्रवेश द्वार पर कोलाहल सुनकर, साधना कर रहे अन्य ब्राहम्ण कुमारों के साथ मुख्य प्रवेश द्वार पर आ गये। नगर सेठ तथा अन्य नागरिकों ने युधिष्ठिर का अपने राजकुमार की तरह ही अभिवादन किया, नगर सेठ ने घटित हुआ सारा वृतान्त कह सुनाया।

युधिष्ठिर ने सोचा, "क्या गन्धर्व कुमार चित्रसेन को सुयोधन की योजना का ज्ञान था और वे हमारी सुरक्षा में आये थे किन्तु गन्धर्वों को सुयोधन की सूचना देने वाला कौन हो सकता है? काका विदुर, सुबाहु या फिर ऋषिवर वेदव्यास अथवा गन्धर्वों की अपनी गुप्तचर व्यवस्था, कुछ भी हो सुयोधन हमारा भाई है उसकी रक्षा करना इस समय हमारा पहला कर्तव्य है किन्तु सुयोधन के कृत्य तो ऐसे नहीं हैं कि उसकी सहायता की जाये परन्तु उसके साथ हमारे परिवार की स्त्रियाँ भी हैं, उन्होंने हमारा क्या नुक़्सान किया है, उनकी सहायता तो हमें करनी ही होगी। नहीं ऐसा नहीं हो सकता कि हम कुरू परिवार की स्त्रियों को मुक्त करा लें और राजकुमारों को छोड़ दें। सुयोधन के अन्यायपूर्ण कृत्यों से पीड़ित हमारे भाई क्या हमारे आदेश को सहजता और सरलता से स्वीकार कर गन्धर्व कुमार से युद्ध कर सुयोधन को मुक्त कराने में हमारी सहायता करेंगे? यदि वे न करते हैं तो भी उनको कोई दोष नहीं दे सकता हूँ किन्तु ऐसी स्थिति में मुझे अकेले ही सुयोधन को मुक्त कराने जाना होगा।"

"आप क्या सोच रहे है भईया?" अर्जुन ने अत्यंत सरलता से पूछा।

"मैं सोच रहा हूँ कि ऐसी परिस्थिति में हमारा कर्तव्य क्या होना चाहिए?"

"मैंने महाराज धृतराष्ट्र को इसकी सूचना देने के लिए नगर प्रमुख को कह दिया है।"

भीम ने इस प्रकार कहा जैसे उन्होंने सब समस्या का निराकरण कर दिया हो और करने हेतु अब कुछ शेष नहीं रहा है।

"किन्तु जब तक नगर से महाराज को इसकी सूचना मिलेगी, गन्धर्व कुमार अपने गन्धर्व लोक पहुँच चुके होंगे, फिर कुछ भी न हो सकेगा।" अर्जुन ने कहा।

"यहा सोचना हमारा काम नहीं है।" भीम ने पुनः बिना किसी भाव या उत्तेजना के कहा।

"किन्तु सुयोधन हमारा भाई है..." युधिष्ठिर कहना चाहते थे किन्तु भीम ने बात को बीच में काटकर कहना प्रारम्भ कर दिया, "कौन भाई? कैसा भाई? जिसने बचपन में हमें विष दिया, वार्णावर्त में हम सब को जलाकर मार डालने का प्रयास किया, जिसने छल से द्युत खेलने के लिए आपको आमन्त्रित किया और समस्त राज-पाठ ले लिया, जिसने पांचाली का अपमान किया है और अभी-अभी हम सबको अपमानित करने अपना वैभव और ऐश्वर्य दिखाने यहाँ वन में आया था।" भीम का स्वर काफ़ी तेज़ था।

"भीम हमें अपने उत्तरदायित्वों के निर्वहन के विषय में सोचना चाहिए, किसी और के नहीं।" युधिष्ठिर ने स्नेह से भीम के कँधे पर हाथ रखते हुए कहा।

"आपका क्या मत है भईया?" अर्जुन ने सरलता से पूछा।

"मैं तुम लोगों की सहमति से कोई निर्णय करना चाहता हूँ।"

"हम आपके आदेश को स्वीकार करने हेतु सहमत हैं।" भीम ने कहा।

"गन्धर्व कुमार चित्रसेन, अर्जुन का मित्र है और मैं चाहता हूँ कि तुम सब जाकर चित्रसेन से आग्रह करो कि वह सभी बन्दियों को छोड़ दें।"

"किन्तु यदि चित्रसेन हमारे आग्रह को अस्वीकार कर दें तो?" भीम ने पूछा।

"तो फिर तुम्हें उससे युद्ध करना होगा।"

"चित्रसेन युद्ध-बन्दियों को लेकर अभी बहुत दूर नहीं गया होगा।" अर्जुन ने भीम की ओर देखते हुए कहा।

हस्तिनापुर के नगर सेठ के साथ आये हुए अश्वारोहियों की ओर भीम ने देखा। अश्वारोहियों ने अपने अश्व उन्हें अपने राजकुमार को मुक्त कराने हेतु दे दिये। भीम, अर्जुन, नकुल और सहदेव ने अपने-अपने अश्व चुनकर तत्काल जिस दिशा की ओर चित्रसेन गया था उसी ओर अपने अश्व दौड़ा दिये।

चित्रसेन के रथ अधिक दूर नहीं गये थे, केवल पांच-छ: घड़ी की दौड़ के बाद उन्हें चित्रसेन का दल दिख गया। चित्रसेन को पीछे वाले दल ने शीघ्रता से इसकी सूचना दे दी थी कि उनके पीछे पाण्डव उनका पीछा करते हुए आ रहे हैं, सूचना मिलते ही चित्रसेन ने अपने दल को ठहरने का संकेत कर दिया। चित्रसेन के पीछे वाले दलों ने चारों अश्वों को आगे जाने के लिए सम्मानपूर्वक रास्ता दे दिया था। भीम, अर्जुन, नकुल और सहदेव चित्रसेन के दल को धीरे-धीरे पार करते आगे बढ़ रहे थे तभी मध्य में उन्होंने सुयोधन, सुशासन, कुछ और भाई जिनको बन्दी बनाकर चार रथों पर रखा था तथा उनकी पत्नियों को भी देखा जो उन्हीं के सामने चार रथों पर बन्दी थीं। उन्हें देखकर सुशासन ने अपने हाथ उठाकर कुछ कहने की कोशिश की किन्तु उस ओर चारों पाण्डवों ने कोई ध्यान नहीं दिया। चलते-चलते उन्होंने सुयोधन की आवाज़ सुनी "बचाओ! हमें बचाओ!" उनकी पत्नियाँ अपने अश्रुपूरित नेत्रों से चारों पाण्डवों की ओर देख रही थीं जो वनवासी के भेष में अपने-अपने अश्वों पर उन्हें पार करते हुए धीरे-धीरे उस ओर बढ़ रहे थे, जिस ओर उनको बन्दी बनाने वाला चित्रसेन खड़ा मुस्कुरा रहा था। चारों पाण्डवों के चेहरे पर कोई

भाव नहीं थे, न हर्ष, न विषाद और न दुख, न पीड़ा। एक तेज और विश्वास अवश्य था जिसे देखकर ही सुयोधन ने पुकारा था "बचाओ!"

चित्रसेन ने राज्य की परम्परानुसार पाण्डवों का स्वागत किया, पाण्डव कुमारों ने यथा अनुरूप गन्धर्व कुमार का अभिवादन किया और थोड़ा अलग हटकर एकान्त में एक पेड़ की छाया में आकर बैठ गये।

"हम आपके पास महाराजा युधिष्ठिर का संदेश लेकर आये हैं मित्र।" अर्जुन ने कहा।

"क्या?"

"महाराजा युधिष्ठिर चाहते हैं कि आप उनके भाइयों को तत्काल मुक्त कर दें।"

"किन्तु यह तो हमारी गन्धर्व परम्परा और नीति के विरूद्ध है मित्र॥"

"आप अपनी और परम्परा-नीति का त्याग कर सकते हैं किन्तु महाराज युधिष्ठिर अपने भाइयों का नहीं।" अर्जुन ने कहा।

"तुम कहो तो तुम्हारा राज्य अभी वापस करवा सकता हूँ।"

"किस प्रकार?" नकुल ने पूछा।

"सुयोधन से मोल-भाव करके।"

"समझे नहीं।" सहदेव ने उत्सुक होते हुए कहा।

"बहुत सरल है कुमार, हम उनको बन्धन मुक्त कर देंगे और वे बदले में आपको आपका राज्य वापस करेंगे बिना किसी युद्ध के और रक्तपात के।"

"किन्तु महाराजा युधिष्ठिर अपने द्वारा स्वीकार किये गये दण्ड की अवधि समाप्त होने से पहले अपना राज्य भी स्वीकार करने हेतु तैयार नहीं होंगे।" भीम जो काफ़ी देर से शान्त था, ने कहा।

"तो फिर हम इन सब युद्ध-बन्दियों को अपने देश लेकर जायेंगे और इन्होंने हमारी सेना का जो नुक़्सान किया है उसकी क्षति पूर्ति के अलावा दण्ड राशि भी वसूल करने के पश्चात बन्धन मुक्त करेंगे।"

"किन्तु क्या आप महाराजा युधिष्ठिर का विनम्र आग्रह भी स्वीकार नहीं करेंगे?" अर्जुन ने पुन: कहा।

"हम अपनी गन्धर्व नीति और परम्परा के विरूद्ध कुछ भी नहीं कर सकते हैं।

इन्होंने हमें क्षति पहुँचाई है और अब हमको इनसे कर वसूलने का पूरा अधिकार है, इसके बिना हम इन्हें मुक्त नहीं कर सकते हैं।"

"फिर आप हमारे आधे राज्य के बदले इन्हें कैसे मुक्त कर सकते हैं?" सहदेव ने उत्सुकतावश पूछा।

"तुम्हारा आधा राज्य भी मैं इनसे कर के रूप में ही लूँगा, फिर इन्हें मुक्त कर वह राज्य सस्नेह मैं आप लोगों को वापस कर दूँगा। तुम कहो तो मैं अपना राज्य तुम्हें दे सकता हूँ किन्तु बिना कर और क्षति पूर्ति प्राप्त किये इन्हें मुक्त नहीं कर सकता हूँ।"

"मित्र इस समय तो हम सब वनवासी-सा जीवन व्यतीत कर रहे हैं और आपको देने के लिए हमारे पास कोई धन या सम्पत्ति नहीं है।" अर्जुन ने थोड़ा व्यथित होते हुए कहा।

"...और हम इतनी बड़ी राशि न तो हस्तिनापुर से माँग सकते हैं और न ही किसी अन्य राज्य से।" सहदेव ने अर्जुन के वाक्य को पूरा करते हुए कहा।

"अपने वनवास काल में हस्तिनापुर के याचक नहीं बन सकते हैं और न ही किसी अन्य राज्य से कुछ माँगना उचित होगा।" नकुल ने गंभीर होते हुए कहा।

"मित्र! " भीम ने खड़े होकर अपना दाहिना हाथ सूर्य की ओर उठाते हुए कहा, "मैं पाण्डु-पुत्र भीम, गन्धर्व कुमार चित्रसेन को सूर्य की सौगंन्ध लेकर वचन देता हूँ कि जैसे ही हम अपना राज्य अधिकार पूर्ण ढंग से प्राप्त करेंगे, आपका सम्पूर्ण कर, क्षतिपूर्ति ब्याज सहित चुकता कर देंगे किन्तु इस समय आप सुयोधन को मुक्त कर दें।"

चित्रसेन ने खड़े होकर भीम को अपने गले लगा लिया, भीम ने भी चित्रसेन को अपने भुजाओं में समेट लिया कुछ देर दोनों यूँ ही खड़े रहे, अर्जुन, नकुल और सहदेव भी खड़े हो गये।

चित्रसेन की सेना अपने बीच से होकर चारों अश्वों को वापस जाने के लिए मार्ग देकर अभिवादन की मुद्रा में खड़ी हो गयी थी। चारों पाण्डव कुमार अपने-अपने अश्वों को लेकर धीरे-धीरे वापस उसी रास्ते पर चलने लगे जिस पर होकर आये थे। मध्य में पहुँचकर भीम ने देखा कि युद्ध-बंदियों के बन्धन खोले जा रहे हैं और सभी ने अपने-अपने अश्वों की गति बढ़ा दी।

अध्याय दस

सरोवर से स्नान करने के बाद द्रौपदी वापस लौटी, उसे देखकर भीम हतप्रभ हो गया। आज विशेष रूप से उसने अपनी उत्तरीय को कसकर बाँध लिया था, उत्तरीय से शरीर को अच्छी तरह ढँक कर कटि में इस प्रकार बाँधा था जैसे वह किसी पर हमला करने के लिए तैयार हो। अतिरिक्त साड़ी को कटि में अच्छी तरह लपेटकर उसके एक सिरे को चुनकर दोनों पैरों के बीच से निकालकर पीछे की ओर इस प्रकार बाँधा गया था कि यदि उसे किसी भी कारण से छलाँग मारकर भी आक्रमण करना पड़े तो कोई भी असुविधा न हो।

''काम्यक वन में हम अब पाँच नहीं छः योद्धा हैं।'' पांचाली ने कहा। मुस्कुराती हुई पांचाली भीम के और निकट आ गयी थी।

''मैंने निश्चय किया है कि अब से कुटी की सुरक्षा का उत्तरदायित्व मेरा होगा, आप सब अपनी अस्त्रों की प्रयोगशाला में जा सकते हैं।''

''किन्तु हम तो प्रतिदिन आवागमन ही हैं।''

''आप में से कोई एक तो यहाँ कुटी और मेरी सुरक्षा हेतु रुकता ही है किन्तु अब इसकी आवश्यकता नहीं होगी।''

भीम को मालूम था कि पांचाली का पालन-पोषण एक राजकुमार की तरह ही किया गया है। उसे सभी तरह के अस्त्रों के संचालन का ज्ञान है तथा वह सभी तरह के मल्ल युद्ध में भी पारंगत है और कुटी की सुरक्षा करने में हर प्रकार से सक्षम है किन्तु वह बिना सबकी सहमति और अनुमति के पांचाली को शिविर में अकेले छोड़ने का कोई अन्तिम निर्णय नहीं ले सकता था। इस कारण उसने पांचाली से कहा, ''आज तो तुम्हारी और कुटी की सुरक्षा के लिए मुझे रुकना ही है किन्तु संध्या को आपस में मंत्रणा करने के पश्चात इस विषय में आवश्यक निर्णय लिया जायेगा।''

द्वैत वन में एक वर्ष रहने के पश्चात पाण्डव पुनः काम्यक वन में लौट आये थे और सरोवर के तट पर पुनः उसी प्रकार की सभी व्यवस्थाएँ कर ली थीं जैसे पूर्व में थीं किन्तु उनकी दैनिक क्रियाओं में अब परिवर्तन हो चुका था। उनकी शस्त्र प्रयोगशाला में अनुसंधान कार्य पूर्ण हो चुका था और अब उसे अन्तिम रूप से जाँच-परखकर उनका निर्माण करना था, जिस कारण पाण्डवों को प्रतिदिन

अनिवार्य रूप से प्रयोगशाला में जाना होता था किन्तु पांचाली और कुटी की सुरक्षा को प्रथम वरीयता देते हुए किसी न किसी को प्रतिदिन रुकना पड़ता था और इस कारण अस्त्रों के निर्माण और उत्पादन में व्यवधान और विलम्ब हो जाता था। अपने पतियों के इसी समस्या का निराकरण करने हेतु पांचाली ने योद्धा का रूप धारण कर लिया था और स्वयं को कुटी की सुरक्षा के उत्तरदायित्व का वरण करने हेतु तैयार कर लिया था।

"सान्धयकालीन मंत्रणा के समय भीम ने पांचाली के निर्णय से सभी को अवगत कराते हुए कहा, "हम पांचाली के विचार से सहमत हैं, फिर भी सुरक्षा की दृष्टि से लम्बे समय के लिए पांचाली को अकेला नहीं छोड़ सकते हैं।"

गहन और उपयुक्त विचार विमर्श के बाद निर्णय लिया गया कि अति आवश्यक कार्यवश अल्प समय के लिए कुटी की सुरक्षा व्यवस्था का उत्तरदायित्व पांचाली पर छोड़ा जा सकता है जब कि पांचाली इस बात से सहमत नहीं थी, उसे स्वयं पर पूर्ण विश्वास था फिर भी अन्तिम रूप से यही तय किया गया कि अति आवश्यकता के समय ही पांचाली कुटी की सुरक्षा व्यवस्था सँभालेगी।

◉◉◉

काम्यक वन में रात्रि विश्राम के बाद आने वाली यात्रा के लिए सभी रथ तैयार हो चुके थे, घुड़सवार सेना पहले से ही पूरी तरह आगे बढ़ने के लिए तैयार थी और पैदल-सेना अश्वारोहियों के पीछे चलने के लिए तैयार हो रही थी। "बात शाल्व नरेश की पुत्री से आपके विवाह की न होती तो यह स्थान वन विहार के लिए अत्यंत मनोरम है।" कोटिकास्य ने अपने मित्र जयद्रथ के निकट आते हुए कहा।

सिन्धु नरेश जयद्रथ, मर्तिकावर्त के राजा शाल्व की पुत्री से विवाह के उद्देश्य से अपने मित्र कोटिकास्य तथा सौवीर देश के बारह राजकुमारों और अश्वारोहियों का एक दल और पैदल-सेना लेकर जा रहा था। रात्रि विश्राम के उद्देश्य से काम्यक वन के इस निर्जन किन्तु अत्यंत मनोरम स्थल पर रुक गया था। आगे की यात्रा के लिए उनका दल अब आगे बढ़ने के लिए तैयार था। सामान्यत: राजा और राजकुमार सुरक्षा की दृष्टि से मध्य में रहते थे किन्तु निर्जन स्थान होने के कारण जयद्रथ तथा कोटिकास्य अपने दल के सबसे आगे-आगे चल रहे थे। अभी दो योजन की यात्रा ही पूरी हुई होगी, दिन का दूसरा पहर हो चुका था, हिरन का एक दल उनके रथ के सामने से, दाहिने से, बायें तेज़ी से दौड़ते हुए निकल रहा था कि एक तीर सामने से आकर एक हिरन के गले में बिंध गया। बिना किसी ध्वनि के हिरन उनके रथ

के सामने ढेर हो गया था। जयद्रथ ने अपने दल को रुकने का सकेत दिया, ‘‘इस निर्जन वन में इतना कुशल शिकारी! आप ने देखा मित्र हिरन ने कोई शोर तक नहीं किया।’’

‘‘इतना धातक और तीव्र वार तो मैं भी नहीं कर सकता था।’’ कोटिकास्य ने कहा।

‘‘अभी तक शिकारी दिखाई नहीं दिया है। इसका अर्थ है तीर काफ़ी दूरी से चलाया गया है। कौन हो सकता है?’’

जयद्रथ ने मन ही मन सोचा, ‘‘क्या यहाँ शिकारियों का कोई दल तो नहीं है? नहीं इस निर्जन वन में किसी दल या समूह के होने की संभावना तो नहीं है। कोई अकेला आखेटक होगा।’’ जयद्रथ के मन में यह द्वन्द चल रहा था तभी सामने एक स्त्री दिखाई दी जिसके हाथ में धनुष और तीर था।

‘‘कोटिकास्य इस निर्जन वन में इतनी सुन्दर स्त्री आखेट करती हुई, आश्चर्यजनक है।’’ जयद्रथ ने अपने मित्र की ओर देखकर कहा।

‘‘मैं तो काल्पना भी नहीं कर पा रहा हूँ मित्र।’’

‘‘अदभुत, आश्चर्यजनक, अकल्पनीय! ’’ जयद्रथ ने कहा।

‘‘मित्र इतनी सुन्दर स्त्री यदि पहले मिल जाये तो हमें शाल्वों के देश जाने की आवश्यकता नहीं है।

‘‘हमने किसी स्त्री को देखा है यह हमारा भ्रम तो नहीं है?’’

‘‘नहीं! क्योंकि वह हमें देखकर वापस लौट गयी। अवश्य ही यहीं कुटी बनाकर रहती होगी।’’

‘‘अकेली नहीं रहती होगी मित्र।’’

‘‘कोटिकास्य आप एक और सेनानायक साथ लेकर जायें और इसके बारे में पता करें, मुझसे विवाह के लिए कहें यदि वह सीधी तरह तैयार नहीं होती है तो मैं उसे शक्ति से हरण कर लूँगा।’’ जयद्रथ ने आग्रह करते हुए कहा।

‘‘ठीक है मित्र।’’

अपने रथ पर बैठकर कोटिकास्य और सेनानायक धीरे-धीरे आगे बढ़े तो थोड़ा दूर जाकर जहाँ दाहिने ओर की झाड़ियाँ समाप्त होती थीं उसके आगे एक खुला और सुन्दर स्थान था, यहाँ पर कुछ कुटियाँ बनी हुई थीं। कोटिकास्य ने अनुमान लगाया कि इन्हीं कुटियों में से किसी एक में वह स्त्री रहती होगी, बाक़ी

कुटियों में उसके परिवार के लोग साथ रहते होंगे। वहाँ पूरी तरह शान्ति थी, कोई दिखाई नहीं दे रहा था। मुख्य मार्ग के दाहिने ओर एक प्रवेश द्वार बनाया गया था, जिससे प्रवेश करने के बाद तनिक और चलने पर कुटियाँ बनी हुई थीं। कोटिकास्य मुख्य प्रवेश द्वार पर रथ रोककर पैदल ही मुख्य कुटी, जो अन्य कुटियों से काफ़ी बड़ी दिखाई दे रही थी कि ओर धीरे-धीरे बढ़ने लगा किन्तु उसे किसी के होने का कोई चिन्ह या कोई शोर सुनाई नहीं दे रहा था। वह यहीं है या डरकर जंगल में कहीं भाग तो नहीं गयी होगी। उसकी शक्ति और सुन्दरता से प्रभावित तो वह भी था और पुन: एक बार निकट से देखने की अभिलाषा भी रखता था।

मुख्य कुटी के द्वार पर पहुँचकर कोटिकास्य और सेनानायक रुककर इधर-उधर देखने लगे तभी कुटी से बाहर निकलते हुए द्रौपदी ने कहा-

"कोटिकास्य, आपके मित्र कहाँ हैं उन्हें भी बुला लीजिए।"

इस निर्जन वन में मुझे पहचानने वाली स्त्री कौन हो सकती है?" मैंने तो कभी देखा नहीं। एक बार पुन: कोटिकास्य ने अपनी आँखें उठाकर द्रौपदी को देखने का प्रयास किया किन्तु कुछ भी याद नहीं आया। यह वनवासी और आखेटक तो हो ही नहीं सकती। शब्दों और बोलने की शैली में विनम्रता और मिठास, स्वयं को विचारों से बाहर निकलते हुए कोटिकास्य ने पूछा-

"आप मुझे कैसे जानती हैं?"

"आप 'सिंधू' नरेश 'राजा सुरथ' के पुत्र कोटिकास्य हैं और ये आपके मित्र सिन्धु नरेश जयद्रथ हैं। मैं दूर से ही पहचान कर वापस लौट आयी थी।"

"आप भी अपना परिचय देने की कृपा करें।"

"आप पाण्डवों का अतिथ्य स्वीकार करें। पाण्डव आखेट पर गये हैं इस कारण आपको कुटी के अन्दर बैठने हेतु नहीं कह सकती। कृपया यहीं वृक्ष के नीचे छाँव में थोड़ा विश्राम करें, मैं आपको जल देती हूँ और आपके लिए भोजन का प्रबन्ध करती हूँ किन्तु आप पहले अपने मित्र को बुला लें।"

जयद्रथ और कोटिकास्य कुटी के समीप पहुँचते इसके पहले द्रौपदी शीतल जल एक घाट में लेकर उसके पास पहुँच गयी थी। कोटिकास्य ने द्रौपदी के हाथ से जल ले लिया किन्तु जयद्रथ ने द्रौपदी की बाँह पकड़ ली जिसे उसने अपनी पूरी शक्ति से झटक दिया, जयद्रथ के हाथ से बाँह छूट गयी।

द्रौपदी तनिक दूर हटकर खड़ी हो गयी और रूष्ट होते हुए कहा-

“आप पाण्डवों की बहन दुस्सला के पति हैं इस कारण आप मेरे भाई हुए, मेरी रक्षा करने के स्थान पर आप मेरी बाँह पकड़ कर खींच रहें हैं?” '

“पांचाली, पाण्डवों के पास अब क्या रखा है?” जयद्रथ का रुख़ उपेक्षापूर्ण हो गया था, “मेरे साथ चलो, मेरा राजमहल तुम्हारी प्रतीक्षा कर रहा है।”

“आपको संबंधों का कोई मान-सम्मान है कि नही?”

“संबंधों का मान-सम्मान छोड़ो पांचाली, तुम्हारे पति अब कंगला हो चुके हैं। वे अत्यंत दीन-हीन और विपन्न हैं, तुम्हारे जैसी अप्सरा अब उनके योग्य नहीं रही।”

“आपको मेरे पतियों का अपमान करने का कोई अधिकार नहीं है।”

“मैं तो केवल तुम्हारे पतियों के सच का आंकलन कर रहा हूँ।”

“मेरे पतियों का आंकलन करने की अनुमति किसने दी?”

“मैं सिंधू देश का राजा हूँ मुझे किसी के अनुमति की आवश्यकता नहीं है।”

“आप मेरे पतियों को नहीं जानते हैं, वे अब भी महारथी हैं।”

“जानता हूँ पांचाली, द्युत सभा में उन्हें लाचार और विवश होते हुए देख चुका हूँ।”

“उस समय वे अपने पिता धृतराष्ट्र के आदेश का अनुपालन कर रहे थे और हम वनवास के दण्ड का भोग भी उन्हीं के आदेश से कर रहे हैं।”

“मुझे पाण्डवों के भोग-विलास या दण्ड के भोग में कोई रूचि नहीं है। तुम बताओ मेरे साथ स्वेच्छा से चलोगी हरण करके ले जायें?”

“मैं अपने पतियों को छोड़कर किसी और के विषय में सोच भी नहीं सकती और यदि तुमने मेरे साथ कुछ भी किया तो मेरे पति तुम्हें छोड़ेंगे नहीं।”

जयद्रथ ने आगे बढ़कर पुन: द्रौपदी को पकड़ने का प्रयास किया किन्तु इस बार द्रौपदी तैयार थी। वह तेज़ी से अपने दाहिने तरफ़ हट गयी। जयद्रथ अपने वेग से सामने कुटी के दीवार से टकराकर नीचे गिर गया। शोर सुनकर धौम्य, पुरोहित और दासियाँ भी आ गयी थीं। जयद्रथ अपने आसपास और लोगों को देखकर थोड़ा भयभीत हो गया। द्रौपदी पर किया गया उसका वार बेकार हो चुका था। उसने कोटिकास्य की ओर देखकर अपने और सेनानायक को बुलाने का आदेश दिया। कोटिकास्य ने अपने साथी सेनानायक को आदेश किया। अपने मित्र की सहायता हेतु आगे बढ़ने लगा। कोटिकास्य को आगे बढ़ता देखकर पांचाली ने उस पर छलाँग लगा दी। इस वार के लिए कोटिकास्य तैयार नहीं था और इस वार से

वह लड़खड़ाकर जमीन पर गिर गया। जयद्रथ अपने मित्र का यह हाल देखकर क्रोध और डर से काँपने लगा तथा पांचाली की ओर छलाँग लगा दी किन्तु पांचाली पुन: सजग थी, वह फिर थोड़ा बायीं ओर हट गयी जयद्रथ किसी कटे पेड़ की तरह धड़ाम से भूमि पर गिर गया। कोटिकास्य को अपनी ओर बढ़ते देखकर अपने कटि में लगे हुए चाकू को निकालकर जयद्रथ के गले पर रख दिया।

"कोटिकास्य! एक पग भी आगे बढ़ने का प्रयास किया तो तुम्हारे मित्र एक भी और साँस लेने के लिए जीवित नहीं रहेंगे।"

कोटिकास्य अपने स्थान पर रुक गया किन्तु कुटी को चारों ओर से जयद्रथ के सेनानायकों ने घेर लिया और एक सेनानायक ने पीछे से द्रौपदी के सिर पर एक तीव्र प्रहार कर दिया, इस प्रहार से द्रौपदी लड़खड़ाकर गिर गयी जयद्रथ उसके हाथ को पकड़कर खींचते हुए कुटी के मुख्य प्रवेश द्वार तक लेकर आया और अपने रथ पर पीछे बाँध दिया।

सभी रथ वापस अपने मार्ग पर तेज़ी से बढ़ने लगे। धौम्य पुरोहित ने दासियों से कहा कि पाण्डवों को आने पर उन्हें पूरा वृतान्त सुनायें और वह पैदल-सेना के पीछे जा रहें हैं रास्ते में कोई न कोई पहचान छोड़ते हुए वह जायेंगे जिसमें पाण्डवों को अनुसरण करने में सुगमता रहे।

⊙⊙⊙

अपनी कुटी के पास पहुँचतेते ही पाण्डवों को किसी अनहोनी के घटित होने की आशंका हो गयी। अभी अपने शिविर के प्रांगण में पहुँचे ही थे कि दासी ने सारा वृतान्त कह सुनाया।

"किस ओर गये हैं?"

"पश्चिम की ओर! धौम्य पुरोहित भी पैदल-सेना के पीछे-पीछे गये हैं। उन्होंने कहा है कि मार्ग में वे कोई न कोई चिन्ह छोड़ते हुए जायेंगे जिससे आप लोगों को मार्ग की जानकारी होती रहे।" दासी ने विस्तार से बता दिया।

"कितना समय हो गया दासी?" नकुल ने पूछा।

"पैदल-सेना अभी एक योजन भी नहीं गयी होगी।" दासी ने अनुमान लगाते हुए कहा।

दासी का अनुमान सही था। एक योजन से भी कम दूरी पर उन्हें धौम्य पुरोहित जो पैदल-सेना के पीछे-पीछे भाग रहे थे, दिख गये।

“जयद्रथ के रथ कितनी दूर होंगे पुरोहित जी?” अर्जुन ने पूछा।

“जंगल का मार्ग संकरा होने के कारण रथ तीव्र गति से नहीं चल पा रहे हैं, ऐसी स्थिति में आसपास की झाड़ियों को काटकर मार्ग बनाया जा रहा है। मेरे अनुमान से यह पैदल सेना, घुड़सवार सेना और रथ बस थोड़ा ही आगे-पीछे हैं।”

जयद्रथ की पैदल सेना ने पाण्डवों का रास्ता रोक लिया था किन्तु पाण्डव पैदल-सेना के साथ युद्ध करके अपना समय नष्ट करना नहीं चाह रहे थे और पैदल सैनिकों का कोई दोष भी नहीं था।

“तुम लोग हमारे मार्ग से हट जाओ, मेरी तुमसे कोई शत्रुता नहीं है।” भीम ने पैदल सेनानायक को सम्बोधित करते हुए कहा।

“हमारे जीवित रहते आप आगे नहीं बढ़ सकते हैं।” सेनानायक ने आगे बढ़कर कहा।

सेनानायक के आदेश से सैनिकों ने अपने-अपने अस्त्र निकाल लिये थे। युधिष्ठिर ने धौम्य पुरोहित से एक ओर हटने का आग्रह किया और जयद्रथ की पैदल सेना पर पाँचों पाण्डव दावानल बनकर टूट पड़े। केवल दो घड़ी के युद्ध के बाद जयद्रथ के सभी सेनानायक तथा सैकड़ों सैनिक मारे जा चुके थे शेष बची सेना जंगल में इधर-उधर भाग गयी थी।

जयद्रथ के रथ और घुड़सवार सेना अधिक दूर नहीं गयी थी। तीन-चार घड़ी की दौड़ के बाद पाण्डवों ने जयद्रथ की सेना को देख लिया था। रथ आगे थे और सुरक्षा की दृष्टि से अश्व सैनिकों को पीछे रखा गया था क्योंकि अनुमान के अनुसार आक्रमण पीछे से होने की संभावना अधिक थी। सैनिकों पर पीछे से वार करना उचित नहीं था, इस कारण से अर्जुन ने सैनिकों को ललकारा, पीछे के अश्वारोहियों ने भी अपने अश्वों को रोक कर पीछे मुड़ने का संकेत किया। कुछ अश्वारोही पीछे मुड़ भी गये किन्तु अभी वे अपने अस्त्र ठीक से सँभाल भी नहीं पाये थे कि अर्जुन ने बाणों से सभी को धराशायी कर दिया। भीम, युधिष्ठिर, नकुल और सहदेव ने भी जयद्रथ की अश्व-सेना को ललकारकर युद्ध प्रारम्भ कर दिया। अपनी अश्व-सेना को पीछे हटता देखकर कोटिकास्य ने आगे बढ़कर युद्ध के लिए अर्जुन को ललकारा।

“मेरे सामने आओ अर्जुन!” और कहते हुए अपना बाण अर्जुन पर चला दिया किन्तु अर्जुन ने तेज़ी से दाहिनी ओर हटकर स्वयं को सुरक्षित किया और अपने एक बाण से कोटिकास्य को चिन्हित कर छोड़ दिया। अर्जुन का बाण इतनी तीव्र गति से कोटिकास्य तक पहुँचा कि वह कुछ भी समझ पाता इससे पहले बाण

उसके गले के बीचों-बीच धस गया था। उसके मुँह से कोई चीख़ भी न निकल सकी और वह वहीं धराशायी हो गया। कोटिकास्य को धराशायी होते देखकर सौवीर के बारह राजकुमार तथा अन्य सेना नायक युद्ध के लिए अपने-अपने रथों पर पीछे मुड़े किन्तु अर्जुन और भीम के सामने उनकी एक न चली। नकुल और सहदेव और युधिष्ठिर के सामूहिक युद्ध से अश्वारोही सेना के पाँव उखड़ने लगे थे। अश्वारोही सेनानायक या तो मारे जा चुके थे या वन में कहीं प्राण बचाकर भाग गये थे। थोड़ी ही देर में जयद्रथ की अश्व-सेना ने भी मैदान छोड़ दिया, अपनी सेना को परास्त होता हुआ देखकर जयद्रथ ने सोचा कि वह यदि द्रौपदी को लेकर भागता है तो पाण्डव उसका सिन्धु देश तक पीछा करेंगे। जयद्रथ के सभी महारथी मारे जा चुके थे अथवा घायल होकर मरने की प्रतीक्षा कर रहे थे। जयद्रथ ने द्रौपदी को अपने रथ में बँधा हुआ ही छोड़कर जंगल में भाग निकला। द्रौपदी को सँभालने के लिए युधिष्ठिर और सहदेव रुक कर द्रौपदी के बँधन खोलने लगे। नकुल सामने तथा अगल-बग़ल से होने वाले एक दो छोटे-छोटे आक्रमणों को असफल करने के लिए अपने अस्त्र लेकर सजग खड़ा हो गया था। एक-दो छोटे आक्रमण हुए भी तो नकुल ने बड़ी सहजता से उन्हें असफल कर दिया।

द्रौपदी के बँधन खुल चुके थे, वह बिल्कुल भी भयभीत नहीं थीं। एक विश्वास अपने पतियों के प्रति उनमें था जो कि उसके चेहरे से स्पष्ट दिख रहा था।

"द्रौपदी तुम ठीक तो हो?" सहदेव ने कहा।

नकुल अब भी होने वाली किसी संभावित आक्रमण को विफल करने हेतु सजग खड़ा था।

"मैं ठीक हूँ।"

द्रौपदी ने अपने चारों ओर देखने की कोशिश की।

"अर्जुन और भीम जयद्रथ के पीछे गये हैं। वह मैदान छोड़कर भाग चुका है।" युधिष्ठिर ने द्रौपदी के चारों ओर देखने का मन्तव्य समझते हुए कहा।

वन के वातावरण में चारों ओर से हताहत सैनिकों के कराहों की ध्वनियाँ धीरे-धीरे कम हो रही थीं।

"अधिक देर तक यहाँ हमारा रुकना उचित नहीं है। इन रथों को लेकर अपनी कुटी की ओर चलते हैं॥ मुझे विश्वास है शीघ्र ही अर्जुन और भीम जयद्रथ का वध कर वापस कुटी में आ जायेंगे।" द्रौपदी ने कहा, नकुल और सहदेव ने द्रौपदी की

बात से सहमति व्यक्त की किन्तु युधिष्ठिर का मन कुछ सोचने लगा।

जयद्रथ हमारी बहन दुस्सला का पति है, यदि इसका वध हो गया तो मेरी बहन विधवा हो जायेगी किन्तु अब हो भी क्या सकता है। भीम और अर्जुन को कोई आदेश दिया ही नहीं गया है, यह उनके विवेक पर निर्भर करता है।'' युधिष्ठिर के मुँह से धीरे से निकल गया।

''क्या किसके विवेक पर निर्भर पर करता है?'' नकुल ने युधिष्ठिर को थोड़ा व्याकुल देख कर पूछा।

''कुछ नहीं।''

आप सोच रहे हैं कि यदि अर्जुन और भीम ने जयद्रथ का वध कर दिया तो उनकी प्रिय बहन विधवा हो जायेगी'' द्रौपदी ने व्यंग करते हुए कहा और थोड़ा मुस्कुरा दी। द्रौपदी को मुस्कुराता देखकर नकुल और सहदेव भी अपने आपको नहीं रोक पाये किन्तु युधिष्ठिर अब भी किसी सोच में थे, पूरी तरह शान्त और स्थिर।

वे वापस कुटी की ओर रथों पर बैठकर चलने लगे थे।

भीम और अर्जुन ने अपने शिविर के मध्य में बनी मुख्य कुटी में प्रवेश किया जहाँ युधिष्ठिर, नकुल, सहदेव, पांचाली तथा धौम्य पुरोहित पहले से बैठे हुए थे।

''क्या दुष्ट जयद्रथ भाग गया?'' द्रौपदी ने भीम की ओर और अर्जुन को देखकर डरते हुए पूछा।

''तुमने उसका वध तो नहीं कर दिया है?'' युधिष्ठिर ने चिन्तित होते हुए पूछा।

''नहीं! '' भीम के मुख से निकला।

''क्या नहीं?'' उसका वध कर दिया है या वह भाग गया?'' नकुल ने आश्चर्यचकित होते हुए कहा।

''न तो उसका वध किया गया है और न ही वह भाग सका है।''

''तो फिर वह है कहाँ?'' सहदेव ने पूछा।

''यहीं शिविर के प्रांगण में।'' अर्जुन ने कहा।

''किन्तु वहाँ से तो भाग सकता है।'' नकुल ने पुन: संदेह व्यक्त करते हुए कहा।

''भीम भईया ने उसे भागने की अवस्था छोड़ा ही कहाँ है।'' अर्जुन ने स्थिति

को स्पष्ट करते हुए कहा।

"मैं तो वही उसका वध करना चाहता था किन्तु अर्जुन ने कहा कि यह हमारी बहन दुस्सला का पति है और इस पर अन्तिम निर्णय बड़े भईया करेंगे।"

युधिष्ठिर के आदेशानुसार जयद्रथ को मुक्त कर दिया गया था। जयद्रथ आत्मग्लानि और आत्मपीड़ा से अत्यंत व्यथित हो गया, वह जीवित रहना नहीं चाहता था। उसका अंहकार उसके आत्मसम्मान को बार-बार गहरी चोट पहुँचा रहा था किन्तु वह पूरी तरह विवश और असहाय था। युद्ध में पराजित हो जाने से अब वह व्यथित नहीं भी हो सकता था किन्तु युधिष्ठिर द्वारा सम्मान से मुक्त किये जाने के कारण वह अधिक पीड़ित था।

अध्याय ग्यारह

"दण्ड के विधान के अनुसार अज्ञातवास के काल में हम वन क्षेत्र में रह नहीं सकते क्योंकि बारह वर्ष पूर्ण होने के साथ हमारा वनवास समाप्त हो जायेगा। हमें किसी नगर का ही चुनाव करना होगा। हमें किसी नगर में हमारे पहचाने जाने की संभावना भी अधिक है और सुयोधन के गुप्तचर, वे तो वनवास काल में भी हमारा पीछा नहीं छोड़ रहे हैं। नगर क्षेत्र में पांचाली को उसकी सुन्दरता के कारण, भीम को उसका बलिष्ट शरीर होने के कारण और अर्जुन का उसके बायें हाथ का होने के कारण नगर में पहचाने जाने की संभावना अधिक है। किसी भी कारण से नगर के एक साधारण नागरिक को भी यदि हम में से किसी एक पर सन्देह हो गया तो बात राज-कर्मचारियों से होकर राजमहल तक पहुँचेगी और राजमहल से गुप्तचरों तक फिर अन्तिम रूप से सुयोधन तक। यदि हमारी कोई भी सूचना सुयोधन तक पहुँचती है तो फिर हमें दण्ड के विधान के अनुसार बारह वर्ष का वनवास और बारह माह का अज्ञातवास पुन: व्यतीत करना होगा। अभी अज्ञातवास का समय प्रारम्भ होने में एक माह से कुछ अधिक का समय शेष है, हमारे चारों ओर सुयोधन ने अपने गुप्तचर बढ़ा दिये होंगे और जैसे-जैसे समय पास आता जायेगा, वह अपनी गुप्तचर व्यवस्था को और मज़बूत करता जायेगा।" कक्ष में पांचाली के प्रवेश से युधिष्ठिर के विचारों की श्रृंखला भंग हो गयी।

"क्या सोच रहे हैं आप?" पांचाली ने पूछा।

"अज्ञातवास के विषय में सोच रहा हूँ।"

"अज्ञातवास का समय व्यतीत करने हेतु स्पष्ट और सटीक योजना बनानी होगी।"

"तुम ठीक कह रही हो पांचाली।"

"मन तो मेरा भी व्यथित हो रहा है, अज्ञातवास के विषय में सोचकर।"

"भीम, अर्जुन, नकुल और सहदेव कहाँ है?"

"धौम्य पुरोहित के साथ किसी शास्त्र चर्चा में हैं।"

"उन्हें भी बुलाओ, यहीं आज इस पर विचार कर ही लिया जाये।"

द्रौपदी कक्ष से बाहर चली गयी।

"हमें दो योजनाएँ बनानी होंगी, एक तो यहाँ से चुपचाप निकलने की और प्रयोगशाला में तैयार अस्त्रों को सुरक्षित रूप किसी ऐसे स्थान पर स्थापित करने की जिसे सुयोधन के गुप्तचर पहचान न सकें। नहीं, एक और योजना भी बनानी होगी जिसमें सुयोधन के गुप्तचर उलझकर रह जायें और मुख्य रूप से बनाई गयी हमारी दो योजनाओं की तरफ़ उनका ध्यान ही न जाये।" युधिष्ठिर फिर विचारों में खो गयेथे। भीम, अर्जुन, नकुल, सहदेव और धौम्य पुरोहित कक्ष में आकर बैठ चुके थे, इसे युधिष्ठिर जान ही नहीं पाये थे।

"मैंने अपने अज्ञातवास पर मंत्रणा करने हेतु आप सबको बुलाया है।" युधिष्ठिर ने कहा।

"यह हमारे लिए महत्वपूर्ण, गम्भीर और चुनौतीपूर्ण है। हमें सावधानीपूर्वक योजना बनाने और उसके क्रियान्वयन करने संबंधी समस्त विषयों पर विचार करना होगा।" धौम्य ने कहा।

"सबसे पहले तो हमें यह विचार करना होगा कि हमें किन-किन तथ्यों पर विचार कर उन पर किस प्रकार कार्य करना है।" युधिष्ठिर ने कहा।

"पहला तो यही है कब, कहाँ और कैसे" सहदेव ने कहा।

"तुम्हारा मतलब?" पांचाली ने उससे पूछा।

"यहाँ से कब अर्थात अज्ञातवास प्रारम्भ होने से कितने दिन पहले? कहाँ मतलब किस नगर की ओर? कैसे अर्थात किस विधि से निकलना है? कि सुयोधन के गुप्तचरों को पता न चले।"

"हमारे नाम इन नामों के साथ तो हम किसी राज्य में रह नहीं सकते।" नकुल ने कहा।

"भेष-भूषा और कार्य" भीम ने कहा।

"प्रयोगशाला में तैयार अस्त्रों-शस्त्रों को सुयोधन के गुप्तचरों से छिपाकर स्थापित करना।" अर्जुन ने कहा।

"पांचाली की सुरक्षा, वनवास काल में उस पर तीन बार आक्रमण हो चुका है।" धौम्य ने कहा।

"सभी को एक ही राज्य में अपना निवास और अवसर ढूँढ़ना है या अलग-अलग राज्य में?" नकुल ने कहा।

"यहाँ से हम सबका एक साथ निकलना सुरक्षित रहेगा अथवा अलग-अलग?" सहदेव ने कहा।

"हमें अपने गुप्त निवास और परिचय की सूचना किस-किस को देनी है?" नकुल ने अत्यधिक विचार करने के बाद कहा।

"अर्थात आपका अभिप्राय क्या है?" पांचाली ने पूछा।

"मेरे कहने का तात्पर्य है कि हमें अपने अज्ञातवास की सूचना, "हम कहाँ हैं, किस प्रकार रह रहें हैं, हमारी आजीविका का साधन क्या है, अपने किन-किन शुभचिन्तक और विश्वास पात्र देंगे।" नकुल ने विस्तार से अलग मत स्पष्ट किया।

"धौम्य पुरोहित को छोड़कर किसी को भी नहीं।" युधिष्ठिर ने कहा।

"क्या द्वारिका और पांचाल को भी नहीं?"

"नहीं! वे हमारे अत्यन्त निकट और घनिष्ठ ही नहीं शुभ-चिन्तक भी हैं। उनके लिए हमें खोजना सबसे आसान होगा। सुयोधन के गुप्तचर सर्वाधिक वहाँ अपना ध्यान केन्द्रित करेंगे। उन्होंने यदि हमें ढूँढ़ने का कोई भी प्रयास किया तो वे हम तक सरलता से पहुँच जायेंगे और उनके पीछे सुयोधन के गुप्तचर भी।" युधिष्ठिर ने विस्तार से बताया।

"क्या कोई और भी प्रश्न बच रहा है जिसपर हमें विचार करने की आवश्यकता है?" अर्जुन ने पूछा। थोड़ी देर कक्ष में सन्नाटा छाया रहा। लोग विचार मग्न होकर सोचने लगे कि विचार करने योग्य क्या विषय हो सकते हैं" ।

"यदि और कोई प्रश्न या विषय होता है तो उस पर बाद में भी विचार किया जा सकेगा।" धौम्य ने कहा।

"पहले प्रश्न से विचार करना प्रारम्भ करते हैं।" भीम ने कहा।

"कब" यही है पहला प्रश्न।

"अज्ञातवास के समाप्त होने से एक सप्ताह पूर्व" नकुल ने अपनी राय दी।

"जैसे-जैसे वनवास काल समाप्ति की ओर बढ़ता जायेगा हम पर सुयोधन के गुप्तचरों का ध्यान भी बढ़ता जायेगा।" अर्जुन ने कहा।

"हमें यहाँ से एक माह पूर्व ही निकलना होगा किन्तु यहाँ की गतिविधियों को पुरोहित जी अगले पन्द्रह से बीस दिन यथावत रखेंगे जिससे किसी को भी यह अनुमान ना हो कि हम यहाँ से जा चुके हैं।" भीम ने कहा। भीम के मत से सभी सहमत हो गये।

"कहाँ?" दूसरा प्रश्न है।

द्वारिका और पांचाल तो कदापि भी नहीं। वहाँ हमें जानने वाले सबसे अधिक हैं और वहाँ सेवक बनकर रह भी नहीं सकते हैं।" अर्जुन ने कहा।

"हमारे निकट के राज्य कौन-कौन से बच रहे हैं?" शूरसेन चेदि, शाल्व, सौराष्ट्र, मत्स्य, अवंती और मल्ल तथा युगंध।" सहदेव ने आसपास के सभी राज्यों के नाम सुझाये।

"मेरे विचार से मत्स्य! " गम्भीरता से सोचते हुए भीम ने कहा, "मत्स्य हमारा मित्र नहीं है तो शत्रु भी नहीं है, मत्स्य के राजा विराट न्याय-प्रिय तथा रीति-नीति और नियम को मानने वाले हैं।"

"मत्स्य शक्तिशाली और संपन्न राज्य भी है, वहाँ सुयोधन के गुप्तचर आसानी से प्रवेश नहीं पा सकते हैं।"

"संपन्न राज्य होने के कारण मत्स्य राज्य में हमें हमारी जीविका हेतु कार्य आसानी से मिल सकता है।" भीम, नकुल, सहदेव और अर्जुन ने क्रम से अपने विचार व्यक्त किये।

"मत्स्य महाजनपद में एक ही समस्या है और वह है उनका सेनापति कीचक॥" धौम्य ने विचार करते हुए कहा।

"किन्तु मैंने सुना है कीचक अब विराट का विश्वास पात्र नहीं रह गया है।"

"वह विराट की पत्नी सुदेष्णा का भाई है बस इसी कारण वह राज्य का सेना नायक है। उसके १०५ भाईयों का तो राजमहल में प्रवेश तक वर्जित है और महाराज विराट तो उन्हें कदापि भी पसन्द नहीं करते हैं।" धौम्य ने विस्तार से बताया।

"हमें एक और राज्य का विकल्प चुनकर रखना होगा यदि मत्स्य में हम असफल होते हैं तो दूसरा विकल्प भी होना चाहिए।" पांचाली ने कहा।

"चेदि और अवंती को हम मत्स्य के विकल्प के रूप में चुन सकते हैं।" अर्जुन ने कहा।

"कैसे?" तीसरा प्रश्न।

"रात्रि के तीसरे पहर में। यह वह समय है जब हम सब गहरी नींद में सोते रहते हैं; गुप्त कार्य करने हेतु सबसे उत्तम समय यही होता है। मार्ग के लिए तुम्हारे नाम होंगे जय, जयन्त, विजय जयत्सेन और जयद्बल, पांचाली मार्ग में सुकन्या होगी।"

धौम्य पुरोहित ने 'कैसे' की पूरी योजना बना दी थी और सभी सहमत भी हो गये थे।

"चौथे प्रश्न का हल भी पुरोहित जी ने बता दिया है। मार्ग के लिए हमारे नाम तय हो चुके हैं।" नकुल ने कहा,

"भेष-भूषा पाँचवाँ प्रश्न और कार्य छठा प्रश्न है।"

"अपनी-अपनी भेष-भूषा और कार्य पहले स्वयं तय कर लें यदि कही कोई सुधार की आवश्यकता होगी तो उसे किया जायेगा क्योंकि मेरे विचार से इस सम्बन्ध में स्वयं का निर्णय सबसे उत्तम रहेगा।" धौम्य ने अपना विचार व्यक्त किया।

"मैं गोशाला में -गो-पालक का कार्य सुगमतापूर्वक कर सकता हूँ। मुझे विभिन्न प्रकार की गायों उनके संरक्षण और सेवा करने का ज्ञान भी है और रूचि भी। मेरे लिए यही कार्य उचित रहेगा।" सहदेव ने कहा।

"विराट के नगर में तुम्हारा नाम तंतिपाल होगा और तुम वहाँ अपने आपको गो-सेवक के रूप में प्रस्तुत करोगे।" धौम्य ने सुझाया।

"मुझे विभिन्न प्रकार के अश्वों का ज्ञान है, मैं किसी भी राज दरबार में अश्वशाला का कार्य कुशलतापूर्वक कर सकता हूँ।" नकुल ने कहा।

"तुम्हारा नाम 'ग्रांथिक' रहेगा और तुम अश्व सेवक के रूप में अपने आपको प्रस्तुत करोगे।"

"मैंने तो चित्रसेन के राज दरबार की गणिकाओं से नृत्य और संगीत की शिक्षा ग्रहण की है और इसी विद्या में निपुण भी हूँ, मैं अपने नृत्य की शिक्षा दे सकता हूँ।" अर्जुन ने कहा।

"किन्तु किसी पुरूष को राज दरबार अथवा समाज में नृत्य और संगीत का कार्य मिलने में सुविधा नहीं रहेगी?।" भीम ने चिन्तित होते हुए कहा।

मैं अर्जुन को एक ऐसी औषधि दूँगा जिससे अर्जुन एक वर्ष तक अपना पुरूषत्व खो देगा किन्तु उसके पश्चात वह पुनः अपना पुरूषत्व प्राप्त कर लेगा जैसे कुछ हुआ ही न हो।" धौम्य ने कहा।

"लेकिन इससे क्या होगा?" भीम ने पुनः कहा।

"इससे अर्जुन को किसी भी समाज और राजदरबार की राजकुमारियों को नृत्य और संगीत की शिक्षा देने का कार्य मिल जायेगा।"

"धौम्य पुरोहित उचित कह रहे हैं नपुंसकों को इस कार्य को करने हेतु पूरे

आर्यावर्त में मान्यता प्राप्त है।'' युधिष्ठिर ने कहा।

''किन्तु यदि अर्जुन की नुपंसकता का किसी औषधिशाला में राजवैद्य द्वारा परीक्षण किया गया?'' भीम ने आशंका व्यक्त करते हुए कहा।

''हमारी औषधि का सेवन करने के बाद किसी भी औषधिशाला या प्रयोगशाला में किसी भी वैद्य द्वारा परीक्षण किया जायें उसे नपुंसक ही घोषित किया जायेगा।'' धौम्य ने सारी आशंकाओं को समाप्त करते हुए कहा।

''फिर तो ठीक है।'' भीम ने मुस्कुराते हुए कहा।

''अज्ञातवास के काल में तुम्हारा नाम वृहन्नला होगा।'' धौम्य ने अर्जुन का भी नामकरण किया।

''मैं तो पाक कला में सिद्धहस्त हूँ, मुझे सभी प्रकार के व्यंजन बनाने की कला आती है।'' भीम ने अपना पसंदीदा कार्य बताया।

''हाँ! सो तो है।'' पांचाली ने सहमति व्यक्त की तो, भीम की छाती गर्व से फूल गयी।

''फिर तो तुम्हारा नाम बल्लभ होगा और तुम रसोई का कार्य करोगे।'' धौम्य ने कहा।

''मैं तो केवल 'द्युत क्रीड़ा' में ही पारांगत हूँ।'' युधिष्ठिर ने दीर्घ श्वाँस लेते हुए कहा।

''द्युत आपका व्यसन नहीं है भईया।'' भीम ने विनम्रता से प्रतिकार किया। युधिष्ठिर की पीड़ा और भीम के प्रतिकार को समझाते हुए धौम्य पुरोहित ने सरलता और स्नेह से कहा-

''महाराज युधिष्ठिर द्युत एक खेल क्रीड़ा के रूप में पूरे आर्यावर्त के प्रत्येक राज दरबार में मान्यता प्राप्त है। आप केवल द्युत में ही नहीं धर्म, राजनीति, युद्ध-नीति, न्याय और सामाजिक व्यवहार में संतुलन बनाये रखने की कला में भी पारंगत हैं, आप जैसे कुशल-नीति विशेषज्ञ को कौन अपने राज दरबार में उचित स्थान नहीं देगा और आपको अपना परिचय भी इसी रूप में देना होगा; आप का नाम 'कंक' रहेगा।''

''मैं नारी के शृंगार और केश सज्जा में निपुण हूँ।'' पांचाली ने कहा। कक्ष में सन्नाटा छा गया। पांचाली को दासी के रूप में कार्य करते हुए कोई नहीं देख सकता था और न ही किसी प्रकार सोच या विचार कर सकने की स्थिति में था। कक्ष में मौन

और अपने पतियों के मुख पर विवशता की पीड़ा देखते हुए पांचाली ने पुनः कहा, "आप सब यदि मुझे हस्तिनापुर की महारानी के रूप में देखना पसन्द करते हैं तो मुझे एक वर्ष दासी का कार्य करने की अपनी सहमति और अनुमति प्रदान करें।"

"किन्तु ! "

"किन्तु क्या भीम? पांचाली उचित ही कह रही है। आप सबको एक वर्ष तक धैर्य बनाकर रखना ही होगा। कोई दूसरा उपाय नहीं है। पांचाली तुम्हारा नाम सैरन्ध्री होगा और तुम अधिकतर समय अपना मुख ढँक कर रखोगी। तुम्हारे पहचाने जाने की सम्भावना अधिक है तथा सुरक्षा की दृष्टि से भी स्वयं को एक ऐसी स्त्री के रूप में प्रस्तुत करोगी जिसके पाँच गंधर्व पति हैं।" धौम्य ने पांचाली का नया नामकरण किया।

"सातवाँ प्रश्न: प्रयोगशाला में तैयार अस्त्र तथा हमारे शस्त्र।"

"आप सबके यहाँ से सुरक्षित निकल जाने के पश्चात भी हम इस शिविर की स्थायी गतिविधियों को यथा स्थिति महीनों तक बनाये रखेंगे जिससे किसी को भी इस बात की आंशका नहीं हो कि आप सब यहाँ हैं अथवा नहीं और अज्ञातवास का समय प्रारम्भ हो जाने के बाद उचित समय पर विराट राज्य की सीमा के बिल्कुल पास अथवा सीमा में ही किसी निर्जन स्थान पर जहाँ किसी का भी आना-जाना नहीं होता होगा अपने तकनीकी कारीगरों के सहयोग से सभी अस्त्रों की स्थापना इस प्रकार करेंगे कि आवश्यकता पड़ने पर तत्काल उनका संचालन और प्रयोग किया जा सके। आप सब निश्चिंत रहें, यह मेरा उत्तरदायित्व है।" धौम्य ने कहा।

"पांचाली की सुरक्षा- आठवां प्रश्न।

"पांचाली की सुरक्षा में आप सब सक्षम और समर्थ हैं किन्तु प्रत्येक क़दम पर सावधानी रखनी होगी। पांचाली सेविका के रूप में कार्य करेगी तथा भीम रसोईये के रूप में इस प्रकार पांचाली का भीम से मिलना कठिन न होगा। भीम गोशाला रक्षक को सूचना देंगे, गोशाला के रक्षक अश्वशाला के रक्षक को और अश्वशाला के रक्षक को तो महाराज के विशेष सहायक से मिलना रहेगा ही, अश्वों की क्रय-विक्रय अथवा प्रशिक्षण के कार्य के लिए।" धौम्य मुनि ने पांचाली की सुरक्षा हेतु व्यापक विमर्श प्रस्तुत किया।

"मत्स्य सक्षम और समृद्ध राज्य है। हम सभी को वहाँ कोई न कोई कार्य सरलता से मिलने की संभावना अधिक है तथा हम सबके एक साथ रहने से हमारी शक्ति और सामर्थ्य बनी रहेगी। हम सब एक-दूसरे केघनिष्ठ नहीं तो निकट तो रह

सकेंगे और आवश्यकता होने पर एक साथ मिलकर हर प्रकार की चुनौतियों का सामना सहजता और सरलता से कर सकेंगे।'' युधिष्ठिर ने नौवें प्रश्न को हल करने का प्रयास किया जिसे सभी ने अपनी सहमति दी।

''मेरा मत है कि...'' धौम्य पुरोहित ने दसवें प्रश्न के उत्तर में कहना प्रारम्भ किया- ''आप सब यहाँ से एक साथ एक ही समय पर निकलें, नहीं तो वन प्रदेश में दिशा का भ्रम होने की संभावना बनी रहती है, यदि कहीं किसी एक को भी दिशा भ्रम हो गयी तो हमारी सारी योजना विफल हो सकती है; सुरक्षा की दृष्टि से भी यह उचित रहेगा। आप सबको अपने अस्त्र-शस्त्र यहीं छोड़ कर जाने हैं, इस कारण भी वन क्षेत्र में समूह में रहना उचित रहता है किन्तु विराट नगर के पास पहुँचकर आप सब लोग अलग-अलग मार्गों और दिशा से नगर में प्रवेश कर सकते हैं किन्तु तुम्हें अपने अज्ञातवास के नामों को केवल राज प्रसाद में पहुँच कर ही व्यक्त करना है, मार्ग के लिए तुम्हारे नाम पहले ही तय किया जा चुके हैं।''

''एक बात और! हमारे अस्त्रों की स्थापना आप हमारे जाने के बाद करेंगे किन्तु यदि किसी भी कारण से हमें उनकी आवश्यकता हुई तो किस प्रकार आप से सम्पर्क करेंगे?'' अर्जुन ने पूछा।

''आप सबके यहाँ से सुरक्षित निकलने के तथा यह सुनिश्चित कर लेने के बाद कि आप सब लोग मत्स्य राज्य में विधिवत अपनी जीविका के साधन प्राप्त कर चुके हैं, मैं अपने आश्रम से अपने कुछ शिष्यों को यहाँ बुलवा लूँगा, जिनके माध्यम से हमारा और आपका सम्पर्क बना रहेगा तथा जब हम अपनी संचार प्रणाली स्थापित कर लेंगे तो उनकी कूट संख्या और एक छोटा-सा यंत्र आप तक किसी प्रकार पहुँचा देंगे, जिसके माध्यम से आप हमसे सम्पर्क में रहेंगे।''

''किन्तु संचार प्रणाली से सम्पर्क करने हेतु तो हमें ज़ोर से बोलना पड़ेगा जो कि सुरक्षित नहीं होगा।'' नकुल ने कहा।

''हमारी संचार प्रणाली के द्वारा हम बोलकर भी सम्पर्क कर सकेंगे और एक-दूसरे को लिखित या चित्र के माध्यम से भी संदेश भेज सकते हैं।''

''फिर तो हमारा-आपका सम्पर्क केवल लिखित और चित्र संदेशों के माध्यम से ही होगा।'' भीम ने कहा।

''मैं भी यही उचित समझता हूँ।'' अर्जुन ने कहा।

''एक बात और! '' धौम्य ने कुछ विचार करते हुए कहा, ''आप लोग

यथासम्भव मत्स्य के सेनापति 'कीचक' से दूर रहने का प्रयास करेंगे, वह मत्स्य पर अपना आधिपत्य स्थापित करने की योजना बना रहा है। उसे महाराज विराट पसन्द नहीं करते हैं, आप लोग वहाँ 'विराट' के विश्वासपात्र होने और फिर बने रहने का प्रयास करेंगे।"

"हमें अज्ञातवास का समय प्रारम्भ होने से एक माह पूर्व यहाँ से निकलना है किन्तु मत्स्य में अपनी जीविका हेतु कब प्रवेश करना होगा?" सहदेव ने जिज्ञासा व्यक्त की।

"आप लोग मत्स्य देश में कब प्रवेश करते हैं यह महत्वपूर्ण नहीं है क्योंकि अज्ञातवास के प्रारम्भ होने और समाप्त होने का समय निश्चित है। इसमें कोई परिवर्तन नहीं हो सकता है। आपको इस अज्ञातवास के समय समाप्त होने से पूर्व तक छिपकर रहना है। आप छिपे कब यह बिल्कुल भी कोई महत्व नहीं रखता है।"

"कोई और तथ्य विचार करने हेतु रह गया है?" भीम ने पूछा।

"मेरे विचार से हम सभी तथ्यों और योजनाओं पर सम्यक विचार कर चुके हैं।" अर्जुन ने कहा।

"मेरा भी यही मत है।" पांचाली ने कहा।

फिर आज की सभा को समाप्त करते हैं यदि कोई प्रश्न या विचार उत्पन्न होता है तो उस पर पुन: विचार किया जायेगा।" युधिष्ठिर ने कहा।

◉◉◉

कुरू महाजनपद का गुप्तचर प्रमुख शर्वनाग सुयोधन के कक्ष में सिर झुकाकर खड़ा था। सुयोधन ने अपना धैर्य खो दिया था, क्रोध से उसकी आँखें लाल हो चुकी थीं और शरीर में ज्वाला जल रही थी। कोई और होता तो सुयोधन की तलवार ने अब तक उसका सिर उतार लिया होता किन्तु वह राज्य का गुप्तचर-प्रमुख था और उसकी योग्यता और निष्ठा पर कोई सन्देह नहीं किया जा सकता था। पूर्व में शर्वनाग ने कई गुप्तचर अभियानों को सफलतापूर्वक ढंग से पूरा किया था। राज्य के महाराज धृतराष्ट्र का भी वह विश्वासपात्र था। सेनापति भीष्म और महामंत्री विदुर भी उसके कार्य, सेवा-भाव तथा राज्य के प्रति उसकी निष्ठा से पूरी तरह संतुष्टथे। सुयोधन के भी कई महत्वपूर्ण कार्यों को उसने सफलता के साथ पूरा किया था। सुयोधन को भी उससे इस प्रकार की चूक होने की कोई संभावना न थी किन्तु इस बार पाण्डव उसके नाक के ठीक नीचे से अदृश्य हो गये थे और उसे कोई भनक

नहीं लगी थी।

"तुम्हारे गुप्तचर कब तक उनके शिविर के आसपास थे?" सुयोधन ने स्वयं का थोड़ा शांत करते हुए पूछा।

"अज्ञातवास का समय प्रारम्भ होने के दिन तक।"

"शिविर में दैनिक गतिविधियाँ कब तक सामान्य थीं?"

"आख़िरी दिन तक युवराज।"

"उनके शिविर में अब कौन है?"

"कोई नहीं।"

"कहाँ गये सब?"

"उनके शिविर में जो साधू, सन्यासी तथा ऋषि मुनि थे वे सब अपने-अपने आश्रम में लौट चुके हैं तथा जो वनवासी थे वे भी अपने-अपने क्षेत्रों में लौटे चुके हैं।"

"क्या वहाँ हमारे गुप्तचर अब भी हैं?"

"नहीं युवराज, वह स्थान रिक्त हो चुका है।"

"द्वारिका और पांचाल से कोई सूचना?"

"इन दोनों महाजनपदों में पाण्डवों को स्वागत की तैयारियाँ हो रही थीं किन्तु जब अन्तिम दिन तक भी वहाँ कोई नहीं पहुँचा तो तैयारियाँ बन्द हो गयीं।"

"किसी अन्य जनपद से कोई नवीन समाचार या नवीन गतिविधि?"

"कोई नहीं युवराज, सब ओर यथावत है।"

"कहाँ जा सकते हैं?"

"पाण्डव नगरों से दूर वन की बस्तियों में, किन्तु हमारे गुप्तचर तो वहाँ भी हैं। किसी राज्य में यदि वे शरण माँगने जायेंगे तो पहले उन्हें वहाँ के गुप्तचरों को संतुष्ट करना होगा जो कि सरल नहीं है। फिर वहाँ हमारे गुप्तचर भी हैं। हमारे विरूद्ध उन्हें राजनैतिक शरण देने का साहस केवल यादव और पांचाल ही कर सकते हैं वहाँ वे लोग गये नहीं। शूरसेन, मल्ल, शाल्व और अवंती हमारे मित्र हैं वहाँ जाने का साहस पाण्डव नहीं कर सकते। मत्स्य और सौराष्ट्र हमारे मित्र नहीं हैं तो शत्रु भी नहीं हैं। सौराष्ट्र अत्यंत छोटा देश है हमारे विरूद्ध खड़े होने का साहस नहीं कर सकता। मत्स्य शक्ति और संपन्न तो है किन्तु वहाँ का सेनापति कीचक हमारा मित्र है पाण्डव

वहाँ जाने का साहस और संकट स्वयं नहीं ले सकते, इतने मूर्ख तो नहीं हैं पाण्डव कि कीचक के राज्य में जाने का कोई विचार भी करें। एक ही संभावना बचती है कि पाण्डव किसी सघन वन क्षेत्र में छिपे हुए हों किन्तु वहाँ जंगली पशुओं से बचकर बारह माह तक रहना संभव ही नहीं है। सुयोधन की विचार-श्रंखला समाप्त नहीं हो रही थी किन्तु अपने आपको किसी प्रकार स्थिर करके कहा, "शर्वनाग अपने गुप्तचरों को सघन वन क्षेत्र में भी उन्हें खोजने को कहो, हमें बारह माह समाप्ति से पूर्व उनका पता चाहिए। इसके लिए जो करना है करो कितना भी साधनों और धन की आवश्यकता हो ले जाओ।"

"जो आज्ञा युवराज, हमारे प्रयास में कोई कमी नहीं रहेगी।"

अध्याय बारह

खण्ड एक से पूर्व...

सैरन्ध्री द्वारा बतायी गयी तिथि और समय पर कीचक ने अपने महल के पीछे का द्वार खोलकर देखा। चारों ओर गहन अंधकार और सन्नाटा था, झींगुरों और सियारों की ध्वनियाँ कहीं दूर सुनाई दे रही थीं। स्वयं को सबकी दृष्टि से बचाने के लिए कीचक ने काले रंग के कपड़े पहन लिये थे। मुख पर भी काले रंग का वस्त्र लपेट रखा था, केवल दो काली आँखें खुली हुई थीं और दिख रही थीं। सैरन्ध्री को मदिरा नहीं पसन्द थी इस कारण कीचक ने मदिरा नहीं पी थी। स्त्रियों का भोग उसके लिए नया नहीं था किन्तु जो स्त्री उसकी प्रतीक्षा करते हुए नाट्यशाला में बैठी थी वह विश्वसुन्दरी थी। कीचक ने अपने जीवन काल में ऐसा सौन्दर्य कभी नहीं देखा था, देखा क्या उसकी कल्पना में भी नहीं था। यह रमणी उसकी बहन की सेवा में पिछले दस माह से भी अधिक समय से थी उसने पहले क्यों नहीं देखा। इस बीच वह अपनी बहन के महल और कक्ष में कई बार गया था। चारों ओर देख-रेख कर नाट्यशाला की ओर बढ़ते उसके पग किसी अज्ञात भय से काँपने लगे थे। उसके जीवन की यह पहली घटना थी कि उसकी रूचि की किसी स्त्री ने उसके महल में आने से मना कर दिया था किन्तु नाट्यशाला में मध्य रात्रि को मिलने का वचन दे दिया था। एक-एक पग आगे बढ़ाते उसे ऐसा लग रहता था जैसे कोई उसे देख रहा है। यह राज्य में उसके मान-सम्मान, पद और प्रतिष्ठा के विरूद्ध था। वह चोरों की भाँति आगे बढ़ रहा था, पग शिथिल हो रहे थे, साँसें तेज़ हो रहीं थीं, शरीर भारी लग रहा था। किसी स्त्री को प्राप्त करने के लिए इतना परिश्रम उसे पहली बार करना पड़ रहा था किन्तु यह स्त्री भी तो विशेष थी जिसने उसके निमंत्रण को बलपूर्वक ठुकरा दिया था, उसे प्राप्त कर उसे भोगने का आनन्द ही कुछ और था। जैसे-जैसे वह नाट्यशाला की ओर आगे बढ़ रहा था नाट्यशाला के पीछे बने कक्ष से मृदंग की धीमी आवाज़ सुनायी देने लगी। वृहन्नला अपने वाद्य यंत्र का अभ्यास कर रहा है यह उसके लिए सुअवसर था। सैरन्ध्री से की जाने वाली मीठी बातें बाहर सुनायी नहीं देंगी, उसका आनंद दो गुना-तीन गुना बढ़ा जा रहा था; डर मिश्रित उत्साह चरम पर था। मृंदग का स्वर थोड़ा तेज़ हो गया था वह नाट्यशाला के और निकट पहुँच

गया था। क्या सैरन्ध्री नाव्यशाला में उसकी प्रतीक्षा कर रही होगी? कहीं ऐसा ना हो कि वहाँ आयी ही न हो, नहीं यह नहीं हो सकता इतना साहस एक दासी नहीं कर सकती है किन्तु वह दासी तो लगती ही नहीं है। कहीं दासियों में इतना चुलबुलापन होता है? इतनी लज्जा और शर्म होती है? उसका प्रतिकार भी कितना मोहक था। दासियाँ प्रतिकार नहीं कर सकतीं, वे स्वतंत्र नहीं होतीं किन्तु सैरन्ध्री तो मुक्त और स्वतंत्र है, ऐसी तो राजकुमारियाँ होती हैं चंचल और सुन्दर, ऐसीनिश्छल और उन्मुक्त हँसी किसी दासी की हो ही नहीं सकती।

नाव्यशाला के प्रांगण में पहुँचकर कीचक ने एक बार फिर चारों ओर देखा। राजमहल के मुख्य प्रदेश द्वार पर कुछ राज-प्रहरी लापरवाही से घूमते और बात करते दिखाई दिये जिनका ध्यान नाव्यशाला की ओर नहीं था, कीचक निश्चिंत हो गया था। नाव्यशाला के मुख्य द्वार पर पहुँचकर कीचक ने पुन: चारों ओर देखकर निरीक्षण किया कि कहीं कोई देख तो नहीं रहा है। धीरे से उसने द्वार खोले, नाव्यशाला के मुख्य कक्ष में दो दीपक जल रहे थे; यह तो राजकीय परम्परा थी। नाटयशाला में रात भर दो दीपक जलाकर रखे जाते थे किन्तु मुख्य कक्ष में कोई न था। कीचक ने धीरे से द्वार बन्द किया, क्या उसके साथ धोखा हुआ है? ''नहीं! यह नहीं हो सकता।'' उसने आश्वस्त करते हुए कहा। अपने मुख से उसने वस्त्र हटा दिया था, काम और क्रोध से जलती हुई उसकी दो आँखें अब देखी जा सकती थीं। उसकी धमनियों में रक्त थोड़ा तेज़ी से बहने लगा था। नाव्यशाला के मुख्य-कक्ष के बायीं ओर गलियारे में चार कक्ष थे। एक कक्ष पुरूष नाव्य कलाकारों के शृंगार हेतु तो एक स्त्री कलाकारों के शृंगार हेतु, एक कक्ष वाद्ययंत्रों के रखने हेतु, एक कक्ष जो सबसे अन्त में था उसमें नाव्य के लिए प्रयुक्त होने वाले उपयोगी सामान रखे जाते थे उस कक्ष से भी कीचक को हल्का प्रकाश आता हुआ दिखाई दिया। उसकी प्रसन्नता का ठिकाना नहीं रहा, वह धीरे-धीरे गलियारे के अंत में बने कक्ष की ओर बढ़ने लगा। मृदंग का स्वर तनिक और तेज़ हो गया था

सैरन्ध्री को देखकर उसका हृदय ज़ोर से कम्पन करने लगा, श्वाँस फिर तेज़ हो गयी, आँखों के लाल डोरे दहकने लगे थे, कल्पना में बैठी सैरन्ध्री की मूर्ति से वह उत्तेजित होने लगा था। उसने धीरे से अपनी कल्पित प्रिय के बग़ल में बैठकर कँधे पर हाथ रखते हुए कहा- ''प्रिय! ''

सिर की लाल चुनरी उतर गयी थी। भीम ने पलटकर देखा ''बल्लभ तुम! '' अचम्भित, आश्चर्यचकित और हतप्रभ कीचक के मुँह से सहसा निकल गया।

"हाँ, बल्लभ!" भीम ने तमतमाई हुई आँखों से कीचक की ओर देखते हुए कहा।

मुख्य कक्ष के अंत में बनी हुई रंग मंच की यवनिका के पीछे खड़ी द्रौपदी ने अर्जुन की ओर हाथ से संकेत किया, मृदंग की ध्वनि तेज़ हो गयी।

"जीवित रहने की तुम्हारी इच्छा समाप्त हो गयी थी कीचक, नहीं तो तुम पांचाली की ओर दृष्टि उठाकर कभी न देखते।"

"कौन पांचाली?"

"पांचाल, नरेश महाराज द्रुपद की पुत्री।"

"तुम कौन हो?"

"भीम।" सुनकर कीचक खिलखिलाकर हँस पड़ा।

"मेरा मित्र सुयोधन तुम्हारी ही सूचना की प्रतीक्षा में है।"

"सूचना देने के लिए तुम प्रात: काल का सूर्य देख सकोगे, तब न!"

"मैं तो जीवित रहूँगा किन्तु तुम अपने चारों भाईयों और पांचाली को पुन: वनवास का दण्ड भोगते हुए न देख सकोगे।"

"इसी कक्ष में मरना पसन्द करोगे कीचक या नाट्यशाला के मुख्य कक्ष में?"

"तुम्हारा वध तो मैं मुख्य कक्ष में ही करूँगा, सुना है मल्ल युद्ध में निपुण हो।"

कीचक शक्तिशाली था, परम्परागत मल्ल युद्ध में दक्ष था भीम जैसे दो व्यक्तियों से अकेले युद्ध कर उन्हें परास्त करने का साहस और शारीरिक शक्ति थी उसमें किन्तु भीम ने अपने गुरू बलराम से मल्ल युद्ध की नवीनतम तकनीक 'कलारिपयट्टू'" सीखी हुई थी। (जिसे आज हम मार्शल आर्ट के नाम से जानते हैं।)

मल्ल युद्ध की इस कला का आविष्कार और विकास कृष्ण और बलराम ने बृज क्षेत्र के जंगलों में किया था और इसी विधा के द्वारा सोलह वर्ष की उम्र में कृष्ण और बलराम ने अपने मामा कंस के बुलाने पर मथुरा में कंस के मल्ल योद्धा चाणूर और मुष्टिक का वध किया था। मल्ल युद्ध की इस विधा का प्रथम आचार्य 'कृष्ण' को ही माना जाता है किन्तु बाद में 'अगस्त्य मुनि' ने इसे प्रचारित और प्रसारित किया। कालान्तर में बौद्ध भिक्षु 'वोधिधर्मन' ने बौद्ध धर्म के प्रचार और प्रसार के साथ इस कला को भी चीन और जापान में सिखाया। बोधिधर्मन के कारण ही यह कला बौद्ध राष्ट्रों में पनपी, फली-फूली विकसित, तथा जन सामान्य को मान्य हुई। यह दुनिया में मल्ल युद्ध की सबसे लोकप्रिय प्राचीन और वैज्ञानिक कला है।

'डांडिया' भी इसी मार्शल आर्ट या कलारिपयट्टू का एक रूप है। कुंग-फू का विकास भी इसी कला के द्वारा माना जाता है। भारत के दक्षिणी प्रान्तों केरल, तमिलनाडु में विकसित होने के पश्चात सारे भारत में यह कला लोकप्रिय हुई। कलारिपयट्टू या मार्शल आर्ट मल्ल युद्ध की वह तकनीक है जो शारीरिक शक्ति के साथ युद्ध कौशल पर विशेष ध्यान देती है। यह कला व्यक्ति को तेज़, फुर्तीला और आक्रामक बनाने के साथ अपनी सुरक्षा या बचाव करने की तकनीकी और ज्ञान और कौशल उपलब्ध कराती है।) भीम और कीचक नाट्यशाला में मुख्य-कक्ष के मध्य में आ गये थे।

दोनों ने एक दूसरे को क्रोध भरी दृष्टि से देखा। दोनों ने हाथ मिलाने की प्राचीन परम्परा का अनुपालन नहीं किया था। आक्रमण के लिए अवसर की तलाश में एक दूसरे को देखते हुए दोनों गोल-गोल घूमने लगे। भीम ने अपनी स्थिति में परिर्वतन किया, दोनों पैर फैलाकर संतुलन बनाया; पैर फैलाने से गुरूत्वाकर्षण केन्द्र नीचे आ जाता है जो सामने वार करते समय शरीर के संतुलन को बनाये रखता है। अपने एक पैर पर घूमकर दूसरे पैर से तीव्र प्रहार उसके उदर पर किया, कीचक इस प्रहार के लिए तैयार नहीं था किन्तु उसके शरीर की शक्ति ने उसे गिरने से बचा लिया। भीम ने पुन: अपने अगले पैर को सीधा किया तथा दूसरे पैर को थोड़ा पीछे की ओर मोड़ा और एक ताक़तवर प्रहार कीचक के बाँह के नीचे किया, कीचक का बाज़ू ढीला होकर नीचे आ गया किन्तु उसने एक हाथ को बढ़ाकर भीम का हाथ पकड़ा और एक झटके से अपनी ओर खींचकर सामने से हट गया। भीम अपने वेग से लडखड़ाता हुआ आगे बढ़ा और सामने नाट्यशाला की दीवार में जा टकराया। भीम को कीचक की शक्ति का आभास हो चुका था, उसे शक्ति से जीता नहीं जा सकता था किन्तु अपने कौशल और तेज़ी से वह उससे जीत सकता था। भीम तेज़ी से मुड़ा और अपने दाहिने हाथ को ज़मीन पर टिकाकर पैरों से कीचक के दोनों पैरों के मध्य में झूलते हुए तीव्र वार किया, कीचक लड़खड़ाकर आगे बढ़ा किन्तु अपने आपको उसने सँभाल लिया। भीम ने अपनी एड़ी पर स्वयं को स्थिर रख पैर के पँजों को न्यूनकोण तक ऊपर उठाया और दाहिने पैर से कीचक के सीने पर प्रहार किया, कीचक ने पैरों को पकड़ने का प्रयास किया किन्तु सफल न हो सका और पीछे की दीवार से जाकर टकरा गया। भीम ने तेज़ी से आगे बढ़कर कीचक को कटि के नीचे अपनी दोनों भुजाओं से घेरकर पकड़ा, द्रौपदी के संकेत से मृदंग की आवाज़ और तेज़ हो गयी। भीम ने कीचक को ऊपर उठाया अपने कँधों तक ले जाकर ज़मीन पर पटक दिया। कीचक उठने का प्रयास करता इसके पहले भीम

ने उसके दोनों पैरों को पकड़कर उठाया, कीचक ने उठने का प्रयास करते हुए अपने दोनों पैरों को तेज़ी से झटका किन्तु वह छूट नहीं सका। भीम पूरी शक्ति से उसके पैरों को पकड़े-पकड़े तेज़ी से गोलाई में घूम गया, कीचक का सिर दीवार में तेज़ी से टकराया और भीम के हाथों से उसके पैर छूट गये किन्तु बिना समय लिये भीम ने अपने पैरों का एक प्रहार उसके सीने पर किया, भीम कीचक को कोई अवसर या समय नहीं देना चाहता था और न ही उसे उठने में सफल होने देना चाहता था। कीचक अपने दोनों पैरों को भूमि पर टिकाकर तेज़ी से उठने का प्रयास करता इसके पहले भीम ने अपनी मुष्टिका से उसके वक्ष पर एक तीव्र प्रहार कर दिया, कीचक पुन: ज़मीन पर गिर गया। बिना कोई समय नष्ट किये भीम ने उसका एक हाथ और एक पैर पकड़ कर उठाया और तेज़ी से उसे उल्टा कर छोड़ दिया। कीचक अपने शरीर को सीधा करने का प्रयास करता कि भीम उसके पीठ पर चढ़कर बैठ गया और अपनी दोनों हाथों की मुष्टिकाओं से उसके सिर और पीठ पर तब तक वार करता जब तक की कीचक का शरीर शिथिल न हो गया। भीम ने देखा कि उसका शरीर केवल अभी शिथिल हुआ है श्वाँस अभी चल रही है। वह कीचक की पीठ से उतरा अपनी भुजाओं में भर कर कीचक को ऊपर उठाया और पटक दिया। द्रौपदी के संकेत से मृदंग की ध्वनि अब तीव्रतम हो गयी थी। भीम ने कीचक को पुन: पटक दिया, भीम ने कीचक को ऊपर उठाया और पुन: पटक दिया। मृदंग पर लगातार तेज़ी से थाप देने के कारण अर्जुन की उँगलियों से रक्त टपकने लगा था। भीम की आँखें क्रोध से लाल हो रही थीं। उसने कीचक को फिर उठाया और फिर पटक दिया। भीम का यह एक क्रम लगातार चल रहा था, यवनिका के पीछे खड़ी द्रौपदी एक बार अर्जुन की उँगलियों से टपकते हुए रक्त को देखती और फिर कीचक को उठा-उठाकर पटकते हुए भीम की ओर। भीम को विश्वास नहीं हो रहा था कि कीचक के प्राण अभी हैं अथवा नहीं। द्रौपदी यवनिका के पीछे से निकलकर मुख्य कक्ष में आयी और धीरे से कहा-

"भीम, अब वह जीवित नहीं है।"

द्रौपदी ने अर्जुन को संकेत कर दिया था। अर्जुन के मृदंग की ध्वनि क्रमश: धीरे-धीरे कम होने लगी थी। भीम ने कीचक को एक बार और पटककर सुनिश्चित किया कि वह जीवित नहीं है।

मृदंग की ध्वनि समाप्त हो गयी थी।

तनिक देर बैठकर भीम ने अपनी श्वाँस को स्थिर किया और द्रौपदी के साथ

नाट्यशाला के प्रमुख द्वार को खोल कर बाहर चारों ओर देखा अंधेरा अब भी घना था, रात का तीसरा प्रहर अभी समाप्त नहीं हुआ था। सावधानी से देखते हुए दोनों आगे बढ़े। महल के राज-प्रहरी मुख्य द्वार पर ऊँघ रहे थे। भीम और द्रौपदी महल के पीछे पहुँचे। भीम ने द्रौपदी को ऊपर उठाकर आँगन के परकोटे से आँगन में देखने को कहा, वहाँ कोई नहीं था। पहले द्रौपदी परकोटे को पकड़कर आँगन की दीवार पर चढ़ी और आगन में धीरे से उतर गयी। थोड़ी देर बाद भीम उसी प्रकार आँगन में उतरकर रसोई के पीछे बने कक्षों की ओर धीरे-धीरे बढ़ने लगा। द्रौपदी ने कक्ष के द्वार से भीम को जाते हुए देखा और अपने द्वार बन्द कर लिये।

अध्याय तेरह

खण्ड चार से आगे...

कंक, शतानीक के साथ राजा विराट अपने महल के निजी कक्ष में...

"हमारे गुप्तचरों की सूचना के अनुसार सुशर्मा चन्द्र लगभग ढाई लाख सैनिकों के साथ हमारी ओर बढ़ रहा है।" विराट ने अपने भाई शतानीक और कंक की ओर देखते हुए कहा।

"वह कब तक हमारी सीमाओं तक पहुँच सकता है?" शतानीक ने पूछा।

"इस पर विचार करना व्यर्थ है क्योंकि वह अपनी योजनानुसार आक्रमण करेगा न कि इस आधार पर कि वह हमारी सीमाओं तक कब पहुँचता है।" कंक ने कहा।

"सुशर्मा चन्द्र मार्ग में कहीं भी शिविर बनाकर रूक सकता है और अपनी योजना तथा आक्रमण की रूपरेखा बनाकर अपने अनुसार चयनित समय पर आक्रमण करने हेतु स्वतंत्र है।" विराट ने कंक की बात से सहमत होते हुए कहा।

"महाराज मैं समझता हूँ कि हमें अपनी योजनानुसार उसके आक्रमण का उत्तर देना है। उसकी योजना का आंकलन उस समय हो ही जायेगा जब वहाँ आक्रमण करेगा।" कंक ने कहा।

"आप ठीक कह रहे है कंक जी।" शतानीक ने सहमत होते हुए कहा।

"सुशर्मा चन्द्र के संभावित आक्रमण का सामना करने हेतु तो हम पहले से ही तैयार हैं, हमारे अस्त्र-शस्त्र तैयार हैं, हमारी सेनाएँ युद्ध अभ्यास कर रही हैं। अभी तो वह मार्ग में ही है, हो सकता है वापस लौट जाये या किसी और राज्य की ओर निकल जाये, अभी तो कई संभावनाएँ खुली हुई हैं।" कंक ने कहा।

"तुम ठीक कह रहे हो कंक।" विराट ने कहा।

"केवल सुशर्मा चन्द्र से ही नहीं किसी भी ओर से होने वाले आक्रमण के लिए हमें सदैव तैयार रहना है।" शतानीक ने कहा।

"सुशर्मा चन्द्र हमारी गो-सम्पदा का हरण करने के उद्देश्य से आ रहा है, हमें अपने गो-पालकों को सावधान कर देना चाहिए ताकि वे अपने-अपने गो-धन तथा

अन्य पशुधन को लेकर नगर की दक्षिणी सीमा की ओर ना जायें।'' कंक ने परामर्श करते हुए कहा।

''कंक तुम्हारी की बात उचित है।'' शतानीक की ओर देखकर, ''शतानीक आप इस तरह के आदेश हमारी ओर से प्रसारित कर दें कि जब तक राज्य की दक्षिणी सीमा पर युद्ध की संभावना बनी हुई है तब तक उस दिशा कोई न जाये।''

''ठीक है महाराज।'' शतानीक ने सहमत होते हुए कहा।

''हमें सैन्य अभ्यास हेतु अपनी दक्षिणी सीमा का चयन करना चाहिए जिससे हमारी सेनाएँ किसी भी आक्रमण का प्रत्युत्तर देने में शीघ्रता से पहुँच सकें।'' कंक ने परामर्श करते हुए कहा।

''आपका यह परामर्श भी उचित है कंक।'' विराट ने सहमत होते हुए कहा।

''इसके लिए भी आज ही आदेश प्रसारित करो शतानीक, और दक्षिणी सीमा पर सेनाओं के अभ्यास हेतु शिविर बनाने का कार्य प्रारम्भ करवा दो।''

''ठीक है महाराज, हमारा प्रयास होगा कि यह कार्य रात्रि में ही संपन्न हो जाये और कल प्रात: काल से ही हमारी सेनाएँ राज्य की दक्षिणी सीमा पर अपना अभ्यास प्रारम्भ करें।''

◉◉◉

त्रिगर्त की सेना ने रात्रि विश्राम हेतु अपना अस्थायी शिविर बना लिया था। विराट राज्य की दक्षिण सीमा तक पहुँचने तक अभी न्यूनतम दो रात्रि और तीन दिन की और यात्रा करनी होगी। सुशर्मा चन्द्र अपने शिविर में प्रमुख सेना नायकों के साथ अपने चक्रव्यूह रचना के सन्दर्भ में विचार-विमर्श कर रहे थे।

''कीचक के वध के बाद मत्स्य की सैन्य शक्ति कमज़ोर हो गयी होगी, हो सकता है विराट हमसे सीधा टकराने का साहस न कर सकें।'' एक सेना नायक ने कहा।

''विराट ने अभी तक किसी को भी अपना सेनापति नियुक्त नहीं किया है, इसका अर्थ है विराट स्वयं अपनी सेना का नेतृत्व करेंगे। मेरा मानना है कि जब राजा स्वयं या राजकुमार अपनी सेना का नेतृत्व आगे बढ़कर करता है तो सेनाओं का मनोबल काफ़ी बढ़ जाता है, इस कारण विराट को कमज़ोर नहीं कहा जा सकता।'' दूसरे सेना नायक ने कहा।

शिविर के बाहर खड़े अनुचर ने प्रवेश कर किसी गुप्तचर के आने की सूचना

सुशर्मा चन्द्र को दी। गुप्तचर को तत्काल शिविर के भीतर भेजने का आदेश दिया गया।

"क्या नवीन समाचार लाये हो?" सुशर्मा ने पूछा।

"विराट ने अपने गो-पालकों को आदेशित किया है कि वे अपने पशुधन को लेकर अभी कुछ दिन राज्य की दक्षिणी सीमा पर न जायें एवं अपनी सेनाओं को युद्ध अभ्यास के लिए नगर के मध्य से हटाकर राज्य की दक्षिणी सीमा पर कर दिया है।"

"और कोई समाचार?" सुशर्मा ने पूछा।

"नहीं! " इसका अर्थ है विराट को हमारी सूचना मिल चुकी है और वह हमसे युद्ध के लिए तैयार है। हमें अपनी योजना बदलनी पड़ेगी, किन्तु हमें तो कुरू की योजना के साथ मिलकर आगे बढ़ना है और कुरू को इस बारे में सूचित करने का समय नहीं है, फिर भी हमें अपनी योजना में कुछ तो परिवर्तन करना ही होगा।

"क्या सोच रहे हैं आप?" सेना नायक ने पूछा।

सुशर्मा चन्द्र ने सोची हुई पूरी बात विस्तार से सुना दी।

"मैं समझता हूँ हमें अपनी योजना में अधिक बदलाव करने की आवश्यकता नहीं हैं, हमें केवल अपना मार्ग परिवर्तित करना होगा।" प्रमुख सेनापति ने कहा।

"क्या मतलब है तुम्हारा?" सुशर्मा चन्द्र ने पूछा।

"हमने विराट पर आक्रमण करने हेतु सीधा मार्ग चुना है अब हम थोड़ा घूमकर पुन: वापस आयेंगे और अपनी योजना के अनुसार ही आक्रमण करेंगे।"

"मुख्य सेनापति तुम्हारी बात उचित है, इसमें विराट को विश्वास हो जायेगा कि हम आक्रमण के लिए उनकी ओर नहीं आ रहे हैं।" दूसरे सेनापति ने कहा।

"हो सकता है इससे विराट अपनी सेना का युद्धाभ्यास बन्द करा दें और गो-पालकों को दिया गया आदेश भी वापस ले लें।" तीसरा सेनानायक जो अभी तक बैठा सभी बातें सुन रहा था उसने कहा।

"किन्तु इससे हमारी योजना में दो दिन का विलम्ब हो जायेगा।" सुशर्मा चन्द ने कहा।

"हाँ, किन्तु हमें इससे क्या अन्तर पड़ता है, हम जिस उद्देश्य से आक्रमण करने आये हैं वह तो पूर्ण होगा।" मुख्य सेनानायक ने कहा।

"हमारे आक्रमण का प्रमुख उद्देश्य अपने राज्य की संपन्नता को बढ़ाना है किन्तु हमसे अगर सुयोधन की योजना पर कोई अन्तर पड़ता है तो कोई बात नहीं हम सुयोधन को सहमत कर लेंगे वह हमारा मित्र है। क्या वह हमारी विवशता नहीं समझेगा!" सुशर्मा चन्द्र ने मन ही मन विचार किया और अपने प्रमुख सेनापति की योजना से अपनी सहमति दे दी।

◉◉◉

धृतराष्ट्र को सभागार में सभी मंत्री, प्रधानमंत्री, सेनापति के साथ अन्य प्रमुख सेनानायक, राज्य के प्रमुख सामंत, राजकुमार तथा स्वयं महाराज धृतराष्ट्र अपने-अपने आसन पर विराजमान हो गये थे। सुयोधन कुछ चिन्तित दिखाई दे रहा था, उसके गुप्तचरों ने विराट की योजना और सुशर्मा चन्द्र की योजना से उसे अवगत करा दिया था। कर्ण से गहन विचार, विमर्श और मंत्रणा करने के पश्चात सुयोधन भी विराट पर आक्रमण करने हेतु दो दिनों बाद प्रस्थान करने का मन बन चुका था किन्तु उसे एक-एक दिन का विलम्ब बहुत भारी लग रह था। विराट पर आक्रमण का उसका उद्देश्य अपने राज्य की संपन्नता बढ़ाना नहीं था किन्तु आक्रमण की अनुमति और आदेश इसी आधार पर लिया गया था। उसका प्रमुख उद्देश्य तो विराट नगर में पाण्डु-पुत्रों और पांचाली को ढूँढ़कर पुनः बारह वर्षों हेतु वनवास और एक वर्ष के अज्ञातवास पर भेजने का था, इस कारण हो रहे विलम्ब के लिए वह चिन्तित था।

महाराज धृतराष्ट्र ने अपने प्रमुख सेनापति पितामह भीष्म को सम्बोधित करते हुए पूछा, "पितामह हमारी सेनाएँ विराट पर आक्रमण हेतु कब प्रस्थान कर रही हैं?"

"महाराज योजना के अनुसार कल प्रातः हम विराट नगर की ओर कूच करेंगे, सभी सेनानायकों को आदेशित किया जा चुका है और हमारी पूरी सेना कूच करने के लिए तैयार है।"

"पितामह विराट पर आक्रमण करने हेतु क्या हम दो दिन बाद भी कूच कर सकते हैं?" सुयोधन ने आदेशात्मक स्वर में कहा।

"मुझे तो महाराज के आदेशों का अनुपालन करना है किन्तु हमारी ओर से सभी संभावनाएँ खुली हैं।" पितामह ने मुस्कुराते हुए कहा।

"हमारी सेनाएँ युद्ध के लिए उत्साहित और तैयार हैं यदि हम अपनी योजना

दो दिन के लिए स्थगित कर देंगे तो हमारी सेनाएँ शिथिल हो सकती हैं।" सुशासन ने गम्भीर होते हुए कहा; उसे गुप्तचरों द्वारा दी गयी सूचना की ज्ञात नहीं थी।

"सुशासन ठीक कह रहा है पुत्र सुयोधन, अन्तिम समय में हमें अपनी योजना स्थगित नहीं करनी चाहिए।" धृतराष्ट्र ने सुयोधन को संबोधित करते हुए कहा।

सुशर्मा के साथ मिलकर तैयार की गयी योजना सुयोधन को विफल होती दिखाई देने लगी थी।

"पिता जी हमें अपना अभियान दो दिनों के लिए स्थगित करना ही होगा, हमारे लिए यही उचित है।" सुयोधन ने एक प्रयास और किया।

"महाराज यदि आपकी सहमति और अनुमति हो तो हम विराट पर आक्रमण करने हेतु आपकी पूर्व योजना के अनुसार कल ही प्रस्थान करते हैं किन्तु युवराज की योजना का सम्मान करते हुए मार्ग में दो दिन का अतिरिक्त विश्राम करके विराट पर आक्रमण करेंगे।" भीष्म ने बीच का मार्ग सुझाया।

"सुयोधन क्या तुम पितामह के प्रस्ताव से सहमत हो?"

"जी पिता जी, पितामह का प्रस्ताव उचित ही है।"

◉◉◉

सुशर्मा द्वारा मार्ग बदल लेने की सूचना राजा विराट को अपने गुप्तचरों से प्राप्त हो गयी थी। विराट ने विचार किया हो सकता है हमारे द्वारा अपने राज्य की दक्षिणी सीमा पर हो रहे सैन्य युद्धाभ्यास की सूचना अपने गुप्तचरों के माध्यम से हो गयी हो और उसने हमारी तैयारियों से डरकर अपना मार्ग बदल लेने का विचार कर लिया हो। यह भी हो सकता है कि सुशर्मा हमारे राज्य पर आक्रमण करने के उद्देश्य से निकला ही न हो उसकी योजना कहीं और जाने की हो। कुछ भी हो हमारे राज्य पर आने वाला संकट अब टल ही गया है, विराट ने अपने महामंत्री को बुलाकर सैन्य युद्धाभ्यास को रोकने तथा गो-पालकों को पुन: दक्षिण की ओर अपने पशु-धन को ले जाने का आदेश प्रसारित कर दिया।

सुशर्मा चन्द्र की योजना सफल हो गयी थी।

◉◉◉

वन के मार्ग से होकर विराट नगर की दक्षिणी सीमा तक पहुँचने का सुशर्मा चन्द्र का निर्णय ग़लत हो चुका था। वन में कोई सुनिश्चित मार्ग न था और इतनी बड़ी सेना को लेकर मार्ग बनाते हुए आगे बढ़ना सुशर्मा के लिए कठिन हो गया;

उसके द्वारा किये गये अनुमान से अधिक समय लग रहा था। वन की झाड़ियों को काट-काटकर रथों के चलने योग्य मार्ग बनाया जा रहा था, इसके अतिरिक्त अब और कोई दूसरा उपाय भी न था।

"जिस प्रकार हम आगे बढ़र हे हैं उससे तो मुझे नहीं लगता कि हम अपनी योजना अनुसार नियत समय पर विराट की दक्षिणी सीमा पर पहुँच सकेंगे।" एक सेनापति ने अपने सहायक सेनानायक से कहा।

"हाँ, श्रीमान मुझे भी ऐसा ही प्रतीत होता है।" सहायक सेनानायक ने उत्तर दिया।

"हम कितनी भी शीघ्रता कर लें हमें कम से कम एक अतिरिक्त दिन लग ही जायेगा विराट नगर की सीमा तक पहुँचने में।"

"यह वन का मार्ग अभी और कितना होगा?"

"मेरे अनुमान के अनुसार विराट नगर की सीमा तक वन ही होगा किन्तु हो सकता है आगे का मार्ग इतना संकरा न हो।"

"वन क्षेत्र के इस कठिन मार्ग को पार करने में ही हमारी सेना थक जायेगी और जैसे-जैसे हम विराट के निकट पहुँचते जायेंगे विश्राम करने का अवसर मिलना भी कम होता जायेगा।" एक सेनानायक ने कहा।

"अपने मनोबल को ऊँचा रखो मित्र।" एक अन्य सेनानायक ने कहा और अपने काम में लग गया।

◉◉◉

सुशर्मा ने विराट नगर की दक्षिणी सीमा पर एक लाख से अधिक गो-धन और पशुधन तथा दस हज़ार से अधिक उनके पालकों का अपहरण कर अपनी अभिरक्षा में सुरक्षित कर लिया था और विराट से संभावित युद्ध के लिए अपनी चक्रव्यूह रचना भी कर ली थी। योजनानुसार की गयी चक्रव्यूह रचना में हाथियों को मध्य में प्रथम क़तार में रखा गया जिसके दोनों ओर अश्वसेना थीं, पीछे पैदल-सेना का एक दल, उसके पीछे रथी और फिर रथों की एक टुकड़ी तैनात की गयी थी। योजना थी कि सामने की ओर से हाथियों की सेना विराट पर आक्रमण करेगी और साथ अश्वसेना भी विराट सेना के दोनों ओर दाहिने और बायें ये से फैलकर एक साथ आक्रमण करेंगी। इस प्रकार विराट की सेना तीन ओर से घिर जायेगी। अग्रिम पंक्ति की सेना को सहयोग करने हेतु पीछे की पैदल सेना और पीछे सुशर्मा

के रथी जो अपने अस्त्रों से दूर से मार करने में सक्षम थे अग्रिम पंक्ति की सेना को सहयोग करेंगे।

सुशर्मा ने अपनी चक्रव्यूह रचना का अन्तिम रूप से निरीक्षण किया और आश्वस्त होकर तथा अपने सहायक सेना नायकों को निर्देश देकर प्रमुख सेनानायक के साथ मध्य भाग में लौट आया, अपहरण किये गये पशु-पालकों को सबसे पीछे की ओर बन्दी बनाकर रखा गया था तथा हरण किये गये गो-धन को सुशर्मा ने अपने साथ चल रहे अ-सैनिक दल जिसमें अनुचर और रसोइये थे, के अधीन कर दिया था जिससे सेनानायकों और सैनिकों हेतु ताज़े दूध, घी और मक्खन की व्यवस्था सुचारू रूप से की जा सके।

◉◉◉

मार्ग में दो दिन का अतिरिक्त विश्राम कर चुकने के पश्चात 'कुरू' महाजनपद की सेना अपने सेनापति पितामह भीष्म के नेतृत्व में युवराज सुयोधन, कर्ण, शकुनी, जयद्रथ, अश्वत्थामा, सुशासन, विकर्ण और भूरिश्रवा के साथ विराट नगर पर उत्तर की ओर से आक्रमण हेतु कूच करने के लिए तैयार हो गयी थी। सुयोधन को अपने गुप्तचरों से यह सूचना मिल गयी थी कि सुशर्मा ने विराट की पशु-सम्पदा का हरण कर पशु-पालकों को बन्दी बना लिया है तथा उसकी सेना ने विराट की दक्षिणी सीमा पर अपनी चक्रव्यूह रचना भी कर ली है।

"अभी हमें विराट नगर की सीमा तक पहुँचने में और कितना समय लगेगा?" सुयोधन ने अपने मार्ग सचेतक से पूछा।

"हम जिस गति से विराट की ओर बढ़ रहे हैं, अभी दो दिन का समय और लगेगा।" सुयोधन ने अनुमान लगाया कि वह अपनी योजना के अनुसार ही आगे बढ़ रहा है, जब तक उसकी सेना विराट नगर पहुँचेगी, विराट अपनी सेना के साथ सुशर्मा से युद्ध कर रहे होंगे। उसकी सेना को उत्तर की ओर चुनौती देने योग्य न तो सेना होगी और न ही कोई योग्य सेनापति और वह विराट नगर में पाण्डवों को ढूँढ़ने हेतु आसानी से प्रवेश कर सकेगा। अपने निकट कर्ण को देखकर सुयोधन ने कहा, "मित्र हमारी योजना सफल होती हुई प्रतीत हो रही है।"

"कोई समाचार है विराट का?"

"हाँ, सुशर्मा ने विराट की दक्षिणी सीमा पर अपनी सैन्य चक्रव्यूह की रचना कर ली है और उनकी पशु-सम्पदा का भी हरण कर लिया है।"

“और अब पाण्डु-पुत्र पुनः बारह वर्षों हेतु अपने वनवास का दण्ड भोग करेंगे, हम विराट नगर में उन्हें किसी भी प्रकार ढूँढ़ निकालेंगे।” एक दूसरे की ओर देखकर दोनों खुलकर हँसने लगे।

⊙⊙⊙

विराट का सभागार, प्रधानमंत्री, मंत्री, सभी सहायक सेनानायक, प्रमुख सामंत और कंक तथा स्वयं महाराज विराट अपने-अपने आसन पर बैठ चुके थे। सुशर्मा के आक्रमण की सूचना विराट को मिल चुकी थी जिसे उन्होंने अपनी सभागार में सभी को बता दिया था। सभा कक्ष में थोड़ी देर सन्नाटा छाया रहा किन्तु इस मौन को तोड़ते हुए महामंत्री ने कहा-

“सूचना के अनुसार हमारे पास युद्ध के सिवा और कोई विकल्प नहीं है महाराज।”

“हम सुशर्मा के समक्ष उसकी अधीनता स्वीकार कर लेने का विकल्प कभी नहीं चुन सकते हैं।” विराट के एक मंत्री ने खड़े होकर अपना मत प्रकट किया।

“और मैं समझता हूँ कि इसकी कोई आवश्यकता ही नहीं है। हम सुशर्मा से युद्ध के लिए सक्षम और समर्थ तो हैं हीं साथ ही इस समय युद्ध के लिए तत्पर और उत्साहित भी हैं।” एक सेना नायक ने खड़े होकर कहा।

“हमें केवल अपनी नीति और चक्रव्यूह रचना के सन्दर्भ में विचार करने की आवश्यकता है।” एक दूसरे सेनानायक ने खड़े होकर कहा।

“मैं अपने राज्य के समस्त सामंतों और व्यापारियों की ओर से महाराज और इस सभा को आश्वस्त करना चाहता हूँ कि इस युद्ध के लिए धन की कोई कमी नहीं होने देंगे।” नगर के प्रमुख सामंत ने सभा को आश्वस्त करते हुए खड़े होकर कहा।

“आपके प्रस्ताव की मैं सराहना करता हूँ साथ ही इस सभा को आश्वस्त भी करना चाहता हूँ कि राज्य के कोषागार में युद्ध के लिए पर्याप्त धन है।” महामंत्री से सभा को पूर्ण रूप से आश्वस्त करते हुए कहा।

“सुशर्मा की चक्रव्यूह रचना की सूचना हमें अपने गुप्तचरों से प्राप्त हो चुकी है। मैं अपनी सेना की चक्रव्यूह रचना के लिए महाराज के विशेष सहायक श्रीमान कंक से आग्रह करता हूँ॥” शतानीक ने कहा।

“हमारे गुप्तचरों ने सुशर्मा की जिस चक्रव्यूह रचना का वर्णन किया है उससे मुझे प्रतीत होता है कि सुशर्मा सामने से आती हुई हमारी सेना पर तीन ओर से

आक्रमण करना चाहता है। सामने की ओर से हाथियों की सेना से जो हर प्रकार के अवरोध का सामना करते हुए आगे बढ़ सकते हैं तथा अश्वसेना हम पर दोनों ओर दाहिनी ओर बायीं ओर से आक्रमण करेगी। पीछे की पैदल-सेना और रथी अपने आगे की सेना का सहयोग करेंगे।"

"तुम्हारी बात उचित है कंक किन्तु हमें क्या करना होगा जिससे उसकी चक्रव्यूह रचना को ध्वस्त किया जा सके?" विराट ने पूछा।

"मैं समझता हूँ महाराज हमें ग़ैर-परम्परागत रूप से अपनी योजना बनानी चाहिए।"

"अर्थात्? " शतानीक ने पूछा।

"हमारी अस्त्रशाला में इस प्रकार की ढ़ालों का निर्माण हुआ है जो सैनिकों के पूरे शरीर को ढँक सकने में सक्षम हैं और सामने से हुए किसी भी प्रकार के आक्रमण का सामना करने हेतु हमारी ये ढ़ालें सक्षम हैं। इन ढ़ालों की विशेषता इनका अर्ध चन्द्राकार होना है।" थोड़ा ठहरकर कंक ने पुन: कहना प्रारम्भ किया, "सबसे आगे हमारी यही सेना होगी जो अपनी ओर से कोई आक्रमण नहीं करेगी किन्तु उसके पीछे हमारे धनुर्धर होंगे जिनके पास हमारी अस्त्रशाला में निर्मित वो बाण होंगे जो धनुष से छूटने के बाद स्वयं ही अग्नि उत्पन्न करते हैं और आगे की ओर तीव्रता से जलने लगते हैं। इन्हें हम अग्निबाण कह सकते हैं। हमारे आगे वाली ढालें पीछे की पैदल-सेना की भी सुरक्षा करेंगी। इन ढ़ालों को शत्रु सेना द्वारा भेदना असंभव होगा और हमारे अग्निबाणों से सुशर्मा के हाथी और अश्व भड़क कर पीछे की ओर भागने लगेंगे। इस प्रकार पीछे की पैदल सेना अपने ही हाथियों और अश्वों से कुचली जाने लगेगी जिससे उनके रथी जो सबसे पीछे होंगे अपनी आगे की सेना की कोई सहायता नहीं कर पायेंगे। इसके अतिरिक्त हमारी अश्वसेना अस्त्रशाला में निर्मित कम वज़न के त्रिशूल का प्रयोग करेगी और हमारी पैदल सेना के दोनों ओर से उन पर अपने त्रिशूलों को प्रक्षेपित करेगी, इससे उनका कोई अश्व या हाथी अग्नि बाण से बचकर आगे निकल आयेगा तो वह हमारी अश्वसेना के त्रिशूल वार का ग्रास बनेगा।"

"आप का तात्पर्य है कि हम अपने अग्निबाणों से दूर की सेना पर वार करेंगे और यदि कोई अग्निबाण से बचकर आगे बढ़ आता है तो हम त्रिशूल के वार से उसको समाप्त कर देंगे" शतानीक ने कहा।

"अवश्य! मेरा तात्पर्य यही है।"

“इससे हमारी सेना की क्षति न्यूनतम होगी।” एक सेनानायक ने कहा।

“यद्यपि मुझे युद्ध भूमि का अनुभव नहीं है तथापि श्रीमान कंक की योजना तो सटीक लग रही है।” महामंत्री ने कहा।

“मैं सोचता हूँ इस बार सुशर्मा के आक्रमण को केवल असफल या छिन्न-भिन्न ही न किया जाये वरन उसके सारे अस्त्र-शस्त्रों रथों, अश्वों और हाथियों को छीनकर उसे दण्डित भी किया जाये।” विराट ने कहा।

“आपके आदेश का पालन होगा महाराज।” कंक ने कहा।

“हाँ! इससे वह पुनः हमारी गो-सम्पदा एवं पशु-सम्पदा की ओर आँख उठाकर नहीं देखेगा।” शतानीक ने कहा।

“हमें अपनी योजना अनुसार युद्ध के लिए कब कूच करना होगा?” एक सेनानायक ने पूछा।

“एक दिन ठहरकर, इससे सुशर्मा और उसके सैनिक युद्ध की प्रतीक्षा करते-करते श्रांत होने लगेंगे और उसका मनोबल कम होने लगेगा तथा वे हमारी योजना का अनुमान लगाने में अपने मस्तिष्क को भी काफ़ी श्रांत कर लेंगे।” कंक ने कहा।

“किन्तु विलम्ब करने से हमारी गो-सम्पदा और पशु सम्पदा को कोई हानि तो नहीं होगी?” एक सामंत ने पूछा।

“नहीं सुशर्मा ने हमारी इस सम्पदा का अपहरण अपने राज्य की संपन्नता को बढ़ाने के उद्देश्य से किया है, इस कारण वह उन्हें कोई हानि नहीं पहुँचायेगा।” शतानीक ने कहा।

“हमें महाराज की सहमति और आदेश की प्रतीक्षा है।” शतानीक ने महाराज विराट की ओर देखते हुए कहा।

“सुशर्मा से इस युद्ध में महाराज ही हमारे प्रमुख सेनापति होंगे।” एक सेना नायक ने कहा।

“अवश्य!” शतानीक ने कहा।

“महाराज के नेतृत्व में हुए इस युद्ध को सुशर्मा जीवन भर नहीं भूल पायेगा।” एक अन्य सेना नायक ने सभा को संबोधित करते हुए तेज़ आवाज़ में कहा।

सभा में एक स्वर गूँजा-

“जय भवानी!”

"जय भवानी!"

विराट ने अपनी सहमति प्रदान करते हुए सभा को समाप्त कर दिया।

◉◉◉

चक्रव्यूह की रचना के अनुसार लगातार दो दिनों से खड़े हुए सैनिकों का मनोबल डगमगाने लगा था, यद्यपि प्रत्येक दस घड़ी के बाद सैनिकों की अवस्था बदल जाती थी। सुशर्मा ने अपने ढाई लाख सैनिकों में से केवल पचास हज़ार सैनिकों को ही युद्ध के लिए खड़ा किया था, शेष सैनिक अपने-अपने शिविरों में विश्राम करते थे और प्रत्येक दसघड़ी के बाद युद्ध के लिए तैयार खड़े सैनिकों के स्थान नये सैनिक स्थान ले लेते थे। पुराने सैनिक विश्राम के लिए पीछे शिविर में लौट जाते थे किन्तु सभी को यह निर्देश भी दे दिया गया था कि जैसे ही विराट के सैन्य अभियान की सूचना मिलेगी तत्काल सभी सैनिक एक साथ युद्ध के लिए तैयार हो जायेंगे तथा चक्रव्यूह में खड़े सैनिकों में यदि कोई हताहत या चोटिल होता है तो उसके स्थान पर नया सैनिक स्थान ग्रहण कर लेगा। सुशर्मा ने एक बार पुन: अपनी चक्रव्यूह रचना का निरीक्षण किया और पूरी तरह संतुष्ट होने के बाद चक्रव्यूह के पीछे अपने अन्य वरिष्ठ सेनानायकों के पास लौट आया।

"यदि विराट युद्ध के लिए नगर के बाहर नहीं आता है तो?" एक सेना नायक ने पूछा?

"विराट के पास दो ही विकल्प हैं: एक वह हमसे युद्ध के लिए बाहर निकले, दूसरा हमारी अधीनता स्वीकार करे और हमें नियमित रूप से कर चुकाये।" एक वरिष्ठ सेनानायक ने बताया।

"यदि वह दोनों में कोई भी कार्य नहीं करता है तो क्या हम यूँ ही खड़े रहेंगे अथवा वापस लौट जायेंगे?" एक अन्य कनिष्ठ सेनानायक ने अपनी आशंका व्यक्त की।

"विषम परिस्थितियों में हमें नगर में प्रवेश कर विराट को बन्दी बनाने का अधिकार है।" एक वरिष्ठ सेनानायक ने कहा।

"किन्तु विषम परिस्थितियों का अवलोकन हम कैसे और कब करेंगे?"

"हमारे देश की प्राचीन परम्परा, रीति, नीति तथा व्यवहार के अनुसार शत्रु-सेना का नगर में प्रवेश वर्जित है। सेनाओं के अधिकार और कर्तव्य में जनसमुदाय को किसी भी प्रकार की क्षति पहुँचाना नहीं है, इस कारण हम नगर में प्रवेश करने

से पूर्व विराट को सूचित करेंगे और नगर से बाहर निकलकर युद्ध करने अथवा वार्ता करने का निमंत्रण देंगे, यदि फिर भी वह बाहर नहीं निकलता है तो परिस्थितियाँ विषम होंगी और तब उसे हम बन्दी बनाने हेतु नगर में प्रवेश करेंगे वरिष्ठ सेनानायक ने कहा।

"हमें कब तक प्रतीक्षा करनी होगी?"

"इसके लिए कोई नियम व विधि-निर्धारित नहीं है, हम आज भी सूचित करने के बाद प्रवेश करने हेतु स्वतंत्र हैं और दस दिन बाद भी।"

"विराट का नगर से बाहर न निकलना उनकी युद्ध की कोई योजना भी हो सकती है।" एक अन्य वरिष्ठ सेना नायक ने कहा।

"युद्ध के समय किसी भी संभावना को अनदेखा नहीं किया जा सकता है।"

"हमें प्रत्येक समय सतर्क रहने की आवश्यकता है।"

"किसी भी समय आक्रमण हो सकता है, विराट हर प्रकार से सक्षम और समर्थ हैं।"

विराट की सेना नगर के बाहर से निकलकर अपनी योजना के अनुसार चक्रव्यूह की संरचना करने लगी थी। आगे की पाँच पंक्तियों के सैनिकों के पास कोई शस्त्र नहीं थे केवल विशेष रूप से बनी हुई अर्धचन्द्राकार ढालें थीं जिसके पीछे के सैनिकों का कोई भी अंग सामने से दिखाई नहीं दे रहा था। सैनिक अपनी-अपनी ढालों को इस प्रकार जोड़कर चल रहे थे कि उनके मध्य कोई भी दूरी न रहे और एक भी बाण उनकी ढालों का भेद कर पीछे न जा सके। आगे के सैनिकों की यह पंक्ति पीछे के सैनिकों को भी सुरक्षा प्रदान कर रही थी जिनके हाथों में धनुष और बाण थे। विराट के सैनिक अत्यंत सावधानी से धीरे-धीरे आगे बढ़ रहे थे। विराट के अग्रिम पंक्ति के सैनिकों को देखकर सुशर्मा आश्चर्यचकित हो गया, पहले तो वह समझ ही नहीं पाया कि विराट के सैनिक युद्ध के लिए आगे बढ़ रहे हैं अथवा आत्मसमर्पण के लिए। सुशर्मा ने सोचा ये अपनी सुरक्षा ढालों से किस प्रकार युद्ध करने में सक्षम होंगे। सुशर्मा ने विराट के सैनिकों को ठहर जाने का आदेश दिया किन्तु तीन बार आदेश देने के बाद भी जब विराट के सैनिक नहीं रूके तो अपने सैनिकों से कहा, "आक्रमण!"

'हर हर महादेव' की गूँज के साथ सुशर्मा के सैनिकों ने बाणों की वर्षा कर दी, किन्तु यह क्या? सभी बाण ढालों से टकरा कर विफल हो गये। विराट का

कोई भी सैनिक न तो हताहत हुआ और न ही रुका, वे उसी प्रकार धीरे-धीरे आगे बढ़ते रहे। सुशर्मा ने अपने सैनिकों को अपने-अपने भाले से आक्रमण करने का आदेश दिया। एक साथ अनेक भाले छूटे किन्तु सभी ढालों से टकरा कर निष्फल हो गये। बिना किसी आक्रमण के विराट के सैनिकों को उसी प्रकार आगे बढ़ता देखकर वह अपने अश्वारोहियों को आक्रमण करने का आदेश देता कि इसके पहले विराट के सैनिकों के मध्य में थोड़ी हलचल हुई, एक साथ बहुत सारे बाण छूटे और ये बाण जैसे ही वायु के सम्पर्क में आये सारे बाणों के अग्रिम सिरे पर स्वत: अग्नि प्रज्ज्वलित हो उठी।

◉◉◉

विराट के गुप्तचरों ने 'उत्तर कुमार' को राज्य की उत्तरी सीमा पर कुरू के आक्रमण की सूचना दे दी थी। पूर्व निर्धारित योजना के अनुसार उत्तर कुमार ने वृहन्नला के साथ मंत्रणा करके अपने पचास हज़ार सेना को युद्ध के लिए तैयार होने का समुचित आदेश दे दिया। उत्तर कुमार ने अपनी बहन उत्तरा की सलाह पर वृहन्नला को अपना सारथी चुन लिया था, उत्तरा ने अपने भाई उत्तर कुमार को यह सलाह सैरन्धी के कहने पर दी थी।

"जय भवानी! " की जयघोष के साथ उत्तर कुमार रथ पर बैठकर अपनी सेना का नेतृत्व करते हुए राज्य की उतरी सीमा की ओर प्रस्थान कर गये; उत्तरा ने उत्तर कुमार को तिलक लगाकर युद्ध के लिए विदा किया था।

उत्तर कुमार का राज प्रसाद पीछे छूट गया था। वृहन्नला किसी दक्ष सारथी के समान रथ को तेज़ी से आगे बढ़ा रहा था, उसके पीछे अश्वसेना तथा पैदल सेना जयघोष करती आगे बढ़ रही थी। उत्तर कुमार ने अपने रथ के पीछे रखे अस्त्रों और शस्त्रों का एक बार पुन: निरीक्षण किया किन्तु अपने गुप्तचरों द्वारा उपलब्ध कराई गयी सूचना को सोचकर थोड़ा सहम गया। वह अपने पचास हज़ार सैनिकों के साथ दो लाख से भी अधिक कौरवों से लड़ने हेतु जा रहा था। कौरव सेना में भीष्म, द्रोणाचार्य, कृपाचार्य, कर्ण, अश्वत्थामा, जयद्रथ, सुयोधन, सुशासन विकर्ण जैसे महारथी हैं, कौरवों के महारथियों का नाम स्मरण करते ही उत्तर कुमार का मन कुछ अस्थिर होने लगा, सहसा उत्तर कुमार ने वृहन्नला से पूछा- "तुम मुझे कहाँ ले चल रहे हो?"

"युद्ध भूमि में कुमार! जहाँ कौरवों की सेना ने राज्य की साठ हज़ार से अधिक गो-सम्पदा तथा अन्य पशु-संपदा एवं गो-पालकों का हरण कर लिया है। उनसे

प्रतिशोध लेने हेतु, उनके अपराधों के लिए उन्हें दण्डित करने और उनके द्वारा हरण की सम्पदा तथा गो-पालकों को वापस लाने हेतु।''

''वृहन्नला हमारे पीछे केवल पचास हज़ार सैनिक हैं जबकि गुप्तचरों की सूचना के अुनसार कौरवों की सेना में दो लाख से अधिक। मैं अकेला महारथी हूँ जबकि उनकी सेवा में आठ से दस महारथी हैं, हम किस प्रकार उनसे युद्ध कर पायेंगें?''

''कुमार, युद्ध कौशल और साहस से जीते जाते हैं, संख्या से नहीं।''

''किन्तु कौरव सेना में भीष्म, कर्ण, अश्वत्थामा जैसे महारथी हैं, मैं उनसे युद्ध करने में सक्षम नहीं हूँ।''

''आपके महल और नगर में विजयी होकर वापस आने की प्रतीक्षा हो रही है कुमार, हम रिक्त हाथ वापस नहीं लौट सकते हैं।''

''और मैं अकेला इन महारथियों से युद्ध नहीं कर सकता।''

''युद्ध के मैदान से वापस लौटना कायरता है कुमार! ''

''वृहन्नला यदि तुमने रथ वापस नहीं मोड़ा तो मैं रथ से कूदकर स्वयं ही वापस लौट जाऊँगा।''

''और आपकी जयघोष करती पीछे आ रही सेना उसका क्या करेंगे?''

''पीछे आ रही सेना भी युद्ध में पारंगत नहीं है, यह सेना नगर की आंतरिक सुरक्षा व्यवस्था के लिए है, कौरवों से युद्ध के लिए नहीं है।''

''ठीक है कुमार, यदि आप युद्ध नहीं कर सकते हैं तो हमारे सारथी तो बन सकते हैं।'' वृहन्नला ने रथ को रोक दिया था और उत्तर कुमार ने पीछे आती हुई सेना को भी संकेत से रुकने का आदेश दे दिया था।

''तुम्हारा क्या मतलब है वृहन्नला?''

''यही कि आप मेरे सारथी बनें, मैं कौरवों द्वारा अपहरण की गयी गो-सम्पदा तथा गो-पालकों को मुक्त कराये बिना वापस नहीं लौट सकता।''

''क्या तुम मेरे इन अस्त्रों-शस्त्रों से युद्ध करोगे?''

''नहीं आपके ये अस्त्र-शस्त्र मेरे किसी काम के नहीं हैं।''

''तुम कौन हो वृहन्नला?'' अपना परिचय दो और तुम्हारा स्वर क्यों बदल गया है?''

"कुमार हम एक वर्ष से आपके राज्य की शरण में हैं और अब हमारा यह उत्तरदायित्व है कि राज्य की सीमा पर आये हुए इस संकट से राज्य की रक्षा करें।"

"किन्तु तुम हो कौन?" अपना परिचय दो और यदि तुम हमारे अस्त्रों का उपयोग नहीं करोगे तो युद्ध किस प्रकार करोगे"

"आप मेरे सारथी बनना स्वीकार करें कुमार, अपना परिचय मैं आपको मार्ग में दें दूँगा।"

"मुझे तुम्हारा सारथी बनने में कोई आपत्ति नहीं है, किन्तु...।"

"आप अपनी सेना को यहीं ठहरने का आदेश दें और यदि कौरव सेना आगे बढ़ने का प्रयास करती है तो पूरी शक्ति से उसका सामना करने हेतु भी आदेशित करें।" उत्तर कुमार ने वृहन्नला के कहने के अनुसार अपनी सेना को आदेशित कर दिया।

उत्तर कुमार ने रथ पर सारथी का स्थान ग्रहण कर लिया था। वृहन्नला ने अपने हाथों में पहनी हुई हाथी के दाँत की चूड़ियों को उतार दिया।

⊙⊙⊙

सुशर्मा के अग्रिम पंक्ति के सैनिक हवा में जलते हुए बाण देख कर हतप्रभ हो गये, उन्होंने ऐसी कल्पना नहीं की थी कि हाथियों की सेना सामने अग्नि देखकर भड़क सकती है। यद्यपि सुशर्मा के हाथी युद्ध के लिए प्रशिक्षित थे किन्तु यह अलग प्रकार का आक्रमण था और सुशर्मा के सैनिक इसके लिए तैयार नहीं थे। सुशर्मा ने पीछे खड़ी अपनी पैदल-सेना को दो भागों में बाँटकर बीच में मार्ग छोड़ने का आदेश दिया जिससे यदि हाथी अग्नि देखकर भड़कते हैं और पीछे की ओर भागते हैं तो भी पैदल-सेना हाथियों से कुचली न जाये। इसके अतिरिक्त सुशर्मा के सैनिकों ने अग्नि से जलते हुए बाणों को बीच में ही रोकने हेतु अपने बाण छोड़े जिसमें उन्हें आंशिक सफलता भी मिली। किन्तु विराट की सेना की ओर से अनवरत छोड़े जा रहे बाणों को लगातार रोक कर रखना सुशर्मा के अग्रिम पंक्ति के सैनिकों के लिए कठिन को रहा था। विराट के सैनिक अपने सुरक्षा कवचों के साथ उसी प्रकार धीरे-धीरे आगे बढ़ रहे थे और लगातार अपने बाण छोड़ रहे थे और अन्ततः सुशर्मा के हाथी भड़क कर पीछे की ओर लौटने लगे किन्तु इस स्थिति से निपटने के लिए सुशर्मा ने पहले ही अपनी सेना के मध्य मार्ग बना दिया था। इस कारण हाथियों के भड़कने से सुशर्मा की सेना को उतनी क्षति नहीं हुई जितनी विराट ने अपेक्षा की थी किन्तु हाथियों के पीछे हट जाने से सुशर्मा की सैन्य शक्ति कुछ क्षीण तो अवश्य

ही हो गयी थी।

सुशर्मा ने अपनी अश्वसेना को आगे बढ़कर आक्रमण करने का आदेश दिया किन्तु विराट के सैनिक भी दो भागों में बँटकर दोनों ओर की अश्वसेना पर अपने बाणों की वर्षा करने लगे, इससे उनके अश्व भी आगे बढ़ने में झिझकने लगे थे। कंक के आदेश पर विराट की अश्वसेना भी अपनी पैदल-सेना का सहयोग करने हेतु आगे बढ़ने लगी थी। विराट की अश्वसेना दो भागों में विभाजित थी; एक ओर का नेतृत्व शतानीक तो दूसरी ओर का नेतृत्व ग्रान्थिक कर रहे थे।

सुशर्मा के हाथी मैदान छोड़कर पीछे की ओर जा चुके थे। विराट को युद्ध के मैदान में प्रारम्भिक सफलता मिल चुकी थी। सुशर्मा ने हाथियों द्वारा छोड़े गये स्थान को भरने हेतु अपने रथों की सेना को आगे बढ़ने का आदेश दिया। रथों को आगे बढ़ता देखकर विराट ने भी अपनी पैदल सेना को दो भागों में बँटकर रथों को आगे बढ़ने हेतु स्थान देने का आदेश दिया जिसे शीघ्रता के साथ पालन किया गया। अपने रथ पर रथी टुकड़ी के साथ विराट सबसे आगे बढ़ चुके थे।

⊙⊙⊙

थोड़ा आगे बढ़कर वृहन्नला ने उत्तर कुमार से दाहिनी ओर चलने के लिए कहा, धौम्य पुरोहित ने अपने शिष्यों के माध्यम से अत्यंत गोपनीय रूप से उस पहाड़ी का नाम और वहाँ तक पहुँचने के मार्ग की सटीक सूचना और दिशा कंक तक पहुँचा दी थी जिसे कंक ने अपने भाईयों को बता दिया था।

"वृहन्नला इस ओर तो निर्जन प्रदेश है, इधर कोई आता-जाता नहीं तथा जंगली पशुओं का भी भय रहता है।"

"मुझे ज्ञात है कुमार, इस निर्जन प्रदेश को ही हमने अपनी अस्त्रशाला हेतु चुना है।"

"वन के इस भयानक और निर्जन प्रदेश में तुम्हारी अस्त्रशाला?"

"हाँ कुमार! आप मेरे परिचय हेतु इच्छुक होंगे!"

"अवश्य वृहन्नला!"

"मैं पाण्डु-पुत्र अर्जुन हूँ।"

उत्तर कुमार ने आश्चर्यचकित होकर पीछे मुड़कर देखा और अचानक रथ रोक दिया।

"क्या आप लोग हमारे राज्य में ही अपने अज्ञातवास का समय व्यतीत कर

रहे थे?"

"हाँ कुमार और अब वह समय पूर्ण हो चुका है। हम स्वतंत्र हैं।" अर्जुन ने आगे कहा,

"आपके राज्य में कंक वास्तव में महाराज युधिष्ठिर हैं, बल्ल्भ भीम हैं, अश्वपालक ग्रन्थिक नकुल तथा गो-पालक तंतिपाल सहदेव हैं तथा सैरन्ध्री द्रोपदी हैं।"

"आपको हमारे राज्य में शरणार्थी के रूप में छिपकर रहने की आवश्यकता नहीं थी।"

"समय नष्ट करने की आवश्यकता नहीं है कुमार, रथ को सामने दिख रही पहाड़ी की ओर ले चलो।"

"आपका सारथी बनकर मैं अपने आप को धन्य समझने लगा हूँ धनुर्धर अर्जुन।"

"हमने तुम्हारे राज्य में अपने अज्ञातवास का समय सफलतापूर्वक पूर्ण किया है और अब हमारा उत्तरदायित्व है कि हम इस राज्य की सुरक्षा करें; तुम भय को अपने हृदय से निकाल दो।"

"मैं भयभीत नहीं हूँ मुझे आप पर पूरा भरोसा है किन्तु इस पहाड़ी पर आपकी अस्त्रशाला?"

"इस पहाड़ी पर हमारी अस्त्रशाला ही नहीं धौम्य पुरोहित भी हैं जो लगातार इस पहाड़ी पर अस्त्रों की स्थापना, उनका रख-रखाव तथा उन्हें आवश्यकता होने पर तत्काल प्रयोग करने योग्य बनाये रखने में कार्यरत हैं।"

◉◉◉

विराट का रथ तेज़ी से आगे बढ़ चुका था। सुशर्मा ने सबसे आगे विराट को देखकर अपने रथियों को आगे बढ़कर विराट को घेरने का आदेश दिया और स्वयं भी आगे बढ़ आया। शतानीक और ग्रान्थिक, सुशर्मा की अश्वसेना से वीरता के साथ लड़ रहे थे। सुशर्मा की अश्वसेना धीरे-धीरे पीछे हटती जा रही थी जिसके कारण सुशर्मा की पैदल-सेना पर भी पीछे हटने का दबाव बढ़ रहा था। कंक ने आगे बढ़कर पुन: अपनी पैदल-सेना को सुशर्मा के अश्वों पर अग्निबाणों की वर्षा करने का आदेश दिया, इस बार सुशर्मा की अश्वसेना पर अग्निबाणों की वर्षा का व्यापक प्रभाव हुआ। सुशर्मा के अश्वसैनिक इस दोहरी रणनीति से स्वयं को सँभाल नहीं सके

और तेज़ी से पीछे की ओर हटने लगे। काफ़ी आगे बढ़ चुके विराट की सहायता करने हेतु कंक और बल्लभ आगे बढ़े। सुशर्मा की रथ सेना ने उन्हें रोकने का प्रयास तो किया किन्तु सफल नहीं हो सके। कंक और बल्लभ विराट तक पहुँच पाते इसके पहले ही सुशर्मा ने विराट को बन्दी बनाकर विजय का शंखनाद कर दिया जैसा कि परम्परा, विधि और नीति थी।

सेनापति के बंदी बनाये जाने के साथ ही विराट की सेना ने युद्ध रोक दिया था। यद्यपि सुशर्मा की अश्वसेना और पैदल सेना परास्त होकर पीछे की ओर भाग रही थी, शतानीक ने तत्काल स्वयं को विराट की सेना का सेनापति घोषित किया और अपनी सेना को आगे बढ़ने हेतु आदेशित किया किन्तु शतानीक को अधिक सफलता नहीं मिली। सुशर्मा को अब युद्ध के मैदान में रुकने की आवश्यकता नहीं थी यद्यपि उसकी अश्वसेना, पैदल-सेना और हाथियों की सेना मैदान छोड़कर पहले ही इधर-उधर छिन्न-भिन्न हो गयी थी। सुशर्मा के रथों पर विजय पताका फहराने लगी थी, शंखनाद होने लगे थे तथा रथ त्रिगर्त की ओर बंदी विराट को लेकर दौड़ने लगे थे।

⊙⊙⊙

उत्तर कुमार ने रथ को पहाड़ी के निकट ले जाकर रोका। पहाड़ी के चारों ओर शमी के सघन पेड़ थे तथा पहाड़ी के उस पार शमी का घना वन दिखाई दे रहा था। यह एक ऐसी जगह थी जहाँ जाने की किसी को भी कोई आवश्यकता नहीं थी। शमी के सघन वृक्ष होने के कारण जंगली पशु भी उधर कम आते थे क्योंकि शमी के पेड़ों पर घने काँटे होते हैं। अर्जुन ने सोचा कि धौम्य पुरोहित ने अस्त्रों की स्थापना हेतु बहुत सुरक्षित, गोपनीय और उचित स्थान चुना है, यहाँ तक आने के विषय में कोई सोच भी नहीं सकता है।

"आश्चर्य हो रहा है श्रीमान अर्जुन कि इस निर्जन और भयानक स्थान पर धौम्य पुरोहित और तकनीकी कारीगरों ने एक वर्ष का समय व्यतीत किया। अद्भुत और अकल्पनीय।!"

"साहस और निष्ठा हो तो कोई भी कार्य दुष्कर नहीं है कुमार।"

पहाड़ी के पृष्ठ-भाग से निकलकर धौम्य पुरोहित आगे आये। अर्जुन अपना सिर झुकाकर शमी के वृक्ष के नीचे से होकर पहाड़ी की तलहटी तक आये।

अर्जुन और कुमार उत्तर धौम्य के बताये मार्ग से सिर झुकाकर पहाड़ी तक

पहुँचे। अर्जुन और उत्तर कुमार को गले लगाकर धौम्य पुरोहित ने बताया-

"सामने से देखकर तुम एक पहाड़ी समझ रहे हो वास्तव में यहाँ दो पहाड़ियाँ हैं। सामने की पहाड़ी ऊँची है और इसके पृष्ठ भाग की ओर एक इससे थोड़ी नीची पहाड़ी है। इसी नीची पहाड़ी पर आपके अस्त्रों की स्थापना की गयी है जो सामने से नहीं दिखते तथा पीछे की ओर घना शमी का वन है, इस कारण यह स्थान चारों ओर से सुरक्षित और गोपनीय है।"

"किन्तु आप लोग यहाँ रह कैसे रहे थे?"

"इस पहाड़ी के पीछे रहने योग्य एक बड़ी गुफा भी है, जहाँ आवश्यकता होने पर बीस से तीस लोग भी रह सकते हैं और हम सब तो दस ही थे। किन्तु बीच-बीच में हमारे शिष्य आते रहते थे और उन्हीं के द्वारा हमें अपनी आवश्यकता की वस्तुएँ मिलती रहती थीं।"

"इस सघन शमी के वन के पीछे क्या है?" उत्तर कुमार अपनी जिज्ञासा को रोक नहीं सके।

"अनुमान के अनुसार यह सघन वन क्षेत्र तीन से चार योजन तक फैला है किन्तु उसके बाद कोई शवदाह का स्थान है क्योंकि कभी-कभी उधर से ऐसी गंध आती है; हो सकता है उसमें कुछ दूरी पर कोई बस्ती भी हो या वनवासी रहते हो किन्तु उस ओर आते-जाते कभी कोई दिखा नहीं।" धौम्य ने विस्तार से उत्तर दिया।

धौम्य के नेतृत्व में अर्जुन और उत्तर कुमार पीछे की ओर छोटी पहाड़ी पर चढ़ने लगे।

◉◉◉

शतानीक, कंक, बल्लभ, तंतिपाल, ग्रांथिक तथा कुछ और सेनानायक जो रथ पर थे सुशर्मा का पीछा किया। बल्लभ ने अपने रथ से उत्तरकर पीछे चल रहे रथ जिस पर विराट की सेना के शस्त्र थे उनमें से अपने लिए सबसे भारी गदा को लेकर सुशर्मा के रथ की ओर दौड़े। सुशर्मा ने बल्लभ को मार्ग में अचेत करने के लिए कई बाण छोड़े किन्तु सभी को अपनी गदा से बल्लभ ने रोक लिया; सुशर्मा के साथी रथों से छोड़े जा रहे बाणों को कंक और शतानीक अपने बाणों से मार्ग में ही काट देते थे। बल्लभ का साथ देते हुए ग्रांथिक ने अपने अश्व को तेज़ी से बढ़ाया किन्तु तब तक बल्लभ ने दौड़कर सुशर्मा के रथ को पकड़ लिया। कंक और

शतानीक ने आगे बढ़कर विराट को सुशर्मा के बन्धन से युक्त करा लिया। बल्लभ ने सुशर्मा को बंदी बना लिया था, सुशर्मा के बंदी होते ही उसकी सेना तितर-बितर होकर इधर-उधर भाग गयी।

सूर्य ढल चुका था, विराट की सेना ने मशालें जला ली थीं। बंदी सुशर्मा को दण्डित करने के लिए विराट के सामने प्रस्तुत किया गया किन्तु विराट ने रात्रि के समय कोई निर्णय लेना उचित नहीं समझा और वहीं रात्रि-विश्राम करने का निर्णय लिया।

◉◉◉

धौम्य पुरोहित ने स्थापित संचार प्रणाली और अस्त्र-शस्त्रों के विषय में अर्जुन और उत्तर कुमार को विस्तार से बता दिया था। कौरवों की सेना के साथ सचल संचार प्रणाली रहती थी किन्तु जिन अस्त्रों का प्रयोग वर्जित था उन्हें साथ लेकर पितामह भीष्म कभी नहीं चलते थे।

अर्जुन ने धौम्य पुरोहित से अपना गांडीव धनुष और शिव से प्राप्त संदेश-सूचक बाण लिया। यह वह तकनीक थी जिसमें विभिन्न रंगों के माध्यम से शत्रु-सेना अथवा मित्र-सेना को आवश्यक संदेश रंगों के माध्यम से प्रेषित किया जा सकते थे। बाण रंग बिखेरने के साथ ध्वनि भी करते थे जिसमें शत्रु या मित्र दोनों को दूर से अपने वास्तविक मन्तव्य की सूचना प्रेषित की जा सकती थी। अर्जुन ने सफ़ेद रंग बिखेरने तथा मध्यम ध्वनि उत्पन्न करने वाला बाण चुना और जिस ओर कौरव सेना थी उस ओर छोड़ दिया, बाण ने सफलतापूर्वक अपना लक्ष्य पूरा किया।

"इस प्रकाश का अर्थ है कि शत्रु हमसे सन्धि करने का इच्छुक है और इस ध्वनि का अर्थ है शत्रु भी अपनी संचार प्रणाली के साथ हम से वार्ता करना चाहता है।" पितामह अपनी बात समाप्त करते कि पुन: ऊपर लाल प्रकाश तीव्र ध्वनि के साथ बिखर गया।

"अब यह क्या है पितामह?" सुशासन ने पूछा।

"इसका अर्थ है यदि संधि की वार्ता विफल होती है तो शत्रु युद्ध के लिए तैयार है।"

"किन्तु मेरी समझ के अनुसार यह तकनीकी केवल उत्तर में हिमालय की तलहटी में किरात समुदाय के पास है।" भीष्म ने कहा।

"किरात जिसका मुखिया शिव है?"

कुछ विचार करते हुए द्रोणाचार्य ने कहा, "हाँ, ये शिव के संदेश-वाहक अस्त्र हैं।"

"किन्तु यह तकनीक विराट के पास कहाँ से आयी पितामह? यह तो हस्तिनापुर के पास भी नहीं है।" सुयोधन ने कहा।

"यह तकनीक विराट को नहीं पाण्डु-पुत्रों को प्राप्त हुई है। गंधमादन पर्वत के निकट प्रवास के दौरान, शिव से।" द्रोणाचार्य ने गहन विचार करने के बाद कहा।

सुयोधन ने विचार किया कि उसका अनुमान सही था कीचक का वध भीम ने ही किया है और शिव से प्राप्त इस तकनीक का प्रयोग अर्जुन ने ही किया है और यह संचार-प्रणाली भी विराट की नहीं हो सकती, इसकी स्थापना भी पाण्डवों ने विराट की सीमा पर की है। कौरव सेना के तकनीकी कारीगरों ने अपनी संचार-प्रणाली को स्थापित कर विराट की संचार-प्रणाली से सम्पर्क कर एक छोटा यंत्र पितामह को दिया जिससे अल्प श्रुति ध्वनि तरंगों को दूर तक भेजा जा सकता था, हम माइक कह सकते हैं। पितामह कुछ कहते इसके पूर्व 'उत्तर' की आवाज़ सुनाई दी।

"मैं मत्स्य महाजनपद का राजकुमार 'उत्तर' अपने पिता राजा विराट की शक्तियों का प्रयोग करते हुए आपको आग्रहपूर्वक आदेश देता हूँ कि आप हमारे राज्य की गो-सम्पदा और गो-पालकों को मुक्त कर हमें सौंप दें और वापस हस्तिनापुर लौट जायें।"

"कुमार उत्तर आपका राज्य हमारे महाराज धृतराष्ट्र द्वारा दण्डित किये गये पाण्डु-पुत्रों और उनकी पत्नी को शरण देने का अपराधी है, आप उन्हें हमें सौंप दें। हम आपके गो-धन और गो-पालकों को मुक्त कर देंगे।" भीष्म पितामह ने प्रतिकार करते हुए कहा।

"पितामह भीष्म, पाण्डु-पुत्र अपने दण्ड के बारह माह पूर्ण कर चुके हैं। वे अब स्वतंत्र हैं और आपके राज्य की आधीनता स्वीकार नहीं कर सकते हैं।"

सुयोधन ने अपने तकनीकी कारीगरों को संचार प्रणाली को बंद करने का संकेत किया, उसके आदेश का शीघ्र अनुपालन किया गया।

"पितामह! क्या कालगणना के अनुसार पाण्डव अपने बारह माह के का दण्ड पूरा कर चुके हैं?"

"हाँ पुत्र, उनके दण्ड के बारह माह पूर्ण हो चुके हैं।"

सुयोधन ने प्रश्नवाचक दृष्टि से गुरू द्रोण और पुरोहित कृपाचार्य की ओर देखा। द्रोणाचार्य और कृपाचार्य ने भी पितामह जी काल गणना से सहमति व्यक्त की किन्तु सुयोधन को विश्वास नहीं हुआ उसने कर्ण और शकुनी से भी पुन: कालगणना करने को कहा। कर्ण और शकुनी ने एक बार पुन: कालगणना की और पितामह की गणना को सही बताया।

सुयोधन ने अपने तकनीकी कारीगरों को संकेत कर वैसा ही एक और यंत्र जैसा भीष्म के पास था अपने हाथ में लिया और संचार प्रणाली को पुन: प्रारंभ करने का आदेश दिया।

"विराट के युवराज कुमार उत्तर! यदि शक्ति और साहस है तो सामने आकर युद्ध करो नहीं तो कुरू राज्य की आधीनता स्वीकार करो।"

"युवराज सुयोधन हम युद्धभूमि में ही हैं, आप हमारी पशु-सम्पदा को मुक्त करें नहीं तो हम अपने अस्त्रों का प्रयोग करने हेतु स्वतंत्र होंगे।"

"उत्तर, कायरों की तरह बातें बंद करो और युद्ध के मैदान में आकर युद्ध करो। तुम चाहो तो पाण्डु-पुत्रों को भी ला सकते हो।"

"हम युद्ध के मैदान में ही हैं किन्तु आपने यदि आदेश का पालन नहीं किया तो हमारे एक प्रलयास्त्र से ही तुम्हारी पूरी सेना नष्ट को जायेगी।"

"अनर्गल प्रलाप बन्द करो उत्तर, मैं जानता हूँ विराट के पास ऐसे अस्त्र नहीं हैं।"

"कुछ क्षण प्रतीक्षा करो सुयोधन।"

अर्जुन ने गाण्डीव की प्रत्यंचा चढ़ाई और आकाश में एक बाण छोड़ दिया। वह सुयोधन के ठीक सामने धरती की गहराई में अंदर तक धँस गया।

"सुयोधन! यह अस्त्र केवल परीक्षण के लिए है। अभी तुम्हारे सामने इस धरती में पचास गज़ चौड़ा और लम्बा गड्ढा हो जायेगा, कोई निकट है तो उसे पीछे हटा दो। तुम देखोगे कि उस गड्ढे में खौलता पानी भर गया है, हमारे पास ऐसा अस्त्र भी है जो पाँच हज़ार गज़ का इसी प्रकार का गड्ढा कर सकता है; निर्णय तुमको करना है।"

सुयोधन ने उत्तर कुमार की बातों को सच होते हुए देखा।

"कुमार उत्तर! आपके साथ यदि पाण्डु-पुत्र हैं तो इस अस्त्र का प्रयोग करने की अनुमति नहीं दे सकते।" भीष्म पितामह ने कहा।

"आप सच कह रहे हैं पितामह।" अर्जुन ने द्रोणाचार्य, कृपाचार्य तथा पितामह का यथोचित अभिवादन करने के बाद कहा।

"पुत्र अर्जुन! तुम जानते हो इस प्रकार के घातक अस्त्रों से जीवित मानवता सदियों तक पीड़ित होती रहेगी।" भीष्म ने कहा।

"पितामह हमने अज्ञातवास का दण्ड विराट की अधीनता में व्यतीत किया और इसके लिए यदि इससे भी घातक अस्त्र का प्रयोग करना आवश्यक हुआ तो भी हम पीछे नहीं रहेंगे।"

तनिक देर रुककर अर्जुन ने पुन: कहना प्रारम्भ किया,

"पितामह सूर्य ढल रहा है, शीघ्र निर्णय करें। आप वापस लौटें या हमारे अस्त्र का सामना करने को तैयार रहें।"

"पितामह हम वापस नहीं लौट सकते हैं।" सुयोधन ने कहा।

अर्जुन ने प्रतीक्षा की, एक-दो-तीन-चार और गाण्डीव की प्रत्यंचा अर्जुन ने अपने कान तक खींचकर बाण छोड़ दिया, यह अचेतास्त्र था, लक्ष्य सटीक था। बाण कौरव-सेना के मध्य आकाश में नीला और लाल प्रकाश करते हुए एक तीव्र ध्वनि के साथ फट गया। अस्त्र के फटते ही हल्की गंध के साथ एक विशेष प्रकार की वायु चारों ओर फैल गयी। पूरी कौरव सेना के सभी रथी और महारथी अपने-अपने स्थान पर मूर्छित होकर धीरे-धीरे स्वयं ही लेट गये।

"कुमार उत्तर, कौरव सेना रातभर के लिए अचेत हो गयी है। आप अपने सैनिकों से कहें कि कौरव सेना के सारे अस्त्र-शस्त्र अपने अधिकार में ले लें और प्रात: काल जब सेना को होश आयेगा तो ये आपसे युद्ध करने की स्थिति में नहीं होगें।"

राजकुमार उत्तर के आदेश का सेना ने तत्काल अनुपा़लन किया। गो-पालक अपने गो-धन तथा अन्य पशुधन को लेकर वापस लौट पड़े।

"हमें यहीं अपनी सेना के साथ ठहरकर पूरी रात प्रतीक्षा करनी होगी और प्रात: कौरव सेना जब वापस हस्तिनापुर की ओर वापस लौट जायेगी तभी हम नगर में प्रवेश करेंगे।" अर्जुन ने कहा। धौम्य, अर्जुन, और कुमार उत्तर अपनी सेना के साथ उसी स्थान पर रात्रि विश्राम हेतु ठहर गये जहाँ सेना पहले रूकी हुई थी।

◉◉◉

दैनिक क्रियाओं से निवृत होने के पश्चात राजा विराट के सामने न्याय के लिए

सुशर्मा को प्रस्तुत किया गया। सुशर्मा द्वारा अपने अपराध के लिए क्षमा माँगने तथा पुन: कोई आक्रमण न करने का अनुरोध करने के कारण विराट ने कंक और शतानीक से परामर्श कर सुशर्मा को मुक्त कर दिया। विराट की सेना ने विजय पताका फहराई जिसका सिर झुकाकर सुशर्मा ने अभिवादन किया। विजय का शंखनाद करते हुए विराट के नेतृत्व में पूरी सेना विराट नगर की ओर लौट चली।

आकाश से सूर्य की आभा धीरे-धीरे विराट नगर की उत्तरी सीमा पर फैल रही थी और कौरव सेना भी धीरे-धीरे अपनी अचेतावस्था से चेतन होने लगी थी। सुयोधन ने देखा उसकी सेना में किसी के पास कोई अस्त्र शस्त्र नहीं है। उनके वस्त्र भी अस्त-व्यस्त हो गये थे।

"पितामह, अर्जुन की कायरता देखी आपने?" सुयोधन ने कहा।

"पुत्र गंभीरता से विचार करो, अर्जुन हम सबकी हत्या भी कर सकता था किन्तु उसका उद्देश्य केवल विराट को हमारे आक्रमण से बचाना और विराट की गो-सम्पदा को बचाना था।"

"अपने अस्त्रों से विहीन होकर हम अब कोई भी आक्रमण नहीं कर सकते हैं।" कर्ण ने निराश होते हुए कहा।

"वापस लौटने के अतिरिक्त हमारे पास और कोई उपाय नहीं है।" द्रोणाचार्य ने भीष्म की ओर देखकर कहा।

"कोई दूसरा विकल्प तो मुझे भी नहीं दिखाई दे रहा है।" कर्ण ने सुयोधन से कहा।

कौरव सेना के महारथियों ने अपने सेनापति भीष्म से विचार-विमर्श करने के पश्चात वापस लौटने का निर्णय किया।

धौम्य, अर्जुन और कुमार उत्तर निराश कौरव सेना को वापस लौटते हुए देर तक देखते रहे और जब कौरव सेना आँखों से ओझल हो गयी तब वे सब भी वापस अपनी सेना के साथ लौट गये। कुमार उत्तर की विजय का समाचार विराट को और विराट की विजय का समाचार कुमार उत्तर को मार्ग में ही मिल गया था। अपनी सेनाओं के स्वागत के लिए, विराट नगर पूरी तरह तैयार था। स्थान-स्थान पर तोरण द्वार और बन्दनवार लगाये गये थे। सेनाओं के मार्ग में दोनों ओर से नागरिकों द्वारा फूल बरसाये जा रहे थे। विराट की सेना ने नगर में पहले प्रवेश किया था।

अध्याय चौदह

कुमार उत्तर का राजकीय सम्मान करने के लिए विराट नगर का सभागार राज्य की परम्परा और लोक रीति के अनुसार सजाया जा चुका था। कुमार उत्तर के विशेष अनुरोध पर कंक के साथ बल्लभ, तंतिपाल, ग्रांथिक और सैरन्ध्री को भी सभागार में उपस्थित रहने की अनुमति प्रदान कर दी गयी थी।

राज्य के सभी मंत्री, सेना, नायक, प्रमुख सामंत और व्यापारी अपने-अपने नियत स्थान बैठ चुके थे। सभागार के मुख्य द्वार पर संगीत वादक स्वागत के अवसर पर बजने वाले विशेष संगीत का वादन कर रहे थे। नगर में चारों ओर उत्साह और प्रसन्नता का वातावरण था। कीचक की मृत्यु के बाद नगर वासियों में राजा विराट के प्रति विश्वास काफ़ी बढ़ गया था। नगर के दोनों छोरों पर विजय के समाचार ने नागरिकों का मनोबल काफ़ी ऊँचा कर दिया था।

प्रमुख राज-प्रहरी ने सभा कक्ष में राजा विराट महारानी सुदेष्णा, राजकुमार उत्तर और राजकुमारी उत्तरा के आगमन की उद्घोषणा की। मुख्य प्रवेश द्वार से राज परिवार के प्रवेश करते हुए सभी राजदरबारियों ने खड़े होकर ताली बजाते हुए अपने राजा, राजकुमार, महारानी और राजकुमारी का विधिवत स्वागत और अभिनन्दन किया। गणिकाओं ने सभा कक्ष में पुष्पवर्षा की। राज परिवार के बैठ जाने के पश्चात सभी उपस्थित अतिथि भी अपने-अपने आसनों पर बैठ गये। सबसे पहले गणिकाओं ने मंगलाचरण और बधाई के गीत गाये। शतानीक ने सभा को सुशर्मा पर विजय प्राप्त करने के पूर्ण विवरण पर संक्षिप्त प्रकाश डाला।

ततपश्चात, राजकुमार उत्तर को कौरव सेना पर प्राप्त विजय की गौरव गाथा को सादर प्रस्तुत करने हेतु राज्य के महामंत्री ने सादर अनुरोध किया।

कुमार उत्तर ने सभा कक्ष में खड़े होकर सभी को संबोधित करते हुए कहा, "सबसे पहले मैं राजा विराट और इस सभा कक्ष में उपस्थित मंत्रियों, सेनानायकों, सामंतों तथा व्यापारियों को सभा कक्ष में उपस्थित विशेष आमंत्रित आगंतुकों का वास्तविक परिचय करना चाहता हूँ।"

सभाकक्ष में उपस्थित सभी भद्रजन और महाराज विराट कुमार उत्तर की ओर देखने लगे। कुमार उत्तर ने कहना प्रारम्भ किया, "आप लोग श्रीमान कंक

को महाराज के विशेष सहायक के रूप में जानते हैं जो द्युत क्रीडा, और राजनीति के विशेषज्ञ हैं किन्तु वास्तव में श्रीमान कंक पाण्डु-पुत्र युधिष्ठिर हैं जो हमारे राज्य में अपने पिता और कुरू महाजनपद के नरेश महाराज धृतराष्ट्र के द्वारा दिये गये बारह माह के अज्ञातवास के दण्ड का भोग करने हेतु हमारे राज्य में कंक के रूप में हमारी सेवा कर रहे थे किन्तु अब उनका अज्ञातवास पूर्ण हो चुका है।''

सभाकक्ष में उपस्थित सभी लोगों ने खड़े होकर युधिष्ठिर का अभिनंदन किया, युधिष्ठिर ने भी खड़े होकर सभा का अभिनन्दन स्वीकार किया और राज्य में रहने देने का अवसर देने के लिए सभी के प्रति अपना आभार व्यक्त किया। राजा विराट ने युधिष्ठिर को अपने निकट के एक रिक्त आसन पर आदर के साथ बैठने का आग्रह किया जिसे स्वीकार करते हुए युधिष्ठिर ने अपना आसन ग्रहण किया और उत्तर कुमार ने एक-एक करके सभी का परिचय देते हुए कहा, ''हमारी रसोई में पाकशाला प्रमुख का कार्य करने वाले बल्लभ, पाण्डु-पुत्र भीम हैं, राजकुमारी उत्तरा को नृत्य और संगीत की शिक्षा देने वाला वृहन्नला राजकुमार अर्जुन हैं, हमारे गो- शाला प्रमुख का कार्य संभालने वाले तंतिपाल सहदेव हैं, अश्वशाला प्रमुख ग्रांथिक नकुल हैं और महारानी की सेवा में कार्यरत प्रमुख सेविका वास्तव में पांचाल राजकुमारी द्रौपदी हैं।''

सभाकक्ष में सभी ओर सन्नाटा छाया रहा फिर सभी लोगों ने खड़े होकर पाण्डु-कुमारों का स्वागत किया तथा सभी को राजा विराट के निकट के आसन दिये गये; महारानी सुदेष्णा ने द्रौपदी को अपने निकट बैठा लिया। राजकुमार उत्तर ने सभा को कौरवों से विजय प्राप्त करने में अर्जुन की भूमिका के संदर्भ में विस्तार से वर्णन किया।

राजा विराट ने खड़े होकर युधिष्ठिर को संबोधित करते हुए विनम्रतापूर्ण ढंग से आग्रह करते हुए कहा, ''मान्यवर युधिष्ठिर आपकी सहमति और अनुमति हो तो मैं अपनी पुत्री उत्तरा का विवाह अर्जुन से करना चाहता हूँ।''

युधिष्ठिर ने एक बार पांचाली की ओर देखा फिर अर्जुन की ओर देखते हुए कहा, ''इस सन्दर्भ में हमें अर्जुन से भी परामर्श करना होगा।''

''मैंने राजकुमारी उत्तरा को एक वर्ष तक नृत्य और संगीत की शिक्षा दी है, उस पर मेरा स्नेह शिष्यवत है। कोई गुरू अपने शिष्य से विवाह की बात ध्यान में भी लाये तो भी अनुचित है। यदि आपकी सहमति हो तो मैं उत्तरा को अपनी पुत्र-वधू के रूप मे स्वीकार कर सकता हूँ।''

"सुभद्रा और अर्जुन का पुत्र अभिमन्यु भी अर्जुन के समान ही वीर और धनुर्धर है। उसने अपने मामा कृष्ण से अस्त्र-शस्त्र के साथ-साथ शास्त्रों की भी शिक्षा ग्रहण की है। मेरे विचार से उत्तरा के लिए अभिमन्यु श्रेष्ठ वर है किन्तु महारानी और राजकुमारी उत्तरा की सहमति भी आवश्यक है।" युधिष्ठिर ने अर्जुन की बात से सहमत होते हुए कहा।

महाराज विराट ने अपनी महारानी सुदेष्णा एवं पुत्री की आँखों में देखा वहाँ सहमति प्रतीत हुई तो महाराज विराट ने भी अपनी सहमति व्यक्त कर दी।

राजा विराट ने युधिष्ठिर भीम, अर्जुन, नकुल सहदेव एवं द्रौपदी से अपने राज्य में ही उत्तरा और अभिमन्यु का विवाह संपन्न कराने का आग्रह किया। विवाह तक राज्य में ही अतिथि के रूप में रहने का सादर अनुरोध किया जिसे सहर्ष स्वीकार कर लिया गया। उत्तरा और सुदेष्णा की देख-रेख में अतिथियों के लिए महल के अतिथि भवन में रहने की समुचित व्यवस्था कर दी गयी। महाराज विराट ने सभा को समाप्त घोषित कर दिया।

⊙⊙⊙

मुस्कुराती हुई द्रौपदी ने भीम के कक्ष में प्रवेश किया; द्रौपदी की यह विशेष मुस्कुराहट केवल भीम के लिए थी जिस पर भीम मुग्ध था। पिछले तेरह वर्षों के बाद भीम ने द्रौपदी को इस तरह बिना किसी भय या चिंता के उन्मुक्त और निश्छल मुस्कुराते हुए देखा तो भीम को सुखद आश्चर्य की अनुभूति हुई।

"युद्ध के वातावरण में विवाह का मूहूत! "

"अपने प्रतिशोध के लिए तो मैं निश्चिंत हूँ किन्तु सास बनने की अनुभूति मेरे लिए एक और सुखद आश्चर्य है।"

"किन्तु मैं तो युद्ध के विषय में ही सोच रहा था।"

युधिष्ठिर, अर्जुन, नकुल और सहदेव का भीम के कक्ष में प्रवेश होता है।

"युद्ध के लिए शक्ति का संचय भी करना होगा।" कक्ष में प्रवेश करते समय अर्जुन ने भीम को सुन लिया था।

"भीम युद्ध के विषय में सोच रहा है, पांचाली अपने प्रतिशोध के साथ अभिमन्यु के विवाह के बारे में सोच रही है, मैं हस्तिनापुर जाकर अपना राज्य वापस माँगना चाहता हूँ, विराट यहीं रहकर युद्ध की तैयारी के लिए कह रहे हैं किन्तु हमें इन सब के बीच सामंजस्य बनाना होगा।" युधिष्ठिर ने विचार करते हुए कहा।

“मैं समझता हूँ कुछ समानताएँ हैं, हमें विचार करना होगा।” नकुल ने कहा।

“स्पष्ट कहो नकुल।” अर्जुन ने कहा।

“हम सभी का उद्देश्य एक है।”

“मैं समझता हूँ हमें मत्स्य राज्य में ही अपना अस्थायी शिविर बना लेना चाहिए और अपने सभी मित्रों को अभिमन्यु के विवाह का निमंत्रण भेजना चाहिए। विवाह के बाद सभी से मंत्रणा करके हमें आगे का निर्णय लेना होगा।” नकुल ने अपने मत को स्पष्ट कर दिया।

“मेरे विचार से हमें अपने सभी शुभचिन्तकों और मित्रों को इस बात की सूचना भी देनी चाहिए कि हमने अपना वनवास और अज्ञातवास सफलतापूर्वक पूर्ण कर लिया है और दण्ड के विधान के अनुसार अपना राज्य वापस पाने के अधिकारी हैं।” सहदेव ने अपना मत व्यक्त किया।

“अभिमन्यु के विवाह के निमंत्रण के साथ हमें अपना यह अभिमत भी सभी को प्रेषित कर देना चाहिए।” अर्जुन ने कहा।

“युद्ध होना तो निश्चित है। यह नहीं हो सकता कि हम हस्तिनापुर जाकर अपना अधिकार माँगें और सुयोधन हमारी माँग को सहर्ष स्वीकार कर लें।” भीम ने उत्तेजित होते हुए कहा।

“हम सुयोधन से कोई अपेक्षा नहीं कर रहे हैं किन्तु हमें अपनी कार्यवाही एवं आगे की अपनी रणनीति और योजना पर विचार करना है।” अर्जुन ने भीम को शांत करते हुए कहा।

“आप लोगों को अपनी कार्य योजना पर महाराजा विराट, महारानी सुदेष्णा और कुमार उत्तर से भी मंत्रणा कर लेनी चाहिए।” द्रोपदी ने विचार करते हुए कहा।

“पांचाली उचित कह रही है वे भी हमारे शुभचिंन्तक हैं। हम अपनी योजना का अंतिम कार्य रूप उनकी सहमति से लेंगे।” युधिष्ठिर ने कहा।

◉◉◉

लक्ष्मणा ने अपने ताऊ के चरणस्पर्श किये और निकट के आसन पर अनमनी-सी चुपचाप बैठ गयी। लक्ष्मणा को देखकर बलराम समझ नहीं पा रहे थे कि आख़िर इसे हुआ क्या। इतनी चंचल और हमेशा खिलखिलाकर उन्मुक्त हँसी हँसने वाली इतना उदास, आँखों में आँसू, कंठ रुँधा हुआ जैसे कुछ कहने का

प्रयास करती किन्तु शब्द कंठ से बाहर नहीं निकल रहें। क्या साम्ब ने कुछ कहा या कृष्ण ने?'' जाम्बवती और रुक्मणी तो इस पर अपने प्राण न्यौछावर करने को भी तैयार रहती हैं। कुछ क्या उन्हें तो कुछ ज्ञात ही नहीं, बलराम ने भावनाओं को संयमित करने का प्रयास करते हुए सरलता से पूछा।

''क्या हुआ लक्ष्मणा तुम इस प्रकार उदास क्यों हो और तुम्हारी आँखों में आँसू, किसी ने कुछ कहा है क्या?''

''नहीं ताऊ, किसी ने कुछ नहीं कहा है।''

''फिर साफ़-साफ़ कहो।''

अपने आपको किसी प्रकार सँभालते हुए, सिसकियों पर थोड़ा अंकुश लगाकर लक्ष्मणा ने कहा-

''ताऊ, आप तो जानते हैं मेरे पिता और चाचाओं के मध्य युद्ध निश्चित है।''

''सुयोधन मेरा शिष्य है वह नीति और विधि के विरूद्ध कोई कार्य नहीं करेगा और जो राज्य पाण्डवों का है वह उनको वापस मिलना भी चाहिए।''

''किन्तु वे अपना राज्य अपनी स्वेच्छा से द्युत में हार चुके हैं और अब उस राज्य पर मेरे पिता के अतिरिक्त और किसी का कोई अधिकार नहीं है।''

''इस सन्दर्भ में क्या तुमने साम्ब और कृष्ण से कोई बात की?''

''साम्ब तो सहमत है किन्तु पिता नहीं।''

''क्या कहा है कृष्ण ने?''

''उनका मानना है द्युत बड़े काका का व्यसन नहीं है और उन्होंने द्युत का आमंत्रण परिवार में एकता बनाये रखने हेतु स्वीकार किया तथा मेरे पिता और मामा शकुनी ने उनसे अनीति पूर्ण ढंग से द्युत से राज्य को छीना है।''

''द्युत यदि युधिष्ठिर का व्यसन नहीं था तो उसे आमंत्रण को स्वीकार ही नहीं करना चाहिए था, मेरा तो यही मानना है।''

लक्ष्मणा के चेहरे पर हल्की मुस्कुराहट उतर आयी थी। अपने पिता की सहायता करने में उसे कुछ सफलता मिलती दिखायी देने लगी थी। कृष्ण ने तो उसकी बातों पर कोई विचार ही नहीं किया था और सच पूछो तो उसकी सहायता तो उसकी सास ने भी करने से मना कर दिया था किन्तु ताऊ से आशा की एक किरण अवश्य निकल रही थी।

''ताऊ, आप इस सन्दर्भ में पिता जी से बात करने की कृपा करें।''

"तुम जानती हो यादवों में अब उतनी एकता नहीं रही। मेरी बहन सुभद्रा का विवाह पाण्डवों में अर्जुन से हुआ है और सुयोधन मेरा प्रिय शिष्य है; कौरव और पाण्डव मुझे सामान रूप से प्रिय हैं। तुम्हारे पिता सुयोधन ने मुझसे किसी भी ओर से युद्ध न करने का वचन ले लिया है तो मुझे तो अपने वचन का पालन करना ही होगा।"

"किन्तु यदि पिता जी पाण्डवों की ओर से युद्ध करते हैं तो भी क्या आप किसी ओर शामिल नहीं होंगे?"

"कृष्ण अगर पाण्डवों की ओर से दल में शामिल होता भी है तो वह अस्त्र नहीं उठायेगा।"

"क्या पिता जी ने आपको वचन दिया है?"

"हाँ, मैंने उससे भी यह वचन लिया है।"

"फिर तो यादव इस समर से विरत ही रहेंगे।"

"यह नहीं कहा जा सकता, यादवों में एकता नहीं है। कृतवर्मा और सात्यकि के बारे में भी कुछ नहीं कहा जा सकता है और न ही उन पर मेरा कोई अधिकार है। यादवों की शक्ति ने सभी को स्वंतत्र कर दिया है। यादवों के राजा उग्रसेन सभी को एक सूत्र में बाँधने में सफल नहीं रहें हैं।"

"ताऊ जी हम अपनी ओर से इस युद्ध को रोकने का कोई प्रयास नहीं कर सकते हैं?"

"मेरी समझ के अनुसार इस युद्ध को किसी प्रकार रोकने के लिए ही पाण्डवों ने दण्ड को न केवल विनम्रतापूर्वक स्वीकार किया वरन उसका अपनी पूरी निष्ठा से अनुपालन भी किया है, अब आगे का उत्तरदायित्व तुम्हारे पिता का भी है।"

लक्ष्मणा का जागा हुआ उत्साह फिर शांत हो गया था। वह अपने पिता को भली-भाँति जानती थी और यदि उसके पिता किसी भी प्रकार का कोई समझौता करने को तैयार भी हो जायें तो मामा शकुनी और मित्र कर्ण ऐसा होने नहीं देंगे।

लक्ष्मणा धीरे से उठी। बलराम के पुन: चरण स्पर्श किये और अपने महल की ओर चली गयी।

बलराम अपने विचारों में पुन: खो गये। यह युद्ध कोई मामूली युद्ध नहीं होगा, पूरे आर्यावर्त के राजाओं को अपनी ओर से युद्ध करने हेतु दोनों ओर से निमंत्रण भेजे जायेंगे। तरह-तरह के प्रलोभन देकर राजाओं को अपनी ओर शामिल करने

की होड़ लगेगी। यह कोई परम्परागत अस्त्रों-शस्त्रों से लड़ा जाने वाला साधारण युद्ध नहीं होगा। केवल सेनाओं का ही विनाश नहीं होगा, इन अस्त्रों के संचालन से पूरी मानवता पीड़ित होगी। कौन है जो इन अस्त्रों के प्रयोग को रोक सके, कृष्ण! नहीं वह भी नहीं, वह स्वयं को भी नहीं रोक सकता। शिशुपाल के वध के समय उसने अपने सबसे घातक अस्त्र का प्रयोग किया था और अब वह किसे रोकेगा। अर्जुन, कर्ण, अश्वत्थामा, कृतवर्मा, सात्यकि, द्रोणाचार्य, कृपाचार्य, विराट, द्रुपद, शिखण्डी, भीष्म, शल्य, धृष्टद्युम्न, अभी तो यह भी सुनिश्चित नहीं है कि कौन किसकी ओर से युद्ध के मैदान में खड़ा है तथा जिस ओर से वह खड़ा है उसी ओर उसकी निष्ठा भी है। बलराम काफ़ी देर तक यूँ ही बैठे रहे, संतप्त और उदिग्न, शान्त तथा स्थिर; किसी विकल्प की तलाश में स्वयं को असफल मानते हुए।

"किस विचार में डूबे हुए हैं आप?" अपने पुत्रों निशथ और उलमुक तथा पुत्री वत्सला के साथ आती हुई रेवती ने पूछा।

पत्नी की आवाज़ सुनकर बलराम की विचार श्रंखला टूटी। वे यथार्थ की दुनिया में वापस लौटे और अपनी पत्नी की ओर स्नेह से देखकर कहा, "कुछ नहीं।"

"आप कौरवों और पाण्डवों के बीच होने वाले संभावित युद्ध के विषय में सोच रहे थे न?"

"हाँ, मैं यही सोच रहा था।"

"तो अब सोचना बन्द कीजिए, संध्या हो गयी है और आप को संध्यावंदन के लिए जाना है।"

बलराम स्थिर भाव से उठ खड़े हुए।

◉◉◉

विराट अपने निजी कक्ष में इधर-उधर अनमने-से टहल रहे थे। कई दिनों में उन्हें अपनी पत्नी सुदेष्णा के भाव स्थिर नहीं दिखाई दे रहे थे, दो-तीन बार उन्होंने पूछने का प्रयास भी किया था किन्तु सुदेष्णा ने कुछ बताया नहीं था। क्या वह अपनी पुत्री का विवाह अभिमन्यु से नहीं करना चाहती? अपनी पुत्री के विवाह को स्वीकार करने से पूर्व उन्होंने पत्नी के साथ कोई मंत्रणा नहीं की थी। "भूल मेरी ही है, मैंने भी बिना विचार के उत्साह में विवाह का प्रस्ताव रख दिया था। अभी उत्तरा की उम्र ही क्या है। विवाह की इतनी शीघ्रता क्यों थी मुझे किन्तु अपनी पुत्री के विवाह की चिंता तो हर पिता को होती है; नहीं-नहीं मैंने कोई भूल नहीं की है। अभिमन्यु ही मेरी पुत्री के लिए सब प्रकार से उपयुक्त है। राज्य नहीं है तो क्या हुआ वे अपना

राज्य वापस पाने के अधिकारी तो हैं, यही नहीं वे अपना राज्य वापस लेने में सब प्रकार से सक्षम और समर्थ हैं और हम भी तो हैं अभी उनकी सहायता के लिए। हम ही क्यों, पांचाल है, वासुदेव हैं, काशी नरेश, चेदि, मगध, शूरसेन, अवंती, मद्र, अश्मक, वत्स, मल्ल और वज्जि तथा आर्यावर्त के और भी बहुत सारे राज्य हमारे साथ हो सकते हैं किन्तु इसके लिए हमें प्रयास करना होगा।''

सुदेष्णा कक्ष में प्रवेश कर धीरे से शांति अपने आसन पर बैठ जाती है, विराट ने तो पहले अपनी पत्नी की ओर देखा ही नहीं, उसी प्रकार टहलते रहे शान्त, स्थिर और विचारमग्न।

''क्या सोच रहे है आप?'' सुदेष्णा ने विराट की ओर सहज भाव से देखते हुए पूछा।

''कुछ विशेष नहीं।'' विराट ने पत्नी की ओर देखा और निकट आकर पास के आसन पर बैठ गये।

''मैं देख ही रही थी आप काफ़ी देर से कुछ विचार करते हुए लगातार टहल रहे हैं।''

''मैं कई दिनों से देख रहा हूँ कि तुम किसी बात को लेकर चिन्तित हो और मैं तुम्हारी चिंता का कारण खोज रहा था।''

''मेरी चिंता का कारण थी उत्तरा की सास 'द्रौपदी'।''

''कुछ कहा है क्या पांचाली ने?''

''कुछ कहा नहीं है यही तो चिंता थी।''

''क्या मंतव्य है तुम्हारा? मैं समझा नहीं।''

''पांचाली ने एक वर्ष तक मेरी सहायिका के रूप में कार्य किया है, हो सकता है इस अंतराल उनका मुझसे अपमान भी हुआ हो या मैंने कोई बात कह दी हो जो उनको बुरी लगी हो और अब वह मेरी पुत्री से अपने अपमान का प्रतिशोध लें यही सोचकर मैं चिन्तित थी।''

''इस प्रकार देखा जाये तो पाँचों भाईयों ने भी हमारी आधीनता में एक वर्ष तक हमारी सेवा का कार्य किया है किन्तु उनके मन में हमारे प्रति किसी तरह का विग्रह का भाव नहीं है।''

''और आवश्यकता पड़ने पर उन्होनें हमारी सहायता ही की है।''

''किन्तु अब तुम्हारे के मन में पांचाली के प्रति क्या है?''

"मैंने पांचाली से बात कर अपनी शंका का निराकरण कर लिया है और अब मेरा मन पूरी तरह शांत है।"

एक दासी ने प्रवेश कर विनम्रता के साथ अभिवादन करने के पश्चात कहा, "महाराज! राजकुमार उत्तर तथा पाँचों पाण्डव और महारानी द्रौपदी आपसे मिलने हेतु आपकी अनुमति चाहते हैं।"

"कहाँ हैं वे लोग?" सुदेष्णा ने पूछा।

"आपके कक्ष के बाहर।"

"शीघ्रता से उन्हें अन्दर भेजो।" विराट ने कहा और सुदेष्णा के साथ स्वागत करने हेतु खड़े हो गये।

कक्ष में सभी को यथोचित आसन पर बैठने के लिए विराट के सादर निवेदन किया। विराट के निवेदन को स्वीकार करते हुए सभी अपने-अपने आसन पर बैठ गये, विराट ने सबसे अंत में अपना आसन ग्रहण किया। विराट के ठीक सामने युधिष्ठिर विराजमान थे उनके दाहिने भीम और अर्जुन तथा बायें नकुल सहदेव और द्रौपदी थी। कुमार उत्तर अपने पिता विराट के दाहिने ओर बैठ गये थे।

"मेरा सौभाग्य है कि आप लोगों ने स्वयं हमारे कक्ष में पधारकर हमें अनुग्रहीत किया। मैं स्वयं भी उत्तरा के विवाह के संदर्भ में विचार-विमर्श करने हेतु विचार कर रहा था।" विराट ने युधिष्ठिर की ओर देखते हुए कहा।

"अभिमन्यु उत्तरा के विवाह के प्रति तो हम निश्चिंत हैं, हमें अपनी स्थिति और भविष्य हेतु आपसे विशेष मंत्रणा करनी है।"

"आप लोगों को यहाँ कोई असुविधा तो नहीं?" विस्मित होते हुए विराट ने पूछा।

"अरे नहीं! " मुस्कुराते हुए युधिष्ठिर ने कहा।

"आपको ज्ञात है कि हमने अपने स्वीकार किये गये दण्ड का समय पूरा कर लिया है और अब हमें हस्तिनापुर से अपने अधिकार वापस लेने हैं, इस संदर्भ में हमें आपके परामर्श की आवश्यकता है।"

"जहाँ तक मैं समझता हूँ सुयोधन आपके प्रस्ताव को सरलता से स्वीकार नहीं कर सकता है और महाराज धृतराष्ट्र अपने पुत्र के मोह में कोई भी लोकरीति, विधि-विधान, नियम स्वीकार करने की स्थिति में नहीं हैं।"

"तो फिर हमारे सामने युद्ध के सिवा कोई दूसरा उपाय नहीं है।" भीम ने

कहा।

"किन्तु हमें एक प्रयास तो करना ही चाहिए।" कुमार उत्तर ने अपना मत व्यक्त किया।

"मैं भी यही उचित समझती हूँ। जिस युद्ध को टालने के लिए आप लोगों ने तेरह वर्षों के वनवास को स्वीकार कर इतने कष्टों को भोगा है, बारह माह तक आप लोगों ने हमारे राज्य में सेवकों का कार्य करना स्वीकार किया मानवता को विनाश से बचाने के लिए हम कम से कम एक प्रयास तो और कर ही सकते हैं।" सुदेष्णा ने विचार करते हुए कहा।

"आप लोगों ने बारह माह तक मेरे राज्य में रहकर सेवकों का कार्य किया और जब आवश्यकता हुई तो सुशर्मा और सुयोधन से युद्ध किया इस दौरान आप लोगों को जो असुविधा या कष्ट हुआ उसके लिए हम क्षमा प्रार्थी हैं।" विराट ने कहा।

"और मैं भी क्षमा प्रार्थी हूँ।" सुदेष्णा ने भी कहा।

"आपके राज्य में सेवकों का कार्य करना हमारा चुनाव था, इसके लिए आप को क्षमा माँगने की कोई आवश्यकता नहीं है। आपके प्रति आभारी तो हम लोग हैं कि आप ने हम सभी को एक साथ एक ही स्थान पर रहने का अवसर प्रदान किया।" युधिष्ठिर ने विनम्रता और स्नेह के साथ कहा।

"जो हो चुका है उस पर विचार करने की आवश्यकता नहीं है और इसके लिए न तो किसी को क्षमा माँगने की आवश्यकता है और न ही किसी आभार की। हम सभी ने अपनी-अपनी परिस्थितियों और आवश्यकतानुसार जो हो सकता था उतना उचित करने में सफल रहे हैं हमें आगे के विषय में विचार और मंत्रणा करनी है।" भीम ने सहजता से कहा।

"मेरी समझ से काका ठीक कह रहे हैं।" उत्तर कुमार ने कहा।

विराट ने सभी के मुख पर गहन दृष्टि से देखा। किसी के भी चेहरे पर कोई विशेष हर्ष या विषाद अथवा अवसाद नहीं था, सभी प्रसन्नचित तो थे ही किन्तु भविष्य की आशंका के प्रति थोड़ा चिन्तित भी। वे न तो युद्ध के लिए तत्पर और उत्साहित थे और न ही किसी संधि के लिए उत्सुक। विराट ने पुन: सभी की ओर देखा, निश्चिंत होते हुए विराट ने कहा, "मैं समझता हूँ उत्तरा और अभिमन्यु के विवाह का निमंत्रण अपने मित्र और शुभचिन्तक राजाओं को तो भेजे ही जायें साथ तटस्थ राजाओं को भी आमंत्रित किया जाये। मैं राज्य में सभी के निवास

और खान-पान तथा गायन-वादन और नृत्य की भी समुचित व्यवस्था करता हूँ। सभी राजाओं की सेवा के लिए दासियों और गणिकाओं की भी नियुक्ति सुनिश्चित करता हूँ। प्रयत्न करूँगा कि उनके भोग विलास में कोई कमी न रहे, यदि आप सब भी सहमत हों तो।"

"आपका प्रस्ताव उचित और उत्तम है, मैं भी इसे उपयुक्त समझता हूँ।" युधिष्ठिर ने विचार करते हुए कहा।

"हम हस्तिनापुर को अपना मित्र, शुभचिन्तक अथवा शत्रु मानें, विचार तो हमें इस पर भी करना है।" नकुल ने कहा।

"हस्तिनापुर में हमारे पितामह भीष्म, काका विदुर, माँ कुन्ती तथा हमारे आचार्य द्रोणा और कृपाचार्य भी हैं।" सहदेव ने कहा।

"मैं समझता हूँ माँ विवाह समारोह में नहीं आयेंगी।" युधिष्ठिर ने कहा।

"क्यों नहीं आयेंगी? अपने पौत्र के विवाह में भी नहीं आयेंगी?" द्रौपदी ने अत्यंत विस्मित होते हुए पूछा।

"मैं माँ को भली-भाँति जानता हूँ, उसने हस्तिनापुर में रहकर भी हमारे साथ तप किया है, वह तभी हमारे पास आयेंगी जब हम उन्हें लेने राजकीय सम्मान के साथ जायेंगे अथवा हस्तिनापुर का रथ अपने पूरे अधिकार से उन्हें लिवा लाने हेतु भेजेंगे। माँ हमारे और अपनी पुत्र-वधू के अपमान का प्रतिशोध देखने के लिए हस्तिनापुर में हमारी प्रतीक्षा कर रही हैं।"

"यदि माँ के आने की संभावना नहीं है तो हम हस्तिनापुर निमंत्रण नहीं भेजेंगे।" अर्जुन ने कहा।

"क्या पितामह और काका को भी नहीं?" द्रौपदी ने आश्चर्य से पूछा।

"हाँ! उन्हें भी नहीं, उनकी निष्ठा हस्तिनापुर के राज सिंहासन के प्रति है।" अर्जुन ने कहा।

"और उस राज सिंहासन पर कहने के लिए महाराज धृतराष्ट्र विराजमान हैं किन्तु सत्ता का केन्द्र सुयोधन ही है।" भीम ने अर्जुन की अधूरी रह गयी बात को पूरा किया।

"तो फिर यह सुनिश्चित हुआ कि हम हस्तिनापुर को निमंत्रण नहीं भेजेंगे किन्तु आर्यावर्त के सुदूर क्षेत्र के राजाओं को निमंत्रित करेंगे जो हमारे मित्र हैं या मित्र हो सकते हैं।" विराट ने कहा।

"महाराज! " विराट की ओर देखते हुए युधिष्ठिर ने कहा, "आप अभिमन्यु और उत्तरा के विवाह की शुभ मुहूर्त तथा विवाह आयोजन की सभी रीति और रिवाज़ के आयोजन करने की तिथियों को निकलवाने हेतु राज पुरोहित को आमंत्रित करें।" थोड़ी देर विचार करने के पश्चात युधिष्ठिर ने फिर कहा, "पांचाल को निमंत्रण देने भीम और द्वारिका को निमंत्रण देने अर्जुन को जाना होगा। तुम दोनों लोग जाने की तैयारी करो।"

"अभिमन्यु और उत्तरा के विवाह के सभी कार्यक्रमों के संपन्न होने के पश्चात विवाह में सम्मिलित होने आये अपने सभी मित्रों और शुभचिन्तकों से विचार-विमर्श कर के ही हम अपने भविष्य की रूप रेखा तय करेंगे।" युधिष्ठिर ने सामान्य रहते हुए कहा।

"मैं भी इसे उचित समझता हूँ।" विराट ने कहा।

"पांचाल को निमंत्रण देने मैं तथा द्वारिका अर्जुन जा रहा है किन्तु अन्य सभी राजाओं को आमंत्रित करने का उत्तरदायित्व आप लें महाराज विराट।" भीम ने विराट की ओर देखते हुए कहा।

"विवाह की तैयारियों के प्रति आप सभी लोग निश्चिंत रहें, सारे आयोजन समय पर एवं भव्य होंगे। विवाह में कोई कमी नहीं रहने पायेगी और सभी राजाओं को निमंत्रित करने हमारे दो-दो दूत जायेंगे एक आपकी ओर से और एक मेरी ओर से भी।" विराट के सभी को आश्वस्त करते हुए कहा।

"मैं समझता हूँ सभी आवश्यक प्रश्नों पर पर्याप्त विचार विमर्श हो चुका है, यदि कोई आवश्यकता हुई तो फिर हम सब चर्चा के लिए उपस्थित होंगे।" युधिष्ठिर ने चारों ओर देखते हुए कहा।

सभी की सहमति से सभा को समाप्त कर दिया गया।

⊙⊙⊙

"यशस्वी भव! "

कृष्ण ने अभिमन्यु के सिर पर हाथ रखकर आशीर्वाद दिया और फिर उत्तरा के सिर पर भी हाथ रखकर आशीर्वाद देते हुए कहा, "कल्याण हो! "

द्रौपदी ने कृष्ण की ओर विस्मित नेत्रों से देखा किन्तु कहा कुछ नहीं।

अभिमन्यु और उत्तरा का विवाह वैदिक रीति, विधि-विधान के साथ संपन्न हो चुका था। द्रौपदी अपने पुत्र और पुत्र-वधू को लेकर लग्न मण्डप में अपने सभी

संबंधियों तथा मित्र राजाओं का चरण स्पर्श कराने, उनका आशीर्वाद प्राप्त करने हेतु तथा सभी से नवदंपत्ति का परिचय कराने के उद्देश्य से अभिमन्यु और उत्तरा को लेकर एक-एक के पास जा रही थी। उग्रसेन, बलराम, युधिष्ठिर, द्रुपद, विराट, शल्य, भीम, अर्जुन, नकुल, सहदेव तथा अन्य राजाओं ने अभिमन्यु को "विजयी भव" तथा उत्तरा को "सदा सुहागन" रहने और पुत्रवती होने का आर्शीवाद दिया था।

विराट ने विवाह समारोह को भव्य बनाने में कोई कमी नहीं रखी थी। समारोह में आये हुए अतिथियों के रहने के लिए विशाल शिविरों का निर्माण किया गया था। आर्यावर्त के आये हुए प्रत्येक राज परिवार के लिए अलग-अलग शिविर बनाये गये थे, जिसमें उनके सुख सुविधा के समुचित तथा स्वतंत्र प्रबंध थे। उनकी रुचियों का पूरा ध्यान रखा गया था, विवाह समारोह पूरे एक माह तक चला था।

विवाह समारोह के संपन्न हो चुकने के पश्चात राजा विराट के परामर्श एवं सभी राजाओं की सहमति से यह निर्णय लिया गया था कि युद्ध से पूर्व कृष्ण सन्देश लेकर हस्तिनापुर जायें और दण्ड के विधान के अनुसार पाण्डवों के लिए उनके अधिकार और आधा राज्य वापस माँगेंगे किन्तु यदि किसी कारण से कौरव आधा राज्य वापस नहीं कर सकते तो केवल पाँच गाँव भी यदि वापस कर दें तो भी इस भीषण युद्ध को टाला जा सकता है। आर्यावर्त के राजाओं के इस सामूहिक निर्णय को पाण्डवों ने सहर्ष स्वीकार किया था, मानवता को महाविनाश से बचाने हेतु लिया गया यह निर्णय अत्यंत महत्वपूर्ण था।

विराट ने द्वारिका और पांचाल के राज परिवारों से कुछ दिन और ठहरने का आग्रह किया जिसे दोनों राज परिवारों ने स्वीकार कर लिया। अन्य सभी आये हुए राज परिवारों को उचित उपहार देकर सम्मान एवं स्नेहपूर्ण ढंग से विदा कर दिया गया था। विराट ने सभी राजाओं के लिए विदाई समारोह का आयोजन किया था। समारोह-पूर्ण स्नेह और सम्मान से की गयी विदाई से सभी राज परिवार हृदय से प्रसन्न थे और विराट के प्रति आभारी थे। विदाई समारोह में सभी पाण्डव, द्रौपदी और नव दम्पति अभिमन्यु और उत्तरा तथा विराट अपने परिवार के साथ उपस्थित थे।

अध्याय पन्द्रह

कृष्ण पाण्डवों का संधि प्रस्ताव लेकर हस्तिनापुर जाने के लिए तैयार थे।

"हमारी सेना भी आप के साथ हस्तिनापुर की सीमा तक जायेगी और सीमा पर आपके आदेश की प्रतीक्षा करेगी।" विराट ने कहा।

"मैं हस्तिनापुर पाण्डवों का राजदूत बनकर जा रहा हूँ मुझे किसी प्रकार की कोई सुरक्षा की आवश्यकता न होगी।"

"माधव आपकी सुरक्षा का उत्तरदायित्व हम सबका है, वैसे भी मुझे सुयोधन पर विश्वास नहीं है।" युधिष्ठिर ने स्नेह के साथ कहा।

"मेरा अस्त्र सुदर्शन चक्र मेरे साथ रहेगा बड़े भईया, मुझे और सुरक्षा की आवश्यकता नहीं है।"

"हो सकता है आपको अस्त्रों के साथ राज दरबार में प्रवेश ही न करने दिया जाये।" अर्जुन ने कहा।

"सुरक्षा की दृष्टि से कोई राजा अपने सभा कक्ष में अस्त्रों के साथ प्रवेश पर रोक लगा सकता है।" युधिष्ठिर ने कहा।

"यदि ऐसा होता है तो सीमा पर खड़ी आपकी सेना हमारी किस प्रकार सहायता करेगी?"

"इसका विस्तृत ज्ञान आपको हमारे पुरोहित धौम्य जी देंगे। हमारी तकनीकी दल का नेतृत्व वही कर रहे हैं।" युधिष्ठिर ने धौम्य पुरोहित की ओर संकेत करते हुए कहा।

"माधव! " धौम्य पुरोहित ने आगे बढ़कर कहा,

"आप महाराज धृतराष्ट्र के सभा-कक्ष में बिना किसी अस्त्र-शस्त्र के जायेंगे इससे उन्हें कोई सन्देह नहीं होगा। हमारा एक विमान जिसमें आपके सभी अस्त्र-शस्त्र इस प्रकार से लगाये जायेंगे कि इस यंत्र पर आपके एक संकेत पर ही दस पल से भी कम समय में आ के हाथ में आपके सभी अस्त्र पहुँच जायेंगे। हमारा यह विमान स्वचालित होगा तथा अदृष्य रूप से आप के साथ चलेगा जिसमें कोई ध्वनि भी न होगी।"

"किन्तु सीमा पर खड़ी सेना का कोई महत्व नहीं जान पड़ता।"

"महत्व है माधव।" धौम्य ने कहा।

"हम इस यंत्र के साथ प्रत्येक क्षण आपके सम्पर्क में रहेंगे और जैसे ही आवश्यकता होगी अपने इसी प्रकार के स्वचालित और अदृश्य विमानों से कुरू पर चारों ओर से आक्रमण करेंगे॥ सीमा पर हमारी सेना के सुरक्षाघेरे में यह स्वचालित प्रणाली कार्य करेगी तथा विशेष आवश्यकता होने पर ही हम सामने से कोई आक्रमण करने का प्रयास करेंगे।"

"माधव, सुयोधन आपको बंदी बनाने का प्रयास भी कर सकता है।" युधिष्ठिर ने कहा।

"हम सबके लिए आपका मूल्य सर्वाधिक है, हम अपना अधिकार अपना राज्य त्याग सकते हैं किन्तु आपकी सुरक्षा से कोई समझौता नहीं कर सकते हैं।" अर्जुन ने विनम्रता और स्नेह से कहा।

"माधव आप विश्वास रखें आपकी एक उँगली के संकेत से ही हमारे स्वचालित विमान में लगा हुआ आपका सुदर्शन चक्र विमान से निकलकर कौरवों की सभा में अपनी पूरी मारक क्षमता और ध्वनि के साथ कौरवों को दिख जायेगा वे समझ भी नहीं पायेंगे कि आपका यह अस्त्र आया कहाँ से और इस यंत्र के माध्यम से यह स्वचालित रूप से कार्य भी करेगा।"

"तो कौरवों की सभा में हमें बिना किसी अस्त्र के जाना होगा?"

"हाँ! कम से कम कौरवों की दृष्टि में।" धौम्य पुरोहित ने कहा।

"किन्तु क्या इस प्रकार के अस्त्रों का प्रयोग प्रकृति के संतुलन के लिए उचित है?" कृष्ण ने कुछ विचार करते हुए पूछा।

"कदापि नहीं माधव, मेरा मानना है कि सुयोग्य के हाथ में अस्त्र शांति स्थापित करता है, मानवता की सेवा और रक्षा करता है तथा प्रकृति का संतुलन भी बनाये रखता है। आपके उँगलियों के संकेत पर नाचते हुए ये घातक अस्त्र विनाश के स्थान पर निर्माण ही करेंगे।"

"किन्तु यही तकनीकी और यही अस्त्र यदि सुयोधन के हाथों में हो तो घातक परिणाम दे सकते हैं।" नकुल ने कहा।

"माधव हमारे तकनीकी कारीगरों ने वनवास के इन बारह वर्षों में ऐसे अस्त्रों को खोजा है और उनको विराट नगर की सीमा पर इस प्रकार स्थापित किया है कि

हम यहीं से स्वचालित तरीक़े से एक ही वार में पूरे हस्तिनापुर को समाप्त कर सकते हैं किन्तु हम प्रभु राम एवं प्रभु शिव की परम्परा के वाहक हैं जिन्होंने ऐसे घातक अस्त्रों का प्रयोग वर्जित किया हुआ है और हम उनके आदेशों का युद्ध की अंतिम सीमा तक निर्वाह करेंगे।''

''क्या इस तकनीक का ज्ञान केवल आप को है?''

''नहीं! इसका ज्ञान गुरू द्रोण के पास भी है और किसी के पास भी हो सकता है।'' धौम्य ने कहा।

''मेरा विश्वास है गुरू द्रोण भी प्रभु राम की परम्परा के वाहक हैं और मानने वाले हैं वे भी इसका प्रयोग नहीं करेंगे।'' युधिष्ठिर ने कहा

''हमें अपनी पूरी शक्ति से इन तक अस्त्रों का ज्ञान, उनके प्रयोग की विधि किसी अयोग्य के हाथों में जाने से रोकने होंगे।'' कृष्ण ने कहा।

''आप विश्वास रखें माधव और निश्चिंत रहें। इसका दुरूपयोग हमारे द्वारा नहीं होगा। इस तकनीक का प्रयोग और उपयोग विधि या तो आप को बतायी जायेगी या फिर अर्जुन को, कोई और इसका प्रयोग नहीं कर सकेगा।'' धौम्य पुरोहित ने पूरे विश्वास के साथ कहा।

''पुरोहित जी! '' कृष्ण ने कहा, ''हमें कोई भी मूल्य चुकाकर इस प्राकृतिक और मानवता की रक्षा सुनिश्चित करनी है। उस विजय का भी क्या मूल्य है जिसमें प्रकृति, सभ्यता और मानवता तथा जीव जन्तुओं का भी विनाश हो जाये। फिर हम किस पर अपना आधिपत्य दिखायेंगे? किस पर राज्य करेंगे? कौन-सी सुख और समृद्धि का उपभोग करेंगे? इन अस्त्रों का दंश केवल आज की जीवित मानवता ही नहीं आगे जन्म लेने वाली हमारी भावी पीढ़ियाँ भी भोगेंगी।

''ऐसी कोई विजय तो हमें भी नहीं चाहिए माधव।'' युधिष्ठिर ने कृष्ण को चिन्तित देखते हुए कहा।

''किन्तु भईया यदि सत्ता सुयोधन जैसों के हाथ में गयी तो भी जीवित मानव और सभ्यता ही पीड़ित होगी। हमें संतुलन स्थापित करने का प्रयास करना होगा और अनवरत करते रहना होगा, बिना थके और बिना रूके।'' कृष्ण ने गम्भीर होते हुए कहा।

''हम प्रयासरत हैं और रहेंगे माधव।'' अर्जुन ने कृष्ण के और निकट जाकर कहा।

"माधव आपके साथ हमारी एक छोटी सुरक्षा वाहिनी रहेगी और पूरी सेना आपके पीछे इस प्रकार चलेगी जैसे वह आपके साथ न होकर अपने स्वयं के अभियान पर है, इससे सुयोधन के गुप्तचरों को कोई सन्देह नहीं होगा।" विराट ने कृष्ण की ओर देखते हुए कहा।

"कृष्ण, अभिमन्यु और उत्तरा के विवाह की सूचना माँ को अवश्य दे देना।" द्रौपदी ने कहा।

"यह सूचना तो उन्हें गुप्तचरों से मिल ही गयी होगी कृष्णा किन्तु फिर भी मैं तुम्हारे सास बन जाने की सूचना उन्हें अवश्य दें दूँगा।" कृष्ण ने मुस्कुराते हुए कहा।

⊙⊙⊙

हस्तिनापुर में कृष्ण ने विदुर के घर ठहरना उचित समझा था जहाँ उनकी बुआ कुन्ती भी रह रही थीं। विदुर ने राजकीय सुविधाओं को लेने से मना कर दिया था तथा नगर के बाहर एक कुटी में रह रहे थे।

कृष्ण ने अपनी बुआ कुन्ती के चरण स्पर्श किये तो कुन्ती ने "चिरंजीवी भव! " का आशीर्वाद दिया। कृष्ण वहीं आसन पर बैठ गये।

"संधि का प्रस्ताव लेकर आये हो कृष्ण?" कुन्ती ने सरलता से पूछा।

"हाँ बुआ।"

"क्या तुम्हें संधि की कोई संभावना दिखती है?"

"प्रयास करना ही हमारे हाथ में है।" कृष्ण ने देखा कि कुन्ती ने अपने पुत्रों का कोई समाचार जानने की इच्छा नहीं प्रकट की थी। अपनी पौत्र-वधू के विषय में भी कुछ नहीं पूछा है, वह तो केवल अपने पुत्रों से युद्ध की अपेक्षा किये हुए बैठी हैं।

"क्या युधिष्ठिर अब भी सुयोधन से कोई अपेक्षा रखता है?"

"नहीं बुआ, यह संधि प्रस्ताव तो आर्यावर्त के समस्त मित्र राजाओं का सामूहिक निर्णय है।"

"तुम संधि का प्रस्ताव लेकर कब जा रहे हो?"

"कल का समय निश्चित हुआ है।"

"अपनी सुरक्षा के पर्याप्त उपाय करने के बाद ही जाना।"

"आप निश्चिंत रहें बुआ, मेरी सुरक्षा के समस्त उपाय किये गये हैं सुयोधन

मेरा बाल भी बाँका नहीं कर सकेगा।''

पराशवी कृष्ण के लिए भोजन का थाल ले आयी थीं, कृष्ण को पराशवी ने अपने हाथों से भोजन कराया। हाथ धुलवाये, अपने आँचल से कृष्ण के हाथ पोंछे, भोजन के थाल को एक किनारे रखा और उनकी ओर देखती हुई सामने बैठ गयीं।

◉◉◉

सुयोधन ने कृष्ण को निःशस्त्र होकर ही सभा कक्ष में प्रवेश की अनुमति दी थी किन्तु भीष्म और विदुर के विरोध के कारण सभा के मुख्य द्वार पर कृष्ण की जाँच नहीं की गयी थी। सभा कक्ष में कृष्ण को राजदूतों के लिए बैठने के लिए बने विशेष आसन पर ही सम्मान के साथ बैठाया गया।

महाराज धृतराष्ट्र ने कृष्ण का स्वागत राजदूत की भाँति ही किया था। सभा-कक्ष में कृष्ण के आगमन से सुयोधन असहज था। किसी अनहोनी की आशंका से ग्रस्त और भयभीत किन्तु निःशस्त्र कृष्ण से भय कैसा यह सोचकर वह स्वयं को समझाने का असफल प्रयास कर रहा था। सुयोधन की एक ओर बैठे हुए कर्ण ने भी समझाने का प्रयास किया कि, ''कृष्ण यहाँ पाण्डवों के राजदूत बनकर उनका संदेश लाये हैं, जिसका मानना या न मानना तुम्हारे ऊपर है और तुम्हारे पास उनके किसी अनुचित प्रयास को अस्वीकार करने का पूरा अधिकार है।'' शकुनी ने भी समझाने का प्रयास किया जिससे सुयोधन का मन कुछ स्थिर तो हुआ किन्तु पूरी तरह शान्त न हो सका।

राजदूत का विधिवत स्वागत-सत्कार किया गया था। अभिवादन और आभार व्यक्त करने की औपचारिकताओं को पूर्ण कर लेने के बाद महाराज धृतराष्ट्र ने कृष्ण से पाण्डवों का संदेश सुनाने का आग्रह किया।

कृष्ण ने खड़े होकर परम्परानुसार महाराज धृतराष्ट्र, महामंत्री विदुर और सेनापति पितामह भीष्म का यथानुरूप अभिवादन किया और पाण्डु-पुत्रों का संदेश सुनाया-

''महाराज धृतराष्ट्र, जैसा कि आपको भली-भाँति ज्ञात है कि आपके भ्राता पाण्डु के पुत्रों ने आपके द्वारा निर्धारित दण्ड को सफलतापूर्वक पूर्ण कर लिया है और अब वे दण्ड के विधान के अनुसार अपना आधा राज्य आपसे वापस चाहते हैं, मेरी आपसे सादर अपेक्षा है कि आप अपने आदेश के अनुसार उन्हें उनका अधिकार और उनका राज्य उनको वापस कर दें।''

महाराज धृतराष्ट्र कुछ कहते इसके पहले सुयोधन ने खड़े होकर लगभग चीख़ते हुए कहा-

"पाण्डव अपना राज्य अपनी इच्छा और अपने व्यसन के कारण हार चुके हैं और वे अब अपना राज्य पाने का अधिकार नहीं रखते हैं, उन्हें दासत्व से मुक्त कर दिया गया है यह उपकार कोई कम नहीं है।" थोड़ा रूककर, "उन्हें इससे अधिक और कुछ भी नहीं दिया जा सकता।"

"युवराज, पाण्डव दण्ड के विधान और नीति के अनुसार ही अपना अधिकार माँग रहे हैं, वे तुमसे किसी उपकार की अपेक्षा नहीं रखते हैं।"

"तुम कोई अर्थ लगाओ कृष्ण, उन्हें आधा राज्य वापस नहीं किया जा सकता।"

"यदि नीति और विधान के अनुसार भी पाण्डवों को उनके अधिकार के अनुरूप आधा राज्य वापस नहीं किया जा सकता तो उन्हें अपने निवास और भोजन की व्यवस्था करने हेतु यदि पाँच ग्राम:

१. खाण्डव प्रस्थ-जिसे बाद में श्रीपत या इन्द्र प्रस्थ भी कहा गया वर्तमान दक्षिण दिल्ली यमुना के किनारे का भाग।

२. व्याघ्र प्रस्थ-बाघों के रहने का प्राचीन स्थान, वर्तमान बागपत।

३. स्वर्णप्रस्थ-जिसे सोनप्रस्थ या सोने का शहर कहा जाता था, वर्तमान सोनीपत।

४. पांडुप्रस्थ-इसे सिटी आफ़ वीवर अर्थात बुनकरों का शहर भी कहते हैं, वर्तमान पानीपत।

५. तिलप्रस्थ-इसे तिलपत भी कहा जाता था वर्तमान फरीदाबाद, हरियाणा।

भी दे दिये जायें तो भी पाण्डव प्रसन्नतापूर्वक अपना जीवन यापन कर लेंगे और वे अस्त्र नहीं उठायेंगे।"

क्रोध से सुयोधन की आँखें लाल हो गयी थीं, शरीर काँपने लगा था और खड़े होकर सुयोधन ने अपनी तलवार निकाल ली और गरजते हुए कहा, "पाण्डवों को ज़मीन का एक गज़ का टुकड़ा भी नहीं दिया जायेगा, यह मेरा अन्तिम निर्णय है।" सुयोधन का क्रोध अपने चरम पर पहुँच गया था।

"राज-प्रहरियों बंदी बनाकर करागार में डाल दो इस बहरूपिये कृष्ण को, मैं एक पल की भी प्रतीक्षा नहीं कर सकता, शीघ्रता करो सैनिकों!"

कृष्ण अपने स्थान पर स्थिर किन्तु शान्त भाव से खड़े हो गये। अपने दोनों पैरों को समानांतर कर दाहिने पैर को आगे बढ़ाकर अपने शरीर के भार को स्थिर किया। दाहिने हाथ को समकोण पर ऊपर उठाया, अपनी कोहनी को भी समकोण किया मुट्ठी बन्द की, अपनी तर्जनी उँगली को खोलकर ऊपर उठाया, सभा कक्ष में सनसनाहट की आवाज़ गूँजी, धीरे-धीरे करके यह ध्वनि और तीव्र होती जा रही थी; सभा कक्ष में उपस्थित सभासदों ने इधर-उधर विचलित होते हुए देखा कुछ दिखाई नहीं दिया। आने वाली सनसनाहट की ध्वनि तीव्रतम होकर पूरे सभा में गूँजने लगी थी। भीष्म और विदुर हाथ जोड़कर खड़े हो गये थे। सुयोधन ने कृष्ण की तर्जनी उँगली के पास घूमते हुए उस अस्त्र को देखा जिसे उसने युधिष्ठिर के राजसूय यज्ञ के समय शिशुपाल का वध होते समय देखा था, जिसे 'सुदर्शन चक्र' कहा जाता है। सुयोधन के हाथ से तलवार छूटकर नीचे गिर गयी थी वह लड़खड़ाकर अपने आसन पर बैठ गया। कृष्ण की आँखों की ओर देखा जो हज़ारों सूर्य की तरह चमकती हुई दिखाई दीं। कृष्ण के मुख-मण्डल पर उसे सारा ब्रह्माण्ड दिखाई दिया, कृष्ण के पद के नीचे पाताललोक दिखाई पड़ा, कृष्ण के दाहिनी हाथ की बँधी हुई मुट्ठी मे उसे अपने तीनों काल: भूत, वर्तमान और भविष्य दिखाई दे रहे थे। अविचल, स्थिर और निर्विकार यह पृथ्वी मृतकों से पटी हुई दिखाई देने लगी थी जिसमें सुयोधन स्वयं को खोज रहा था। उसकी आँखें बन्द थीं फिर भी उसे चारों ओर कृष्ण दिखाई दे रहे थे। सुयोधन ने अपने आसन से उठकर भागने का प्रयास किया, फिर वहीं लड़खड़ाकर पुन: गिर गया, कर्ण ने उसे सँभालकर किसी तरह आसन पर बैठाया।

"सुयोधन! " सभाकक्ष में कृष्ण की आवाज़ गूँजी, सुयोधन को लगा उसके कान की नलिकाएँ फट गयी हैं, इससे अधिक वह कुछ सुन न सकेगा।

कृष्ण ने पुन: कहा-

"सुयोधन! मैं युद्ध के उद्देश्य से नहीं आया था, मैं तो मैत्री का सन्देश लेकर आया था जिसे तुमने ठुकरा दिया है। मैं अब जा रहा हूँ, तुम रण की तैयारी करो। सुयोधन यह कोई साधारण युद्ध नहीं होगा और अंतिम रूप से तू पराजित होगा, तू अपने मृतक शरीर को देख चुका है। मनुष्य के मस्तिष्क में जब नाश के बादल मंडराते हैं तो उससे पहले उसका विवेक मर जाता है, उसे अपना हित और अहित भी नहीं दिखता। कृष्ण ने अपने दाहिने हाथ की तर्जनी को उल्टी दिशा में घुमाया, सुदर्शन चक्र उँगली से छूटा, हल्की ध्वनि के साथ थोड़ा ऊपर उठा और हवा में

अदृश्य हो गया। सभाकक्ष में सन्नाटा छाया हुआ था, भीष्म और विदुर अब भी हाथ जोड़कर खड़े हुए थे। कर्ण ने सुयोधन को किसी प्रकार उसके आसन पर बैठा दिया था; कृष्ण सभा कक्ष से बाहर निकल गये।

भीष्म, विदुर, और कर्ण भी कृष्ण के पीछे-पीछे बाहर आये। भीष्म और विदुर को कृष्ण ने प्रणाम किया और कर्ण को साथ लेकर अपने रथ पर बैठ गये। कर्ण ने अपने सारथी को पीछे-पीछे आने का संकेत किया। कृष्ण ने कर्ण की ओर देखा उसके मुख पर कोई भाव नहीं था, थोड़ी देर कृष्ण उसको देखते रहे फिर धीरे से कहा-

"कर्ण, मैं तुम्हें तुम्हारे जीवन का एक महत्वपूर्ण रहस्य बताना चाहता हूँ, इसे मानना या न मानना तुम्हारे ऊपर है किन्तु तुम जानते हो मैं असत्य नहीं कहूँगा।"

कर्ण कृष्ण की ओर प्रश्नवाचक दृष्टि से देख रहा था किन्तु कहा कुछ नहीं। कृष्ण का रथ धीरे-धीरे आगे बढ़ने लगा था।

"कर्ण तुम मेरी बुआ कुन्ती के कानीन पुत्र (विवाह से पूर्व के पुत्र) हो।"

"आपको यह राज किसने बताया?"

"स्वंय मेरी बुआ ने।"

"किन्तु मैं तो अपने आपको अधीरथ का पुत्र और सुयोधन का मित्र ही मानता रहूँगा।"

"कर्ण सच तो यही है, तुम पाण्डु-पुत्र ही कहे जाओगे, युधिष्ठिर तुम्हें बड़े भाई-सा सम्मान देगा।"

"मैं सुयोधन के उपकार से मुक्त नहीं हो सकता हूँ, मुझे कोई लालसा नहीं है। मेरा यह जीवन सुयोधन के आदेश पर ही समाप्त होगा।"

"तुम एक बार और गंभीरता से विचार कर लो कर्ण।"

"माधव इस रहस्य का ज्ञान तुम्हारे अतिरिक्त और किसको है?"

"मेरी बुआ कुन्ती और उनके पिता को।"

"और युधिष्ठिर?"

"नहीं! युधिष्ठिर को ज्ञात नहीं है।"

"मेरा एक कार्य करेंगे माधव? मेरी विनती और याचना है आप से।"

"हाँ क्यों नहीं, कहो कर्ण!"

“इस रहस्य को युधिष्ठिर और उसके भाईयों का न बताना, नहीं तो वह युद्ध नहीं करेगा।”

“फिर तो अच्छा होगा तुम्हारा मित्र सुयोधन बिना किसी युद्ध और विवाद के राजा होगा।”

“मुझे किसी के राजा होने या न होने में कोई रूचि नहीं है माधव, मैं तो बस सुयोधन के उपकारों का मूल्य चुकता करने का प्रयास कर रहा हूँ।”

तनिक देर दोनों के बीच मौन छाया रहा, कर्ण ने कृष्ण की ओर देखते हुए फिर कहा,

“एक बात और है माधव।”

“क्या?”

“इस रहस्य को मेरी माँ कुंती को भी मत बताना कि आपने मुझे यह बता दिया कि मैं उसका पुत्र हूँ।”

कृष्ण ने कर्ण के कँधों पर हाथ रखा, आँखों की गहराई में देखने का प्रयास किया वहाँ थोड़ी नमी थी। किसी ने कुछ कहा नहीं, कर्ण ने पीछे आते हुए अपने रथ की ओर संकेत किया, पीछे का रथ रुका तो कृष्ण के सारथी ने भी अपना रथ रोक दिया। कर्ण और कृष्ण रथ से उतरे,दोनों ने हाथ जोड़कर एक-दूसरे को विनम्रता और स्नेह से प्रणाम किया। रथ पर बैठकर जाते हुए कर्ण को कृष्ण देर तक देखते रहे।

◉◉◉

“अपने संधि का प्रस्ताव वापस लेकर लौट आये कृष्ण?”

सभा कक्ष से वापस आकर कृष्ण अपनी बुआ कुन्ती के सामने आकर बैठ चुके थे।

“युद्ध के अतिरिक्त कोई उपाय नहीं रहा बुआ।”

“कृष्ण! क्या युधिष्ठिर युद्ध के लिए तैयार है? या अब भी कोई और विचार है उसके पास?”

“युद्ध तो सुनिश्चित हो चुका है बुआ, अब अकेले युधिष्ठिर के चाहने या न चाहने से कुछ नहीं हो सकता है।”

युद्ध की संस्तुति कृष्ण द्वारा कर दिये जाने के बाद कुन्ती का मन सहज और

शांत हो गया था। उसे अपने पुत्रों के विजयी होने पर अमिट विश्वास तो था ही, उन्हें बस केवल युद्ध के निर्णय होने की प्रतीक्षा थी। उन्हें भी ज्ञात था कि कृष्ण की बात युधिष्ठिर भी टाल नहीं सकता अपने आपको स्थिर और शान्त रखते हुए उन्होंने पूछा, "सभा कक्ष में क्या हुआ कृष्ण?"

"इसकी विस्तृत सूचना तो आपको काका से ही मिलेगी बुआ किन्तु अब युद्ध निश्चित हो चुका है।"

कृष्ण ने एक बार फिर युद्ध की संस्तुति की।

"तुमने कर्ण को बता दिया कि वह मेरा पुत्र है?"

"नहीं! " कृष्ण थोड़ा असहज हो गये थे।

"बता देते कृष्ण तो मेरे सीने का भार उतर जाता।"

कुन्ती और कृष्ण दोनों को एक-दूसरे को बताने के लिए कुछ नहीं बचा था। अल्प समय के लिए मौन छाया रहा किन्तु इस विचारशील मौन को तोड़ते हुए कुन्ती ने कहा, "कृष्ण! युधिष्ठिर को न बताना कि कर्ण मेरा कानीन पुत्र है, नहीं तो वह अपनी राजसत्ता कर्ण को सौंप देगा और कर्ण अपने मित्र सुयोधन को।"

"बुआ आपके इस रहस्य को बताने का कार्य मैं नहीं कर सकता हूँ, यह आपका अधिकार है और आप अपने द्वारा निर्धारित उचित समय पर जब जिसे चाहें बतायें या न बतायें।"

कृष्ण को विदा करने हेतु विदुर के घर भीष्म और कर्ण दोनों आये थे।

उपसंहार

हस्तिनापुर से वापस लौटकर कृष्ण विराट नगर के अपने कक्ष में पर्याप्त विश्राम कर चुके थे। रात का प्रथम प्रहर समाप्त हो रहा था, कक्ष में एक दीपक जल रहा था जिसका प्रकाश इतना था कि कृष्ण के मुख को स्पष्ट रूप से देखा जा सके। द्रौपदी ने कृष्ण के कक्ष के द्वार पर हाथ से धीरे से धक्का दिया, द्वार अन्दर से बन्द नहीं था अत: धीरे से खुल गया। कृष्ण अपने दाहिने हाथ की गदेली पर अपना सिर टिका कर अर्ध चन्द्राकार अवस्था में लेटे हुए सामने की दीवार की ओर देख रहे थे। द्रौपदी ने द्वार को उसी तरह बन्द किया, एक आसन को अपनी ओर खींचा, अपने पैरों पर हाथ की कुहनी को टिकाकर हाथ की गदेली पर अपने गालों को रखकर चुपचाप बैठ गयीं। कृष्ण के इतने निकट कि यदि वह अपने हाथ को कुहनी पर टिकाये रखकर सामने फैलायें तो उनका हाथ कृष्ण के सीने तक पहुँच जाये। द्रौपदी कृष्ण की ओर देखती रहीं: स्थिर और शान्त।

"कृष्णा, मैं तुम्हारी ही राह देख रहा था।" उसी प्रकार लेटे हुए कृष्ण ने कहा।

"क्यों?"

"तुम्हारे मन में मुझसे कुछ पूछने के लिए है।"

"मेरे मन में तो तुम्हारे लिए केवल प्रेम है कृष्ण।"

कृष्ण धीरे से मुस्कुराये, कुछ कहा नहीं वैसे ही लेटे रहे।

"माधव तुम्हारे अतिरिक्त मेरी कोई सहायता करने वाला नहीं है, मेरे पति भी नहीं।"

"किन्तु मैं तो हूँ न कृष्णा! तुम्हारे बचपन का मित्र, सखा या प्रेमी तुम जो कहो कोई भी नाम दो।"

"कभी-कभी सोचती हूँ यदि तुम न होते तो मुझे कौरवों की सभा में कौन बचाता।"

"मैं क्यों नहीं होता और मैं सदा रहूँगा, ऐसे ही तुम्हारे आस-पास।"

"युद्ध में भी मेरे पतियों की रक्षा करते हुए?"

"अवश्य! युद्ध में भी और आवश्यक हुआ तो अस्त्र भी उठाऊँगा।

"अपनी प्रतिज्ञा के विरूद्ध?"

"कोई भी प्रतिज्ञा उद्देश्य से बड़ी नहीं हो सकती कृष्णा।"

"माधव मैं स्वयं को अपनी प्रतिशोध की ज्वाला से मुक्त करना चाहती हूँ।"

"यह प्रतिशोध अकेले तुम्हारा नहीं है कृष्णा, हम सबका है और जब भी इस भू-भाग पर किसी नारी का इस प्रकार से अपमान किया जायेगा तो उस कालखण्ड की जीवित मानवता का यही कर्तव्य होगा।"

"किन्तु एक अकेले मेरे अपमान के लिए क्या इतना रक्त बहाना उचित होगा माधव?"

"यदि सुयोधन जैसा व्यक्ति राजसत्ता के शीर्ष पर होगा तो तुम अकेली नहीं रह पाओगी कृष्णा, यह संसार तुम्हारी जैसी अपमानित नारियों की भीड़ से भर जायेगा। इस कारण यह युद्ध आवश्यक है, केवल तुम्हारे लिए नहीं, हम सबके लिए क्योंकि समाज में संतुलन, एकता और न्याय को स्थापित करना हमारा सामूहिक उत्तरदायित्व है।"

"एक चिंता और भी है माधव।"

"क्या?"

"तुमने लग्न मण्डप में मेरे पुत्र अभिमन्यु को "विजयी भव" का आशीर्वाद नहीं दिया था।"

कृष्ण धीरे से मुस्कुराये।

"युद्ध के वातावरण में विजय या पराजय को पूर्व से निर्धारित नहीं किया जा सकता कृष्णा।"

"अभिमन्यु तुम्हारा शिष्य है माधव।"

"हाँ! इस कारण मैं मानता हूँ तुम्हारा पुत्र अभिमन्यु किसी भी जय या पराजय से बहुत दूर यशस्वी होगा। मानवीय सभ्यता के इतिहास और भविष्य में चाहे मुझे याद रखा जाये या भुला दिया जाये, तुम्हारे पतियों को भी भुला दिया जाये किन्तु तुम्हारे पुत्र के यश और कीर्ति को कभी भुलाया न जा सकेगा। वह सदैव युगों-युगों तक विजय तथा पराक्रमी कहलायेगा।"

कृष्ण अब भी मुस्कुरा रहे थे।

द्रौपदी अपने आसन से धीरे उठकर खड़ी हुई, आसन को पूर्व की भाँति यथोचित स्थान पर खींचकर रख दिया, द्रौपदी ने पुन: एक बार कृष्ण की ओर देखा वे अब भी उसी प्रकार मुस्कुरा रहे थे। पीछे की ओर घूम कर द्रौपदी ने धीरे से कक्ष के द्वार को खोला, पलटकर कृष्ण की ओर देखा उन्होंने अपनी आँखें बन्द कर ली

थीं किन्तु अब भी उसी प्रकार मुस्कुरा रहे थे। द्रौपदी ने अपने बायें पैर को कक्ष से बाहर निकाला दाहिना पैर अब भी कक्ष के अन्दर था अपने दोनों हाथों से कक्ष के दोनों पल्लों को पकड़कर कृष्ण की ओर देखने लगी, कृष्ण दोनों पट के बन्द होने की आहट सुनने की प्रतीक्षा कर रहे थे, काफ़ी देर तक जब कोई आहट नहीं हुई तो कृष्ण ने आँखें खोलकर देखा- द्रौपदी कक्ष के दोनों पटों को पकड़कर चुपचाप उन्हें देखते हुए खड़ी थीं।

"माधव!"

कृष्ण कुछ नहीं बोले उसी प्रकार मुस्कुराते रहे।

"तुम्हारी यह मुस्कुराहट मुझे कक्ष से बाहर जाने नहीं दे रही है।"

"माधव! तुम मेरे बचपन के सखा, मित्र और प्रेमी तो थे ही, आज से मेरे आराध्य भी हो।"

"माधव! मैं हृदय की असीम गहराइयों से तुम्हें प्रेम करती हूँ, मेरी पूर्ण श्रद्धा है तुम पर।"

"माधव! ऋषियों ने कहा है कि यदि मन अपने ईष्ट के प्रति परम श्रद्धालु होने के साथ-साथ परम प्रेमालु भी हो जाये तो भक्ति भाव की उत्पत्ति होती है।"

"माधव! मन प्रेम के भाव में मिलान का एकांत चाहता है तो श्रद्धा अपने ईष्ट को सारे संसार में विख्यात कर उसे विस्तार देने प्रयास करती है।"

कृष्ण अब भी मुस्कुरा रहे थे।

"माधव! मैं चाहती हूँ और प्रार्थना करती हूँ कि तुम इस सम्पूर्ण भू-भाग पर युगों-युगों तक और प्रत्येक कालखण्ड में ऐसे ही मुस्कुराते हुए हमारे और जनमानस के हृदयों में आराध्य बनकर निवास करो और पूजे जाते रहो।"

कृष्ण ने पुन: आँखें बन्द कर ली थीं और कमरे के पटों को बंद होने की प्रतीक्षा करने लगे थे। कृष्ण अपने कक्ष के दो दोनों पटों के बंद होने की आहट सुन पाते उसके पहले सुना-

"मेरे प्रिय!"

"मेरे आराध्य!"

"मेरे श्री कृष्ण!"

क्रमश:...

महाभारत गौरवगाथा भाग-२

'युद्ध की ओर' की एक झलक...

यमुना नदी का तूफ़ान अपने चरम पर था, अनवरत मूसलाधार बारिश हो रही थी। जन जीवन अस्त-व्यस्त हो चुका था, लोग अपने घरों को चारों ओर से बन्द करके बैठे थे। बाहर निकलना किसी भी प्रकार सम्भव नहीं था। धीरे-धीरे करके रात का अंधकार घना होता जा रहा था। रह-रहकर आकाश में बिजली कड़क रही थी। नगर में बाढ़ का जल चारों ओर भर गया था। बाढ़ के जल में ज़हरीले साँप इधर-उधर घूम रहे थे। नगरवासियों ने इस प्रकार के भंयकर तूफ़ान को पहले कभी नहीं देखा था, नगर में चारों ओर केवल झींगुरों और मेढ़कों की ध्वनियाँ सुनायी दे रही थीं। सारे पशु-पक्षी अपने-अपने स्थान पर दुबककर बैठे हुए थे। नगर में कहीं-कहीं एक-दो घरों के गवाक्षों से छनकर आता हुआ हल्का प्रकाश दिख रहा था नहीं तो सब ओर घना अंधकार था।

नगर के कारागार का प्रमुख राज-प्रहरी कारागार के पृष्ठ भाग में अधीरता से कुछ ढूँढ़ रहा था। उसने एक बड़ी सन्दूक़ को किसी प्रकार पूरी शक्ति लगाकर उठाया और अपने बायीं ओर रखा, नीचे रखी हुई सन्दूक़ का अँधेरे में किसी प्रकार टटोलकर ताला खोला, बहुत देर तक इधर-उधर ढूँढ़ने के बाद फिर दूसरे सन्दूक़ का ताला खोला। सन्दूक़ में हाथ डालकर कुछ टटोलने का प्रयास किया, एक पोटली मिली, हाथों से अच्छी तरह टटोलकर अनुमान लगाने का प्रयास किया। शायद ढूँढ़ी जा रही वांछित वस्तु मिल गयी थी। पोटली लेकर वह निकलकर बरामदे में आया, पोटली को खोलकर आकाश में बिजली के चमकने की प्रतीक्षा करने लगा जिससे उसके प्रकाश में पोटली की वस्तु को पहचाना जा सके। पोटली में रखी हुई वस्तु को सूँघकर भी पहचाना जा सकता था किन्तु यह बहुत संकटपूर्ण कार्य हो सकता था इस कारण आकाश में बिजली के चमकने की प्रतीक्षा की जा रही थी। सहसा बिजली चमकी, उसका अनुमान सही था।

www.ingramcontent.com/pod-product-compliance
Lightning Source LLC
LaVergne TN
LVHW100225051026
849517LV00006B/1802
* 9 7 8 9 3 9 0 9 4 4 0 7 1 *

விடுதலை வேள்வியில் வீர மங்கைகள்

எஸ்.ஜி.ரமேஷ்பாபு

பாரதி புத்தகாலயம்

Viduthalai Velvieil Veera Mangaigal (In Tamil)
S.G. Ramesh Babu
First Published : September, 2022

Published by

BHARATHI PUTHAKALAYAM

7, Elango Salai, Teynampet, Chennai - 600 018
Email: bharathiputhakalayam@gmail.com | www.thamizhbooks.com

விடுதலை வேள்வியில் வீர மங்கைகள்

எஸ்.ஜி. ரமேஷ்பாபு

முதற் பதிப்பு : செப்டம்பர், 2022

வெளியீடு

பாரதி புத்தகாலயம்

7, இளங்கோ சாலை, தேனாம்பேட்டை, சென்னை - 600 018.
தொலைபேசி : 044 24330024, 24330024 | விற்பனை: 24332924.

விற்பனை நிலையங்கள்

அருப்புக்கோட்டை: *கதவுஎண் 49 A/4 மெயின் ரோடு, தெற்கு தெரு - 9994173551*
ஈரோடு: *39: 39 ஸ்டேட் பாங்க் சாலை - 9245448353*
கரூர்: *நாரத கானசபா அருகில் (TNGEA OFFICE)- 9442706676*
காரைக்குடி : *12, 2 வது தெரு, கம்பன் மணிமண்டபம் பின்புறம் - 9443406150*
கும்பகோணம்: *352, ரயில் நிலையம் எதிரில் - 9443995061*
கோவை: *77, மசக்காளிபாளையம் ரோடு, பீளமேடு - 8903707294*
சிதம்பரம்: *22A / 18B தேரடி கடைத் தெரு, கீழவீதி அருகில் - 9994399347*
செங்கல்பட்டு: *1 D ஜி.எஸ்.டி சாலை - 044 27426964*
சேலம்: *15, வித்யாலயா சாலை சாலை | பாலம் 35, அத்வைத ஆஸ்ரமம் சாலை 0427 2335952*
தஞ்சாவூர்: *காந்திஜி வணிக வளாகம் காந்திஜி சாலை - 9655542400*
திண்டுக்கல்: *பேருந்து நிலையம் - 9942331105, 9976053719*
திருச்சி: *வெண்மணி இல்லம், கரூர் புறவழிச்சாலை - 9994289492*
திருநெல்வேலி: *25A, ராஜேந்திரநகர் - 9442149981*
திருப்பூர்: *447, அவினாசி சாலை - 9486105018*
திருவண்ணாமலை: *முத்தம்மாள் நகர்*
திருவல்லிக்கேணி: *48, தேரடி தெரு - 9444428358*
திருவாரூர்: *35, நேதாஜி சாலை - 9442540543*
நாகர்கோவில்: *699 கே.பி.ரோடு R.V.புரம் - 9443450111*
நெய்வேலி: *பேருந்து நிலையம் அருகில், - 9443659147*
பழனி: *பேருந்து நிலையம் அருகில் - 7010760693*
பாண்டிச்சேரி : *கிழக்கு கடற்கரைச்சாலை, இலாசுப்பேட்டை, 9486102777*
பெரம்பூர்: *52, கூக்ஸ் ரோடு - 9444373716*
மதுரை: *37A, பெரியார் பேருந்து நிலையம் - 045 22324674 & சர்வோதயா மெயின்ரோடு*
வடபழனி: *பேருந்து நிலையம் எதிரில் அடையார் ஆனந்தபவன் மாடியில் - 9444476967*
விருதுநகர்: *131, கச்சேரி சாலை - 0456 2245300*
வேலூர்: *பேஸ் III, சத்துவாச்சாரி - 9442553893*

நினைத்த நூல்கள்... நினைத்த நேரத்தில்... BharathiTV | www.bookday.in

thamizhbooks.com 8778073949

ரூ. 200/-

அச்சு : பிரிண்டெக், சென்னை - 600 005.